KB093524

라루스가 살인 사건

바이바이,
엔젤

BYE-BYE, ANGEL (THE LAROUSSE MURDER CASE)
by Kiyoshi KASAI
Copyright © 1979, 1995 by Kiyoshi KASAI
All rights reserved.

First published in Japan 1979, 1995 by TOKYO SOGENSHA CO., LTD.
Korean translation rights arranged with TOKYO SOGENSHA CO., LTD. Tokyo
through Shinwon Agency Co.

이 책의 한국어판 저작권은 신원 에이전시를 통한
저작권자와의 독점 계약으로 (주)현대문학에 있습니다.
저작권법에 의해 한국 내에서 보호를 받는 저작물이므로 무단 전재와 무단 복제를 금합니다.

라루스가 살인 사건

바이바이,
엔젤

가사이 기요시 장편소설

송태욱 옮김

H
현대문학

모든 짭새가 범죄자이듯
모든 죄인은 성자
이 이야기가 끝날 때쯤
그냥 날 루시퍼라 불러
왜냐면 난 나를 억제할 필요가 있거든.

－믹 재거 작사, 「악마에 대한 공감Sympathy For The Devil」에서

일러두기
본문의 주는 모두 옮긴이주이며, 경찰의 직급은 프랑스 경찰제도와 비교하여 그에 맞게 고쳐 옮겼다.

차례

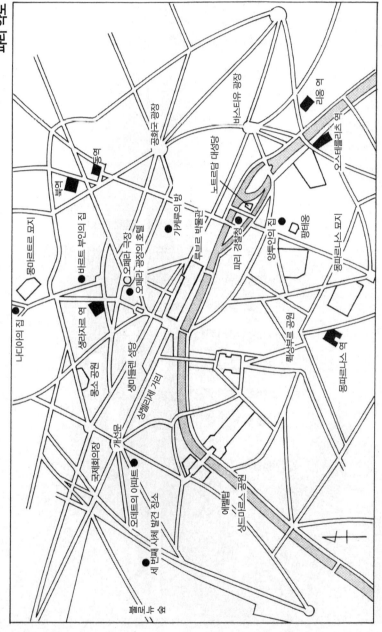

파리 약도

주요 등장인물

이봉 뒤 라브낭 20여 년 전 실종된, 유서 깊은 가문의 주인

앙드레 뒤 라브낭 이봉의 큰아들

마틸드 뒤 라브낭 이봉의 큰딸

조제프 라루스 30여 년 전 실종된, 뒤 라브낭가의 소작인

자네트 라루스 조제프의 큰딸

오데트 라루스 조제프의 둘째 딸

조제트 라루스 조제프의 셋째 딸

앙투안 레타르 자네트의 아들

질베르 마티외 앙투안의 친구

클레르 10여 년 전 자살한, 오데트의 남편

뒤 루아 클레르의 동업자

프로사르 라루스가의 고문변호사

마리 바르트 라루스가의 가정부

르네 모가르 사법경찰의 경정

나디아 모가르 르네의 딸

장 폴 바르베스 르네의 부하 경감

알랭 리비에르 파리 대학 교수

야부키 가케루 수수께끼 같은 일본인 청년

마드리드에서 온 편지

봄이 왔고, 나는 스무 살이 되었다.

그러나 투명한 햇빛과 미풍의 5월 파리도 작년까지처럼 나를 즐겁게 해주지 않는다. 나는 좀 어른스러워졌고, 예전처럼 부담 없이 까불며 다니거나 뭔가를 단순하게 단정해버릴 수 없게 된 것 같다. 지난겨울 루시퍼에 대한 경험이 어딘가 깊은 데서 나를 바꿔버렸다.

강의실에서는 다들 여름휴가 이야기에 열중해 있다. 머지않아 나도 지중해 해변으로 휴가를 떠날 예정이다. 반짝반짝 하얗게 빛나는 바다, 한여름의 눈부신 태양이 그 사건의 괴로운 기억을 희미하게 해줄 것이다.

스무 살의 생일 선물은 정말 굉장했다. 사건 이후 침울해지곤 하던 기분을 끌어 올려주기 위해 아버지가 선물한 것으로, 장밋빛으로 빛나는 귀여운 소형 시트로엥 신차였다.

전부터 몹시도 갖고 싶었던 시트로엥 메하리는 숨 막힐 만큼 나를 빠져들게 했다. 특유의 부드러운 광택을 띠는 플라스틱제 차체. 가볍고 화려한 디자인이 나를 취하게 했다.

마 재질의 하얀 판탈롱과 한 벌인 남성적인 느낌의 재킷을 가볍게 설쳐 입는다. 안에는 파란색과 하얀색의 가는 스트라이프 티셔츠뿐이다. 목에는 헐렁하지 않게 맨 화려한 노란색의 싸구려 스카프 그리고 농담은 다르지만 같은 색 계통의 천으로 된 신발과 뒤로 젖혀 쓴 다소 큼직한 헌팅캡.

메하리의 덮개를 열고 그대로 자동차도로에 들어서자 청년들의 눈부신 시선이 내 옆얼굴을 기분 좋게 자극한다. 머리카락에 휘감기는 부드러운 바람에 도취된 나는 꿈결 같은 엷은 미소로 청년들의 시선에 응한다. 교외의 호수까지 얼마나 빨리 도착하던지.

나무 그늘 아래 풀밭에 앉아 차가운 수면을 건너오는 상쾌한 바람을 맞으며 나뭇잎 사이로 비치는 햇빛의 반짝임을 즐긴다. 편안함이 깊어지고 마음은 완만하게 열려간다.

이런 때다, 뭔가 어둡고 불길한 것이 나를 사로잡으려고 꿈틀대기 시작하는 것은. 그것은 마치 자신감을 과시하는 것처럼 멍하니 자신을 잊어버렸을 때 덮쳐온다. 어느 결에 나는 이미 지나간 일이어야 할 사건을 멀거니 생각하고 있는 자신을 발견하고 깜짝 놀란다. 크게 놀란 채 쌀쌀해진 저녁 바람에 몸서리를 치고 허둥지둥 일어나 잰걸음으로 차로 향한다. 그러나 일단 머리에 떠오른 기억의 마수는 언제까지고 섭사리 사라져주지 않는다.

핸들을 쥔 나는, 되살아난 기억에 굴복하여 어쩔 수 없이 추억에 동행하기로 한다. 그리고 떠올랐다가 사라지는 기억의 파편, 회상 장면의 인상에 처음에는 저항하지만 다음에는 거의 열중하다시피 마음을 집중하기 시작한다. 그런 때 먼저 떠오르는 것은 역시 작년 12월 어느 날 밤의 일이다. 그렇다, 내게 라루스가의 사건은 그 추운 날 밤 리비에르 교수의 아파트에서 시작되었다.

"나디아, 이것 좀 읽어봐."

"그게 뭔데?" 나는 앙투안의 손가락 사이에 끼워져 있는 한 장의 종잇조각에 눈을 주면서 물었다.

"협박장이야." 앙투안이 대답했다. 그는 평소의 빈정거리는 듯한 엷은 웃음을 띠고 있었는데, 눈만은 조금도 웃고 있지 않았다.

대학은 이미 방학이었고, 어젯밤 한동안 만나지 못했던 앙투안에게서 전화가 왔다. 리비에르 교수의 집에서 만나자고 하여 오늘 약속시간에 와보니 앙투안은 먼저 와 있었다. 앙투안 이외에도 바스피레네의 동향 친구라는 질베르와 마틸드가 리비에르 교수를 둘러싸고 앉아 있었다.

가정부의 안내로 교수의 넓은 서재로 들어가니 앙투안은 자리에 앉을 틈도 주지 않고 내 눈앞에 종잇조각을 내밀었다.

나는 그걸 받아 들고 훑어보았다. 거기에는 짧은 문장이 타이핑되어 있었다.

　귀국할 날이 머지않았다. 심판이 이루어질 것이다. 각오하라.

- Ｉ

서명 대신 대문자로 쓰인 붉은 I 가 마치 백지에 떨어진 한 방울의 피처럼 보였다.

"……역시 아버지는 살아 있어요." 마틸드가 골똘히 생각하는 듯한 어조로 말했다.

"저는 믿어지지 않는데요"라고 말한 건 질베르였다.

"이게 이봉의 편지라는 건가?" 리비에르 교수는 마틸드에게 확인하듯이 물었다.

나와 앙투안 레타르는 알랭 리비에르 교수의 학생이었다. 예순을 넘긴 지금까지 독신으로 지내온 교수의 집에는 어딘가 마음 편한 분위기가 있어 우리는 이 고명한 철학자의 서재를 자주 모임 장소 대신 썼다. 은발과 아름답고 파란 눈, 튼튼해 보이는 사각 턱을 지닌 몸집 큰 노인은 우리가 모이는 것을 조금도 꺼리지 않았다.

질베르 마티외는 법률가가 되기 위해 공부 중이고, 마틸드 뒤 라브낭은 연극과를 다니고 있다. 둘 다 앙투안과 같은 마을 출신으로, 나도 앙투안을 통해 전부터 안면이 있었고, 만나면 인사를 하는 정도의 관계였다. 그리고 죽었다고 생각되었던 마틸드의 아버지 이봉 뒤 라브낭은 리비에르 교수의 오랜 친구였던 모양이다.

마틸드는 하얀 광택이 나는 금발로 기품이 있으며, 약간 가라앉은 그늘이 매력적으로 보이는 아름다운 용모의 아가씨였다. 늘 수수한 복장을 하고 있지만 훈련된 무대배우를 연상시키는 동작이나 우아한 몸매 때문에 대학 캠퍼스를 걷기만 해도 남학생들의 시선을 한 몸에 받는다는 사실을 나는 알고 있었다.

크리스마스가 가까운 추운 날 밤이었지만 방 안은 난방으로 땀이 벨 정도였다.

"이건 이삼일 전에 오데트 이모 집으로 온 겁니다. 소인은 마드리드였고요. 물론 발송인의 이름도 주소도 없어요. 저는 누군가의 장난이라고 생각하지만, 아무래도 오데트 이모의 태도가 이상합니다. 뭔가에 겁을 먹고 있는 것 같거든요"라고 앙투안이 말했다.

"이게 이봉의 편지라면, 왜 자네 이모한테 보냈을까?" 교수가 의아하다는 듯이 물었다.

"거기에는 사정이 있어요. 교수님은 아버지가 처음으로 스페인에 갔을 때의 일을 알고 계시지요." 마틸드의 목소리는 진지했다.

"그래. 지금도 잊을 수가 없네. 이봉은 리세*에 다닐 때 늘 나와 함께였지. 파리에서 학교에 다니려고 자네들의 그 산골 마을에서 올라온 거고. 그의 집안은 몰락한 옛 귀족이었지만, 아이들 교육은 수도에서 받도록 하고 있었네.

이봉은 쾌활한 미남으로 놀기를 좋아했지. 게다가 재기가 흘러넘치는 아주 뛰어난 소년이었어. 톰 존스와 파브리스 델 동고**를 섞어놓은 듯한 매력을 지닌 소년이었지. 그는 옛 예술에 대해 공격적인 초현실주의자였고, 파시스트와의 가두 충돌을 스포츠처럼 즐기는 행동적인 트로츠키주의자였지. 동시에 이 도회가 제공하는 쾌락의 모든 것을 탐욕적으로 들이켜려고 결심한 젊은 쾌락주의자이기도 했네. 제2제정에 반역한 두 B, 다시 말해 블랑키와 보

---

* 프랑스의 대학 진학자를 위한 7년 연한의 국공립 중등학교.
** 각각 헨리 필딩의 소설 『톰 존스』의 주인공과 스탕달의 소설 『파르마의 수도원』의 주인공 이름.

들레르가 그의 영웅이었지.

　물론 우리는 친구였네. 하지만 스페인에서 전쟁이 시작되자 곧바로 그는 바칼로레아*를 포기하고 스페인으로 잠입했네. 공화국 정부군에 지원해 파시스트 반란군과 싸우기 위해서였지."

　"아버지는 여름방학에 마을로 돌아오고 나서 할아버지의 엽총과 제1차 세계대전에서 전사한 큰아버지의 군용 권총을 갖고 그대로 떠났어요. 뒷산에서 피레네 산맥을 넘어 스페인으로 들어가셨는데, 혼자가 아니었어요. 뒤 라브낭가의 소작인이었던 조제프 라루스라는, 이미 딸이 셋이나 있는 사내를 데리고 함께 떠나셨죠."

　"그 조제프라는 사람이 제 할아버지 되십니다." 앙투안이 마틸드의 이야기를 이어받았다. "조제프의 세 딸 중 큰딸인 자네트가 제 어머니고, 둘째 딸 오데트와 셋째 딸 조제트가 지금 파리에 살고 있는 이모들이에요."

　"전쟁이 공화국 측의 패배로 끝나자 이봉은 다시 수도의 학생으로 돌아왔지만, 얼마 후 독일과의 전쟁에 동원되었다가 전투에서 부상을 입고 포로가 되었네." 리비에르 교수는 감개무량한 어조로 말했다. "그러나 그는 포로수용소를 탈주해서는 그대로 파리에 잠입하여 레지스탕스에 참가했고, 지도자 중 한 명이 되었다네. 저항운동의 임무에서 해방되고 고향으로 돌아간 건 전쟁이 끝난 이듬해의 일이었을 거네."

---

*프랑스의 후기 중등교육 종료를 증명하는 국가시험이자 대학입학자격시험.

"그래요. 하지만 아버지가 안 계시는 동안 마을에서는 작은 사건이 일어났어요. 조제프는 스페인에서 마을로 돌아오자 뒤 라브낭가 소유의 산 하나를 아버지로부터 증여받았다고 주장했거든요. 늙으신 할머니 혼자 남아 있었던 뒤 라브낭가는 빈집이나 다름없어서 서류를 잘 갖추고 있는 조제프의 주장에 반대하는 사람은 없었어요"라고 마틸드가 말했다. 앙투안이 이야기를 이었다.

"조제프가 파리에서 클레르라는 광산기사를 불러온 건 전쟁이 끝나려는 해의 일이었습니다. 그는 손에 넣은 산에 광맥이 있다고 굳게 믿었습니다. 그런데 다음 해의 어느 날 밤, 조제프는 돌연 원인 불명인 채로 실종되고 말았습니다. 그리고 아니나 다를까 마을 사람 누구도 믿지 않았던 광맥이 발견되었어요. 종전 이듬해에 오데트 이모는 여동생 조제트를 데리고 파리로 갔고, 광맥의 권리를 지참금 대신으로 하여 클레르와 결혼했습니다. 큰딸인 자네트는 아직 어렸던 조제트의 양육을 책임진다는 걸 조건으로 내걸고 광맥의 권리를 몽땅 여동생 부부한테 넘겼죠. 어머니는 그대로 마을에 남아 레타르라는 청년과 결혼하여 저를 낳았습니다만, 남편이 사고로 죽은 뒤 툴루즈로 일하러 나갔다가 그곳에서 병사했다고 합니다. 어렸을 때 양친을 잃은 저는 그대로 큰아버지 집에서 사촌들과 함께 자랐고, 이모들을 처음으로 만난 건 파리의 대학에 들어갔을 때였습니다."

"전쟁이 끝난 이듬해에 이봉은 고향으로 돌아갔네." 리비에르 교수는 확인하듯이 말했다. "앙투안의 이모들이 파리로 나온 것도, 조제프가 실종된 것도 같은 해의 일이지. 문제는……"

"그래요. 문제는" 마틸드가 콜록거리며 끼어들었다. "돌아온 아버지와 앙투안의 이모들이 마을에서 함께한 시간이 있었는가 하는 점이에요."

"그런데 있었어요. 마틸드의 아버지가 돌아온 것은 1월, 조제프가 실종된 것이 2월, 그리고 앙투안의 이모들이 마을을 떠난 게 그해 3월이었으니까요." 질베르가 처음으로 입을 열었다.

"교수님, 제가 무슨 생각을 하는지 아시겠지요?"라고 말하는 마틸드의 어조는 진지했다. "10년 만에 귀향한 아버지와 오데트의 아버지 사이에서 광맥의 소유권을 둘러싼 무슨 다툼이 있었을지도 몰라요. 그리고 오데트와 조제트 자매가 아버지의 주장을 무시하고 파리로 간 것이라고 한다면, 그녀들이 이 편지에 겁을 먹는 이유도 분명해지는 거고요. 아버지가 살아 있어서 그녀들은 예전의 재산 문제가 되풀이될까 봐 불안해하는 게 아닐까요?"

짧은 침묵이 흐른 뒤 교수가 천천히 입을 열었다.

"마틸드, 자네는 아버지를 잘 모르니까 그런 생각을 하는 거라네. 자네 아버지는 아주 긍지가 높은 매력적인 청년이었네. 그렇게 변변찮은 재산 문제로 20년이나 지난 일을 가지고 남을 협박할 만한 사람이 아니야. 마틸드, 이봉의 경력을 생각해보면 알 거네." 리비에르 교수는 마틸드의 눈을 정면으로 바라보며 강한 어조로 말을 이었다. "이봉 뒤 라브낭은 리세 학생이었을 때부터《혁명을 위한 초현실주의》지의 동인이었네. 이봉이 시를 써서 발표하면 수도의 작가나 비평가들 사이에서 열렬한 찬사의 소용돌이를 불러일으켰지. 그 속에서는 랭보의 재림이라는 말까지 들려왔다

18

네. 랭보가 파리코뮌을 발견한 것처럼, 이봉은 스페인 혁명*을 발견했겠지. 그리고 그는 처음부터 주저 없이 혁명의 소용돌이 속으로 뛰어들었네. 피레네 산기슭에서 파시스트 군대와 사투를 거듭했던 로자 룩셈부르크 대대의 최연소 병사 중 한 명이었지.

하지만 그에게서 시를 빼앗은 것이 혁명에서 패배한 경험이었는지, 청춘의 끝이라는 자각이었는지 나로서는 알 길이 없네. 아무튼 이봉은 자신을 아프리카의 사막으로 추방하는 대신 비합법적인 지하생활이라는 좀 더 끔찍하고 가혹한 인간 사막의 깊숙한 곳을 향해 일직선으로 파고들었지. 전쟁이 끝나고 우리가 평화와 해방의 기분에 도취되어 있을 때, 그는 저항운동의 지도자라는 경력이 가져다주었을 지위나 명예를 아낌없이 다 버리고 단신으로 고향으로 돌아갔네. 그때 역까지 전송하러 간 나한테 그는 이렇게 말했지.

'알랭, 전쟁은 아직 끝나지 않았어'라고.

이봉의 얼굴은 어둡고 엄했네. 고향 마을로 돌아간 것은 스페인에서 계속되고 있는 지하저항운동에 참여하기 위해서였지. 그는 국경지대에서 스페인의 저항세력을 지원하는 후방기지를 조직했지. 그리고 지금으로부터 20년쯤 전에 이봉은 조직의 임무를 띠고 산을 넘어 스페인에 잠입했는데, 예정 기일이 지나도 돌아오지 않았네. 아니, 영영 돌아오지 않은 거지. 나와 친구들은 모든 수를

---

* 1936~39년 일어난 스페인 내전. 1936년 2월 총선거에서 인민전선 내각이 성립되자 프랑코 장군이 인솔하는 군부가 쿠데타를 일으키며 발발했는데, 프랑코 군부가 승리를 거두면서 이후 스페인은 36년간 파시스트 일당 독재 아래 놓였다.

다 써봤지만 아무것도 얻지 못했네. 스페인 측의 공적인 기록에는 이봉이 체포되었다거나 투옥되었다거나 재판을 받았다거나 처형되었다거나 하는 어떤 것도 남아 있지 않았어. 아마 비공식적으로 처형되었거나 재판도 없이 투옥되었다가 옥사했겠지. 지금으로서는 그렇게 생각할 수밖에 없어……"

"하지만 20년간 감옥 안에서 살아남았을지도 모르잖아요." 마틸드는 힘없이 반론을 제기하며 입술을 깨물었다.

"……가능성은 있겠지. 하지만 다른 예에서 볼 때 역시 살아 있지 않다고 판단해야 할 거야." 리비에르 교수의 어조는 무거웠다. "마틸드, 아무리 가능성이 낮아도 믿고 싶어 하는 자네의 심정은 이해할 수 있네. 하지만 이봉처럼 용감하고 고결하며 긍지가 높은 사람이 약간의 금전 때문에 남을 협박하는 일은 있을 수 없네. 혹시 옥중에서 편지를 보낼 기회가 있었다면 그 상대는 딸인 자네나 친구인 나였겠지. 마틸드, 안됐지만 이 편지가 이봉의 것이라고는 생각할 수 없네. 자네도 그런 생각은 버리는 게 좋아……"

잠시 침묵이 좌중을 뒤덮었다. 마틸드와 리비에르 교수가 이야기하는 동안 앙투안의 입가에는 놀리는 듯한 웃음이 맴돌았다. 질베르를 보니, 그는 애처롭다는 듯이 어두운 표정을 짓고 있었다.

앙투안은 마르고 키가 크며 섬세한 얼굴로, 어딘가 반항적이고 불성실한 태도를 취하는 것이 자신의 의무라도 되는 양 생각하는 구석이 있었다. 질베르는 중키에 딱 벌어진 몸집으로, 거칠고 울퉁불퉁한 수염투성이의 얼굴에 어울리지 않게 온순한 성격의 소유자였다. 그 침착한 성품 때문에 앙투안보다 훨씬 나이가 많아

보이는 일이 많았다.

"앙투안" 나는 그에게 말을 걸었다. "네 이모님 생일이 다음 주지? 가능하면 나도 초대해주면 안 될까?"

"좋아. 질베르도 마틸드도 오니까. 널 소개하면 오데트 이모도 기뻐할 거야."

나는 리비에르 교수나 마틸드의 이야기에 강한 흥미를 느꼈다. 게다가 그 협박장도 있었다. 앙투안의 이모들과 만나보고 싶어 견딜 수 없었기에 순식간에 그 자리를 마련한 것이다.

마틸드를 남겨두고 리비에르 교수의 집을 나서 생미셸 광장까지 갔을 때 앙투안과 질베르는 무슨 볼일이 있다며 나만 놔두고 허둥지둥 인파 속으로 섞여 들어갔다. 협박장에 대해 좀 더 자세히 물어보려고 했던 나는 쌀쌀맞은 앙투안의 태도에 살짝 화가 났지만, 아무튼 북풍을 피하기 위해 혼자 근처의 카페로 들어갔다.

실내의 열기로 피부에 불쾌하게 땀이 뱄다. 카페의 난방이 너무 셌다. 나는 옆 의자에 벗어둔 외투 옆에 재킷까지 벗어놓았다. 내가 있는 곳은 '출발'이라는 매혹적인 이름의 카페 창가 자리였다. 특별히 이렇다 할 장점이 없는 평범한 이 카페에 이따금 들르는 건 단지 그 이름에 끌렸기 때문인지도 모른다.

유리창 너머로 올려다보이는 하늘은 이미 밤의 어둠을 띠고 있었다. 뼛속까지 얼어붙을 듯한 추운 밤이었다. 생미셸 광장에 면한 카페 앞의 보도는 외투 깃을 올리고 어깨를 웅크린 채 잰걸음으로 오가는 사람들로 넘쳐났다. 얼어붙는 듯한 한기에 굳어진 얼굴, 초겨울의 찬 바람에 젖혀져 올라간 외투 자락, 호주머니 안에서 비벼지는 손가락, 우유처럼 하얗게 얼굴에 휘감기는 입김. 한 겨울 밤 번화가의 모습이 가로등이나 상점의 쇼윈도 빛에 어슴푸레하게 떠올랐다.

땀이 밸 정도의 열기로 가득 찬 카페 안은 손님들로 붐볐다. 관광객이 몰려드는 계절이 아니었기에 대부분의 손님은 퇴근하는 회사원이나 학생들이었다. 남자들 대부분은 귀가하기 전에 식전주를 걸치고 있었다. 검은 유니폼을 입은 종업원들이 손님들의 주문을 받으며 탁자 사이를 바삐 돌아다녔다. 종업원이 나르는 쟁반 위에서는 크고 작은 찻잔이나 유리그릇이 딸그락거리는 소리를 냈다. 여기저기서 피어오르는 이야기 소리가 희미한 술렁거림이 되어 카페 안의 열기와 섞였다. 읽으려고 꺼낸 책을 빈 커피 잔과 지저분해진 재떨이 사이에 난폭하게 엎어놓았다. 책을 펼쳐도 타인 같은 얼굴을 한 활자가 나와 무관하게 늘어서 있을 뿐이었다.

나는 무료해져서 라탱 지구*에 사는 친구들의 얼굴을 차례로 떠올려보았다. 아직 이른 시간이었고, 이대로 몽마르트르의 집으로 돌아가는 것도 내키지 않았다. 카페 유리창에서는 강 건너편의 오르페브르 강변도 내다보였다. 아버지한테 들러볼까도 생각해봤지만, 경찰청의 으스스한 복도를 떠올리자 그것도 내키지가 않았다.

앙투안이나 질베르와는 다른 부류의 친구들이 있다. 내 연애 유희의 상대. 주로 자동차나 디스코나 바캉스를 화제로 삼는 가벼운 교제. 그래, 지금 나에게 푹 빠져 있는 피에르라면 내 권유를 거절

---

* 800년 전통의 대학가로 소르본 대학(파리 3대학·4대학)을 중심으로 발전한 거리다.

할 염려는 없다. 하지만 피에르와 생제르맹 뒤쪽의 디스코클럽에서 요란하게 노는 것도 오늘 밤에는 웬일인지 내키지가 않았다.

그때 나는 기묘한 청년을 떠올렸다. 그 청년을 불러낸다는 새로운 생각에 떨리는 마음으로 카페 지하에 있는 전화실로 들어가 수화기를 들었다.

전화를 받은 노파는 난폭한 말투로 언짢다는 듯이, 좀 기다려, 했다. "가케루 씨가 친절한 일본 사람이 아니었다면 전화 같은 건 바꿔주지 않을 텐데"라는 혼잣말이 희미하게 들렸고, 그러고 나서 문 여닫는 소리, 탕탕 계단을 올라가는 노파의 발소리가 수화기 너머로 들려왔다. 다락방까지 올라가는 노파를 생각하자 다소 유쾌한 기분이 들었다. 통통하게 살이 쪘으며 잔소리와 불평이 많은 심술궂은 노파겠지. 조금은 운동을 하는 편이 몸에 좋을 거라고 생각하며 피식 터져 나오는 웃음을 꾹 눌러 참았다.

전화를 받은 젊은 일본인은 내 권유에 대해 잠깐 생각하는 듯했다. 짧은 침묵이 흐른 뒤 그는 권유에 응했다. 우리는 30분 후 퐁네프 다리의 동상 앞에서 만나기로 했다.

새 학기가 시작되고 얼마 지나지 않은 어느 가을날의 오후였다. 나는 평소처럼 리비에르 교수의 강의를 듣고 있었다. 낡은 석조 건물인 대학 강당은 축축한 열기와 꽉 들어찬 사람들의 훈김으로 숨이 막힐 지경이었다. 채광이 좋지 않은 넓은 강당은 어둑어둑했고 구석구석에는 음침한 그림자가 묵직하게 가라앉아 있었다. 뒤로 갈수록 점점 경사가 심해지는 강당에는 낡고 긴 나무의자가 강단을 중심으로 하여 반원형으로 빈틈없이 배열되어 있었다. 맨 앞줄에 앉은 나는 맞은편 자리에 있는 동양인 청년의 얼굴을 자세히 관찰하는 중이었다. 매주 그는 늘 같은 자리에 앉았다. 그러나 열심히 수업을 듣는 것 같지는 않았다. 교재도 펴지 않고 늘 턱에 팔을 괴고 교수의 이야기를 그저 듣기만 했다. 때로는 멍하니 있는 것처럼 보일 때도 있었다. 열심히 필기를 하던 나는 먼 나라에서 온 그 유학생의 불성실한 태도에 약간 화도 났다.

내가 끌린 것은 청년의 단정한 용모가 아니었다. 무표정한 얼굴에 이따금 떠오르는 우울한 미소의 그늘이 신기한 힘으로 나를 사로잡았다. 매혹적인 그 어두운 미소는 내가 좋아하는 화가가 그린 마오리족 청년의 그것과 닮아 있었다.

그날 수업 때는 평소와 달리 산만한 기분으로 청년의 얼굴을 바라보았다. 어떤 계획이 서서히 형태를 갖춰가고 있었다. 나는 그 계획에 온통 정신이 팔렸다. 그 때문에 교수의 말은 의미 없는 소리의 조각인 채 막연하게 귓가를 맴돌 뿐이었다. 이런 상태로 얼마나 있었을까. 그때까지 규칙적인 울림으로 내 기분을 상쾌하게 유지해주던 발소리가 돌연 들리지 않았다. 주위에서 희미한 웅성거림이 일어난 것 같았다. 나는 책상 맞은편 사람들의 낌새를 느끼고 억지로 잠에서 깬 어린아이처럼 불쾌한 기분으로 느릿느릿 고개를 들었다.

내 얼굴을 들여다보는 것처럼 리비에르 교수가 상체를 가볍게 앞으로 기울이고 있었다. 둔하게 풀려 있던 머리가 드디어 사태를 파악하기 시작했다. 교수는 놀리듯이 가볍게 눈살을 찌푸렸다. 갈색 눈에는 희미한 미소가 떠올랐다. 교수는 명확한 어조로 천천히 질문을 되풀이했다.

"선행하는 철학을 배우는 것의 보편적인 의미는 무엇이라 생각하나?"

강의 중에 멍하니 몽상에 빠져 있는 불성실한 학생을 야유하는 가벼운 징벌의 의미가 담긴 어조였다. 나는 창피함에 어찌할 바를 몰랐다. 답하려고 해도 혀는 굳어져 도통 움직이지 않았다. 앞뒤 맥락을 모르기 때문에 너무나도 일반적인 교수의 질문이 뭘 의미하는지 전혀 이해할 수가 없었다. 나는 그저 어쩔 줄 몰라 교수의 얼굴을 올려다보기만 할 뿐이었다. 주위에서 비난하는 듯한 조소가 들려왔다. 교수는 그 웅성거림을 제지하듯이 가볍게 손을 흔들며 우스꽝스럽게 찡그린 얼굴로 고개를 끄덕이고는 내 맞은편 자리에 앉은 다른 학생을 지목했다. 대신 지목된 사람은 그 동양인이었다.

"자네는?"

짧은 침묵이 흘렀다. 강당은 어느새 아주 조용해져 있었다. 그러고 나서 묘하게 단조롭고 약한 억양에 중얼거리는 듯한 목소리가 희미하게 들려왔다. 그러나 나는 그의 말을 알아들을 수가 없었다. 교수에게도 사정은 마찬가지였을 것이다. 그는 눈을 가늘게 뜨고 뭔가를 이야기하기 시작했다. 그런데 청년은 이어서 나도 알아들을 수 있는 우리말로 이야기했다.

"보편적인 의미는 없습니다. 왜냐하면 지금 있는 것은 그때도 있는 것이고 지금 없는 것은 그때도 없었기 때문에……"

이 말에 리비에르 교수는 가볍게 몸을 뒤로 젖힌 것처럼 보였다. 나는 교수가 슬쩍 중얼거린 말을 놓치지 않았다.

"산스크리트어……"

교수는 순간적으로 놀란 표정을 지었고, 그리고 나서 두 번쯤 자기 자신에 대해서인 듯 실짝 고개를 끄덕였다. 교수의 이목을 사로잡은 청년에게 나는 새삼 강한 관심이 생겼다. 매혹적인 미소에 이어서 음영이 풍부한 뜻 깊은 중얼거림, 낮고 흐려 분명치 않지만 뭔가 마술적인 힘을 간직한 속삭임이 강하게 내 마음을 끌어당겼다.

그때 수업이 끝났음을 알리는 음침한 음색의 종소리가 대학 건물 구석구석까지 무겁게 울려 퍼졌다. 자신을 확인하는 듯한 몸짓으로 가볍게 턱을 끌어당기고 나서 리비에르 교수는 평소의 어조로 강의를 마쳤음을 알렸다.

학생들이 의자에서 일어나는 소리로 강당은 갑자기 소란스러워졌다. 나는 튕겨지듯이 긴 의자 위의 상반신을 등 뒤로 비틀었다. 막 자리를 떠난 동양인이 잰걸음으로 강당 중앙의 통로를 통해 출구로 올라가는 참이었다. 나는 앞을 다투어 밀치락달치락하는 학생들을 좌우로 밀어 헤치며 출구를 향해 서둘러 올라갔다.

그는 줄곧 내리던 비로 상쾌하게 젖은 오후의 생미셸 거리를 내려가고 있었다. 하늘에는 짙은 청회색 비구름이 바람에 날려 흩어지며 복잡한 형태의 무늬를 만들어냈다. 나는 외투 호주머니에 손을 넣고 잰걸음으로 언덕길을 내려갔다.

맑은 가을날의 대기가 약간 쌀쌀했다. 교재를 꼭 안고 외투 깃을 세운 채 붐비는 사람들을 뚫고 오후의 번화가를 나아갔다.

앞서 가는 사람은 생제르맹 거리와의 교차로에서 신호등이 있는 횡단보도를 건너 식당들이 밀집한 너저분한 골목으로 들어갔다. 수많은 인파에 시달리며 넓은 횡단보도를 건너고 있을 때 새삼 묘한 사실을 깨달았다.

그는 특별히 서두르는 것 같지도 않고 빨리 걷는 것처럼 보이지도 않았다. 오히려 그 뒷모습에는 뭔가 깊은 생각에 잠긴 자의 망망하고 종잡을 수 없는 분위기가 배어 있었다. 하지만 그것은 완전한 착각에 지나지 않았다. 의도적으로 따라가 보고 비로소 알게 된 것은, 그가 실제로는 거의 종종걸음에 가까운 속도로 끊임없이 앞쪽으로 움직여간다는 사실이었다. 그리고 같은 속도로 나아가려는 내가 순식간에 군중의 질서에 혼란을 일으키며 사람들의 어깨에 걸리거나 발을 밟을 뻔하거나 뒤에서 부딪치거나 하며 쉴 새 없이 짧게 미안하다는 말을 연발하는데도, 앞쪽에서 가는 그에게는 전혀 그런 기색이 보이지 않았다. 나는 뚱뚱한 중년 부인과 부딪쳐 "미안합니다" 하고 말하며 바쁘게 발을 옮겼다.

싸구려 식당이 옹색하게 들어차 있는 뒷골목은 어중간한 시간 탓에 인적도 드물었다. 세월의 때로 거무스름해지고 낡아 쓰러질 것 같은 석조 건물이 서로 기대듯이 늘어서 있었다. 무너지기 시작한 채 방치된 폐가의 유리 깨진 창문이 살풍경하게 휑하니 열려 있었다. 기름때로 더럽혀져 불결해 보이는 앞치마를 두른 중국인 요리사가, 산더미를 이루며 흘러넘칠 것 같은 잔반과 채소 찌꺼기가 담긴 대형 용기를 느릿느릿 가게 밖으로 나르고 있었다. 초라한 옷차림의 야윈 아랍인 청년이 따분한 듯이 축축한 석벽에 기대 이쪽을 응시했다. 찌를 듯이 날카로운 시선이었다. 나는 그 시선에 약간 겁을 먹었다.

낡은 건물의 처마 끝으로 올려다보는 하늘은 가늘고 부정형하게 잘려진 채 안울하게 흐릿했다. 꼬불꼬불 구부러지며 교차하는 좁은 골목으로 들어오고 나서 추적하던 사람을 잃어버린 나는, 집요하게 나를 주시하는 아랍인에게 큰맘 먹고 말을 걸었다. 혹시 딱딱한 목소리가 나왔더라도 그것은 차별하는 마음 탓이 아니었다. 오히려 겁을 먹고 있어서였다. 청년은 뭔가 수상쩍다는 표정으로 말없이 전방의 폐가 옆쪽으로 나 있는 좁은 골목을 턱으로 가리켰다. 나는 가장 꾀죄죄하고 참혹한 모습의 골목으로 들어갔다.

골목은 거의 어깨너비밖에 되지 않았다. 낮에도 전혀 햇빛이 들지 않아서 축축하고 어두웠다. 포석 사이에는 기름 섞인 오수가 고여 있었다. 동그스름해진 포석의 표면은 비나 오수에 젖어 미끄러지기 쉬웠다. 용기에서 비어져 나온 잔반이 바닥에 흩어져 있어 메스꺼운 악취를 풍겼다.

거의 손으로 더듬다시피 천천히 골목 깊숙이 들어가 시커먼 움막 비슷한 좁은 계단의 통로 앞에 멈춰 섰다. 골목은 조잡한 석벽으로 가로막혀 있었다. 막다른 골목이었다. 그는 이 어둠 속으로 내려간 것일까. 하지만 계단 아래에는 허름한 음식점의 곰팡내 나는 지하실 외에 아무것도 있을 것 같지 않았다.

계단 안쪽을 자세히 보려고 허리를 굽힌 순간 젖은 포석에 발이 걸려 넘어지고 말았다. 바닥에 양팔을 짚고 혀를 차던 내 눈에 희읍스름한 골목 입구에서부터 들어오는 역광에 새까맣게 떠오른, 호리호리한 청년의 그림자가 명료한 윤곽으로 비쳤다. 그 그림자는 좁은 골목 벽에 가볍게 기대고 팔짱을 낀 채 관심도 없다는 듯한 냉담한 태도로 이쪽을 바라보고 있었다. 그러고 나서 멍하니 몸을 일으키더니 조용한 걸음걸이로 이쪽으로 걸어왔다. 청년은 연필이라도 줍는 듯이 나를 일으켰다. 그는 우울해 보이는 미소를 띤 채 나를 일으켜 세우고 나서 나지막한 목소리로 말했다.

"나한테 무슨 볼일이라도?"

이렇게 나는 야부키 가케루라는 청년과 알게 되었다. 강당에서 머리에 떠오른 계획이란 이 청년에게 언어를 배우고 싶다고 부탁해보는 것이었다. 그는 내 선생이 되는 것을 허락했다. 그때부터 매주 리비에르 교수의 강의가 끝난 후 우리는 오데옹 뒤쪽의 카페에서 일본어 공부를 시작했다. 그는 솜씨 좋은 교사였지만 자신의 과거에 대해서는 전혀 말하려고 하지 않았다. 그 수수께끼 같은 미소 뒤에 있는 것은 여전히 내 이해를 넘어서 있었다.

가케루는 왜 변덕스러운 내 부탁을 들어줄 마음을 먹었던 것일까. 아무리 생각해도 나는 그 이유를 알 수 없었다.

선의의 사람, 성격적으로 친절한 사람은 있는 법이다. 그러나 가케루가 선의의 사람이라는 건 정말 얼토당토않은 이야기다. 타인이란 그저 성가시기만 한 존재라고 진심으로 느끼고 있는 듯한 청년이다. 핵전쟁으로 단 한 사람만 살아남았을 때 비로소 마음이 평온해질 수 있는 청년인 것이다. 그는 오로지 교제 범위를 좁히려고만 애쓰고 있었다. 몇 명의 지인에게도 어딘가 거리를 두는 쌀쌀한 태도는 침묵과 고독을 지고의 가치로 여기는 사상의 표현인 것 같았다. 선의에서 또는 새로운 친구를 찾기 위해 내 부탁을 들어주었다고는 생각되지 않았다.

학생을 통해 프랑스어에 숙달하려고 생각한 것일까. 하지만 그는 언어에 어려움이 없었다. 억양이 약하고 목소리가 흐려 분명하지 않은 경향은 어학력의 문제라기보다 이 청년의 개성에 기인하는 것으로 보인다. 게다가 정말 화가 나는 일인데, 중세 프랑스어나 라틴어를 읽는 것은 나보다 훨씬 윗길이었다. 그리고 중세 오크어로 쓰인 『알비주아 십자군 서사시』에 관심이 있는 모양이었다. 이런 인간이니 그가 느닷없이 올메카어나 수메르어로 말하기 시작한다고 해도 그다지 놀라지 않을 것이다. 언어에 관한 한 내가 가케루에게 가르칠 만한 것은 하나도 없었다.

어쩌면 내게 즐거운 상상이지만, 그가 나디아 모가르라는 젊은 아가씨에게 관심을 가진 것이 이유라고 생각해보는 건 어떨까.

나는 보통의 파리 아가씨로, 남자들의 심리를 흔들고 또 생각대로 조종하기 위한 여러 가지 테크닉에는 자신이 있다. 그것은 남자들이 상상도 못 할 만큼 어릴 때부터 여자가 은밀하고도 자연스럽게 익혀오는 기술이다. 하지만 때때로 내가 시도한 교태를 부리며 이야기하는 방법, 상대를 혼란시키기 위해 기분이나 태도를 갑작스레 변화시키기, 요염한 몸짓, 눈을 치뜨고 흘끗 표정을 훔쳐보는 시선의 움직임 등이 모조리 이 일본인에게는 전혀 효과를 발휘하지 못한 것도 사실이었다.

야부키 가케루에게는 철학자나 모럴리스트라는 측면이 있었지만, 동시에 날카로운 예술가의 감각도 있었다. 음악의 취향은 무궤도여서 그레고리오 성가에서부터 하드록까지, 뭐든지 들었다. 그러나 가장 좋아하는 것은 독일 낭만주의 음악이었는지도 모른다. 고대부터 현대까지의 미술에도 정통했지만, 그보다는 건축에 대한 관심이 더 깊은 것 같았다. 그는 고딕 건축을 경멸하고 로마네스크 양식의 조잡한 석조 성당을 사랑했다.

또한 뭔가 미심쩍은 방대한 지식도 갖추고 있었다. '세피로트의 나무'*나 엘레우시스 신비의식에 대해, '성배 전설'이나 헤르메스학에 대해 이따금 열심히 말하는 일이 있었다.

그러나 사람을 망연자실하게 하는 것은 그의 이면에 있는 기괴한 재능이었다.

예컨대 묘하게 조용하고 표정 없는 가케루의 얼굴을 앞에 두면, 뭔가 자신도 잘 이해할 수 없는 울적한 초조함에 재촉받는 듯한 기분이 들어 보통 때라면 남에게 알리고 싶지 않던 마음속의 비밀까지 입 밖으로 튀어나온다. 가케루는 감탄사나 냉담하게 짧은 질문만으로 단번에 이야기를 핵심의 비밀 장소로 끌고 갔다.

훈련을 축적한 심문자의 화술, 처음에 나를 걸려들게 했을 때와 같은 미행을 따돌리는 기술, 그리고 소매치기나 마술사나 직업적인 도박꾼으로밖에 생각되지 않는 교묘한 손놀림 등은 그의 이면에 있는 재능의 아주 작은 부분에 지나지 않았다.

그는 나와 비슷한 또래의 얼굴을 하고 있지만 사실은 훨씬 더

* 천국에 있는 '생명의 나무'를 의미하는데, 유대교의 신비주의자인 카발리스트들은 이것이 우주 전체를 상징한다고 여긴다.

나이가 많을 것이다. 가늘고 부드러운 검은 머리는 길게 자라 어깨죽지에서 기분 좋게 물결치며 굽이치고 있다. 눈은 놀랄 만큼 커서 관자놀이까지 째진 것처럼 보인다. 파랗고 맑은 흰자위 중앙에 있는 검은 눈동자는 해구보다 깊어 깊이를 알 수 없다. 귀여운 작은 새의 머리를 닮은, 오뚝하게 뻗어 나온 코 아래에는 예쁜 모양의 입술이 있다. 그러나 얇고 좌우로 열린 윗입술에 비해 약간 두터운 아랫입술이 어딘지 모르게 열대식물의 호사스러운 꽃잎을 닮아 관능적인 분위기를 띤다. 야부키 가케루의 얼굴은 전체적으로 투탕카멘의 황금 마스크 비슷한 인상을 주었다.

중키에 호리호리한 체구이지만 온몸이 소년과 청년 사이의 짧고 특권적인 날들에만 허락되는, 산뜻하고 부드러우며 게다가 바라기만 한다면 흉포할 정도의 힘을 발휘할 수 있는 근육으로 뒤덮여 있었다. 그는 산책을 즐기는 고양이과 맹수처럼 몸을 우아하게 움직였다.

과거의 일을 전혀 말하려고 하지 않았지만 이따금 흘러나오는 말의 단편으로 나는 그가 몇 년에 걸친 길고 긴 여행 끝에 이 도시에 이르렀다는 것을 알았다. 그의 방랑은 동남아시아, 인도, 중동, 발칸, 북아프리카로 이어졌던 모양이다.

야부키 가케루와 리비에르 교수가 개인적으로 처음 만났을 때 나는 두 사람 사이에 이런 대화가 오간 게 기억난다.

"자네는 현상학에 관심을 갖고 있다고 하는데, 옛사람의 철학을 배울 필요가 없다는 생각과 그것은 어떻게 관계되어 있나?" 하고 교수가 물었다.

짧은 침묵이 흘렀다. 그러고 나서 가케루는 나지막한 목소리로 대답했다.

"현상학은 분명 위대한 방법입니다. 현상학은 인식이나 지각이나 신체, 상상력이나 정서 그리고 존재라는 문제에 대해서는 거의 전면적으로 부응하는 것이었다고 말할 수 있겠지요. 하지만 노동, 가족, 신화, 반란, 국가라는 그와 마찬가지로 중요한 문제에는 지금도 충분히 부응하지 못하고 있습니다……"

"자네가 말한 대로네. 그런 시도는 이루어져왔지. 그러나 충분히 성공하지는 못했어. 자네는 그것에 대해 어떻게 생각하나?"

"철학이 단순히 말해져야 하는 것이 아니라 바로 살아 있어야 하는 것이라면, 현상학적 환원 역시 사고상의 조작이라는 데서 해방되지 않으면 안 됩니다. 이것 없이 현상학은 아포리아를 넘어설 수 없겠지요."

"환원을 사고 조작에서 해방한다…… 대체 그건 무슨 의미인가?" 리비에르 교수가 반문했다.

"현상학적 환원을 넘어 자신의 삶 자체의 환원을 기도하는 것. 즉 실존적 자기환원의 기도……" 가케루가 무표정하게 중얼거렸다.

"그건 뭔데?" 이번에는 내가 물었다.

"단순한 생활을 실행하는 거지. 나로부터 모든 여분을 떼어내고 가장 단순한 생활 형태를 노정하는 거야. 가족과 직업과 국가를 생활 속에서 무화해버리는 거지."

나는 가케루가 하는 말을 조금은 이해할 수 있을 것 같았다. 단순한 생활이란 바로 가케루 자신의 생활을 보여주는 말이었기 때문이다.

"현자들의 잃어버린 그노시스[靈知]가 이것을 말해줍니다. 리비에르 교수님, 신비mystère의 어원이 뭐지요?"

"신비의 어원은…… 고대 그리스어로 눈이나 입을 감고 다물다, 라는 동사였지."

"그렇습니다. 눈을 감고 어둠과 고독의 세계에 사는 것, 입을 다물고 침묵과 단식을 견디는 것, 단순한 생활의 원형이 신비라는 말 안에 포함되어 있는 것입니다. 현상학을 철저히 하는 것은 바로 고독과 침묵의 세계에 모든 것이 있다는 진리를 따르는 것이지요……"

"그래서 현상학에 관심을 가진 자네가 현상학조차 배울 필요는 없다는 결론에 도달하는 것이군그래."

"배울 필요가 없다기보다는 배우는 것에 보편적인 의미가 없다는 것이 더 정확할 겁니다."

"네 주장대로라면, 가장 현대적인 현상학자가 고색창연한 신비주의자나 선지자가 되어 나타나게 되겠는데."

다소 야유하는 투로 말했지만 가케루는 무뚝뚝한 얼굴로 그저 묵묵히 나를 쳐다볼 뿐이었다.

이런 놀림에도 불구하고 가케루가 자신의 주장을 생활 속에서 엄격하게 실천하는 것은 사실이었다. 확실히 그의 생활은 너무나도 단순했다. 빌릴 수 있는 한 가장 작고 보잘것없는 방에서 살고 하루에 한 끼밖에 먹지 않았다. 가케루는 자신의 생활에서 여분을 깎아내는 일에 어쩐지 악마적이라고 해야 할 열정을 품고 있는 것처럼 보였다. 로욜라가 가케루의 생활을 본다면 얼마나 감격했을까. 이 일본인에게는 어딘가 옛날 예수회 수도사 같은 의지적이고 금욕적인 분위기가 있었다.

물론 친구도 연인도 없었다. 재산은 낡아빠진 검은 여행 가방뿐으로, 그 외에는 아무것도 소유하지 않았다. 대학에는 일주일에 한 번 리비에르 교수의 강의가 있는 날 나갈 뿐이고, 방에서 독서와 명상에 열중하는 것 이외의 시간에는 가까운 공원 주변과 그 옆의 천변을 산책하는 것이 일과였다. 이것이 야부키 가케루의 단순한 생활이었다.

시계를 보고 카페를 나섰다. 어두운 하늘에서는 팔랑팔랑 눈이 흩날리기 시작했다. 그해 겨울의 첫눈이었다. 나는 그랑오귀스탱 강변을 느릿느릿 걷기 시작했다.

노점 헌책방의 나무상자가 띄엄띄엄 설치된 강변의 오른쪽 난간 너머로 어둡고 차가워 보이는 센 강의 강물이 깊숙이 흘렀다. 강 건너 시테 섬 위에 숨 막힐 정도로 빈틈없이 늘어선 낡은 석조 건물들이 전설의 거대한 짐승처럼 어둠 속에 멍하니 웅크리고 있었다.

가케루는 이미 다리 중간쯤의 난간에 기댄 채 기다리고 있었다.

"안녕." 나는 말을 걸었다.

가케루는 가로등 빛으로 나를 알아보고 살짝 고개를 끄덕이고는 다시 회백색의 돌난간에 기대어 말없이 눈 내리는 센 강을 바라보았다. 그 옆에서 같은 광경을 주시했다. 줄기차게 내리는 눈으로 머리카락이나 어깨가 순식간에 하얘졌다. 희미한 휘파람 소리가 내 귀에 들려왔다. 우울하고 어두운 전율을 감춘, 끔찍하게 아름다운 선율이었다.

센 강의 어두운 수면에 점점이 열을 지은 다리의 가로등 불빛과 강 오른쪽에 있는 오래된 루브르 궁을 비추는 각광이 미묘하게 겹쳐 거기에 하얀빛의 부정형의 공간이 아련하게 떠올랐다. 어둠 속에 구성된 빛의 섬이었다. 어두운 하늘에서 끊임없이 내리는 눈은 이 빛의 섬을 통과하는 사이에만 하얀빛을 받아 반짝반짝 눈부시게 빛나며 강 수면의 어둡고 차가운 물결 속으로 소리 없이 빨려들었다. 하얀빛의 은은한 공간은 팔랑팔랑 흩날리는 눈의 작은 조각으로 가득 차 있었다. 가케루의 휘파람은 눈과 함께 흩날렸다. 엄청난 눈 한 송이 한 송이가 희미한 휘파람의 선율과 함께 춤추고 선회하고 흔들렸다.

어두운 하늘과 어두운 물 사이에 옅은 진주색으로 빛나는 무수한 빛의 입자는 성운과도 같이 어둠의 공간에 열린 신비한 별세계의 창이었다. 흘러나오는 희미한 휘파람은 우주 저편에서 들려오는 소리 같았다.

"말러지?" 나는 조그맣게 중얼거렸다.

"어어."

"좋아해?"

"어."

"왜?"

"이건 말이야, 말러가 우연히 알게 된 당나라 시인들의 작품에 곡을 붙인 거였어.*······독일 낭만주의 음악은 서구가 우주에 가장 가까이 다가간 정점에 위치하지. 그러니까 이 곡은 서구와 극동이라는 지구의 양끝에서 나온, 우주의 허무와 심연을 향한 영혼의 기념할 만한 순간적인 교착, 한순간의 신비스러운 불꽃놀이야."

그것은 알고 있었다. 하지만 나에게는 독일 낭만주의 음악이 너무 폭력적인 것 같아 그때까지는 그다지 좋아하지 않았다. 게다가 사소하지만, 마음에 걸리는 게 있었다. 가케루가 휘파람으로 불었던 건 이 유명한 곡의 첫 번째 노래의 주선율이었는데, 그는 인상적인 후렴만은 중얼거리듯이 나직하게 노래했다. "삶은 어둡고 죽음 역시 어둡다"라는 가사의 후렴구였다.

강변에 듬직한 측벽을 길게 세워놓은 루브르 궁은 띄엄띄엄 배치된 각광을 받아 어둠 속에서 위엄 있는 모습을 또렷이 드러냈다. 왼쪽에 있는 시테 섬 끝 쪽의 작은 공원에는 상록수들이 어둠보다 까맣게 밀생해 있었다. 꼬불꼬불 이어지다 시야에서 사라지는 센 강, 어두운 하늘에 윤곽이 애매하게 번진 수도의 거리, 계속해서 퍼붓는 눈의 천막이 이러한 광경을 어슴푸레하게 만들어주었다.

"너, 눈 좋아해?" 내가 물었다.

"······응."

"나도. 눈이 내리면 무척 행복한 기분이 들어. 무슨 굉장한 일이

---

* 중국의 시를 독일어 가사로 옮긴 구스타프 말러Gustav Mahler의 교향곡 「대지의 노래Das Lied von der Erde」(1908).

라도 일어날 것 같고."

"내가 좋아하는 건 눈의 차가움이야. 결정 같은, 단단하게 동결한 이미지……"

"그건 왜?"

"거기에는 살아 있는 인간의 숨결이 없고 확실한 것, 영원한 것만 있으니까."

가케루는 긴 간격을 두고 다시 이야기하기 시작했다. 어둠 속으로 빨려 들어가는 속삭임 같은 나지막한 목소리로.

"……난 예전에 히말라야 산속에 있는, 낡아서 무너질 듯한 절에서 산 적이 있어. 혼자 지냈던 겨울밤을 결코 잊을 수가 없지. 너는 아마 눈보라가 몰아치는 밤의 하얀 어둠이 주는 공포를 상상도할 수 없을 거야. 세계는 완전히 하얀 어둠 속에 갇히고 말지. 시야는 거의 사라지고. 히말라야의 얼어붙은 바위 봉우리에서 불어 내리는 무시무시한 눈보라가 몸을 날려버릴 것만 같지. 그리고 그 소리. 지축을 뒤흔드는 굉음은 귓가에서 심벌즈 백 개를 한꺼번에 쳐대는 것 같거든. 그런 밤에는 가까운 오두막까지 장작을 가지러 갔다가 두 번 다시 돌아오지 못한 사람도 적지 않아. ……하얀 어둠 속에서 방향을 잃어버린 건지. 있을 수 있는 일이야. 돌풍이 몸을 날려버린 건지도 모르고. 하지만 그 지역 사람들은 신들이 사는 곳이라 불리는 파란 얼음으로 뒤덮인 바위 봉우리 너머로 끌려갔다고 굳게 믿고 있지. 봄이 되어 눈이 녹아도 여전히 시체가 발견되지 않으면 마을 사람들의 그런 확신을 의심할 이유도 없어져. 그리고 눈보라가 몰아치던 밤에 사라진 사람의 시체는 대부분 발견되지 않아. ……그런 눈보라 속에서 나 역시 생생하게 실감했지. 인간보다 훨씬 위대한 존재의 그림자가 무시무시하고 하얀 어둠 속을 소리 없이 지나갔다는 것을. 그러고 나서 나는 마을 사람들의 전설을 반쯤 믿게 되었어……"

가케루는 억양이 약하고 무덤덤한 목소리로 속삭이듯이 이야기했다. 차가운 전율이 내 등줄기를 달려 빠져나갔다.

"너는 인간 존재에 무관심한 거지? 네 관심을 끄는 건 인간보다 크고 무시무시한 것뿐 아냐?"

이렇게 말한 내 얼굴을 가케루는 살짝 눈살을 찌푸리며 힐끗 쳐다보았다. 눈은 쉴 새 없이 내려 나와 가케루의 머리와 외투를 적셨다. 포석도 난간도 눈에 파묻히기 시작했다. 어둠 속에서 자동차가 거대한 곤충의 눈알처럼 반짝반짝하는 헤드라이트를 비추며 나타났다 사라지곤 했다. 그 기계음이나 차체가 삐걱거리는 금속성의 소리가 묘하게 허무하게 들렸다.

우리는 걷기 시작했다. 다리를 건너고 강가를 가로질러 리볼리가를 왼쪽으로 꺾었다. 주랑의 포석에 구두 소리가 낭랑하게 울렸다.

"너의 새로운 현상학은……" 하고 나는 가케루에게 말을 걸었다. "인간관계나 사회문제 전반에 적용되겠지?"

가케루는 흘끗 내 얼굴을 쳐다볼 뿐 말이 없었다. 큰맘 먹고 빠른 말로 계속했다. "그건, 예를 들어…… 범죄 사건에도 적용될까?"

나는 가케루에게 경멸을 받지나 않을까 두려웠다. 그러나 어떻게 해서든 그 화제를 꺼내고 싶었다. 그러고 나서 협박장 이야기를 했다.

"오데트한테 배달된 편지, 넌 어떻게 생각해? 나는 그냥 장난이라는 앙투안의 생각도, 이봉이 이제 살아 있지 않다는 리비에르 교수님의 생각도 다 틀렸다고 생각해. 세 사람 중에서 마틸드가 가장 정답에 가깝지만, 그래도 역시 마지막에는 빗나갔어. 마틸드는 귀국한 이봉이 예전 일로 오데트 자매를 심판하는 거라고 믿고 있거든.

하지만 말이야, 가케루. 이봉이 살아 있고 게다가 처음부터 합법적인 방법으로 재산을 회복할 생각 같은 건 하지 않았다면, 다시 말해 이봉의 목적이 돈이 아니라 복수라고 한다면, 그는 편지를 보낼 기회가 있어도 결코 리비에르 교수님이나 마틸드한테는 보내지 않겠지. 오히려 그는 친구나 딸 앞에서 모습을 감추려고 했을 거야. 그가 계획하는 것은, 그래, 범죄니까……"

교수나 마틸드의 이야기를 들으면서 생각했던 게 이것이었다. 오데트의 생일 모임에 참석하기로 마음먹은 것도 그 때문이었다. 나는 이봉과 오데트 자매 사이에 무슨 일이 있었는지 좀 더 자세하게 알 필요가 있었다. 그것을 위해서는 오데트와 안면을 터야 했다.

우리는 리볼리 가를 떠나 팔레 루아얄의 뒷골목으로 들어갔다.

"나디아, 너 탐정소설 좋아하지?"

나는 가볍게 입술을 깨물었다. 늘 앙투안에게 당하는 것처럼 가케루에게도 무시당할지 몰라서였다. 그래, 분명히 좋아해. 하지만 그게 뭐가 잘못인데. 실제로 무수한 범죄가 일어나고, 그중 적잖은 사건이 경찰의 손에 해결되지 못한 채 잊히고 말잖아. 그렇게 해결하지 못한 사건, 어려운 사건에 유연하고 올바른 논리를 적용하면 그중 얼마간의 사건은 해결의 실마리를 찾을 수 있을지도 몰라, 라고 생각하는 것이 왜 무시당해야 하는가. 앙투안에게는 상상력이라는 게 결여되어 있다.

"가케루, 너는 그 편지를 어떻게 생각해?"

"나는 어떻게도 생각하지 않아. 현상학적으로 생각한다는 것은, 이 경우에는 아무것도 생각하지 않는다는 게 돼."

"거짓말. 너는 내가 하는 말을 진지하게 받아들이지 않는 거지?"

"아니, 그런 게 아니야, 나디아. 그럼 설명하기로 하지⋯⋯" 가케루의 음성에는 재미있어하는 듯한 희미한 웃음이 스며들어 있었는지도 모른다. "네가 좋아하는 상상 속의 탐정들은 꽤 중요한 철학적 존재이기도 해. 현상학의 창시자는 갈릴레이까지 거슬러 올라가 근대적인 사고의 한계성을 비판했지만, 갈릴레이가 만들어내고 데카르트에 의해 완성된 근대 지식의 문법을 가장 대중적인 수준에서 체현한 이들이 다름 아닌 이야기 속의 명탐정들이니까.

아무도 근대 지식의 전역을 다 배울 수는 없어. 그건 고사하고 대부분의 사람에게 그들의 시대, 그들의 사고가 인류 역사의 정점에 있음을 실감시켜주는 것은, 너무 복잡해져서 이해할 수 없는 근대 과학의 체계가 아니라 그것이 주는 기술적인 성과뿐이야. 사람들은 텔레비전이나 트랙터나 우주선을 통해서만 근대 지식의

의의, 근대 과학의 위대한 승리를 실감할 수 있거든. 하지만 그래도 어딘가 불안감이 남지. 그래서 명탐정이 등장해. 그들은 이를테면 근대적으로 사고하는 영웅으로 등장하여 독자 앞에서 범죄나 악, 그리고 온갖 비합리적인 몽매함에 대해 상상에서의 승리를 거두어 보임으로써 근대인의 불안을 해소해주지. 하지만 그 승리가 너무 근거 없는 공상에 지나지 않는다는 점 역시 분명해……"

"근대 정신의 문법이라는 게 뭐야?"

"관찰과 추론과 실험. 이 일련의 조작이 진리로 가는 유일한 길이라는 확신 속에 근대 정신의 문법이 있지."

"너는 그게 틀렸다는 거야?"

"응, 그건 진리로 가는 다양한 길 가운데 하나에 지나지 않거든."

"좀 더 설명해봐." 내가 이렇게 말하자 가케루는 잠시 침묵한 다음 다시 말을 이었다.

"관찰된 사실을 논리적으로 배열하면 유일한 길을 거쳐 확실하게 진실에 도달할 수 있다는 근대인의 확신은 예컨대 이런 에피소드 안에도 간결하게 나타나.

……방 안에 한 남자가 죽어 있어. 묘한 것은 피해자가 문 가까이에서 습격당했는데도 범인이 도주한 후에 방 한가운데로 기어가서 탁자 위의 설탕 단지를 뒤엎은 다음 설탕을 꼭 움켜쥔 채 죽어 있었다는 사실이었어. 탐정은 먼저 손에 쥐어진 설탕은 그저 범인을 지시하는 일종의 기호라고 생각하지. 하지만 이것이 단순한 독단에 지나지 않는다는 것은 너무나 분명해. 설탕을 움켜쥐고

있었다는 사실 안에는 권리상 동등한 무수히 많은 의미가 포함되어 있거든. 예를 들어 피해자가 단것을 좋아해서 죽기 전에 한 번만이라도 더 설탕의 단맛을 즐기고 싶었는지도 몰라. 또 피해자가 눈이 많이 오는 지역 출신이어서 죽음의 환상이 그에게 설탕의 빛나는 듯한 하얀색과 새 눈의 더럽혀지지 않은 하얀색을 연결시켜 그로 하여금 설탕을 움켜쥐게 했는지도 모르고. 하지만 탐정은 독자한테 아무런 근거도 제시하지 않고, 손에 쥐어진 설탕의 다의적인 의미를 일방적으로 한정하고 그것이 범인을 지시하는 기호라고 단정해버리지."

나도 이 에피소드를 읽은 기억이 있었다. 가케루는 지체 없이 이야기를 계속했다.

"⋯⋯다음으로 탐정은, 피해자가 움켜쥐고 있는 설탕이 범인을 지시하는 기호라고 해도, 그것이 또 논리적으로 타당한 무수히 많은 해석을 낳는다는 것을 억지로 무시하고 설탕 – 마약 – 마약 중독자라는 연상을 통해 범인을 마약 중독자라고 일방적으로 단정하지. 왜 범인이 마약 제조자도 아니고 밀매자도 아니고 중독자인 걸까? 또는 설탕 – 눈이라는 연상을 통해 범인이 등산가나 산속 오두막집의 주인이어서는 안 되는 걸까? 설탕 – 백의라는 연상을 통해 의사, 약사, 화학 실험자여서는 안 될까?"

"그래도 너는 추론이 실험을 통해 확인된다는 걸 잊고 있어." 나는 다소 벼르고 나섰다. 가케루와 이런 이야기를 하는 것이 묘하게 즐거웠다. "혹시라도 이 추론에 의해 피해자 주변에서 마약 중독자가 발견되고 그에게 범행 동기가 있고 또 알리바이가 없고 그

밖에도 물증이 발견되어 결국 범행을 자백한다면, 다시 말해 추론이 실험으로 증명되는 거잖아."

"나디아, 물론 나는 잊지 않았어. 문제는 바로 거기에 있지. 나는 탐정의 추론이 유일한 논리적 과정을 밟고 있는 건 아니라는 사실을 지적했을 뿐이야. 탐정의 추론과 논리적으로 동등한 권리를 가진 다른 해석이 무수하게 존재할 수 있다는 것을 지적한 거지. 그래, 그렇다면 탐정은 왜 딱 한 번의 시도로 올바른 추론을 할 수 있었을까? 아니, 이렇게 말하는 게 낫겠지. 왜 그는 올바로 단정하고 올바로 비약할 수 있었을까, 라고 말이야."

그 가설이 다른 가설보다 논리적으로 더 타당했으니까…… 라고 말하려다가 입을 다물고 말았다. 가케루가 미리 나의 반론을 논파하고 있음을 알아채서였다. 나는 잠자코 있었다. 그러나 납득할 수는 없었다. 관찰과 추론과 실험이라는 합리적인 사고 조작이 우연히 잘 들어맞았을 뿐인 독단에 지나지 않는다고는 생각할 수 없었다. 나는 더 이상 참지 못하고 물었다.

"왜지? 너는 어떻게 생각하는데?"

"처음부터 알고 있었어."

가케루가 무슨 말을 하려는지 나는 도무지 이해할 수가 없었다.

"뭘 알고 있었는데?"

"탐정은 논리적인 추론도, 실험으로 확인하지 않고서도 처음부터 범인을 알았던 거지."

"어떻게 알 수 있었는데?"

"본질직관으로."

본질직관이 현상학에서 중요한 개념이라는 것 정도는 대학 수업을 통해 알고 있었다.

"나는 잘 모르겠는걸."

"어떤 과학상의 발견도 수많은 사실의 관찰과 타당한 추론으로 달성된 것은 아니거든. 코페르니쿠스는 처음부터 지구가 공전한다는 것을 직관했고, 멘델은 유전법칙이 존재한다는 것을 직관했어. ……현상학은 상상 속의 탐정이든 실제 과학자나 연구자든 아니면 아주 흔한 보통의 회사원이나 주부든, 모든 인간이 자각하지 못한 채 작동시키는 본질직관이라는 사고의 조작을 철학적으로 반성하고 엄밀하고 보편적인 방법으로까지 만들어낸 거거든."

"하지만 직관은 어쩐지 비합리적이고 믿을 수 없다는 생각이 드는데."

"아니, 그게 아니지. 올바른 직관이 먼저 주어져 있어서 무수하게 존재할 수 있는 논리적인 해석의 미로를 더듬어 진실에 도달할 수 있다는 사실에 눈을 감았을 때, 한편으로는 관찰, 추론, 실험이 그 자체로 진리에 이르는 길이라는 근대 정신의 자기기만이 생겨나고, 다른 한편으로는 그 대극에 직관을 뭔가 비합리적이고 신비한 것으로 만드는 발상이 고정화되는 거지. 현상학적으로 생각한다는 것은, 다시 말해 네가 마틸드의 아버지나 그 편지에 대해 전혀 생각하지 않는다는 뜻이야. 너는 관찰하고 재료를 논리적으로 배열하려고 애쓰지. 그러나 나는……"

"직관하는 거란 말이지?" 나는 최대한 비아냥거림을 담아 말했다. "그래서 처음부터 이미 진상에 도달한 거야?"

"언제나 진실은 보는 사람 앞에 있어. 하지만 이 경우에는 네가 기대하는 형태로는 존재하지 않아……"

어둠 속에 잠긴 골목 사이에 마치 그곳만이 남겨진 것처럼 어슴푸레한 술집이나 카페의 쓸쓸해 보이는 요란함이 조용히 드러나 있었다. 하지만 가게의 불빛은 멀고 그 웅성거림도 희미했다. 나는 슬프고 애달픈 기분에 휩싸였다. 여전히 한없이 이어지는 어두운 골목의 포석은 이미 쌓인 눈에 파묻히기 시작했다. 눈을 흩뿌리는 바람이 길거리 여기저기를 돌아다니며 내 외투 자락을 휘날렸다. 가케루가 다시 휘파람을 불기 시작했다.

제1장
빅토르 위고 거리의 머리 없는 시체

12월 28일 오후 5시

따뜻한 거실에서는 아버지와 장 폴이 식전주를 홀짝이고 있었다. 약간 망설였지만 이브닝드레스는 그만두기로 했다. 오데트가 아무리 부르주아 취향의 중년 여성이라고 해도 생일에 이브닝드레스는 지나치게 야단스럽다. 내가 엷은 보라색 실크 드레스를 입고 거실로 들어서자 장 폴이 갑자기 무척 기분 좋은 목소리로 말했다.

"나디아, 썩 잘 어울리는데. 마치 공주님 같아."

너무나 진부한 비유여서 나는 웃음을 터뜨리고 말았다. 장 폴의 고릴라 같은 상상력으로는 이것이 최대한의 찬사다. 나는 일부러 찌푸린 얼굴로 장 폴을 쏘아보았다. 아버지는 잠자코 온화한 미소를 지을 뿐이었다.

하지만 아버지의 이 미소가 사실은 대단히 당해내기 힘든 것이다. 대학에 들어가고 나서 나도 조금은 정치적인 의견을 갖게 되었다. 앙투안이나 질베르의 영향 탓인지도 모르지만, 나는 경찰관이라는 아버지의 직업에 대해 약간 심술궂고 빈정거리는 태도를 취하게 되었다. 그러나 구체제에 대한 나의 반항은 아버지의 다정하고 사려 깊어 보이는 갈색 눈동자나 깊이 있고 우렁찬 목소리, 그리고 온화한 이 미소 앞에서 늘 맥없이 무너지고 말았다. 게다가 아버지는 경찰관이었지만 지지하는 정당은 공산당이었다. 하긴 앙투안에 따르면 경찰도 공산당도 진정한 혁명세력에 적대한다는 의미에서는 한패가 되겠지만. 아버지는 젊은 시절 레지스탕스 활동을 할 때 상당히 위험한 경험을 한 모양이었다.

레지스탕스 활동을 할 때부터 친구인 장 폴 바르베스는 아버지의 부하로, 어릴 적부터 나를 무척 귀여워해주었다. 그는 이 나이가 될 때까지 독신으로 지내고 있어서 나를 딸처럼 생각하는지도 모른다. 그런 장 폴이 내게 이야기한 적이 있다. 만약 아버지가 사소한 정치적인 타협을 감수했다면 경찰청에서의 지위는 더욱 유력해졌을 거라고. 사소한 정치적 타협이란 물론 드골파가 된다면, 이라는 뜻이다.

아버지는 몸집이 작고, 생각이 깊어 보이는 온화한 갈색 눈을 지녔다. 검은 머리에 은발이 섞여 있었지만 늘 단정하게 빗질한 상태였다. 아버지는 아주 조용한 어조로 말하고, 동작은 늘 느긋했다. 상당한 멋쟁이로 꽤 매력적이기도 했다. 그리고 정치 이야

기는 하지 않지만 선거 때는 늘 공산당에 투표하는, 레지스탕스
경력을 지닌 평범한 경정이었다.

　르네 모가르 경정과 장 폴 바르베스 경감을 나란히 놓고 보면,
나는 늘 『삼총사』의 아토스와 포르토스를 떠올린다. 아버지가 아
토스라면 장 폴은 완전히 포르토스였다. 어렸을 때는 포르토스가
커다란 바위에 깔려 죽는 장면을 눈물을 흘리며 읽었다. 그런데
장 폴은 정말 몸집도 성격도 포르토스를 빼닮았다.

　그는 『성서』 속의 삼손처럼 거대한 체구와 근사한 근육을 가졌
지만, 얼굴은 고릴라를 더 닮았다. 두껍게 썬 햄 같은 볼과 찌부러
진 코, 거기에 믿을 수 없을 만큼 깨끗하고 맑은 파란 눈. 곰 같은
체구에 얼핏 무서운 얼굴이지만, 사실은 무척 소심한 사람이다.
하긴 소심하다는 것은 딸 같은 내게만 그럴지도 모른다. 미치광이
고릴라가 암흑가에서 불리는 장 폴의 별명이었다. 체포될 때 동료
에 대한 시위로 마음뿐인 저항을 해보인 암흑가 사람은 대체로 자
신의 몸으로 그 대가를 치러야 했다. 바르베스 경감에게 걸린 것
이 불운이다. 물론 그 대가는 귀중한 앞니라든가 손발의 뼈가 되
기 일쑤였다.

　"장 폴 아저씨, 오늘 밤 제가 뭐 하러 가는지 알아요?"라고 나는
쾌활한 목소리로 물었다.

　"글쎄, 친구하고 오페라 보러? 아니면 조금 이르긴 하지만 연말
의 그 야단법석이겠지."

　"전혀 아니에요."

　"그럼 뭐지?"

"저는 앞으로 말이에요." 나는 약간 부자연스럽게 목소리를 낮췄다. "탐정 일 하러 가요……"

"탐정" 하고 장 폴은 외쳤다. "대체 무슨 사건인데?"

"협박장이 왔거든요……"

나는 며칠 전 밤 들었던 마틸드와 리비에르 교수의 이야기를 되도록 자세하게 이야기했다. 장 폴은 너무나도 기쁜 얼굴로 이야기를 들었으나 아버지는 여전히 온화한 미소만 지을 뿐이었다.

"장난이야." 장 폴이 단정했다. "그뿐이지."

"아빠는 어떻게 생각해?" 나는 약간 조급히 굴며 물었다.

"글쎄다…… 일단 사건이 일어나지 않았다면 나로서는 뭐라고도 말할 수 없겠는걸." 아버지는 가케루와 완전히 같은 태도였다. 같은 말을 하는데도 가케루 쪽이 열 배는 더 젠체했다는 걸 제외한다면.

"경정님, 하지만 뒤 라브냉이라는 사람, 그 사람 아닌가요?" 장 폴이 아버지에게 말했다. "그 루베르 소령의 심복이었던 사람이 분명 뒤 라브냉이라는 이름이었어요."

"아마 그럴 거야. 그런 성은 흔치 않으니까."

나는 놀랐다. 아버지와 장 폴이 마틸드의 아버지를 알고 있었던 것이다. 그러나 생각해보면 이상한 일도 아니다. 세 사람 모두 전쟁 중에 파리에서 레지스탕스 활동을 했으므로 어딘가에서 얼굴을 마주했을 가능성이 적지 않았다.

"이봉은 어떤 사람이었어요?"

"글쎄, 얼굴과 이름만 알지 잘은 몰라. 부하들 사이의 횡적인 관계가 없는 조직이었으니까⋯⋯"

"하지만" 하고 아버지가 강한 어조로 말했다. "나도 리비에르 교수와 같은 의견이야. 루베르 소령이 동지로서 신뢰할 만한 사람이었다면, 이제 와서 예전의 사소한 금전 문제로 남을 협박하거나 하지는 않을 거야."

나는 더 이상 이 화제를 언급하지 않으려고 했다. 현실의 경찰관은 언제든 치명적일 만큼 둔감하고 상상력이 결여된 존재다. 이런 부류의 사람에게는 실제 시체를 제공하는 것 외에 설득할 방법이 없다. 이런 생각을 하고 있었을 때 초인종이 울렸다. 앙투안이 자동차로 데리러 왔다.

"날 데리러 왔어. 저녁은 어떻게 할 거야?" 하고 나는 두 사람에게 물었다.

"괜찮아, 경정님과 둘이서 어디로 먹으러 나갈 거니까. 마음껏 놀다 와. 젊을 때 실컷 놀아두어야지."

장 폴이 히죽히죽 웃으며 대답했다. 나는 두 사람을 남겨두고 앙투안과 함께 오데트의 집으로 향했다.

앙투안이 운전하고 온 것은 낡고 변색하여 얼룩진 회색 시트로엥 II CV로, 앙투안과 질베르가 공동으로 소유한 차였다. 나는 이 차를 볼 때마다 오래된 슬랩스틱 영화의 한 장면을 떠올린다. 남자가 힘껏 차 문을 닫자 그 충격으로 자동차가 무너져 내리기 시작하여 순식간에 흩어진 부품의 산으로 변해버리는 장면이다.

"바르트 부인이 장 보는 걸 도와주고 오는 길이야." 난폭하게 운전하면서 앙투안이 말했다. 바르트 부인은 그의 이모 집에 다니는 가정부로, 오늘 밤의 파티 준비를 위해 사야 할 물건이 많아 앙투안이 도와준 모양이었다. "내가 바르트 부인을 남겨두고 이모 집을 나섰을 때 오데트 이모도 조제트 이모도 아직 쇼핑에서 돌아오지 않았었어. 이제 슬슬 올 시간이긴 하지만……"

길이 다소 막힌 탓도 있어서 우리 집이 있는 몽마르트르에서 목적지인 에투알 광장 근처까지는 30분쯤 걸렸다. 앙투안이 차를 멈춘 것은 에투알 광장에서 빅토르 위고 거리로 조금 들어간 곳에서였다.

겨울 밤하늘은 평소처럼 거리에 낮게 드리워진 납색 구름으로 뒤덮여 있었다. 차에서 내리자 엄동설한의 한기가 온몸을 조였다.

앙투안이 차 문을 닫는 동안 나는 차 옆에 서서 상점 불빛에 어슴푸레하게 떠오르는, 한기에 굳게 얼어붙은 무표정한 석조 건물들을 무심히 바라보았다.

기묘한 사내를 발견한 것은 그때였다. 도로 반대편에는 이미 가게 문을 닫은 고급 미용실과, 그 옆에 건물로 들어가는 입구가 있었다. 무슨 의미가 있는 듯이 그 앞에 서 있던 사내가 갑작스럽게 나를 돌아보고는 손에 들었던 작은 꾸러미를 입구의 낮은 계단 옆에 놓았다. 사내는 낡고 털 빠진 담요처럼 보이는 두꺼운 천으로 된 외투를 입었는데, 깃을 세운 데다 아주 오래전에 유행한 모양의 중절모를 깊숙이 쓰고 있어서 얼굴을 확실히 볼 수는 없었다. 다만 중키에 옹골찬 몸집만은 간신히 판별할 수 있었다. 사내는 작은 꾸러미를 놓고 사람 눈을 피하는 듯이 잰걸음으로 사라졌다.

"뭘 보고 있어?" 앙투안이 뒤에서 물었다. 어쩐지 사내가 나를 위해 건너편 건물 입구에 꾸러미를 놓고 간 것 같은 느낌이 들었다.

"이모의 아파트는 이 건물 5층이야." 앙투안이 가리킨 것은 내가 바라보고 있던, 1층에 미용실이 있는 낡은 그 건물이었다. 나는 종종걸음으로 도로를 가로질러 낮은 계단 옆의 돌 위에 놓인 작은 종이 꾸러미를 집어 들었다.

"앙투안, 이것 좀 봐."

꾸러미를 풀자 책 한 권이 나왔다. 두꺼운 가죽 표지에 호화로운 장정이 된 전집의 한 권이었다.

"무슨 책이야?" 앙투안이 의아하다는 듯이 물었다. 나는 짧은 말을 혀로 밀어내듯이 대답했다. 뇌리에 떠오른 것은 서명 대신 찍힌 붉은 대문자였다.

"……『주홍 글씨』야, 호손의."

"이상한데. 문학전집의『호손 · 포』권이란 말이지" 하고 앙투안은 내게서 책을 받아 들곤 중얼거렸다. "이건 오데트 이모가 갖고 있는 것과 같은 책인데……"

"뭐라고!" 나는 조그만 소리로 외쳤다.

철망 속을 덜그럭덜그럭 올라가는 엘리베이터 안에서 나는 앙투안에게 내가 목격한 사내에 대해 간단히 설명했다. 그는 평소와 달리 다소 진지한 얼굴로 내 말을 마지막까지 잠자코 들었다. 수상한 표정에는 어딘가 걱정의 그림자가 짙게 드리운 듯 보였다.

"이상한데……" 앙투안은 작게 중얼거렸다. 그때 엘리베이터가 멈췄다.

문을 열고 우리를 맞이한 이는 검소한 차림을 한 작은 몸집의 중년 여성이었다.

"나디아, 마리 바르트 부인이야" 하고 앙투안이 소개했다. "바르트 부인, 이쪽은 나디아 모가르라고, 제 친한 친구예요."

말없이 정중한 인사를 마치고 나서 그녀는 물끄러미 내 얼굴을 쳐다보았다. 슬퍼 보이는, 맑고 깊은 커다란 눈동자였다. 고생과 나이 탓에 초췌해진 모습이었으나 젊었을 때는 꽤 미인이었을 것이다. 흰머리가 섞인 머리나 거칠어진 피부도 단정한 이목구비에서 나오는 기품을 완전히 감추지는 못했다. 그때 기묘한 생각이 의식의 표면을 스치고 지나갔다. 예전에 바르트 부인을 만난 적이 있는 것 같다는, 전혀 근거 없는 생각이었다.

"나디아, 그 책 좀 가져와봐"라는 앙투안의 목소리가 집 안쪽에서 들려왔다. 바르트 부인과 나를 대기실에 남겨둔 채 그는 혼자 집 안쪽으로 들어가 있었다.

바르트 부인의 안내를 받아 호화로운 거실을 지나 복도 막다른 곳의 오른쪽 방으로 들어갔다. 그곳은 꽤 넓은 서재로, 벽의 삼면은 바닥에서 천장까지 오래된 책으로 빽빽이 들어차 있었다. 아마도 클레르가 생전에 썼던 방일 것이다. 창을 등지고 커다란 목제 책상이 있고, 방 가운데에는 간단한 탁자와 안락의자가 놓여 있었다.

나는 벽의 서가를 향해 있는 앙투안의 어깨를 넘어다보았다. 그 한 귀퉁이에는 건물 앞에서 집어 온 것과 같은 장정의 책들이 늘어서 있었는데, 눈높이 근처에 정확히 한 권만 비어서 묘하게 부자연스러운 느낌을 주었다. 앙투안은 내게서 책을 받아 빈 곳에 꽂았다. 책은 정확히 거기에 들어갔다.

"바르트 부인" 앙투안이 다소 엄한 어조로 불렀다. "지금이 6시가 좀 지났으니까, 5시에 제가 이곳을 나가고 한 시간쯤 지났어요. 그사이에 누구 온 사람 없었어요?"

"네, 아무도 오지 않았습니다." 바르트 부인이 의아하다는 듯한 어조로 대답했다.

"그동안 부인은 어디 있었어요?"

"조리실에 있었는데요. 거기서 저녁에 내놓을 요리를 준비하고 있었어요."

"오데트 이모도, 조제트 이모도 돌아오지 않았죠?"

"네."

"알았어요. 부인은 조리실로 돌아가 식사 준비를 해주세요."

바르트 부인은 우리에게 목례를 하고 서재를 나갔다.

"나디아, 정말 기묘한 일이 벌어졌어." 앙투안의 목소리에는 곤혹스러운 울림이 있었다. "무슨 영문인지 통 모르겠는데."

"앙투안, 설명해봐. 네가 알고 있는 것 다."

"나는 바르트 부인과 함께 4시 조금 전에 이곳으로 돌아왔어. 사 온 식료품이 담긴 종이봉투를 조리실까지 옮기고 나서 이 방으로 돌아왔지. 보라고, 책상 위에 책이 펼쳐져 있잖아. 여기서 한 시간쯤 뭐 좀 살펴보고서 5시쯤 너를 데리러 집을 나섰고. 내가 이 방을 나갈 때, 서가에는 이렇게 빈 곳이 없었어."

"하지만 네가 못 봤을 수도 있는 거 아냐?"

"나디아, 보라고, 이 서가는 책상에 앉은 사람 바로 앞에 있어. 나는 책을 보면서 몇 번이나 고개를 들고 서가의 이 언저리를 명하니 바라보고 있었다고. 피곤할 때 사람들이 늘 하는 것처럼 말이야. 그래서 알아. 방을 나갈 때까지 서가의 이 언저리에 빈 곳 따윈 없었다는 걸."

"네가 잘못 보지 않았다면 5시에서 6시 사이에 누군가 이 방에 들어와서 책을 가지고 나간 거네. 그러고는 종이에 싸서 우리가 발견하도록 건물 입구에 놓아두었고……"

"네가 봤다는 그 사내겠지. 하지만 어떻게 집 안으로 들어왔을까?"

"조리실은 이 아파트 반대쪽에 있잖아. 열쇠로 열고 들어와 거실에서 서재로 온 거라면 바르트 부인한테 들키지 않을 것 같은데."

"내가 그걸 생각하지 않았을 것 같아?" 하고 앙투안은 초조한 듯이 말했다. "보라고, 나디아. 이 아파트 열쇠는 전 세계에서 단 네 개밖에 없어. 오데트 이모, 조제트 이모, 바르트 부인 그리고 나. 이 네 명만 집 열쇠를 갖고 있다고."

"전 세계에서, 라는 건 과장이겠지." 나는 살짝 불만이라는 듯이 말했다. "열쇠 복제는 얼마든지 할 수 있잖아."

"그럴지도 모르지만, 오데트 이모는 무척 조심스러운 사람이거든. 자물쇠도 문도 특별 제작을 한 거고. 내가 한 번 열쇠를 잃어먹었다가 아주 엄청난 소동이 벌어졌지. 그 때문에 일부러 자물쇠를 새것으로 바꿨을 정도라니까. 게다가 열쇠를 복제하려면, 들키지 않게 훔치고 나서 다시 주인한테 슬쩍 돌려주어야 하는 거거든. 열쇠를 갖고 있는 누군가가 만들지 않았다면 말이야."

"예컨대 바르트 부인이 길잡이였다고 한다면……"

"동기가 없어. 기껏해야 이모들을 약간 놀라게 할 뿐인 이런 잔꾀를 부릴 만한 동기가 말이야. 게다가 바르트 부인은 아주 착실한 사람이야. 뒤가 구린 일을 할 만한 사람이 아니거든."

거기엔 나도 동감이었다. 바르트 부인에 대한 나의 첫인상도 무척 좋았다. 확실히 부인에게는 의심할 만한 구석이 없었다.

서재를 나온 우리는 거실 의자에 앉아 이야기를 이어나갔다. 아마도 제정기 때부터 있었을 호화로운 살림살이나 가구, 실내장식이 내 눈을 끌었다. 하지만 나는 좀 더 다른 것을 깨닫고 있었다.

"저기, 앙투안, 이모들 성이 라루스라고 했지?"

"응." 앙투안은 무슨 말을 하려는 거지, 하는 표정으로 나를 보았다.

"라루스(빨간 머리)야, 앙투안. 뭔가 생각나는 거 없어? 그 편지의 서명인 I도 그것만 빨간색이었어. 오늘 밤 그 책도 『주홍 글씨』였잖아. 게다가 이 방의 장식을 보라고……"

그랬다. 넓은 방은 바닥의 깔개도 벽지도 천장도 커튼도 모두 농담이 다른 붉은색 계통으로 통일되어 있었다. 고가의 골동품 같은 탁자 세트와 안락의자도 연분홍색이 주조를 이루었고, 벽에 달린 커다란 타원형 거울의 틀까지 짙은 붉은색으로 칠해져 있었다. 방 안의 모든 물품이 다양한 색조의 붉은색이었다.

"이 방 말이야? 라루스라는 성을 이용해서 오데트 이모가 자기 취향대로 장식한 거야. 특별히 이상할 건 없어." 앙투안이 차분한 목소리로 말했다. "이모들을 만나면 붉은색에 대한 너의 수집 목록에 새로운 항목이 또 하나 생길 거야."

오늘 밤 손님이 돌아간 후 이 기묘한 사건을 이모한테 전할 테니까, 라는 앙투안에게 나는 굳이 반대하지 않았다. 사실은 생일 모임에 온 모든 사람에게 이 사실을 폭로하여 반응을 보고 싶었지만 오데트의 생일을 망치게 될까 봐 내키지는 않았다.

그때 무슨 소리가 들리더니 대기실에서 중년 여성 두 명이 거실로 들어왔다. 오데트와 조제트가 귀가했다. 오데트는 하얀색과 엷은 갈색의 모피 코트, 조제트는 금색 반점이 빛나는 짙은 갈색에 고가로 보이는 모피 코트를 입고 있었다. 조제트의 머리를 본나는 앙투안이 암시한 것의 의미를 알 수 있었다. 그녀의 머리카락은 사람들 눈을 끌기에 충분할 만큼 불타오르듯이 선명한 빨간 머리였다.

"앙투안, 언제 이렇게 예쁜 아가씨와 알게 되었니?" 앙투안이 나를 소개하자 오데트는 쾌활하고 붙임성 있게 말했다. "정말 늘 지저분하게만 입고 다니고 까다로운 이야기만 하지요? 나디아 모가르, 하지만 앙투안은 좋은 아이예요. 친하게 지내요."

나는 쓴웃음을 지으며 잠자코 있었다. 나 자신도 신기하게 생각하고 있었다. 왜 늘 지저분하게 입고 다니며 까다로운 이론만 내세우는 앙투안과 이렇게 친해졌는지를.

오데트와 서서 이야기를 나누는 동안 동생인 조제트는 언니와는 대조적인 언짢은 태도로 힐끔힐끔 나를 살펴보았다. 그러고는 심술궂게 입술을 일그러뜨리고 말했다.

"앙투안과 아무리 친하게 지내도 좋은 일은 없을 거예요. 오데트 언니는 좀처럼 죽지 않을 테니까."

그리고 생각지도 못한 중상에 순간적으로 얼굴이 굳어진 나에게 등을 돌리고는 일부러 난폭한 발소리를 내며 안쪽 방으로 가버렸다. 앙투안의 약혼자라도 된다고 오해한 것일까? 아무리 그래도 너무나 무례한 말 아닌가. 조제트는 내가 오데트의 유산을 목적으로 앙투안을 유혹했다고 단정한 것이다. 내 얼굴은 분노로 새파래졌을지도 모른다.

"아가씨, 신경 쓰지 마세요." 오데트가 말했다. 어딘가 애절한 목소리였다. "동생이 무슨 하찮은 오해라도 했나 봐요. 실례되는 말을 한 것은 제가 사과할게요. 아무쪼록 신경 쓰지 말아요."

평소라면 이대로 그 집에서 나왔겠지만 오늘 밤의 진정한 목적을 떠올리고 나는 간신히 오데트에게 대답했다.

"네, 신경 쓰지는 않아요. 하지만 동생분은 엄청난 심리학자시네요."

내 빈정거림에 오데트는 눈을 내리깔았을 뿐이었다.

오데트는 40대 중반의 군살 때문에 다소 몸매의 선이 무너지기 시작한 여성이었다. 하지만 젊었을 적 미모는 아직 충분히 유지하고 있었다. 고가의 화장품이나 사치스러운 옷차림, 막 미용실에서 나온 것처럼 보이는 잘 손질된 머리 모양 때문에 한창때 여자의 농밀한 분위기가 한층 고혹적으로 강조되었다.

그런데 남자에게는 그것조차 일종의 매력일지 모르겠지만, 부드러운 지방립을 잔뜩 채워 넣어 어쩐지 번들번들 기분 나쁘게 빛나는 피부를 나는 도저히 좋아할 수 없었다. 거기에서 희미한 악취가 나는 것 같았다. 그것은 강제적이고 인위적으로 늘려진 젊음이 떠돌게 하는, 어딘지 모르게 달콤한 썩은 냄새와 비슷했다.

여동생인 조제트는 언니보다 네 살 아래라고 했으니 이제 막 마흔을 넘겼을 것이다. 뭔가 가계의 특징이라도 되는지, 키도 체격도, 기름기가 돌고 번들번들 빛나는 희멀건 피부까지 언니를 쏙 빼닮았다. 하지만 얼굴은 아니었다. 오데트는 밤색 머리에 검은 눈동자이지만 조제트의 머리는 불타는 듯이 빨간 머리이고 눈은 짙은 갈색이었다. 오데트에게는 젊었을 때의 미모가 아직 생생하게 흔적을 남기고 있고 또 중년 여성의 품위랄까 위엄, 그런 무게감이 또 다른 매력을 풍겼다. 그런데 조제트는 굳이 말하자면, 추한 여자였다. 그뿐 아니라 자신의 추함을 알고 있고 그 때문에 성격까지 뒤틀린 점이 느껴졌다. 언니에 대한 열등감이 공격적인 행동이나 태도로 나타나는지도 모른다.

초인종이 울리고 오데트가 문을 열자 키가 크고 화려한 차림의 청년이 있었다. 오데트는 나에게 그를 소개했다.

"앙드레 뒤 라브낭이에요. 앙드레, 이쪽은 나디아 모가르야. 나는 옷을 갈아입고 올 테니까 잠깐 둘이서 이야기라도 나누고 있어."

이렇게 말한 오데트는 자신의 방으로 물러갔다. 조제트도 그 이후 자신의 침실에서 나오지 않고 있고, 앙투안은 이모들을 나에게 소개하기만 하고 그대로 서재로 돌아가버렸다. 나는 앙드레라는 청년과 단둘이 거실에 남겨졌다.

"앙드레라고 했죠? 당신이 마틸드의 오빠인가요?"

"예, 맞아요. 하긴 마틸드는 미친 듯이 화를 내면서 이 냉엄한 사실을 부정하고 나설지도 모르지만요. 저와 마틸드는, 정확히 말하면 어머니가 다른 이복 남매입니다. 그 부분에 대한 사정을 설명하는 건 좀 성가시지만요."

이복 남매라도 그것만은 여동생과 마찬가지로 앙드레도 아름답고 사람들 눈을 끄는, 서른 살이 안 된 청년이었다. 키가 큰 근육질의 몸에 생토노레 가의 가게에서 맞춘 최신 유행의 사치스러운 옷을 입고 있었는데, 마치 그를 위해 디자인된 것처럼 잘 어울렸다. 여동생과 같은 금발과 아버지를 닮았는지도 모르는 귀족적인 단정한 용모가 훌륭하게 조화를 이루어 아가씨들을 사로잡을만큼 완벽한 매력을 풍겼다.

이토록 매력적인 외모의 청년인데도 나는 까닭 없는 깊은 혐오감을 억누를 길이 없었다. 앙드레에게서는 뭔가 짐승 같은 불길함이 느껴졌다. 지나치게 반듯한 외모 뒤에 터무니없이 어둡고 혼돈된 폭력적인 것이 숨어 있는 듯했다. 그런 인상을 떨쳐버리려는 것처럼 나는 큰맘 먹고 물어보았다.

"어떤 사정인지 듣고 싶은데요. 저는 당신들 남매한테 관심이 많거든요."

"예, 좋지요. 숨길 건 아무것도 없으니까요. 하지만 어디서부터 이야기해야 좋을지……"

앙드레는 독이 있는 빈정거리는 어조로 뒤 라브낭 남매의 과거를 이야기하기 시작했다.

전쟁이 끝나고 마을로 돌아왔을 때 이봉은 젊은 약혼녀와 함께였다. 이듬해에 그녀와 결혼했고 2년 후에 태어난 아이가 마틸드였다. 그러나 마틸드의 어머니는 갓난아기를 출산하고 곧 과다출혈로 사망하고 말았다.

"마틸드는 말이죠, 이를테면 자기 어머니를 죽이고 태어난 아이인 셈이죠." 앙드레는 냉혹한 어조로 말했다. 그 말은 마틸드에게 너무나도 가혹하고 감정적인 단정이 아닌가 싶었지만, 나는 잠자코 앙드레의 이야기를 들었다.

마틸드의 어머니가 죽고 얼마 후 파리에서 젊은 여자와 다섯 살밖에 안 된 남자아이가 찾아와 마을이 내려다보이는 바위산 위에 자리한 뒤 라브낭가의 성관에 살기 시작했다. 그들이 앙드레와 그의 어머니였다. 앙드레의 이야기에 따르면, 이봉은 수도에서 지하생활을 할 때 이미 동거하던 여자가 있었다. 전쟁이 끝난 해에 그녀는 이봉과의 사이에 아이를 낳았지만, 그는 이듬해에 새로운 약혼녀를 데리고 고향 마을로 돌아가고 말았다.

"저와 어머니는 요컨대 아버지한테서 버림을 받았던 거죠. 하긴 약간의 생활비만은 잊지 않고 보내주었다고 합니다만……"

그러나 마틸드의 어머니가 죽고 젖먹이를 키워야 하게 되었을 때 이봉은 자기 좋을 대로 파리에 버리고 온 예전의 정부를 떠올렸다고 한다. 그는 앙드레와 그의 어머니를 마을로 불러오기로 했던 것이다.

"아버지가 사라진 것은 제가 열 살 때 일이었는데, 결국 그때까지 어머니하고는 정식으로 결혼하지 않았습니다. 저를 아들로 인정했을 뿐이죠. 아버지가 사라진 후 재산을 정리해보니 남아 있는 것은 빚뿐이었습니다. 원래 기울고 있던 뒤 라브낭가는 이봉이 정치에 미치는 바람에 말 그대로 파산했어요. 지금은 시골에 무너져 내릴 것 같은 돌 성관이 황폐해진 채 남아 있을 뿐입니다. 어머니는 사람이 좋은 만큼 세상 물정도 모르고 무능한 여자였지만, 그래도 최후의 재산 하나에 매달려 그 돈으로 저도 마틸드도 파리에 있는 대학에 보낼 수 있었지요. 마틸드가 파리로 나온 이듬해에 돌아가셨지만요."

"당신은 왜 그렇게 사이가 나쁜 듯한 말투로 이야기하나요? 하나밖에 없는 여동생이잖아요."

"글쎄요, 그건 마틸드한테 물어보는 게 나을 겁니다. 저는 특별히 어떻게도 생각하지 않거든요.

다만 이렇게는 말할 수 있겠군요. 마틸드는 아버지의 숭배자가 되었지만, 저는 이봉에 대해 그다지 좋게 생각하지 않습니다. 그 점에서 절대 의견이 일치하지 않는 것과 마틸드가 제 어머니를 미워했다는 점도 있겠네요. 앙투안이나 질베르한테 물어볼 일이겠지만, 어머니는 의붓딸을 그런 대로 잘 키운 편이라고 생각해요. 단순하고 어리석은 여자였으니까 어미 없는 젖먹이인 마틸드를 보자 금세 암소처럼 젖비린내 나는 애정에 빠진 거겠지요. 어머니가 저와 마틸드를 차별해서 키운 일은 없었고, 오히려 여동생을 편애하는 것처럼 보였습니다. 그런데도 마틸드는 의붓어머니와 이복 오빠를 미워하고 싫어했죠……"

마틸드가 앙드레를 싫어한다고 해도 거기에는 전혀 다른 이유가 있을 것이다. 나는 그렇게 확신했다. 앙드레의 이야기에는 어딘가 미심쩍은 부분이 있었다. 만약 이 남자에게 방심했다가는 무슨 일을 당할지 모른다, 라는 뿌리 깊은 경계심과 불신감을 주는 성격의 청년. 나는 직업적인 사기꾼의 교묘한 감언을 듣고 있는 것과 비슷한 심정으로 긴장감을 유지했다.

그때 앙투안이 거실로 들어왔다. 그는 서슴없이 걸어와 우리 앞을 가로막고 최대한 악의를 담아 앙드레를 조롱했다.

"이봐, 재산가 유다, 비시 정권*은 무사한가?"

앙드레는 눈에 띄게 격앙되었다. 무너진 느낌이 드는 어두운 그늘에서 그는 일그러져 보이는 새파란 얼굴로 천천히 일어났다. 당장이라도 두 청년 사이에 싸움질이 시작되지 않을까 하는 생각에 내 몸이 굳어졌다. 무서운 눈으로 앙투안을 노려보던 앙드레가 갑자기 어깨에 힘을 빼고 말했다.

"혁명 소년이 참 원기가 왕성하군."

그러고는 휙 몸을 돌려 집 안쪽으로 걸어가버렸다.

"뭐야, 네가 지금 한 말은?" 나는 목소리를 죽여 물었다. 앙투안은 딱딱한 어조로 무뚝뚝하게 대답했다.

"배신자야, 저놈은. 추레한 전향자지. 앙드레는 5월 혁명** 때 극좌 방침을 주장하는 학생집단의 지도자였어. 그런데 지금은 이 나라에서 가장 악질적인 신흥자본의 앞잡이가 되었지. 저놈은 뒤 루아의 비서야. 마틸드도 저놈과는 절교 상태고."

"뒤 루아가 누군데?"라고 묻는 내게 앙투안은 간단히 대답했다.

---

* 1940년 6월 프랑스가 독일에 항복한 후 남부 도시 비시에 세워진, 파시즘적 성격의 친독 정권.
** 1968년 프랑스에서 학생운동이 노동운동과 결탁하여 일으킨 사회혁명.

"오늘 밤에 올 거야, 여기."

그 무렵부터 잇따라 손님이 도착하기 시작했다. 먼저 질베르와 마틸드가 도착했다. 앙드레에 대한 마틸드의 태도는 딱딱하고 어색했다. 다음으로 마르탱 부부가 들어왔다.

마르탱 부부는 이 건물 1층에 있는 미용실 경영자라고 했다. 오데트는 매일 아침 빼놓지 않고 정해진 시간에 그 미용실에 다니는 모양이었다.

지금은 고인이 된 오데트 남편의 오랜 친구인 프로사르와 뒤 루아도 도착했다. 변호사 프로사르는 지금도 라루스가의 고문변호사를 맡고 있다. 대학에서 법률을 공부하는 질베르는 친하다는 듯 프로사르에게 눈인사를 했다. 질베르는 때때로 프로사르의 사무실에서 서류 정리 아르바이트를 하는 모양이었다. 뒤 루아는 오데트의 남편과 공동 사업자였는데 그가 죽은 후 사업을 이어받아 성공시켰고, 지금은 상당한 규모의 섬유 관계 회사를 경영하고 있었다. 앙투안이 말한 사람이 이 뒤 루아일 것이다. 프로사르는 마른 체구에 눈이 날카로웠다. 그는 내게 다가와 이렇게 말했다.

"나디아 모가르, 사법경찰인 모가르 경정의 따님이죠? 아버님에 대해서는 잘 알고 있습니다."

그 말은 온화했으나 나는 어딘가 차갑게 평가되는 듯한 기분이 들어 불안했다. 눈이 지나치게 날카로웠다. 무엇 하나 감출 수 없을 것 같은 이 남자의 인상에 압도되었다.

뒤 루아는 정력적이고 단단한 몸집의 남자였다. 마치 신흥자본의 경영자처럼 보이는, 약간 천박한 자신감과 강요하는 듯한 태도의 소유자였다. 악수를 할 때는 어딘가 비열한 듯한 입술로 해죽 웃으며 내 몸을 위에서 아래로 쭉 훑어 내리듯이 쳐다보았다. 나는 다소 불쾌했다.

이럭저럭하는 사이에도 나는 건물 앞에서 목격한 수수께끼 사내에 해당하는 인물을 탐색하고 있었다. 하지만 여기에 있는 남자들 모두가 그 사내일 수 있다는 생각이 들었다. 예외가 한 사람 있었는데, 미용실을 경영하는 마르탱 씨였다. 작고 축구공처럼 둥글둥글 부풀어 오른 몸집이어서 아무리 분장을 한다고 해도 도저히 그 사내로는 보일 것 같지 않았다.

우리는 오데트의 안내로 식당에 준비된 자리에 앉았다.

바르트 부인의 요리는 아주 훌륭했다. 그런데 식사를 하면서 바르트 부인에 대한 오데트의 태도가 마음에 걸렸다. 손님들에게는 완벽하게 예의를 갖춰 쾌활하고 친절하게 대응하면서도 바르트 부인에게만은 집에서 키우는 개를 대하는 듯이 무례하고 방자하며 냉혹한 태도를 취했다. 거의 횡포라고 할 수 있었다. 거기에는 너무 제멋대로 자란 오만방자한 소녀가 약하고 저항도 못 하는 작은 동물을 심술궂게 괴롭히는 모습마저 있었다. 조제트도 덩달아 언니를 따라 하는 것 같았다. 아무리 고용인이라도 지나치게 가혹했다. 그러나 바르트 부인은 아무리 도리에 어긋난 트집 같은 잔소리나 질책에도 온화하고 슬퍼 보이는 표정으로 묵묵히 견뎌냈다. 그것을 보고 나는 진지하게 바르트 부인에게 좀 더 좋은 일자리를 찾아주고 싶다는 생각을 했다. 우리 집으로 오게 해도 되니까.

식사가 끝나고 모두 거실로 돌아오자 대화는 자연스럽게 몇몇 작은 무리로 나뉘어 이루어졌다. 뒤 루아, 프로사르, 오데트는 뭔가 오래된 추억담을 시작했고, 마르탱 부부와 앙드레는 조제트를 둘러싸고 실없는 잡담을 하는 모양이었다. 나머지 마틸드, 앙투안, 질베르 그리고 나, 이렇게 네 명은 아무 생각 없이 방 구석진 곳에서 한 덩어리가 되어 있었다. 나는 조그만 소리로 앙투안에게 물었다.

"뒤 루아라는 사람이 왜 그렇게 악당인데?"

"저 사람은 말이야, 화학섬유 공장을 스페인의 산세바스티안 교외 해안에 세우려는 계획을 추진하고 있거든."

나는 그것이 왜 나쁜 일인지 전혀 이해할 수 없었다.

"그러면 왜 안 되는데?"

"왜 공장을 일부러 스페인에 세우지 않으면 안 되는 걸까? 프랑스 국내에서는 그게 법률로 금지되어 있으니까. 왜 법률로 금지되어 있을까? 그 공장이 자연을 파괴하고 환경을 오염시키기 때문이지. 공해공장이기 때문인 거야.

프랑스는 돈다발로 뺨을 치며 스페인에 공해공장을 강요하려고 했어. 스페인 정부는 그것을 국내의 가장 약한 부분에 폭력적으로 떠맡기려 하고 있고."

나도 가까스로 이야기를 이해할 수 있었다. 산세바스티안은 스페인령 바스크 지방의 중심 도시 가운데 하나다. 앙투안의 주장에 따르면, 프랑스에서는 꺼리는 공해공장을 스페인 정부가 앙투안 등이 스페인의 '국내 식민지'라고 말하는 바스크 지방에 억지로 떠맡기려 하고 있다. 그 최초의 원흉 가운데 한 사람이 뒤 루아라는 것이다. 그러나 나는 정치 논쟁을 할 생각이 없었다. 나는 완전히 납득한 표정을 지어, 아직도 얼마든지 말을 계속할 것 같은 앙투안의 입을 막았다.

문득 시선을 돌리자 방 한구석에서 오데트와 뒤 루아가 뭔가 이야기에 열중하고 있었다. 오데트가 약간 언짢아하는 것 같고 뒤루아는 자꾸만 달래려는 것처럼 보였다. 아무런 이유도 없었지만, 그때 나는 문득 두 사람이 남녀 관계를 맺고 있음에 틀림없다고 생각했다.

화장실로 들어가자 부르주아 여성의 화장실답게 거대한 화장대에는 예쁜 용기에 담긴 고가의 향수나 화장품이 가득 늘어서 있었다. 세면대 위에는 그다지 보급되지 않은 가루치약이 든 작은 병이 눈에 띄었다. 하얗게 칠해진 호화로운 화장대 거울을 마주 보고 간단히 화장을 고치고 있는데 오데트가 들어왔다. 예의적으로 떠올린 그녀의 간살부리는 웃음을 눈이 배반하고 있었다. 오데트의 눈은 전혀 웃고 있지 않았다.

그녀는 세면대 위의 선반에서 가루치약 병을 집어 들어 눈에 띄지 않게 두 손으로 감추고는 다시 기묘한 웃음을 지으며 잰걸음으로 화장실을 나갔다. 지금 벌써 이를 닦으려는 것일까, 그것도 화장실이 아닌 곳에서…… 오데트의 수수께끼 같은 행동에 흥미가 끌렸다.

화장실을 나가 거실로 돌아가려고 했을 때였다. 오른쪽에 있는, 불도 꺼져 깜깜한 식당에서 목소리를 죽여 다투는 남녀의 소리가 희미하게 들려왔다. 나는 미심쩍은 생각에 걸음을 멈췄지만 조리실에서 바르트 부인이 나오는 바람에 누구의 목소리인지 알 기회를 놓치고 거실로 돌아올 수밖에 없었다. 엿듣고 있는 것을 바르트 부인에게 들킬 수는 없었다.

거실로 돌아오자 오데트와 뒤 루아의 모습이 보이지 않았다. 조제트와 앙드레도 없었다.

"오데트 이모는 어디?" 하고 앙투안에게 물었다.

"무슨 일 얘기가 있다고 뒤 루아랑 서재로 갔는데 아직 돌아오지 않았어."

서재에서의 일 이야기에 가루치약이 어떤 역할을 하는지 의아했다. 식당에 있던 두 사람은 조제트와 앙드레였음에 틀림없었다. 마르탱 부부와 프로사르는 가끔 가볍게 웃으면서 재미있게 이야기를 나누었다. 방 이쪽에서는 앙투안과 질베르가 까다로운 정치 논쟁을 하는 중이었다.

"잘도 떠들지?" 마틸드가 다소 질렸다는 표정으로 내게 말했다. 그 말을 듣고 앙투안이 되받아쳤다.

"마틸드는 예술파니까…… 마틸드는 그래도 나디아 정도는" 하고 앙투안은 나를 이야기에 끌어들였다. "정치에 관심을 가져도 좋을 텐데 말이야."

마틸드는 가볍게 미소만 지을 뿐 아무 대답도 하지 않았다.

이 집 안에는 표면으로 드러나지 않는 뭔가 뿌리 깊이 기괴한 분위기가 짙게 흐른다는 게 느껴져 나는 앙투안 등과의 대화에 열중할 수가 없었다.

진정되지 않은 마음으로 주변을 둘러보는데 장식장 위에 있는 한 장의 사진이 눈을 끌었다. 다가가서 들여다보고 나는 무척 기묘한 사실을 깨달았다. 다시 한 번 들여다봐도 사실은 마찬가지였다. 무심코 대화에 열중하고 있는 프로사르 쪽을 힐끗 바라보았다.

"오데트 이모의 결혼사진이야." 뒤에서 앙투안이 말했다. "오데트 이모 옆에 있는 사람이 죽은 글레르고."

"……나도 최근에는 건망증이 심해져서, 아마 나이 탓일 거예요." 옆에서 마르탱 부인이 한탄했다.

"부인, 저는 수첩이 없으면 제 집에 전화도 못 겁니다. 농담이라 생각하겠지만 조금의 거짓도 없는 사실이에요." 프로사르는 무척 진지한 표정이었다.

"자네는 젊었을 때부터 그랬잖은가. 그건 내 아내처럼 나이 탓이 아니지." 마르탱이 웃으며 말했다.

"맞아, 나는 학생 시절부터 인간의 두뇌 용적은 유한하니까 기억하지 않아도 되는 것은 적극적으로 잊어버리는 게 좋다고 생각했네. 30년간 그렇게 해왔는데 한 번도 곤란한 일이 없었어."

"그 이야기, 사실이야." 어느새 옆에 와 있던 질베르가 쓴웃음을 지으며 소곤거렸다. "이상한 사람이지. 수첩을 잃어버렸을 때 나한테 자기 집 전화번호 좀 알려달라고 한 적도 있으니까."

앙드레가 화장실에라도 다녀온 것 같은 얼굴로 거실로 돌아오고, 다음으로 오데트와 뒤 루아가 서재에서 나왔다. 방 귀퉁이에서는 앙드레가 의심스러운 눈을 가늘게 뜨고 두 사람의 뒤를 집요하게 좇고 있었다. 마지막으로 조제트가 흥분한 기색을 감추지 못하고 그대로 드러낸 채 들어왔다.

생일 모임이 끝난 것은 그로부터 잠시 후의 일이었다. 주인 역의 오데트가 손님을 내버려두고 자신의 일 이야기를 꺼내거나 침착하지 못하게 돌아다녔기에 모임의 후반은 어딘지 흥이 깨지고 산만한 분위기였다.

오데트는 최대한 아양을 떨며 손님을 보냈지만, 표정에는 어딘가 들뜨고 초조한 기색이 배어 있었다. 조제트는 언짢은 듯한 얼굴을 아주 밉살스럽게 일그러뜨리고 언니 옆에 말없이 서 있었다. 대기실 문 앞에서는 자매 뒤에서 바르트 부인이 아주 조용하고 조심스러운 태도로 오랜 시간의 인내 때문에 과도하게 늙어버린 듯한 모습으로 우리를 배웅했다. 손님 중에서는 프로사르만이 좀 더 이야기하고 가겠다며 거실에 남았다.

문이 닫히고 손님들은 어색한 침묵 속에서 엘리베이터가 천천히 올라오는 것을 기다렸다.

차는 질베르가 운전하고 마틸드가 조수석에 앉았다. 질베르는 마틸드에게 내가 알아들을 수 없는 그들의 고향 바스크어로 이야기했고, 마틸드가 쾌활하게 웃었다. 나는 어두운 유리창을 바라보며 혼자 생각에 잠긴 앙투안의 야윈 옆얼굴을 쳐다보았다. 작은 진동이 끊임없이 차체를 흔들었다.

"앙투안, 이제 어떻게 할 거야?" 하고 내가 물었다.

"프로사르가 기다리고 있어. 너희를 집까지 바래다주고 다시 이모 집으로 돌아가야 해. 프로사르는 이모의 변호사니까 함께 여러 가지로 의논해볼 생각이야. 오늘 밤에는 아마 이모 집에서 묵게 되겠지."

앙투안은 질베르와 함께 라탱 지구에 있는 생자크 가 근처에 살고 있었다.

"좀 우울해지는데……" 앙투안이 나직이 중얼거렸다.

"왜?"

"이모들은 가끔 지독한 싸움을 벌이거든. 중년 여성의 히스테리지. 아무래도 오늘 밤 분위기가 심상치 않아. 그 중재를 맡아야 하는 내 처지가 되어보라고."

붉은색 I의 편지, 『주홍 글씨』의 수수께끼, 오늘 밤 등장인물들의 기묘한 행동 등이 내 흥미를 불러일으켰다. 앞으로 사건은 어떻게 전개되어갈까. 그런 생각을 하자 약간 무서우면서도 재미있는 듯한 자극적인 기대감에 사로잡혔다.

"내일 스키장에 간다고?" 하고 앙투안이 물었다.

"응, 하지만 1월 6일 아침에는 꼭 돌아올 거야. 열차 좌석 때문에 예정을 변경할 수 없거든. 내가 없는 동안 무슨 일이 일어나지 않을까 생각하면 걱정이 돼서 샤모니 같은 데 있을 수 없을 것 같은 기분이야."

"아무 일도 일어나지 않을 거야. 1월 6일이라고 했지? 적당히 내가 전화하지 뭐."

차는 이미 우리 집이 있는 라마르크 가로 들어섰다.

"여기서 됐어."

차에서 내린 나는 떠나는 앙투안 일행에게 가볍게 손을 흔들었다. 한겨울의 한기가 살을 에는 듯했다. 하늘은 여전히 음산하게 흐렸다. 나는 따뜻한 침실을 생각하며 아파트가 있는 건물로 뛰어

들어갔다.

1월 6일 오전 9시

파리 동역에 도착한 것은 이른 아침으로, 주위가 아직 깜깜한 시간이었다.

밤새 딱딱한 좌석에 줄곧 앉아 있어서 피부는 껄끔거리고 머리는 엉망으로 흐트러져 있었다. 거울을 보니 눈 아래에 다크서클까지 생겼다.

밤이 아직 계속되는 것처럼 한산하고 인기척이 없는 이른 아침의 역 구내를 가로질러 무거운 스키 가방과 스키를 택시정류장까지 옮기는 일은 중노동이었다. 짐을 넣고 라마르크 가의 주소를 말하자 택시가 출발했다.

택시 안에서 나는 스키장에서 친구가 된 독일인 고등학생을 떠올렸다. 토마스 만이 사랑했을 법한 소년. 투명하고 파란 눈동자, 멋진 금발, 탄력 있는 강인한 몸, 나무랄 데 없는 어린 금발의 사자였지만, 훈련을 쌓아온 남성 심리학자인 파리 아가씨를 당해낼 수는 없었다. 어제 아침 금방이라도 울음을 터뜨릴 것 같은 얼굴로 나를 쳐다보는 소년에게 가벼운 키스를 하고 나는 열차에 올랐다.

집에 도착하자 아버지는 이미 나간 모양이었다. 식당에는 오늘 밤 시내에서 같이 식사를 하자는 메모가 있었다. 욕실로 들어가 뜨거운 물에 몸을 담그고 천천히 몸을 씻었다. 그러고 나서 머리를 말리고 간단한 화장을 하고 나니 무척 산뜻한 기분이 되었고,

온몸에 축적된 피로가 말끔히 빠져나가는 것 같았다. 거울 속의 얼굴은 눈밭에 탔는지 약간 까매져 있었다.

커피를 끓이고 있을 때 거실에서 전화벨이 울렸다. 한순간 아버지일지 모른다고 생각했지만, 시계를 보니 아직 9시 반이었다. 저녁 약속을 잡기에는 너무 이른 시간이었다. 수화기를 들자 곤혹스러운 듯한 앙투안의 목소리가 들려왔다.

"나디아야?"

"응."

이렇게 이른 시간에 대체 무슨 일일까 궁금했다. 내가 걱정하고 있었던 것처럼 무슨 사건이라도 벌어진 것일까.

"지금 너희 집으로 갔으면 하는데."

"앙투안, 무슨 일 있었어?"

"아니, 걱정할 만한 일은 아니야" 하고 대답한 앙투안의 목소리는 내 흥분을 진정시킬 만한 침착함을 갖추고 있었다. "요전의 이모들 문제인데, 사실 네 아버지께 좀 의논드리고 싶은 게 있어서 그래."

"무슨 일인데?"

"구체적인 이야기는 만나서 할게. 일단 네 의견도 들어보고, 되도록 너희 아버지도 만나봤으면 좋겠는데. 그렇게 중요한 일은 아니지만."

"알았어. 지금 바로 와?"

"응, 30분쯤 후에 도착할 거야."

앙투안을 기다리는 동안 나는 간단히 아침을 먹었다. 어머니가 돌아가신 후 아침은 혼자 먹는 일이 많았다. 아버지는 대체로 내가 잠든 사이에 일하러 나갔다.

아침을 다 먹었을 즈음 약속한 시간에 앙투안이 도착했다. 나는 그에게서 외투와 가방을 받아 들고 거실로 안내했다. 그러고 나서 침실에서 실내복을 청바지와 스웨터로 갈아입었다.

앙투안은 커피를 한 모금 마시고 이야기를 시작했다.

"어젯밤 9시쯤 오데트 이모한테서 전화가 왔어. 생일날 저녁 사건 때문에 오데트 이모는 다시 자물쇠를 새것으로 바꾸기로 했는데 공사가 끝날 때까지 사흘이나 내가 그 집에 묵었어. 프로사르가 그렇게 하라고 했대. 이모들의 보디가드에서 간신히 해방되었나 싶었는데 어제 또 전화가 왔어. 솔직히 좀 진절머리가 났어.

오데트 이모의 목소리는 무척 흥분되고 초조해 보였어. 아무튼 내가 빨리 왔으면 좋겠다는 거야.

내가 왜 그러느냐고 추궁했더니, 그 수수께끼 같은 사내가 침입한 것은 아니었어. 매번 있는 히스테리지. 이모들의 다툼이 너무 심해져서 바르트 부인도 도저히 감당할 수 없을 때는 늘 나한테 호출 명령이 떨어지거든. 파리에는 나 말고 피붙이가 없으니까. 춥고 음산한 밤이어서 우울한 기분으로 갔지. 차 엔진까지 나한테 저항이라도 하는 것처럼 좀처럼 안 걸리고.

간신히 빅토르 위고 거리의 집에 도착하자 바르트 부인이 겁먹은 얼굴로 나를 들여보내주었어. 들어가 보니, 이게 처음 있는 일도 아닌데 그날 밤은 아주 난리였던 모양이야. 도착했을 때는 이미 고비를 넘긴 상태였는데, 오데트 이모는 방 귀퉁이에서 실내복의 옷깃이 벌어진 채 거친 숨을 쉬며 섬뜩하게 입을 다물고 있었어. 눈까지 파란빛을 띠고 마치 미친 여자처럼 어쩐지 으스스하게 빛나더라고. 오데트 이모가 그런 눈으로 말없이 바라보고 있는 건 동생인 조제트 이모였어. 외출 준비를 다 마친 조제트 이모는 빨간색의 고급 가죽 가방에 닥치는 대로 짐을 넣는 참이었지. 거실은 두 사람이 홧김에 서로 내던진 물건들로 아주 엉망으로 어질러져 있었고, 모피 코트를 입고 여행 가방을 든 조제트 이모가 새된 목소리로 찢는 듯이 외쳤어.

'어디 한번 죽어봐야 해'라고.

쿵쾅거리며 나간 조제트 이모를 엘리베이터 앞까지 쫓아간 나는 흥분한 이모를 달래기는커녕 오히려 세게 밀쳐지는 바람에 나가떨어지고 말았지. 어쩔 수 없이 거실로 돌아왔어. 바르트 부인한테 부탁해서 오데트 이모를 침실로 들어가게 하고 둘이서 거실을 치웠지. 우리가 돌아가려고 하자 오데트 이모가 다시 일어나나와서 문을 잠근 후에 안쪽 자물쇠와 사슬로 단단히 문단속을 하는 소리가 들렸어. 이모의 아파트가 있는 건물 앞에서 나는 바르트 부인과 헤어져 집으로 돌아갔지."

앙투안은 한숨 돌리고 이야기를 계속했다. "이게 어젯밤 일이야. 오늘 아침 일찍 또 오데트 이모한테서 전화가 왔어. 어젯밤과는 다르게 아주 겁먹은 듯이 마음 약한 소리를 하더라고. 죽임을 당할지도 몰라, 무서워서 견딜 수가 없어, 라고 말이야.

확실히 어젯밤 조제트 이모는 협박 같은 막된 말을 토해냈지. 그렇다고 그런 말을 진심으로 받아들이지는 않잖아. 게다가 막 바꾼 새 자물쇠의 열쇠는 오데트 이모만 갖고 있고 바르트 부인한테도 나한테도 주지 않았으니까. 특별히 제작된 문이라 오데트 이모가 들이지 않는다면 그 집에는 아무도 들어갈 수 없어. 그런데 이모는 당장이라도 경찰에 전화할 것 같은 상태였어. 이런 이야기는 경찰도 진지하게 들어주지 않을 거야. 어쩔 수 없이 네 아버지에 대해 말하고 이모한테 잠깐 기다리라고 설득했지. 오늘 밤에도 이모의 상태가 진정되지 않고 조제트 이모의 행방을 알 수 없으면 네 아버지께 누구 신뢰할 만한 경비원이라도 소개해달라고 할까 생각 중이야. 그래서 이모의 마음이 진정될 수 있다면 당분간 경비원을 거기에 묵게 해야겠지.

이렇게 무서워하는 주제에 오늘도 일과처럼 다니는 미용실은 그만두지 않더라고. 혼자 집에서 나가는 건 위험하니까 늘 12시에 출근하는 바르트 부인한테 오늘 아침에는 10시 반에 오도록 연락해달라고 나한테 말했거든. 할 수 없이 바르트 부인한테 전화는 해두었지만, 조카인 나야 그렇다 치더라도 그 사람이 정말 딱한 노릇이지."

"너는 어떻게 생각해? 오데트 이모가 불안해하는 데는 이유가 있을 것 같은데."

"없어. 조제트 이모도 어젯밤엔 호텔에라도 묵었을 테고 오늘 안으로 돌아올 거야. 두 사람의 싸움은 늘 그렇게 흐지부지 끝나거든."

"좋아. 만약 필요하다면 아빠가 누구 적당한 사람을 소개해주겠지. 나는 오늘 저녁에 아빠하고 만나야 해. 너도 오르페브르 강변까지 같이 가자."

"응. 경찰청에 가는 건 그다지 내키지 않지만 이런 사정이니 어쩔 수 없지 뭐."늘 경찰 욕만 했던 앙투안이 어딘가 자신이 없는 듯이 말했다. 나는 웃으며 대꾸했다.

"아빠가 있는 곳은 사법경찰국이야. 공안경찰과는 관계없는 곳이니까 무서워할 건 없어."

"누가 무서워한데?" 앙투안이 발끈하며 말했다.

"그건 그렇고, 왜 오데트 이모와 조제트 이모는 따로 살지 않아? 두 사람 사이의 문제라면 그게 제일 좋은 해결책 같은데."

"우리 고향에서는 말이야, 아직도 동족의식이 무척 강해. 사랑도 미움도 혈족의 소우주 안에서 한없이 바짝 조려지지. 이 심리적인 굴절로 가득 찬 소우주가 그들의 전 세계야. 조금만 산속으로 들어가면 고향의 말밖에 하지 않는 노인네들이 아직도 얼마든지 있거든. 성적으로 끈적끈적한 혈족의 어두운 세계 안에서 사람들은 지금도 서로 살을 맞대고 살고 있지. 이모들도 그런 거야. 서로 미워하는 것은 두 사람의 존재를 점점 저항할 수 없는 힘으로 내부에서 뒤얽히게 만들 뿐인 거지."

나는 미움으로 눈을 시퍼렇게 빛내며 스무 살이나 어린 조카의 중재에도 귀를 기울이지 않고 거친 숨을 내쉬며 섬뜩하게 노려보는 두 중년 여성을 생각했다. 암퇘지와 비슷한 앞가슴의 희멀건 피부가 비린내 나는 땀에 젖은 채 벌어진 실내복 옷깃 사이로 들여다보인다. 나는 이 상상에서 뭔가가 척척 들러붙는 불쾌감을 느꼈다.

시계를 보니 벌써 11시 반이었다. 식사하러 나가버리기 전에 아버지를 붙잡아둬야 했다. 나는 사법경찰본부의 전화번호를 돌렸다. 하지만 아버지는 없었다.

"따님이신가요? 경정님은 사건 때문에 조금 전에 나가셨습니다. ……장소는 그리 멀지 않습니다. 에투알 광장 근처라고 합니다. 오후에는 일단 이쪽으로 돌아오실 텐데요……"

사건이라면 어쩔 수 없다. 아버지도 점심은 건너뛰었을 것이다. 이번에는 앙투안이 전화기를 들었다.

"오데트 이모의 상태를 확인해두려고. 이미 미용실에 갔을지도 모르지만." 다이얼을 돌리면서 그는 중얼거렸다.

상대가 전화를 받은 모양이었다. "여보세요, 바르트 부인이지요? 앙투안입니다. ……네엣? 경찰을 바꾼다고요?" 그는 조그맣게 외치듯이 말했다. 이야기를 듣고 있는 앙투안의 얼굴이 점차 창백해졌다. "……예, 곧 그쪽으로 가겠습니다"라고 말하고서 뒤를 돌아보며 나에게 수화기를 내밀었다. 그는 핏기 없는 얼굴로 이 사이로 딱딱한 것을 내밀듯이 천천히 말했다. "네 아버지셔……"

낚아채듯이 수화기를 들었다. "아빠, 무슨 일이야?" 하고 나는 외쳤다.

"마침 잘됐다. 앙투안을 찾는 중이었거든. 앙투안의 이모인 듯한 여성이 살해되었어. 그가 바로 와야겠는데. 너도 앙투안을 따라서 같이 와라. 하지만 현장에는 못 들여보내. ……처참한 광경이거든. 아무튼 택시 타고 바로 와, 알았지?"

"네, 아빠." 나는 망연히 수화기를 놓았다.

우리는 아파트에서 라마르크 가로 뛰어나갔다. 택시가 좀처럼 잡히지 않았다. 간신히 상아색 벤츠 한 대가 우리 앞에 멈췄을 때 앙투안이 상황에 어울리지 않게 얼이 빠진 목소리로 말했다.

"나디아, 놓고 온 것이……"

앗, 하고 생각하며 가볍게 입술을 깨물었다. 나도 놀라서 당황했던 모양이다. 받아 든 가방을 방 구석진 곳에 놓아둔 채 앙투안을 재촉하며 아파트를 나왔던 것이다. 그러나 살인 현장에 서둘러 가려고 하는 이 중요한 순간에 어떻게 이런 바보 같은 말을 꺼낸단 말인가.

"나중에 가지러 오면 되잖아. 이런 상황에 무슨 말을 하는 거야?" 나는 화가 난다는 듯이 외쳤다. 앙투안은 마치 혼이 난 아이처럼 미덥지 않아 보였다.

이제 곧 점심때였다. 도로는 붐비기 시작하여 택시는 몇 번이나 신호에서 멈췄다. 나는 초조해하며 입술을 깨물었다. 에투알 광장의 개선문이 보이기 시작할 때까지 15분이 넘게 걸렸다. 차가 빅토르 위고 거리의 익숙한 곳에 멈추자 우리는 서둘러 택시에서 내렸다. 오데트의 생일날 밤 묘한 사내를 발견한 낡은 건물 앞에는 경찰차 여러 대가 세워져 있었다. 짐짓 천천히 걸어 현장을 봉쇄하고 있는 젊은 제복 경관에게 다가가 또렷한 목소리로 우리의 신분을 알렸다.

1월 6일 오전 10시 40분

내가 나중에 알게 된 것은 다음과 같은 사정이었다. 그것을 가능한 한 객관적으로 정리하여 기록해둔다.

사건 조사를 담당했던 모가르 경정의 딸이었지만, 호기심에 가득 찬 나의 추궁을 늘 신문기자의 습격을 피하는 요령으로 대응하는 아버지여서 나는 이야기 속의 아마추어 탐정처럼 언제나 현장에 입회할 수는 없었다. 그 때문에 '라루스가 살인 사건'의 전체 그림을 정확히 기록해두기 위해서는, 내가 직접 체험하지 않은 조사 상의 세부 사항은 나중에 알게 된 사실로부터 제삼자의 눈으로 객관적인 보고서를 작성하여 이야기 사이에 적당히 끼워 넣을 필요가 있다.

앞으로는 나 자신의 증언과 객관적인 보고를 내가 무척 좋아하는 밴 다인*의 방식에 따라 날짜순으로 배열해가겠다.

아버지가 16구의 지구경찰서에서 사건 발생 보고를 받은 것은 10시 반이 조금 지나서였다.

"10분이면 현장에 도착한다. 현장 보존 준비 좀 부탁해."

전화를 끊은 모가르는 바르베스 경감에게 빠른 말로 지시를 내렸다. 모가르 경정과 바르베스 경감이 십여 명의 사복형사를 태운 세 대의 경찰차로 빅토르 위고 거리의 목적지에 도착한 것은 10시 40분이었다. 현장 일대는 지구경찰의 경관들에 의해 완벽하게 봉쇄되어 있었다. 일단의 형사와 함께 경정과 경감은 범죄 현장인 5층의 아파트로 올라갔다. 엘리베이터에서 내리자 사각의 작은 홀이

---

* S. S. Van Dine(1888~1939). 미국의 추리작가. 명탐정 파일로 밴스를 탄생시켰다.

나왔다. 그 정면과 왼쪽은 아무것도 없는 벽이었지만 오른쪽에는 문이 있고, 그 앞에서 검소한 차림의 중년 여성이 창백한 얼굴로 지구경찰서의 경관들 옆에서 경정 일행을 기다리고 있었다.

"바르트 부인이시죠?" 경정은 차분한 목소리로 확인했다. "시체는 어디 있습니까?"

부인은 희미하게 떨리는 손으로 활짝 열린 현관문을 가리켰다. "안쪽의 거실입니다."

그 말에 바르베스 경감을 선두로 형사들이 오데트의 아파트로 우르르 들어갔다. 대기실을 지나자 사건 현장인 거실이었다.

"이거 참 심한데." 바르베스가 엉겁결에 신음 비슷한 소리를 냈다. 경관들은 일순 그 자리에 선 채 움직이지 못했다.

뒤따라 들어온 모가르 경정의 눈에 처참한 광경이 들어왔다. 붉은 색조로 통일된 호화로운 거실 중앙에, 그것 역시 계획된 실내 장식의 일부라도 되는 것처럼 신선한 피가 흥건히 괴어 있었다. 그리고 붉은 방 중앙에 있는 피 웅덩이 한가운데에는 외출용 옷을 입고 두 팔을 몸에 딱 붙인 여자의 시체가 엎드려 있었다. 그러나 보는 사람의 속을 메스껍게 하는 것은, 묘하게 뒤죽박죽 조화가 안 되는 그 인상이었다. 세련된 외출복을 입고 똑바른 자세로 엎어져 있는 시체에는 있어야 할 곳에 머리가 없었다.

"딱하게. 얼굴이 없으니 애써 옷을 입어도 창피해서 쇼핑도 못 간 건가." 바르베스가 사자를 모독하는 듯한 농담을 했다. "경정님, 시체를 볼까요?"

바르베스는 피 웅덩이를 밟지 않도록 주의하며 시체 가까이에

쭈그리고 앉았다. 모가르 경정은 팔짱을 낀 채 말없이 경감의 등 뒤에서 시체를 주의 깊게 관찰했다. 경정의 작은 몸집은 시체를 응시하며 눈도 깜박이지 않았다.

"중년 여성이네요. ……체형으로 봐서 마흔 살쯤입니다. 상당히 고급 옷을 말끔하게 입고 있네요. 구두도 제대로 신고 있고요. 다 피투성이고 머리는 없고. 외출하기 직전이나 귀가한 직후에 당한 걸까요?" 바르베스는 모가르 경정을 돌아보고 말했다.

"시체를 움직여볼까요?"

경정이 가볍게 고개를 끄덕이는 것을 보고 바르베스 경감은 힘 차게 일어나 부하 형사들에게 큰 소리로 외치기 시작했다.

"사진을 찍어. 시체 위치를 바닥에 분필로 그려놓고. 그래, 피가 묻지 않은 곳에만 그려도 돼. 끝나면 본느와 마라스트, 둘이서 시 체를 이쪽으로 옮겨. 방수포를 깔아서 바닥에 피가 묻지 않도록 하고."

형사들은 바르베스의 지시에 갑자기 활발하게 움직이기 시작 했다. 시체는 방구석으로 옮겨졌고, 경정의 지시로 엎드린 자세에 서 천장을 보는 자세로 바뀌었다.

경정은 시체의 손을 잡고 오른손 엄지와 검지 끝을 자세히 살 핀 뒤 냄새를 맡아보았다.

"장 폴" 모가르 경정이 처음으로 바르베스를 불렀다. "묘하다고 생각하지 않나? 피해자는 외출복을 입고 나가기 직전에야 이를 닦은 모양이야." 경정이 주시하는 시체의 손가락 끝에는 희미하게 연초록색 분말이 들러붙어 있었다. "뒤랑이 도착하면 이 손톱 사이의 가루도 조사해달라고 말해둬. 필요하다면 화학분석도 해두라고 하고."

"목을 절단하는 데 사용한 흉기는 이거네요." 바르베스가 피 웅덩이 안에 떨어져 있는, 고기를 써는 용도의 칼날이 두툼한 대형 식칼을 보이며 말했다. "이래서는 지문도 안 나오겠는데요. 완전히 피투성이예요."

그때 떠들썩하게 경찰 일행이 거실로 들어왔다. 살인 사건 때마다 모가르, 바르베스와 조를 이루어 움직이는 의사 뒤랑, 뒤랑의 조수, 시체를 운반하기 위한 들것을 든 백의의 담당관 두 명, 이렇게 모두 네 명이었다. 경정은 뒤랑 일행의 발소리조차 듣지 못한 것처럼 방 한쪽 구석에 서서 눈앞의 벽에 이마를 들이대고 뭔가를 응시했다.

"뭔가요?"라고 말하며 바르베스도 경정의 어깨 너머로 들여다보았다. "역시 피네요."

"아마 범인이 써놓은 걸 거야."

경정이 벽 위에서 발견한 것은 손바닥 정도의 크기로 피로 쓰인 A 자였다. 덜 마른 피가 섬뜩하게 끈적끈적 붙어 있었다.

"시체는 뒤랑한테 맡겨두고 지금은 다른 것들을 좀 봐둘까." 경정은 앞장서서 아파트의 각 방을 탐색하기 시작했다. 거실 왼쪽에는 복도가 있고 좌우에 문이 두 개씩 있었다. 오른쪽 첫 번째 방은 여성용 침실로, 역시 호화로운 실내장식이 눈을 끌었다. 그러나 중년 여성의 방치고는 너무 젊게 꾸며져 있어 왠지 모르게 보는 사람의 마음을 편하지 못하게 만들었다.

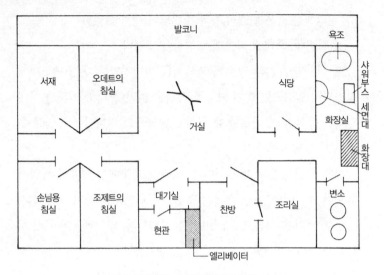

첫 번째 현장. 오데트의 아파트(5층)

"묘하게 도발적인 방이군요." 바르베스 경감이 감상을 말했다.

넓은 침실도 벽지도 깔개도 다 보라색이 기조고, 침대는 흐트러진 채 아직 정리된 흔적이 없었다. 벗어놓은 잠옷과 실내복이 침대 위에 구겨진 채 뭉쳐져 있었다.

"시체는 여기서 잔 모양이군." 경정이 나지막한 목소리로 중얼거렸다.

그는 침대 옆의 작은 탁자에 있는 컵과 물병 그리고 두 종류의 약병에 주목했다. 둘 다 수면제였는데, 하나는 어린이용 물약이고 다른 하나는 상당히 약효가 강한 하얀색 알약이었다. 알약이 든 병은 막 뚜껑을 딴 것처럼 보였다. 작은 탁자 위에 놓인 재떨이에는 긴 담배꽁초 두 개가 끝이 난폭하게 짓이겨진 채 버려져 있었다. 필터에는 붉은 립스틱 자국이 선명히 찍혀 있었다.

"던힐이네요" 하고 바르베스 경감이 말했다.

맞은편 방도 거의 같은 구조의 침실이었지만 침대는 깨끗하게 정리되어 있고 어젯밤에 사용한 흔적은 없었다. 다만 가구나 실내 장식은 앞의 방과 비교할 때 취향도 속악하고 디자인에 공들인 수준도 한참 떨어졌다.

안쪽에 있는 왼쪽 방은 손님용 침실로 가구에는 덮개가 씌워져 있으며 최근에 사용한 흔적은 없었다. 그 맞은편 방이 서재였다. 경정은 여기서 처음으로 실마리를 발견했다. 바르베스가 바쁘게 몸을 움직이며 말했다.

"경정님, 안쪽 서가에 한 단의 책이 몽땅 빠져 있습니다. ……이 서가 안쪽에 숨겨진 조그만 장이 있네요. 그런데 안은 비었어요. ……아니, 책상 옆에 휴대용 금고가 떨어져 있네요. 금고에는 아무것도 들어 있지 않습니다." 경감은 천으로 손잡이를 잡고 강철로 만들어진 금고를 조용히 책상 위에 놓았다.

"장 폴, 보게. 역시 피해자는 외출 전에 이를 닦은 게 아닌 모양이네." 나지막한 목소리로 중얼거리면서 모가르 경정도 손수건을 들어 금고 옆으로 슬쩍 머리를 내비치고 있는 작은 열쇠를 천천히 빼냈다. 열쇠에는 시체의 손톱 사이에 있었던 것과 같은 초록색 분말이 구석구석 들러붙어 있었다.

두 사람이 복도를 지나 거실로 돌아가자 아직 젊은 다르테스 형사가 어린애 같은 우쭐한 얼굴로 방구석에서 눈짓을 했다. 그는 작년에 모가르 경정의 직속 부하로 승진했다.

"경감님, 여기 흥미로운 것이 있습니다."

다르테스가 가리킨 바닥에는 갈색 필터의 담배꽁초가 난폭하게 짓뭉개져 있었다. 로열의 긴 꽁초였다.

거실 오른쪽에 있는 널찍한 식당과 조리실 옆의 찬방에서는 특별히 새로운 사실이 발견되지 않았다. 두 사람은 이어서 조리실로 들어갔다. 벽 한쪽 구석에는 여러 종류의 식칼이 늘어서 있었는데 한군데만 비어 있었다.

"역시 기요틴의 칼은 여기서 조달한 거군요." 바르베스가 큰 소리로 말했다. 그러고 나서 그는 반쯤 열린 찬장 안을 들여다보았다. "……별것 없네요. 봉지와 끈, 그런 것들뿐인데요."

모가르 경정은 바닥에서 뭔가 조그만 것을 집어 들었다. 여성용의 소형 라이터였다.

마지막으로 두 사람은 공들여 만들어진 널찍한 화장실로 들어갔다. 먼저 눈에 띈 것은 화장실 타일바닥에 온통 흩뿌려진 초록색 분말이었다. 화장실로 들어가면 정면이 화장대였는데 그 아래에는 초록색 분말이 쏟아져 있어 발 디딜 곳도 없었다. 분말이 쏟아진 바닥 중앙에 가루치약 병이 떨어져 나뒹굴고 있었다.

"분말의 정체가 밝혀졌군요." 바르베스는 경정에게 말했다. "이래서야 발자국을 남기지 않고 안으로 들어갈 순 없겠는데요……" 라고 말하면서 그는 까치발로 가장자리를 가로질러 화장실 안쪽으로 들어간 뒤 소리쳤다.

"경정님, 세면대도 욕조도 샤워기도 다 오늘 아침 이후에 쓴 것 같습니다. 아직 조금씩 물기가 남아 있어요."

부하의 목소리를 들으면서 모가르 경정은 화장대를 꼼꼼히 살펴보았다. 화장대 위는 깨끗이 정리되어 있고, 옆에 있는 쓰레기통에는 아무것도 담겨 있지 않았다. 화장대 앞에는 각도를 조절할 수 있는 커다란 붙박이 화장거울이 있었는데, 중키의 여성이 앞에 앉기에 알맞게 조절되어 있었다. 경정은 차례차례 조그마한 서랍이나 장식장 안을 들여다보았지만 거기에는 헤아릴 수 없이 많은 종류의 작은 화장품 병만 가득 들어 있을 뿐이었다. 마지막으로 화장대와 벽 사이에 눈을 주었다. 허리를 구부리고 들여다보니 립스틱 하나가 굴러다니고 있었다. 그는 신중한 손놀림으로 그것을 집어냈다.

"이쯤 해둘까. ……뒤랑 쪽은 어떨까?" 하고 중얼거리며 경정은 바르베스와 함께 거실로 돌아갔다. 뒤랑은 검은 가방에 도구를 챙겨 넣는 중이었다.

"점심 대신에 흥미로운 시체를 발견한 거로군." 뒤랑이 빈정거리듯이 입술을 일그러뜨리며 말했다. "엄청난 피야."

"어떤 상태지?" 바르베스가 물었다.

"시체는 마흔 살이 넘은 여자, 목 아래로는 외상이 없고, 독살이 아니라면 머리에 가해진 상해가 사인이겠지. 둔기나 총, 머리가 없으니까 그 판단은 불가능하고."

"살아 있는 채 목이 잘렸을 가능성은……" 모가르 경정이 물었다.

"만약 그랬다면 말 그대로 기요틴이었겠네요" 하고 바르베스가 옆에서 끼어들었다.

"아니, 목이 절단된 것은 심장이 정지하고 나섭니다. 출혈의 양이나 흩어진 상태를 보면 알 수 있지요. 이건 흘러나온 흔적이지 분출된 흔적이 아닙니다. 살아 있는 사람의 경동맥을 끊으면 이렇게 끝날 리가 없지요. 천장까지 피가 튈 겁니다. 목은 두껍고 예리한 칼로 잘랐고요. 바로 거기 굴러다니는 식칼 같은 것으로요."

"몸에 특징적인 상흔 같은, 눈에 띄는 건 없나?" 경정이 물었다.

"몸 외부에는 아무것도 없습니다. 절개수술의 흔적도 상흔도 없고요. 외부만 보면 갓난아기처럼 깨끗한 몸입니다."

"알았네, 해부해주게. 주의할 점은 내장에 특정적인 질환이 있는지, 아침식사의 소화 정도, 위의 내용물에 수면제 성분이 들어 있는지…… 그 정도네."

"사망 추정시각은?" 하고 바르베스가 물었다. "지금 판단으로도 괜찮으니 말해보게."

"9시에서 10시가 좀 지난 시각 사이일 거네." 손목시계에 눈을 주면서 뒤랑이 대답했다. "경험적인 직관 판단으로 말하자면 9시 반 전후일 텐데, 너무 믿으면 곤란하네."

"경정님, 아파트 문단속은 완벽합니다. 우리가 들어온 입구 말고는 사람이 출입한 흔적은 없습니다" 하고 마라스트 형사가 보고했다. 본느 형사가 말을 받았다. "건물의 거주자들을 만나봤습니다만, 특별히 흥미로운 이야기는 없었습니다. 하지만 1층에서 가게를 운영하는 미용실 여주인이 무슨 할 이야기가 있다고 해서 일단 불러두었습니다."

"이웃들을 만나봤습니다"라고 말한 것은 다르테스 형사였다.

"피투성이인 머리를 들고 허둥지둥한 사람은 보지 못한 것 같습니다. 미용실 여주인이 수상한 사내를 봤다고는 했습니다만…… 아침결에 건물 전체의 사람이 드나든 상황은 아무래도 자세히 알 수가 없습니다. 수위는 사람의 출입을 거의 파악하지 못하고 있었습니다."

"좋아, 대충 알았네. 시체의 지문은 채취했나?" 바르베스 경감이 고함을 지르기 시작했다. "다음은 이걸 시작으로 온 집 안의 지문을 채취해주게." 경감은 휴대용 금고와 그 열쇠, 소형 라이터, 가루치약 병, 립스틱 등을 감식반 직원에게 건넸다. "아무튼 사람 머리를 박살내는 데 사용했음직한 물품을 특히 세밀하게 해주게." 그다음 그는 종이에 싸인 세 개의 담배꽁초를 꺼내며 말했다. "이건 입술연지와 타액 성분일세. 이것과 시체 손가락의 분말과 가루치약이 같은 것인지도 일단 확인해주었으면 하네."

모가르 경정은, 늘 하는 지시는 바르베스에게 맡겨둔 채 잠자코 뭔가를 열심히 생각했다. 그러고 나서 간단히 경감에게 명령을 내렸다.

"대기실에서 앙투안과 바르트 부인을 불러오게."

마리 바르트와 앙투안 레타르가 거실로 들어왔다. 경정은 차분한 갈색 눈으로 두 사람을 보면서 말했다.

"시신 확인을 부탁드리고 싶은데 괜찮겠습니까?"

두 사람은 말없이 음울하게 고개만 끄덕였다.

"옷이나 구두는 이모 것입니다." 앙투안이 확인했다. "체격도 이모와 닮은 것 같습니다."

"이모라면?" 경정이 물었다. "오데트 라루스입니까, 아니면 조제트 라루스입니까?"

"물론 오데트 이모입니다. 오늘 아침에 이 방에는 오데트 이모밖에 없었으니까요."

"바르트 부인은 어떻습니까?" 경정이 물었다. "당신은 마음이 강한 분 같군요. 잠깐이니까 잘 봐주세요."

"제가 보기에도…… 앙투안 씨 생각과 같아요." 바르트 부인은 시체의 어깨 위쪽은 보지 않으려고 하면서 살짝 떨리는 목소리로 대답했다. "저기……, 손의 매니큐어와 발의 페디큐어가 오데트 씨 것처럼 보여요. 반지도 그렇습니다. 그리고 확실히는 말할 수 없습니다만……"

"예, 뭐든지 생각나는 건 다 말씀해주십시오."

"손가락 모양이 아무래도 오데트 씨 것처럼 보입니다."

"오데트 씨와 조제트 씨한테 무슨 눈에 띄는 상처나 수술 자국 같은 것은 없었습니까?" 경정이 물었다. 그러나 두 사람의 대답은 부정적이었다.

"그럼 내장에 지병이 있다거나 최근에 의사한테 진찰을 받았다거나 하는 일은요?"

"이모들은 둘 다 무척 건강해서 지병이라고 할 만한 건 없었을 겁니다" 하고 앙투안이 대답했다.

"오데트 씨는……" 바르트 부인이 말을 이었다. "1년 전에 치과에 갔습니다. 의사의 진찰을 받은 건, 최근 10년간은 제가 아는 한 그때뿐이에요."

"치과라." 바르베스 경감이 옆에서 신음 비슷한 소리를 질렀다. "맙소사."

"이모들의 혈액형은요?" 경정이 물었다.

"병과도 의사와도 인연이 없는 분들이라 그런 이야기는 나온 적이 없습니다. 본인들도 몰랐을지 모르고요." 앙투안이 대답했다. 바르트 부인의 대답도 같았다.

"알겠습니다. 바르트 부인께는 나중에 오데트 씨가 평소에 자주 손댔던 물건들에 대해 물어볼 겁니다. 그러고 나서 간단한 현장 심문을 해야 하니까 두 분 다 대기실에서 잠시 기다려주세요."

"경정님" 본느 형사가 대기실에서 외쳤다. "뒤랑 씨가 기다리다 못해서 빨리 시체를 넘기라고 고함을 지르고 있는데요."

"좋아." 경정이 대답했다. "뒤랑한테는 근사한 선물이겠군. 시체를 운반해."

감식반의 직원들이 온 집 안을 금속질의 은색 가루투성이로 해놓고는 쉴 새 없이 사진을 찍어대고 있었다. 모가르 경정과 바르베스 경감은 안쪽의 서재로 들어갔다. 두 사람은 나중에 이루어질 지문 탐색에 방해가 되지 않도록 주의를 기울여 앉았다. 심문하기 전에 간단한 회의를 하고 문제점을 정리해두는 것이 그들의 오랜 습관이었다.

"조리실에서 깨끗한 재떨이를 찾았습니다. 담배 한 대 피울까요?" 바르베스는 자신이 애용하는, 냄새가 독하고 굵게 만 담배를 물고 불을 붙였다. 경정도 파이프를 꺼냈다.

"아무래도 확실하지 않은 게 마음에 들진 않지만, 일단 피해자가 이 집의 주인인 오데트 라루스라는 것으로 이야기를 진행해보지." 경정은 천천히 연기를 내뿜으며 말하기 시작했다.

"지금까지 알게 된 것을 전제로 이 집에서 오늘 아침에 일어난 일을 추정해보면 대체로 이런 걸 거야.

……어젯밤부터 이 아파트에 있었던 사람은 오데트 혼자였지. 그녀는 눈을 뜨자 세면과 목욕을 마치고 화장을 했어. 외출 준비가 끝났을 때 침입한 누군가한테 습격을 당했고. 하긴 오데트 자신이 손님으로 가장한 범인을 집 안으로 들였을 가능성도 있지. 오데트는 협박을 당하고 가루치약 안에 감추어둔 열쇠를 범인한테 건넸고. 그때 손이 미끄러져 병을 바닥에 떨어뜨렸지. 범행이 이루어진 것은 두 사람이 화장실에서 거실로 돌아온 후일 거야."

"열쇠를 빼앗을 때까지는 오데트를 죽일 수 없었다……" 바르베스가 고개를 끄덕였다.

"그렇지. 그러고 나서 범인은 서재의 금고에서 노리던 것을 빼앗고 피해자의 목을 절단하고 도주한 거지."

"9시 전부터 10시 반 사이네요. 시간대는 심문해보면 좀 더 좁혀질지도 모르겠지만요. 게다가 범인은 외부 사람도 뜨내기 강도도 아닌 것 같습니다. 현관문을 보셨지요? 열쇠 외에 사슬과 튼튼한 안쪽 자물쇠가 위아래로 두 개나 달려 있습니다. 문이 외부에서 파손된 흔적도 없고, 창문이나 발코니의 문단속도 완벽했습니다. 범인이 복제 열쇠를 갖고 있었다고 해도 사슬과 안쪽 자물쇠는 피해자가 안에서 열어주었을 겁니다. 이 정도로 단단히 문단속을 하는 성격의 중년 여성이 처음 방문한 낯선 타인을 쉽사리 안으로 들이겠습니까? 게다가 아파트 안에 자기 혼자밖에 없을 때 말이지요.

목을 자른다거나 속이 메슥거릴 만한 방식으로 죽인 것을 보면 범인은 이 집 관계자이고, 게다가 오데트한테 상당히 깊은 원한을 품고 있는 사람이겠지요. 이만큼 한정된다면 의외로 간단한 사건 인지도 모르겠는데요."

그러나 바르베스의 낙관론에도 불구하고 경정은 어딘가 굳은 표정으로 신중한 자세를 무너뜨리지 않았다.

"장 폴, 억측은 금물이네. 게다가 나한테는 이 사건의 겉모습이 아무래도 마음에 안 들어. 얼핏 본 인상보다는 훨씬 깊이가 있는 것 같거든. 심문은 바르트 부인부터 시작하기로 할까?"

바르베스 경감은 바르트 부인과 서기 담당 형사를 데리고 서재 로 돌아왔다.

"우선 시체를 발견할 때까지의 경위를 말씀해주시겠습니까?" 경정이 질문을 시작했다.

"예. 제 출근시간은 늘 정오로 정해져 있습니다만, 오늘 아침에 앙투안 씨가 특별히 10시 반까지 와달라고 전화를 해서 그렇게 했습니다."

"앙투안 씨한테서 전화가 온 것은 몇 시였습니까?"

"9시 반 조금 안 되어서예요."

"왜 오늘만 빨리 오라고 했는지 아십니까?"라고 경정이 물었다. 바르트 부인은 어젯밤 자매가 싸운 경위에서부터 오데트의 일과 인 미용실에 다니는 일 등을 이야기했다.

"······그래서 10시 반 조금 전에 여기에 도착했고, 저는 문 앞에서 이상하다는 걸 알아차렸어요."

"이상하다는 것이라······"라고 경정이 나지막한 목소리로 반문했다. "그건 어떤 거였나요?"

"예, 현관문이 완전히 닫히지 않고 아주 조금 열려 있는 것 같았습니다. 이 집의 문은 열어도 용수철 장치가 되어 있어서 자동으로 서서히 닫히게 돼요. 그리고 문이 닫히면 그대로 자물쇠가 걸리고 밖에서는 열쇠 없이 들어올 수 없게 됩니다. 문의 자물쇠는 작년 말에 새로 바꿔 단 것이어서 새로운 열쇠는 오데트 씨밖에 갖고 있지 않아요. 전의 자물쇠는 조제트 씨, 앙투안 씨 그리고 저까지 세 명이 열쇠를 갖고 있었습니다만, 이번에는 자물쇠가 특별히 제작된 거라 열쇠를 복제하는 데 시간이 걸린다고 해서 조제트 씨도 아직 갖고 있지 않았어요."

"다시 말해 오데트 씨가 안에서 문을 열어주지 않으면 아무도 이 아파트로 들어올 수 없다는 거군요."

"그렇습니다. 하지만 오늘 아침만은 문이 완전히 닫혀 있지 않았습니다. 그래서 자물쇠도 채워지지 않았고요. 열쇠를 갖고 있지 않은 제가 집으로 들어올 수 있었던 것도 그 때문이었습니다. 저는 문의 용수철 장치가 고장 났나 하고 생각했습니다만, 문을 밀어보고는 금방 그렇지 않다는 걸 알았습니다."

"뭐였나요?" 경정은 주의 깊은 시선으로 바르트 부인의 표정 변화를 좇고 있었다.

"책이었습니다."

"책이라……" 경정이 중얼거렸다.

"책이 문 사이에 끼워져 있어서 문이 완전히 닫히지 않았던 거였어요."

"어떤 책이었습니까?"라는 경정의 질문에 바르트 부인은 대기실에서 책 한 권을 가져왔다. 그 책에도 지문 채취를 위한 은가루가 잔뜩 묻어 있었다. 경정이 들고 보니 두꺼운 가죽 표지로 장정된 문학전집의 한 권이었다. 책등에는 금색 문자로 '호손·포『주홍 글씨』『붉은 죽음의 가면 외』'라고 되어 있었다.

"또 빨강인가……" 경정의 어조는 어딘지 모르게 불길한 울림으로 무겁게 가라앉아 있었다.

"1페이지만 찢어졌는데요." 팔랑팔랑 페이지를 넘기면서 바르베스 경감이 말했다. 찢어진 것은 『붉은 죽음의 가면』의 첫 페이지였다.

"이 책은 항상 저기에……" 바르트 부인이 가리킨 것은 경정이 앉아 있는 대형 책상의 정면에 자리한 서가였다. "……꽂혀 있었습니다."

거기에는 같은 가죽 표지로 장정된 금색 문자의 책들이 빽빽이 꽂혀 있었는데, 경정의 눈은 거기에 정확히 한 권의 빈자리가 있는 것을 놓치지 않았다.

"이건 앙투안 씨한테 물어보시는 게 나을 듯싶습니다만, 오데트 씨가 지난 연말에 갑자기 자물쇠를 교체하기로 한 것도 이 책 때문이었던 모양이에요. 앙투안 씨한테서 들은 이야기입니다만……" 이렇게 서두를 깔고 바르트 부인은 오데트의 생일날 저녁에 있었던 사건을 간단히 이야기했다. 경정과 경감은 긴장한 표정으로 그 이야기를 열심히 들었다.

"알겠습니다. 앙투안 씨한테도 나중에 같은 이야기를 물어볼 생각입니다. ……오늘 아침 이야기를 이어서 해주십시오." 경정이 원래의 이야기로 이끌었다.

"예. 대기실로 들어가자 아무래도 집 안의 모습이 이상한 것 같았습니다. 전혀 인기척이 없었거든요. 그리고 거실로 들어가자……" 바르트 부인은 다시 그 광경을 떠올린 것인지 안색이 바뀌며 가볍게 몸서리를 쳤다. "오데트 씨가 그런 자세로…… 저는 곧바로 경찰에 전화했습니다. 도저히 집 안에 있을 수가 없어서, 문이 자동으로 잠기지 않도록 문을 활짝 열어놓은 채 엘리베이터 앞에서 경찰이 도착하기를 기다렸어요. 전화를 하고 불과 3분 만에 제복을 입은 경관이 왔고, 10분쯤 지나 경정님 일행이 오신 겁니다. 그 이후의 일은 경정님이 아시는 대로예요."

"대충 알겠습니다. 이번에는 당신에 대해 묻겠습니다. 라루스가에서 일한 지 몇 년이나 되었습니까?"

"이제 곧 10년이 됩니다."

"허어, 오래되었군요. 이 집은 일하기 편한 곳인가요?"

"예, 급료가 무척 좋았습니다. 남편이 10년 전에 세상을 떠나고 혼자 아들을 키워야 했으니까요."

"안됐군요. 오늘 아침에 집을 나선 것은 몇 시였습니까?"

"10시 조금 전이었을 겁니다. 집이 클리시 광장 근처라서 여기까지는 지하철을 갈아타지 않아도 돼요. 오는 데 30분이면 충분합니다."

"집을 나설 때까지 집에서는 혼자였습니까? 전화나 찾아온 사람은 없었습니까?"

"예, 아이가 학교에 간 후에는 쭉 혼자였습니다." 바르트 부인은 막힘없이 대답했다.

"라루스 자매에 대해 이야기해주십시오." 경정은 질문의 방향을 바꾸었다. "어젯밤처럼 자매가 싸우는 일은 자주 있었습니까?"

"두 달에 한 번은 있었을 겁니다. 최근 몇 년간 점점 격렬해진 것 같고요."

"싸움을 하고 조제트 씨가 집을 나가는 일은 이전부터 자주 있었습니까?"

"아니요, 어젯밤이 처음이었어요."

"부인, 그럼 이런 거네요. 라루스 자매는 때때로 아주 히스테릭한 싸움을 한다, 최근 몇 년간 싸움은 점차 잦아졌고 또 심해져갔다, 어젯밤에는 더욱 심각해서 결국 조제트 씨가 집을 나가는 결과로 이어졌다……"

"예." 바르트 부인은 짧게 대답했다.

"싸움의 원인은 어떤 것이었지요? 예를 들면 어젯밤의 경우."

"대개는 사소한 것이었어요. 오데트 씨의 화장품을 조제트 씨가 썼다든가 하는. 성격 차이가 원인이었을지도 모릅니다. 오데트 씨는 주의 깊고 계획적이며 꼼꼼한 성격이었지만, 조제트 씨는 시간 등에도 약간 느슨한 데가 있고 제멋대로 행동하는 성격이었습니다. 어젯밤의 경우, 원인은 열쇠였어요. 조제트 씨가 자기한테도 열쇠를 주지 않는다는 것은 함께 살 수 없다는 거 아니냐고 오데트 씨를 심하게 공격한 것이 발단이었습니다."

"집을 나갈 때 조제트 씨가 무슨 말을 하지는 않았습니까?"

"예, 그······" 바르트 부인은 다소 말하기 힘들다는 듯이 머뭇거렸다.

"솔직히 말씀하세요."

"······어디 한번 죽어봐야 해, 라는 말을 내뱉고 나갔습니다."

"알겠습니다. 고맙습니다. 오데트 씨는 꼼꼼한 성격이었다고 했습니다만, 무슨 일과 같은 것은 없었습니까?"

"시계처럼 정확하게 일과를 지켰습니다."

이 말을 듣고 바르베스 경감은 기쁜 얼굴로 말했다. "부인, 그 부분을 좀 더 정확히 말씀해주시겠습니까?"

"오데트 씨는 매일 8시에 반드시 일어났습니다. 아침은 먹지 않고 생과일주스만 마시는 게 습관이었죠. 조제트 씨는 일어나는 시간이 불규칙했습니다만, 그래도 간단한 아침을 거르는 일은 없었어요. 한 시간 동안 입욕, 세면, 화장을 마치고 10시 정각이 되면 아래층에 있는 마르탱 부인의 미용실에 전화를 했습니다. 오데트 씨는 매일 아침 미용실에서 머리를 손질하는 습관이 있었기 때문에 예약이라는 의미도 있었습니다만, 마르탱 부인과 서로 무척 친한 사이여서 매일 아침 하는 인사였는지도 모르겠어요. 10시 반에는 아래층으로 내려가 미용실로 들어가죠. 대충 30분 만에 머리 손질이 끝나면 11시에서 12시까지 근처를 산책해요. 제 출근시간은 12시라서 산책하고 돌아오는 오데트 씨하고 엘리베이터 앞에서 만나는 일도 자주 있었습니다."

"8시 기상, 9시 입욕, 세면, 화장 완료, 10시에 미용실에 전화, 10시 반에 미용실로 들어가고, 11시에서 12시까지 산책, 12시 귀가……, 이게 틀림없습니까?" 경정이 확인했다. "10시에 하는 전화는 매일 걸었습니까?"

"예. 물론 평일뿐입니다만, 토요일과 일요일 말고는 항상 걸었던 것 같아요."

"정말 많은 참고가 되었습니다. 마지막으로 간단한 질문입니다만, 이건……" 경감이 휴대용 금고를 보여주었다. 금고도 은가루 투성이였다. "이 집 물건 맞죠?"

"예, 오데트 씨 금고예요. 늘 서가 뒤에 숨겨진 작은 장에 간수해두었습니다. ……하지만 그 안에는 아무것도 들어 있지 않다고 생각하고 있었어요."

"왠가요?"

"지난달에 이 방을 청소했을 때 휴대용 금고도 서고에서 꺼내 먼지를 털었는데, 그때는 열쇠도 채워져 있지 않고 안은 비어 있었어요."

"열쇠는 평소에 어디에 있었습니까?"

"책상 서랍에 들어 있었습니다."

"이 금고와 숨겨진 장을 알고 있는 사람은 누구였습니까?"

"글쎄요, 오데트 씨 말고는 조제트 씨뿐이지 않을까요?"

"이 병 알고 있지요?"

"예, 오데트 씨 가루치약이에요. 좋아해서 그것밖에 쓰지 않았습니다. 조제트 씨는 보통 치약을 썼고요."

"이 라이터는⋯⋯" 경정은 차례차례 증거품을 확인해나갔다.

"조제트 씨 거예요."

"어젯밤부터 이게 조리실 바닥에 떨어져 있지 않았습니까?"

"아니요, 어젯밤에 나갈 때 담배와 함께 핸드백 안에 넣었어요."

"확실합니까?" 경정은 가볍게 확인했다.

"예, 똑똑히 기억해요. 앙투안 씨도 봤을 거라고 생각합니다."

"이 립스틱은요?" 경정이 물었다.

"오데트 씨 거예요. 하지만 조제트 씨가 쓴 적도 있었던 것 같아
요. 그런 것이 싸움의 원인이 되기도 했어요."

"어제 아침 화장대 뒤에 이게 떨어져 있지 않았습니까?"

"어제 오후에 화장실을 청소했습니다만, 그런 건 없었습니다."

"오늘 아침 화장대에 무슨 달라진 것은 없었습니까? 예를 들면
오데트 씨 말고 누군가가 화장품을 만진 흔적이라든가."

"아니요, 아까도 형사님이 보여주셨지만 오데트 씨가 정리한 그
대로였습니다. 그런 부분에도 꼼꼼한 성격이 드러나는데, 사용한
화장품의 작은 병은 조금도 틀리지 않게 늘 정해진 자리에 돌려놓
는 것이 오데트 씨의 버릇이었습니다. 혹시 누가 만지기라도 했다
면 바로 알아차렸을 거예요."

"오데트 씨와 조제트 씨는 각각 어떤 담배를 피웠습니까?"

"오데트 씨는 던힐이고 조제트 씨는 갈색 필터의 로열이었습니
다."

"오데트 씨한테 수면제를 복용하는 습관이 있었습니까?"

"예, 매일 밤 가벼운 물약 형태의 수면제를 찻숟가락으로 한 술 쯤 먹는 것이 습관이었어요."

"이 집에 있는 것은 그 한 종류뿐입니까?"

"아니요, 지난해 말 자물쇠를 교체할 무렵이었는데, 최근에 아무래도 잠을 자지 못해 좀 더 강한 약을 사두라고 해서 제가 구해서 건넸습니다. 하지만 어제까지는 쓰지 않았을 거예요. 어제 오데트 씨의 침실을 청소했을 때 책상 위에 아직 뚜껑을 뜯지 않은 작은 병이 있었으니까요."

"어젯밤은 어땠나요?"

"제가 돌아가기 전에 컵하고 물병, 재떨이와 함께 늘 먹는 물약 형태의 수면제를 침대 옆의 작은 탁자에 준비해두었습니다."

"라루스 자매와 친했던 사람들, 이 집에 자주 출입했던 사람들, 이 사건에 뭔가 참고가 될 만한 것을 알고 있을 것 같은 사람들을 좀 알려주시겠습니까?"

"……예." 바르트 부인은 짧게 뜸을 들인 후 이야기했다. "오데트 씨의 돌아가신 남편의 오랜 친구였다는 프로사르 씨와 뒤 루아 씨, 뒤 루아 씨 밑에서 일하는 앙드레 뒤 라브낭 씨, 앙드레 씨의 여동생으로 앙투안 씨의 친구라는 마틸드 씨, 미용실의 마르탱 부부…… 생각나는 사람은 이 정도예요."

"프로사르라는 사람은 변호사인가요?" 바르베스 경감이 물었다.

"그렇습니다. 오데트 씨의 고문변호사로, 생일날 저녁의 사건 후에도 앙투안 씨와 셋이서 늦게까지 이야기를 나눴던 모양이에요."

"오랫동안 고마웠습니다. 많은 도움이 되었습니다. 거실로 돌아가셔서 본느 형사한테 오데트 씨와 조제트 씨의 립스틱을 확인해서 건네주십시오." 경정의 말에 바르트 부인은 정중히 인사를 하고 자리에서 일어났다. 방을 나가려는 뒷모습에 대고 경정은 아무렇지 않은 목소리로 물었다.

"부인, 남부 출신이지요?"

바르트 부인은 일순 걸음을 멈췄지만 돌아보지는 않고 간단히 대답했다. 중얼거리듯이 낮은 목소리였다. "툴루즈입니다."

"툴루즈, 별칭 '장밋빛 도시……'" 바르트 부인이 나가자 바르베스 경감이 신음하는 듯이 말했다. "또 빨간색이군. 경정님, 대체 어떻게 된 걸까요? 빨강, 빨강, 빨강이라니. 『주홍 글씨』라는 책이 작년과 올해 두 번에 걸쳐 이상한 소도구로 사용되었습니다. 붉은 방에서 살해된 사람은 라루스(빨간 머리)라는 이름의 여자고요. 게다가 사진으로 보면 여동생인 조제트는 완전히 빨간 머리입니다. 현장의 벽에는 시체의 피로 A 자가 쓰여 있었고요. ……뭘까요, 이건? 마지막으로 바르트 부인까지 툴루즈에서 온 여자라고 합니다. 저는 안 좋은 예감이 드는데요."

"장 폴, 또 있어. 언젠가 딸애가 한 얘기 들었잖아. 이 사건의 발단은 오데트한테 배달된 협박장이었어. 그 서명은 대문자로 빨간 I 자였고……"

"맨 처음이 I이고 그다음이 A인가요? 정말 실없는 놈도 다 있네요."

"뭐 됐어. 생각은 나중에 하자고. 마르탱 부인을 불러오게."

바르베스는 아직 입속으로 뭐라고 중얼거리면서 마르탱 부인을 데리고 돌아왔다. 사람 좋아 보이게 살이 통통하게 찐 중년 여성은 경정 앞에서 한바탕 슬퍼하는 모습을 보였다.

"……경정님, 이 얼마나 끔찍한 일인가요? 오데트, 불쌍한 오데트, 정말 고상하고 친절한 사람이었는데."

"그런데 부인" 하고 경정이 말했다. "무슨 솔깃한 이야기가 있다고요?"

"네 맞아요. 저는 범인 같은 사내를 봤어요. 분명 그 사내일 거예요."

"범인 같은 사내라……" 모가르 경정의 눈이 날카롭게 빛났다. 바르베스는 책상 끝을 짚고 몸을 앞으로 내밀었다. "그 얘기 좀 자세하게 해주시겠습니까?"

"가게를 열었을 때였으니까 9시 조금 전이었을 거예요. 그놈이 가게 앞에 서 있었는데 저를 보고는 마치 사람 눈을 피하는 것처럼 이 건물 안으로 들어갔어요. 저는 수상한 사람이라고 생각했죠."

"그 남자의 외모는 어땠습니까?"

"키는 보통이었어요. 군용 외투를 수선한 것 같은 낡은 외투를 입었고, 얼굴을 감추려는 것처럼 옷깃을 올리고 있었고요. 유행이 지난 중절모를 깊숙이 써서 얼굴은 전혀 볼 수가 없었어요. 하지만 제 느낌으로 오십 살 정도의 남자일 거라고 생각해요. 그뿐만이 아니에요. 그러고 나서 30분쯤 지나서였나, 그 남자가 다시 가게 앞을 지나갔어요. 어쩐지 기분이 나쁜 인상의 남자였는데, 저는 가게 유리창 너머로 그 뒷모습을 한참이나 지켜봤어요."

"부인 9시와 9시 반, 두 번이네요, 그 남자를 목격한 것은." 경정은 거듭 확인했다.

"맞아요. 그러고 나서 30분쯤 있다가 평소처럼 10시 정각에 오데트 씨한테서 전화가 왔어요."

"시간은 틀림없습니까? 이건 아주 중요한 거라서요. 정말 10시 정각이었습니까?"

"물론이에요. 늘 습관이 돼서 전화가 울리자 바로 시계를 봤어요. 매일 오데트 씨한테서 전화가 오면 시계를 보는 것이 버릇이거든요. 오늘 아침에도 정확히 10시였어요."

"분명히 오데트 씨의 목소리였습니까? 어딘가 부자연스러운 점은 없었습니까?" 경정의 확인은 집요했다.

"평소의 그 목소리였어요. 오데트 씨의 목소리를 잘못 들을 리는 없어요. 제가 수상한 남자 이야기를 하자 오데트 씨는 무척 걱정스러운 목소리로 10시 반에 바르트 부인이 올 때까지는 절대 밖에 나가지 않을 생각이라고 말했어요. 저는 3분쯤 이야기하고 나서 전화를 끊었죠."

"3분이나 얘기를 했단 말인가요? 인사만 하는 전화가 아니었던 거로군요."

"네, 그런 날도 있지만 오늘은 수상한 남자 일도 있어서 잠깐 이야기를 나눴어요. 그러는 중에 수화기 너머로 초인종 소리가 희미하게 들렸어요. 오데트 씨는 바르트 부인이 조금 일찍 온 것 같다고 했어요. 그래서 우리는 전화를 끊었고요."

"현관의 초인종 소리가 나서 전화를 끊었군요."

"그렇습니다."

"그때 오데트 씨가 겁을 먹은 듯한 기색은 없었습니까?"

"네. 하지만 내다보는 구멍으로 보고 바르트 부인이 아니었다면 문을 열어주지 않으면 되니까, 저한테 도움을 요청한 일은 없습니다."

"그 후 건물 사람들의 출입에 대해 알게 된 것은 없습니까?" 경정이 물었다.

"물론 아침이었으니까 많은 사람이 오갔어요. 저도 그 전부를 기억하고 있진 않고요. 하지만 그 남자가 다시 건물로 들어가지는 않았어요. 아침부터 두 번이나 봤기 때문에 또 나타나지 않을까 주의하고 있었는데, 두 번 다시 지나가지 않았습니다."

"확실한가요?"

"그 기분 나쁜 분위기는 쉽사리 잊을 수 있는 게 아니에요. 가게 앞을 지나갔다면 곧바로 알아차렸을 거예요. ……역시 그 남자가 범인이었을까요?" 마르탱 부인은 무섭다는 듯이 목소리를 낮췄다.

"아니, 그렇지는 않을 겁니다. 오데트 씨의 전화가 오고 난 후 정말 그 남자가 이 건물로 들어오지 않았다면요. 오데트 씨는 10시 넘어서까지 확실히 살아 있었고, 그렇다면 그 남자가 오데트 씨를 죽였을 리가 없으니까요."

"그러네요. 하지만 수상한 남자였어요. 저는 뒤가 좀 구린 사람일 거라고 믿고 있어요."

경정은 그 후 오데트의 생활에 대해 질문했다. 마르탱 부인의 이야기는 바르트 부인의 이야기와 들어맞는 것뿐이었다.

마르탱 부인이 물러가자 바르베스 경감은 썩 기분 좋게 말했다.

"수확이네요. 범행 시간이 훨씬 좁혀졌으니까요. 10시 좀 지나서부터 10시 반이 좀 안 된 시각 사이. 처음부터 관계자의 알리바이를 철저히 조사해야겠는데요."

마지막으로 불려 온 앙투안은 수수께끼 같은 협박장, 오데트의 생일날 벌어진 사건, 이봉에 대해서는 고향 마을의 라루스가와 뒤라브낭가의 과거, 오데트의 일상생활 등에 대해 물어본 대로 솔직하게 대답했다.

"놀랐는데요. 생일날 밤에 나디아가 본 남자가 바로 오늘 아침 마르탱 부인이 목격한 남자와 똑같지 않습니까? 저는 잠깐 나디아한테 확인하고 오겠습니다. 아직 대기실에서 기다리고 있을 테니까요." 바르베스가 가벼운 마음으로 일어섰다.

"끝나면 일단 경찰청으로 돌아가지. 오후에는 뒤 루아, 프로사르, 앙드레, 마틸드 등의 참고인이 출두하도록 준비해두고." 경정은 바르베스의 널찍한 등에 대고 말했다.

제2장

몽마르트르 가의 다락방

1월 6일 오후 3시

모가르 경정과 바르베스 경감이 살인 현장에서 조사와 심문을
마치고 늦은 점심을 끝낸 후 오르페브르 강변에 도착한 것은 벌써
오후 3시가 다 된 시간이었다. 두 사람은 낡은 석조 건물의 계단
을 올라갔다. 겨울 햇빛은 많이 기울어 창문이 작은 음침한 건물
의 복도는 이미 어둑어둑했다. 돌바닥에 딱딱한 소리를 울리며 걷
는 모가르 경정에게 바르베스가 말했다.

"현장 보존이나 참고인 미행, 부근의 탐문 조사 등 늘 하는 지시
는 해두었습니다. 참고인도 이제 슬슬 모일 시간입니다."

경정은 말없이 고개를 끄덕였다. 살짝 미간을 좁히며 그의 사무
실로 들어갈 때까지 뭔가 깊은 생각에 잠겨 있는 것처럼 보였다.

경정의 책상 위에는 대형 종이봉투에 든 서류가 도착해 있었다. 그는 책상 앞에 앉아 서류를 열심히 훑어보기 시작했다. 그사이 바르베스는 창가에 서서 강과 강변의 건물, 몹시 차갑게 저물기 시작한 납색 겨울 하늘을 바라보았다.

"장 폴, 뒤랑의 해부소견서와 감식반의 보고서야."

"어떻습니까?" 바르베스는 경정의 손안을 들여다보았다.

"음…… 일단 지문부터야. 시체의 지문을 A라고 하자고. 지문 A는 집 안 여기저기에서 나왔네. 특히 오데트의 침실에는 이 지문이 압도적으로 많아. 예를 들어 침대 옆에 있던 컵에는 이 지문과 바르트 부인의 지문밖에 나오지 않았어. 다음으로 조제트의 침실에서 다량으로 나온 지문을 B라고 하자고. 지문 B도 집 안 여기저기에서 나왔어. 그 집에서 이만큼 다량으로 나온 것은 지문 A, 지문 B, 거기에 바르트 부인의 지문, 이 세 종류뿐이야. 하지만 오데트의 침실에서도 지문 B가, 반대로 조제트의 침실에서도 지문 A가 나왔네. 비교적 적었지만 무시해도 좋은 숫자라고는 말할 수 없다는 생각이 들어. 화장품 등 침실 이외의 장소에 있는 오데트와 조제트의 일용품에서도 그래. 오데트의 일용품에는 지문 A가, 조제트의 일용품에는 지문 B가 많이 나왔지만, 양쪽의 지문이 묻은 것도 있고 반대로 묻어 있는 경우도 있었어. 어느 쪽이나 완전히 무시할 수 있는 건수라고는 말할 수 없지.

증거 자료의 지문인데, 금고에는 지문 A, 립스틱에는 지문 A, 소형 라이터에는 지문 B, 가루치약 병에는 지문 A와 B가 함께 나왔어. 금고의 열쇠나 현장에 남아 있던 고기 써는 식칼에서는 지문이 나오지 않았고." 바르베스 경감은 경정의 말을 잠자코 듣고 있었다. 경정은 정확한 어조로 막힘없이 조용히 이야기를 이어나 갔다. "다음은 혈액형이야. 시체의 혈액형은 A형이었네. 벽의 문 자에 사용된 피도 같은 혈액형이고. 두 종류의 담배꽁초 중에서 오데트의 침실에 있던 재떨이 안의 던힐 필터에 묻은 타액에서는 A형이 검출되었네. 거실 바닥에서 발견된 로열에서 검출된 것은 O형이었고.

마지막으로 루주와 가루치약인데, 던힐의 필터에 묻은 루주는 오데트의 립스틱, 로열에는 조제트가 늘 쓰는 유명 브랜드의 립스 틱에 해당하는 성분이 발견되었네. 시체의 손가락 끝에 묻어 있던 분말은 예상대로 가루치약으로 화장실 바닥에 흩어진 것과 완전 히 같은 것이었네.

이번에는 뒤랑의 해부소견서야. 교살이나 독살의 가능성은 없 어. 사인은 어디까지나 두부에 가해진 타격에 의한 것이라 여겨진 다네. 피해자 위장의 내용물은 생과일주스뿐이고 수면제 성분은 발견되지 않았어. 다만 어젯밤 복용했다고 한다면 하룻밤 사이에 완전히 흡수되는 것이 보통이라 발견되지 않는 것도 당연하다고 하네. 장기는 무척 건강하고 피해자를 특정할 만한 특징적인 질환 은 발견되지 않았고……"

"시체는 오데트겠군요, 거의 확실하게"라고 바르베스가 말했다.

"응." 가볍게 고개를 끄덕이며 경정이 대답했다. "절대 그렇다고 단정할 수 있는, 의문의 여지가 없는 물증이 빠져 있다는 것이 아 무래도 마음에 들지 않아. 하지만 지문, 혈액형, 립스틱, 담배, 가루치약, 게다가 아침 대신 먹는 과일즙까지 관련된 모든 정황 증거는 시체가 오데트라는 걸 가리키는 것도 사실이야."

"바르트 부인의 증언도 있어요. 사체의 복장은 양말에서 속옷에 이르기까지 오데트의 것이었고, 반지, 손톱의 매니큐어, 발톱의 페디큐어도 오데트를 가리키고 있어요. 아마도 심증이겠지만 바르트 부인은 시체의 손가락 모양도 오데트 것 같다고 증언했고요." 바르베스가 덧붙였다.

"게다가 어젯밤부터 오늘 아침에 걸친 모든 정황은 사건 당시 그 집에 있었던 사람이 오데트였다는 것을 가리키고 있지. 단정할 수 없다고 해도, 이만큼의 재료에서 얻은 추정을 부정할 만한 새로운 사실이 발견되지 않는 한, 일단 '피해자는 오데트'라고 생각하고 출발하는 것이 타당하겠지."

"경정님, 시체는 오데트입니다. 틀림없어요. 오데트가 아니라면 대체 누구겠어요? 관계도 없는 제삼자가 그토록 단단히 문단속을 하고 있는 집에 들어가 위에서 아래까지 오데트의 옷을 입고, 그 다음에는 목이 잘려 바닥 위에 나뒹굴고 있다니, 그런 말도 안 되는 이야기가 어디 있겠어요."

"음······" 모가르 경정은 어딘지 모르게 개운치가 않았다. "장 폴, 확실히 자네가 말한 대로인데, 그 말도 안 되는 이야기가 현실일 가능성이 이론적으로는 존재할 수 있네."

"하지만 그렇다면 오데트는 어디로 사라졌다는 말인가요?" 바르베스는 아무래도 납득할 수 없다는 표정으로 불만스럽게 말했다.

"아니, 됐네. 분명히 말도 안 되는 이야기지. 있을 수 없고 부조리하고 제정신이 아닌 것 같은 농담이야. 그런 일이 실제로 일어났을 리가 없지. 그래, 수사는 어디까지나 피해자가 오데트라는 추정에서 시작되어야 할 거야." 경정은 자신을 납득시키려는 것처럼 나직하게 중얼거렸다. 그러고 나서 평소의 정확한 어조로 돌아와 말했다.

"지금까지 파악한 것을 간단히 정리해보기로 하지. 우선 오데트의 일과와 오늘 아침 오데트의 행동에 관한 마르탱 부인, 바르트 부인, 앙투안의 증언을 겹쳐보자고. 그러면 오늘 아침 오데트의 행동을 거의 정확하게 추정할 수 있을 거야. 됐나, 장 폴." 바르베스는 수첩을 꺼내 요점을 적으면서 경정의 말에 귀를 기울였다.

"일과대로였다고 한다면 오늘 아침에도 오데트는 8시에 일어났겠지. 아침 대신 생과일주스를 마셨고. 그다음 욕조에 들어갔고 세수를 마쳤어. 세면대나 욕조가 아직 젖어 있는 걸로 추정할 수 있지. 그러고 나서 화장을 끝냈어. 화장대 옆에 떨어져 있던 립스틱으로 그걸 알 수 있고."

"왜죠?"

"장 폴, 결혼한 적이 없는 남자는 이래서 곤란한 거야. 여자가 화장할 때 화장품을 어떤 순서로 사용하겠나? 그 전이 어떻든 마무리는 분과 입술연지야. 어젯밤 떨어져 있지 않았던 립스틱이 오늘 아침에 발견되었다는 건 오데트의 화장이 마지막까지 진행되었다는 것을 말해주지. 립스틱은 화장대의 작은 서랍 안에 정리되어 있었어. 오데트가 꺼내지 않았다면 저절로 바닥에 굴러다녔다는 이야기가 되거든. 그래, 화장을 다 마친 거야."

"그렇군요……" 바르베스는 진심으로 감탄했다.

"일과를 보면 화장이 끝나는 것은 9시지. 그리고 앙투안의 증언에 따르면 오늘 아침 9시가 지나서 오데트가 앙투안의 집으로 전화를 했어. 즉 화장을 마치고 전화를 걸었다는 거지."

"일과와 증언이 딱 맞아떨어지는군요."

"그래. 다음 한 시간 동안 오데트는 실내복을 외출복으로 갈아입었어. 구두도 신고, 외투와 핸드백만 들면 그대로 외출할 수 있는 준비를 다 마치고서 10시 정각에 마르탱 부인의 미용실에 전화를 걸어 3분쯤 이야기를 나눴지. 그 30분 후인 10시 반에는 바르트 부인에 의해 머리 없는 사체로 발견된 거야. ……그 30분간 무슨 일이 있었는지, 증거에 기초해서 추정해보자고.

아마 마르탱 부인과 전화할 때 울렸던 초인종이 범인의 도착을 알리는 것이었겠지. 오데트는 바르트 부인이 누른 거라 생각하고 전화를 끊고 나서 문을 열러 갔지. 하지만 거기에 있는 사람은 바르트 부인이 아니었던 거야."

"대체 누구였을까요? 오데트는 아무튼 자신이 자물쇠를 열고 내부 열쇠와 사슬을 풀어 살인자를 집 안으로 불러들인 거군요."

"집 안으로 들어올 때까지 범인은 오데트한테 정체를 밝히지 않았겠지. 그 후 범인은 가면을 확 벗어던지고 오데트를 위협하기 시작한 거야. 오데트는 어쩔 수 없이 화장실의 가루치약 병 안에 감추어둔 금고 열쇠를 꺼냈지. 그때 손톱에 가루치약이 묻은 거고. 오데트가 병을 놓쳤기 때문에 화장실 바닥에는 온통 가루치약이 흩날리게 된 거지. 생각대로 열쇠를 손에 넣은 범인은 오데트를 데리고 다시 거실로 돌아오고, 그러고 나서 피해자의 머리를 아마 둔기로 내리쳐서 죽였겠지. 방 안이라고 해도 총기를 사용하면 4층이나 6층 주민에게 총성이 들릴지도 모르고, 꽉 닫힌 방이었는데도 바르트 부인이 시체를 발견했을 때 화약 냄새는 전혀 남아 있지 않았지.

서재로 들어간 범인은 빼앗은 열쇠로 금고 안에 들어 있던 뭔가를 훔쳐내고 이번에는 조리실에서 고기 써는 식칼을 들고 다시 거실로 돌아왔어. 그때 조리실에서 앞으로의 큰일을 대비하여 마음을 진정시키기 위해 담배에 불을 붙였는데 소형 라이터를 바닥에 떨어뜨린 걸 알아채지 못했지. 거실로 돌아와 피우던 담배를 바닥에 버리고 드디어 목을 절단하기 시작했고. 작업이 끝났을 때 손은 피투성이였을 거야. 손을 씻은 곳은 화장실의 세면대가 아니라 조리실의 개수대였을 거고."

"화장실 입구에는 온통 가루치약이 쏟아져 있었기 때문이었겠군요. 범인은 발자국을 남기지 않고 세면대에 갈 수 없었을 테니까요."

"맞아. 그러고서 시체의 머리와 금고 안에 든 것을 들고 도망친 것인데, 집을 나갈 때 역시 서재에서 발견한 그 책을 문 사이에 끼워서 문이 자동으로 잠기지 않도록 해둔 거지."

"이의 없습니다, 경정님. 이제 범인은 밝혀진 거나 마찬가지네요. 그놈은 라이터와 담배 소유자인……"

"장 폴, 아직 결론은 이르네. 이상은 단순한 추정인데, 범인이 30분도 안 되는 짧은 시간에 움직였다고 한다면 이 순서로 일을 끝냈다고 생각하는 게 가장 합리적이겠지. 여기서부터 어느 정도 개연성을 갖고 이 사건의 범인상을 이끌어낼 수 있을 거야.

첫째, 범인은 오데트가 안심하고 집 안으로 들인 사람이야. 가족이거나 친한 친구거나 고용인, 다시 말해 라루스가의 관계자 중에 범인이 있다는 개연성이 아주 높지.

둘째, 범인은 귀중품이 이 집에 있다는 것을 알고 있었는데, 금고의 열쇠를 어디에 감춰두고 있는지는 몰랐어. 12월까지 금고가 사용되지 않았던 것을 생각하면 범인은 최근 한 달 사이에 라루스가에 출입할 기회가 있었던 관계자라는 이야기가 되지. 적어도 내부에 정보를 제공하는 사람이 있었다고 생각하는 게 타당할 거야.

셋째, 현장을 벗어났을 때 범인은 절단한 머리나 금고의 내용물을 넣을 수 있는, 상당히 큰 자루나 가방을 갖고 있었을 거야.

넷째, 범인은 오늘 아침, 특히 10시에서 10시 반까지의 알리바이가 없는 사람이겠지.

다섯째, 범인의 성격인데, 머리 절단이 보여주는 아주 과격한 성격, 라이터와 담배꽁초를 현장에 떨어뜨리는 아주 부주의하거나 서툰 행동이 보여주는 차분하지 않고 불안정한 성격, 게다가 화장실에 발자국 남기는 것이 두려워 일부러 좁은 조리대 옆의 개수대에서 피를 씻어낸 균형을 결여한 신중함, 그리고 오히려 겁이 많은 것에 의해 드러나는 성격이 있어. 담배꽁초를 던져버리는 건 걱정이 안 되는데 눈앞에 발자국이 남는 건 두려운, 일면적으로 근시안적이고 어딘가 묘하게 편향된 주의력을 갖춘 성격인 거지."

"여자군요, 경정님. 히스테릭하고 감정적이며 제멋대로고 칠칠치 못하며 게다가 남의 흠을 들추어내는 데는 이상할 정도의 주의력을 발휘하는 타입의 여자…… 멋지게 일치하지 않습니까? 담배와 라이터의 소유자인 여자의 성격과도요.

여자는 오데트의 가족이다, 물론 금고에 대해서도 알고 있었다, 집을 나갔을 때 커다란 붉은색 가죽 여행 가방을 갖고 있었다, 10시에서 10시 반까지의 알리바이는커녕 낌새를 채고 허둥지둥 도망쳐서 어디에도 없다. 경정님, 범인은 여동생인 조제트네요. 다섯 가지 조건에 전부 일치합니다. 틀림없어요."

"하지만 세부적인 데서는 아직 설명이 안 되는 부분이 너무 많아. 협박장이나 수수께끼의 사내 그리고 이 사건 여기저기에 채색되고 있는 그 붉은 상징의 의미. 게다가 가장 큰 문제는 왜 목을 잘랐는지, 그 이유가 확실하지 않다는 점이야. 아무래도 잘 모르겠어…… 그건 그렇고 장 폴, 참고인은 다 모였나?"

"예, 프로사르, 뒤 루아, 앙드레, 마틸드 이렇게 네 명은 대기실에서 기다리게 해두었습니다. 누구부터 부를까요?"

"글쎄, 뒤 루아라는 사람부터 해볼까?" 하고 모가르 경정이 말했다.

뒤 루아는 비린내가 날 정도로 정력적인 분위기를 지닌 쉰 살쯤 되는 남자였다. 건강해 보이는 단단한 몸집에 돈을 들인 고급 맞춤옷을 단정하게 차려입고 있었는데, 살짝 머리가 벗어져 번들번들 붉게 빛나는 이마나 두꺼운 입술 끝에 깊게 새겨져 있는 기묘하게 교활한 느낌의 엷은 웃음이 보는 이에게 어딘지 모르게 천박하고 신용할 수 없는 남자라는 인상을 주었다.

"라루스가와의 관계부터 이야기해주시겠습니까?" 경정이 말을 꺼냈다. 담당 형사가 기록을 시작했다.

"오데트 씨의 죽은 남편 클레르가 제 오랜 친구였어요. 피레네의 깊은 산속에서 광맥을 찾아낸 클레르는 아름다운 시골 처녀와 그녀의 어린 여동생을 데리고 수도로 올라왔지요. 아직 전후의 혼란기여서 저도 클레르도 20대의 청년이었던 때의 일이에요. 우리는 돈을 같이 출자해 '클레르와 뒤 루아 상회'를 설립했지요. 사업은 순조롭게 진행되었고, 불운한 클레르가 자살했을 때는 이미 상당한 수익을 올리는 중견기업으로 발전해 있었어요. 저는 미망인이 된 오데트 씨한테서 회사의 권리를 사들여 그 후로는 혼자 이사업을 키워왔지요. 그러나 남편이 죽고 달리 상속 일을 부탁할 사람이 없는 오데트 씨는 클레르의 친구였던 저를 의지했고, 저도 죽은 클레르와의 우정 때문에 가능한 한 오데트 씨의 도움이 되려고 애써왔다고 생각합니다."

"실례지만 독신인가요?" 경정은 부드러운 어조로 물었다.

"그게 당신 일과 어떤 관계가 있는지 모르겠소만 독신인 것은 맞소." 뒤 루아는 어딘가 위압적이고 무시무시한 어조로 대답했다. 뒤 루아의 화난 듯한 어조에는 전혀 개의치 않고 경정은 친밀감마저 느끼게 하는 부드러운 말로 계속했다.

"라루스 자매에 대해 이야기해주시겠습니까?"

"여동생인 조제트한테는 재산이 없었소. 오데트 씨가 부양하고 있었지요. 어렸을 때부터 조제트는 네 살 많은 언니가 키운 거나 마찬가지였소. 조제트가 결혼할 때는 오데트 씨도 상당한 재산을 나눠 주었지요. 평범하게 살면 평생 곤란하지 않게 살 수 있을 만

117

한 액수였을 거요. 그런데 조제트는 언니 부부의 반대를 무릅쓰고 결혼한 남자와 곧바로 이혼했고, 게다가 돈까지 다 써버리고 다시 오데트 씨의 집으로 돌아온 거요. 마침 클레르가 죽은 무렵이었소. 그로부터 벌써 10년이 되지만 오데트 씨가 계속 조제트를 부양하고 있었소.

조제트는 언니한테서 돈을 뜯어내 낭비만 하는 여자요. 우리 회사에 있는 앙드레 뒤 라브낭이라는 청년한테도 자꾸 추파를 던졌던 모양이오. 그 나이에 그런 얼굴이니 남자를 낚기에는 그저 돈밖에 없었던 거겠지요. 그 때문에도 오데트 씨한테서 점점 더 많은 돈을 뜯어내려고 했소. 하지만 앙드레도 앙드레요. 어떤 야심이나 계획이 있는지 모르겠지만 조제트의 유혹을 받고도 전혀 싫어하는 기색을 보이지 않고 교제하고 있소. 옛날에는 앙드레의 집이 라루스가의 주인에 해당했다고 하던데, 몰락귀족의 말로치고는 참으로 비참하지 않소?"

"앙드레는 어떤 사람입니까?"

"처음에는 프로사르 씨의 소개로 나를 찾아왔소. 학생운동으로 기소된 앙드레를 우연히 프로사르 씨의 지인이 변호해준 일로 두 사람의 관계가 시작된 모양이오. 그리고 프로사르 씨의 부탁으로 우리 회사에 들어오게 되었소. 확실히 머리가 비상하고, 젊은데도 수완이 좋아 기업인으로서도 유능한 사람인데 어딘가 인격적으로 망가진 데가 있소. 사실은 신용할 수 없는 사람이지만, 그건 그것대로 써먹을 데가 있는 거요."

"어제부터 오늘 사이의 행동에 대해 묻겠습니다"라고 경정이 말했다. "일단 관계자 전원에게 질문하는 것이니 협조해주시기 바랍니다."

"아, 예, 상관없소. ……어젯밤에는 5시 반에 오데트 씨의 아파트로 갔소. 엘리베이터 있는 데서 프로사르 씨와 마주쳤죠. 그는 용무가 끝나고 돌아가는 참이었소. 거실로 들어가자 여느 때처럼 조제트와 앙드레가 구석에서 소리를 죽여 무슨 이야기에 열중하고 있었소. 그대로 서재로 들어가 한 시간쯤 오데트 씨와 일 이야기를 하고 6시 반에는 라루스가를 나왔소. 나올 때는 이미 앙드레는 돌아간 모양인지 조제트만 잡지를 보고 있었소. 교외에 있는 집에는 7시 반쯤 도착했소. 자동차가 집에 있었기 때문에 교외선으로 귀가했고. 오늘 아침에는 8시에 집을 나서서 회사에는 11시 좀 지나서 도착했소."

"집에서 회사까지 세 시간이 넘게 걸렸다는 건 너무 많이 걸린 것 같은데, 도중에 어디 들르기라도 했던 겁니까?"

"아아, 물론이오. 암스테르담의 거래처에서 손님이 와 택시로 공항까지 마중을 나갔던 거요. 하지만 손님은 예정된 편에 타지 않았었소. 회사에 도착하자 오늘 밤 파리행을 탈 거라는 연락이 와 있었소."

"공항에서 누구 아는 사람은 만나지 않았습니까?"

"만날 리가 없지 않소. 만나기로 한 사람이 오지 않았으니까"라고 뒤 루아는 강한 어조로 화가 난 듯이 말했다.

"잘 알겠습니다. ……마지막으로 이것 좀 봐주었으면 합니다." 경정은 금고와 가루치약 병을 꺼냈다. 지문 검색을 위한 은가루는 완전히 닦여 있었다. "이걸 본 적 있습니까?"

"아뇨." 뒤 루아는 간단히 부인했다. 그러나 독수리보다 날카로운 경정의 시선은 그때 뒤 루아의 눈이 부자연스럽게 살짝 깜박이는 것을 놓치지 않았다.

"뒤 루아 씨, 단도직입적으로 묻겠습니다. 당신은 이 사건의 범인이 누구인지, 이 사건에 대해 짐작 가는 건 없습니까?"

짧은 침묵이 흘렀다. 그러고 나서 뒤 루아는 천천히 이야기하기 시작했다.

"오데트 씨 옆에는 늘 물욕과 성적 불만으로 살기를 띠고 있는 여자가 있었소. 남자를 꾀기 위한 돈 때문에 노상강도까지 할 수 있는 여자요. 그런데 오데트 씨가 죽으면 어떻게 되겠소. 라루스 가의 적지 않은 재산 전부가 자동적으로 그 여자 호주머니로 굴러 들어가지 않겠소? ……내가 생각하는 것은 그것뿐이오."

이런 말을 내뱉고 뒤 루아는 나갔다.

"경정님, 불쾌한 놈이지만 꽤 날카로운 말을 하는 것 같은데요. 관계자 중에서 그 여자에 대해 나온 첫 고발이군요."

"장 폴, 그런데 뭔가 구린내가 나는 사람 같지 않나?"

"물론이죠, 경정님. 저놈은 금고에 대해 아는데도 숨기고 있었습니다. 게다가 만약 저놈이 오데트와 그렇고 그런 사이가 아니라면 내 손에 장을 지져도 좋습니다."

다음 참고인은 프로사르였다. 경정도 바르베스도 이 법정의 늙은 너구리를 잘 알고 있었다. 경정이 고심 끝에 체포한 범인이 프로사르의 마술사 같은 교묘한 법정 전술로 무죄방면 되는 일이 한

120

두 번이 아니었다.

그러나 경정이 가진 프로사르에 대한 인상에는 묘하게 모순된 요소가 동거하고 있었다. 프로사르는 진실에 따라 변호하는 것이 아니라 오히려 기만에 따라 법정으로부터 의뢰인의 무죄 판결을 훔쳐내지만, 도저히 그를 악덕 변호사라고 단정할 생각은 들지 않았다. 프로사르만큼의 기량을 갖춘 사람이라면 세상에 얼마든지 있는 탈세나 부정에 대한 변호를 맡아 눈 깜짝할 사이에 한몫 잡는 것도 어려운 일이 아닐 것이다. 그러나 프로사르는 결코 그런 종류의 의뢰에 응하려고 하지 않았다. 그의 전문은 형사사건으로, 빈민가나 서민 동네에서 일어나는 살인이나 강도나 강간 사건의 범인만이 그의 마음이 동할 만한 매력을 갖고 있는 듯했다. 변호 비용도 제대로 지불하지 못하는 경우가 많은 그런 피고들에 대한 프로사르의 열성적인 조력은 거의 무상의 헌신이라고 부를 수 있었다. 이 점에서 그는 신앙심이 돈독한 자선가와 비슷한 모습조차 드러냈지만, 궤변과 기만과 위법의 한계에서 아슬아슬하게 교묘한 법정 전술을 구사하여 흉악한 범죄자를 풀어주기 위해 온갖 노력을 다한다는 사실은 역시 묵인하고 넘어갈 수 없는 일이었다.

"야, 이거 모가르에 바르베스까지." 프로사르의 야윈 얼굴에는 빈정거리는 듯한 엷은 웃음이 번졌다. 하지만 신경질적으로 뾰족한 연필 끝만큼이나 날카로운 눈길은 전혀 웃고 있지 않았다. "연말에 나디아 씨와 첫 대면의 영예를 가졌는데, 경정, 당신 딸치고는 너무 미인이잖은가. 조류학자인 친구한테 당장 가르쳐주었네. 백조의 새끼를 낳은 진기한 종의 독수리라고 말이네."

"여전히 허투루 볼 수 없는 놈이군" 하고 바르베스가 으르렁거리며 날뛰었다. 그러고 나서 일변하여 얼굴에 어울리지 않는 기분 나쁜 간사한 목소리로 말을 이었다. "자 자, 이보라고, 오늘은 법정에서 서로 노려보는 게 아니잖나. 됐으니까 솔직하게 이 장 폴 아저씨의 질문에 대답해주게."

"그만둬, 바르베스. 당신은 마구 으르렁대는 게 본분이니까. 그런 간사한 목소리를 내면 심장이 오그라들어 못써. 다음에 동물학자 친구한테 가르쳐주어야겠군. 이 진기한 종은 양의 목소리를 내는 회색 곰이라고 말이지." 곧바로 프로사르가 되받아쳤다.

"프로사르, 농담은 그 정도로 해두지." 모가르 경정이 다소 진지한 목소리로 말했다. "오데트 사건 조사에 협력해주지 않겠나?"

"물론이네, 모가르. 먼저 당신이 딱한 살인자를 잡아주지 않으면 내 장사도 할 수 없는 거니까. 어떤 협력이라도 기꺼이."

"먼저 오데트와의 관계에 대해 말해주게."

"음, 신상 이야기로군. ……그래, 그건 벌써 30년도 더 된 옛날 일이네. 전쟁이 막 끝났을 무렵이었는데, 나는 아직 법률가로 일을 시작한 지 얼마 안 된 시기라 돈이 되는 일이라면 아무리 이상한 일이라도 다 받아들이던 신출내기였지. 그래서 클레르라는 사람이 무슨 피레네 산속의 광맥을 매도하겠다는 건으로 법률 상담을 해왔을 때 당연히 두말없이 그 일에 달려들었지. 그리고 우리는 곧 친구가 되었네.

클레르는 산속에서 시골 아가씨 한 사람을 데리고 왔는데, 아직 스무 살도 안 된 이 여자가 굉장한 사람이었지. 고집이 세고 타산적인 데다 남자를 속이는 데 천성적으로 절묘한 재능을 갖고 있었고, 게다가 상습적인 거짓말쟁이였네. 더군다나 남자가 한번 보면 순식간에 흔들릴 만한 예쁜 몸매와 매혹적인 얼굴이었네. 그건 정말 작은 악마였다네."

"프로사르, 당신의 빈곤하기 그지없는 상투적인 표현을 장황하게 늘어놓는 짓은 그만두었으면 좋겠네. 젊었을 때의 오데트는 미인이었다, 그래서 어떻게 되었다는 건가?" 경정이 못을 박았다.

"내 상투적인 표현은 판사의 지적 수준에 맞춘 것일 뿐일세. 그놈들을 눈물 나게 하려면 그 수밖에 없으니까 말이야. 요컨대 클레르는 매력적이고 호색적인 이 악녀한테 속아 결혼했다네. 그가 자살한 원인에는 실패한 결혼과 불행한 가정생활에서 오는 정신적인 피로가 있었을지도 모르지. 하지만 어리석은 클레르는 불성실하고 잔혹한 아내를 마지막까지 사랑했다네. 자살하기 전날, 나한테 눈물을 흘리며 오데트를 부탁했을 정도였으니까.

나는 그 무렵 슬슬 이름이 알려지기 시작해서 부업인 민사나 법률 상담을 그만두어도 좋은 상태였지만, 친구의 마지막 부탁이라 라루스가의 일만은 계속 맡아주기로 했지. 클레르가 죽자 오데트는 바로 다음 달에 지체 없이 자신의 이름을 옛날 성인 라루스로 돌렸네. 미망인이 아니라고 말할 생각이었겠지.

첫 밑천이 오데트가 갖고 있던 광맥이었다고 해도 클레르는 사업으로 그걸 수십 배로 불렸지. 공동 경영자였던 뒤 루아한테 회사의 권리를 팔고 재산을 정리하자, 오데트한테는 평생 이 도시가 제공할 수 있는 최고급 생활을 누려도 다 쓸 수 없을 만큼의 돈이 떨어졌지. 그 이후 오데트는 부르주아 독신 여성 취향의 호사스럽고 제멋대로 된 생활을 즐겨왔지."

"오데트와 조제트 사이는 어땠나?"

"조제트는 미모도 재치도 없는 오데트라고 생각하면 될 거네. 인사치레로도 천사를 닮았다고는 말할 수 없는 두 중년 여성. 단지 혈연이라는 사슬로 이어져 있으면서 살과 살을 맞대고 살고 있다면, 거기에 흐르는 공기는 불건전하고 병적으로 탁해지는 게 당연하지. 게다가 돈을 가진 사람이 한쪽 여자뿐이라고 한다면, 그 결과는 빤히 눈에 보이는 거 아니겠나. 그 두 사람은 똑바로 쳐다볼 수 없을 만큼 추악한 다툼을 끊임없이 계속했네."

"오데트의 재산은 어느 정도였나?" 바르베스 경감이 물었다.

"최근의 사정은 잘 모르겠지만 2, 3년 전에 계산했을 때는 주식, 예금, 부동산을 다 합쳐 4천만에서 5천만 프랑은 되었을걸."

"오데트의 유언은 어떻게 되어 있나?"

프로사르는 무슨 까닭이 있다는 듯이 엷은 웃음을 띠며 대답했다.

"……유언장이 공개되는 건 오데트의 사후 9일째, 그러니까 1월 15일 오후네. 확실히 그렇게 지정되어 있지. 입회인은 나였고, 공증인은 내 친구였네."

"오데트가 어떻게 결정했는지는 알 바 아냐. 우리는 지금 당장 그 내용을 알고 싶다고"라고 바르베스는 크게 소리치며 야자열매만큼이나 크고 단단한 주먹으로 책상을 내리쳤다. 그러나 프로사르는 태연한 태도를 조금도 무너뜨리지 않았다.

"안 되지. 가르쳐줄 수 없어. 불만이 있으면 합법적으로 공증인 한테서 유언장을 빼내야겠지."

"유산의 주요 부분이 누구한테 넘어가게 되어 있는지만 가르쳐 줄 수는 없겠나?"모가르 경정이 말했다.

"그럴 수 없네. 당신도 다른 관계자와 마찬가지로 앞으로 9일은 기다려야 할 걸세."

"알았어."바르베스가 벌건 얼굴로 고함을 질렀다."언젠가 콧대를 꺾어주지."

변호사는 비아냥거리듯이 웃고, 바르베스는 낮은 목소리로 저주의 말을 중얼거렸다. 모가르 경정은 잠자코 뭔가를 생각했다. 바르베스가 묘하게 묵직한, 억누른 어조로 말했다.

"프로사르, 그런데 당신이 오데트를 마지막으로 만난 건 언제였나?"

"바르베스, 이번에는 용의자 취급으로 역습하는 건가? 안 되지. 유감스럽지만 엄청나게 잘못된 짐작이네. 나는 어제 4시 반쯤에 오데트의 아파트로 갔네. 용무를 마치고 5시 반쯤 돌아가려고 했을 때 뒤 루아 씨가 엘리베이터에서 내렸지. 내가 있는 동안 거실에서는 앙드레와 조제트가 무슨 이야기에 열중하고 있었어. 다시 말해 어젯밤 5시 반에 헤어진 것이 살아 있는 오데트를 본 마지막 기회였다는 말이네.

다음은 알리바이겠지? 당신한테는 안됐지만 나는 오늘 아침에도 평소와 다름없이 9시에 사무실로 출근했네. 그리고 1시 지나 점심을 먹으러 나갈 때까지 내내 책상에만 앉아 있었네. 거짓말이라고 생각되면 비서나 조수한테 진위를 확인해보면 될 거네."

"범행이 9시 이후라고 확실해진 것은 아니야." 바르베스는 호랑이가 으르렁거리는 소리로 응수했다.

"숨기지 말게, 바르베스. 여기 오기 전에 이미 뒤랑을 만나고 왔나네. 사망 추정시각은 9시에서 10시가 좀 지나서까지 아닌가? 경찰의가 그렇게 말했거든."

"뒤랑, 그 바보 같은 놈이" 하고 바르베스가 다시 으르렁거렸다.

"뒤랑을 나무라면 가혹하지. 그 사람은 내가 이 사건의 참고인이라는 걸 전혀 몰랐으니까. 식전주를 사 주며 쑤셔봤더니 아주 최근에 검시한 경험담을 섞어가며 한바탕 강의를 하더군. 사망 추정시각의 측정 기술에 관한 심원한 학식을 자랑하면서 불쌍한 무학자를 친절하게 계발시켜주었지. 바르베스, 그의 학문적 정열을 비난하면 안 되네."

마지막 질문인 금고와 가루치약에 대해서도 프로사르는 특별히 새로운 사실을 말하지 않았다. 모가르 경정이 심문을 끝내자 프로사르는 이렇게 말하며 방을 나갔다.

"아무튼 모가르, 우리는 누가 범인인지 전혀 모르지만 당신이 멋지게 범인을 잡았을 때 그 불쌍한 희생자의 변호는 내가 맡기로 하지. 누가 뭐래도 오데트를 처리했다는 것은 사회적 가치로서 긍정적인 행위지 결코 부정적인 행위는 아니니까. 마음에 안 드는 오데트의 후견인이라는 고역에서 나를 해방시켜준 은혜만으로도 이 변호를 맡지 않을 수 없거든."

프로사르의 모습이 사라지자 바르베스는 무심결에 화가 치민다는 듯이 으르렁거렸다.

"늙은 너구리 같은 놈."

"아니, 장 폴, 그놈치고는 친절하게 말한 편이야. 프로사르는 이 사건에 성실하게 흥미를 갖고 있어. 뭐 라루스 자매의 인간성을 좀 더 알게 된 것만 해도 수확이야. 유언장은 앞으로 9일을 기다릴 수밖에 없겠지"라고 경정은 촌평을 더했다.

앙드레는 하얗게 빛나는 금발을 길게 기른 서른이 안 된 청년이었다. 확실히 중년 여성을 열광시킬 만한 용모로, 위에서 아래까지 유행하는 옷으로만 차려입고 있었다. 그러나 그 주변에는 어딘지 모르게 교활하고 염치없는, 달콤하게 썩은 냄새가 떠도는 것 같았다.

"잠깐만요." 경정의 질문을 가로막고 앙드레가 말했다. "먼저 확실히 해두고 싶은데요, 대체 죽은 사람이 누군가요? 정말 오데트 씬가요?"

바르베스가 가볍게 혀를 찼다.

"자네는 잠자코 묻는 말에만 대답하면 되네. 묻는 것은 이쪽이야. 자네가 아니고."

불만스러운 모습의 앙드레는 눈을 허옇게 빛내며 입술을 일그러뜨렸다.

"라루스 자매와의 관계를 말해주겠나? 솔직히 말하는 편이 자네를 위해서도 좋을 걸세"라고 바르베스가 말했다.

"특별히 숨길 것도 없습니다. 당신은 뭘 알고 싶은데요?"

"조제트가 자네에 대한 집착이 대단했다면서? 자네는 싫은 표정도 짓지 않고 못생긴 중년 여성과 사귀고 있었어. 그 목적이 뭐였나?"

"아, 조제트 씨는 나잇값도 못하고 저한테 접근했어요. 게다가 교제한 이유는 뻔하잖아요. 돈이죠, 돈입니다. 저는 뒤 루아 씨한네 독립해서 제 일을 시작할 생각입니다. 그걸 위해서는 자금이 필요하고요. 조제트 씨가 그 돈을 내준다면야 대환영이지요."

"미남계로 사업자금을 만든단 말이지? 뭐 그렇다 치고. 그런데 조제트는 목돈 같은 건 갖고 있지 않았어." 모가르 경정이 나지막한 목소리로 말했다.

"맞아요. 오데트 씨한테서 기껏해야 용돈 정도 뜯어내는 게 고작이었죠. 그런데 흥미롭게도 오데트 씨 쪽에서도 조제트 씨를 제쳐놓고 저한테 추파를 던지기 시작했거든요. 50대인 뒤 루아 씨 한 사람으로는 만족할 수 없었겠죠. 엄청난 색정광 자매지만, 돈만 준다면야 오데트 씨든 조제트 씨든 상대야 전혀 상관없어요. 마침 돈을 우려내려고 하던 참인데 암탉이 도망쳐버리다니. 한 사람은 시체고 또 한 사람은 행방불명이고."

"이거 본 적 있지?" 경정은 금고와 가루치약 병을 보여주었다.

"아뇨, 모르겠는데요. 본 적 없어요"라고 대답하고 앙드레는 뻔뻔한 미소를 지었다.

"이봐, 말하고 싶지 않으면 잠자코 있기나 해. 어젯밤부터 오늘까지 뭘 했는지 말해봐." 바르베스가 위협적인 어조로 말했다.

"저를 의심하는 건가요? 어이가 없군요. 오데트 씨가 5백만 프랑이나 되는 돈을 주겠다는 때였어요. 죽이면 이익은 고사하고 본

전까지 날리는 판인데. 오데트가 죽으면 가장 손해를 보는 건 저란 말이에요. 아니, 동기가 없잖아요."

"됐으니까 질문에 대답이나 해."

"……알았어요. 어제는 조제트 씨가 불러서 5시경에 그 집으로 갔어요. 거실에서 조제트 씨의 우는소리를 실컷 듣고 지긋지긋했죠. 오데트 씨는 서재에 있었는데 연달아서 나타난 프로사르 씨 그리고 뒤 루아 씨와 뭔가 밀담을 나누었어요. 6시 지나서 그 집을 나왔어요. 한 시간이나 조제트 씨가 울며불며 하소연하기도 하고 위협하기도 해서 무척 피곤했기 때문에 샹젤리제의 영화관에 가서 영화를 보고, 혼자 술을 마시고 집에 도착한 게 밤 12시쯤이었어요. 오전 중에는 회사에 뒤 루아 씨가 없다는 걸 사전에 알았기 때문에 안심하고 늦잠을 잤고, 당신들이 전화해서 사건을 알게 될 때까지 계속 방에 있었어요."

"요컨대 어젯밤 6시부터 오늘 12시쯤까지 알리바이가 전혀 없다는 말이군."

"맞아요." 앙드레가 태연히 대답했다.

"자네의 아버지가 아직 살아 있다는 소문이 있던데, 이봉 뒤 라브낭한테서 최근에 연락이 오거나 하진 않았나?" 경정이 물었다.

"우습지도 않군요. 아버지는 20년 전에 이미 죽었어요. 그런 말을 한 게 마틸드겠지만, 동생은 어렸을 때부터 엘렉트라 콤플렉스예요. 아버지 이야기만 나오면 정신이 없어져요. 나쁜 말은 하지 않겠어요, 당신들도 유령을 쫓지는 마세요."

앙드레는 경정의 사무실을 나갔다. 마지막 참고인인 마틸드가 올 때까지 기다리며 바르베스가 경정에게 말했다.

"어린애 같은 풋내기네요. 저런 전후파를 보면 저는 화가 나서 못 견디겠어요. 이봉 뒤 라브닝도 형편없는 아들을 두었군요."

"뒤 루아도, 프로사르도 그리고 앙드레까지 금고 안에 뭐가 들었는지 알고 있었어. 그런데도 말하려고 하지 않아. 앙드레는, 놈이 범인은 아니라고 해도 우리가 상상하는 것 이상으로 사건의 진상을 파악하고 있는 게 틀림없어……"모가르 경정이 감상을 털어놓았다.

경정에게도 바르베스에게도 방으로 들어오는 마틸드의 태도는 어딘가 이상한 인상을 주었다. 젊은 아가씨는 뭔가를 두려워하는 것처럼 종종걸음으로 방에 들어왔다. 그러고 나서 경정의 얼굴을, 금색으로 빛나는 엷은 갈색의 커다란 눈동자로 가만히 바라보았다. 표정에는 감출 수 없는 고민의 그늘과 기도와 비슷한 견딜 수 없는 절실함이 있어, 보는 사람의 감정을 깊이 움직였다. 아가씨는 경정의 책상 앞에 있는 의자에 무너지듯이 앉고는 세게 입술을 깨물며 호소하는 듯한 눈으로 다시 경정의 얼굴을 바라보았다.

"아가씨, 잠깐만 시간을 내주시겠습니까?" 경정이 온화한 어조로 말을 붙였다. "사건 조사에 협조해주었으면 합니다."

"저는……"이라고 말한 아가씨의 입술은 창백했고 긴장으로 희미하게 떨고 있었다. "무슨 말씀인지는 잘 알겠지만, 도저히 협조는 할 수 없어요. 어떻게 그분께 손해가 가는 일을 할 수 있겠어요? 그분이 도움을 청해 오면 저는 아마 경찰로부터 그분을 지켜줄 거예요. 네, 아마 그럴 거예요."

"아가씨, 만약 진심이라면 경관 앞에서 그런 말은 하지 않는 편이 좋을 겁니다. 그런데 당신은 좀 오해하고 있는 것 같습니다. 당신이 말하는 그분, 다시 말해 당신의 아버지가 이 사건의 범인일 가능성은 매우 낮습니다. 그런 일은 별로 걱정하지 않아도 좋은 문제예요."

"경정님, 나디아의 아버님 되시지요? 하지만 아버지는 작년 말에 오데트 씨한테 편지를 보냈어요. 저는 마르탱 부인한테 전화해서 이야기를 들었어요. 그녀는 오늘 아침에 두 번이나 아버지의 모습을 봤고, 아버지가 오데트를 죽인 범인임에 틀림없다고 했어요."

"진정하고 들으세요. 다 당신의 오해니까" 하고 바르베스가 말했다. "그건 그렇고 마르탱 부인도 참 곤란한 사람이군요. 자신의 증언으로 수수께끼의 사내가 범인일 수 없다는 것을 확증했으면서 아직도 그런 억측을 퍼뜨리고 다니다니."

"편지와 수수께끼의 사내가 두 번 나타났다는 것 말고 아버지가 범인이라고 추측할 만한 단서가 있습니까?" 경정이 질문했다. 마틸드는 슬픈 듯이 고개를 가로저었다.

"아니요. 그래서 저는 잘 모르겠어요. 살아 계시면, 그리고 파리에 오셨다면 아버지는 제일 먼저 제 앞에 나타나야 하는데…… 왜 아버지는 연락을 주지 않는 걸까요? 믿지 못하는 걸까요? 저는 그게 슬퍼요."

경정은 마틸드로부터 다른 참고인의 증언을 확인했다. 그녀의 증언은 모두 다른 참고인의 증언과 일치했고, 거기에서는 전혀 새로운 사실이 발견되지 않았다. 금고와 가루치약 병에 대해서도 마틸드는 아무것도 모르는 듯했다. 그저 라루스 자매와 오빠 앙드레에 대한 이야기에서 경정의 주의를 살짝 끄는 부분이 있을 뿐이었다. 마틸드가 말했다.

"저는 오데트 씨도 조제트 씨도 도저히 좋아할 수 없었어요. 작년 말에 있었던 오데트 씨의 생일날 때처럼 앙투안의 권유로 라루스가를 방문한 일도 있었지만, 그것도 그다지 내키지 않는 일이었어요. 그 집 안에 괴어 있는 공기가 뭔가 병적인 데다 탁하고 숨막힐 듯한 느낌을 주어 견딜 수가 없었어요. 제 앞에서 두 사람이 입에 담기 어려운 말로 저주를 퍼붓는 일도 있었어요. 조제트 씨가 자기 언니한테 간통녀라고 욕을 퍼부었거든요. 그러고 나서는 좀 더 심한 말도……"

"어떤 말이었나요?" 경정이 물었다.

"클레르가 자살을 기도하여 병원에서 죽어가던 그날 밤에도 오데트는 침대에 외간 남자를 끌어들였다, 클레르가 자살한 것도 오데트가 원인을 제공한 것이나 마찬가지다, 오데트의 화려한 남성 편력에 괴로워한 나머지 클레르가 자살한 거다……, 이런 말들이었어요."

"앙드레와 라루스 자매의 관계에 대해서는 어떤 것을 알고 있나요?" 경감은 조심스럽게 물었다. 마틸드는 눈을 내리깔고 입술을 깨물었다. 그러고 나서 창백하게 굳은 얼굴을 들고는 큰맘 먹은 듯이 말했다.

"앙드레는 말할 수 없이 파렴치한 남자예요. 그 사람한테는 어떤 도덕도 윤리도 통용되지 않아요. 라루스의 집에서 어떤 짓을 했는지 저는 도저히 입에 담을 수가 없어요. 그 사람이 오빠라고 생각하는 것만으로도 창피하고 견딜 수 없는 마음에 몸이 떨릴 지경이에요."

"알겠습니다. 당신은 오늘 오전에 무슨 일을 했습니까? 참고로 물어보는 것이니 대답해주시겠습니까?"

"네. 8시 반에는 대학 근처의 카페에서 가벼운 아침을 먹었어요. 친구 질베르도 같이 있었어요. 그곳은 저희가 자주 들르는 가게거든요. 8시 반부터 두 시간 가까이 그 가게에서 잡담도 하고 책도 읽었어요. 질베르나 낯익은 가게 종업원이 오늘 아침에 제가 거기 있었다는 걸 확인해줄 거예요. 10시 반에 가게를 나와 대학으로 갔어요. 방학 중이지만 연기 강습회가 있었거든요. 거기에서도 물론 혼자가 아니었어요. 선생님 외에 학생은 모두 일곱 명이었어요."

"잘 알겠습니다. 당신도 아버지가 범인이라는 생각은 버리는 게 좋습니다. 그럴 가능성은 거의 없으니까요"라는 말을 마지막으로 경정은 마틸드의 심문을 마쳤다.

모가르 경정의 사무실에는 다시 두 남자만 남게 되었다. 창으로 보이는 겨울 하늘은 이미 완전한 어둠에 갇혀 있었다. 강을 따라 띄엄띄엄 늘어서 있는 그랑오귀스탱 강변 가로등의 희미한 불빛이 겨울 하늘에 무척 슬프게 번지고 있을 뿐이었다.

"장 폴, 참고인의 알리바이를 다시 한 번 확인해두세"하고 경정이 말했다.

"뒤 루아, 앙드레, 바르트 부인, 이 세 사람은 알리바이가 없습니다. 바르트 부인의 경우는 없는 것이 자연스럽다는 면도 있습니다만, 뒤 루아와 앙드레한테는 어딘가 작위적이고 부자연스러운 인상이 남아 있는 것 같습니다. 두 사람 다 평소의 시간에 회사에 출근했다면 훌륭한 알리바이가 되었을 테니까요. 알리바이가 있는 사람은 앙투안, 마틸드, 프로사르 그리고 마르탱 부부. 앙투안은 9시 반에 전화를 하고 10시에는 나디아를 만나려고 경정님의 집에 나타났고, 마틸드는 무려 아침 8시 반부터 알리바이가 있습니다. 물론 확인을 해보겠지만 말투로 보아 거짓말은 아닌 것 같습니다. 마르탱 부부는 아침에 일어나고 나서 두 사람이 계속 함께 있었다고 했고, 9시 조금 전에는 조수인 미용사가 출근했습니다. 9시부터 10시까지 마르탱 부부의 알리바이는 이 조수가 증언했습니다. 마지막으로 프로사르 이놈입니다. 9시부터 놈의 법률사무실에 있었다는 이야기는 일단 조사해보겠습니다만, 제 생각에 그런 너구리 같은 놈이 이런 데서 금방 들통 날 거짓말을 했을 리는 없을 겁니다." 바르베스는 수첩을 보면서 마지막으로 이렇게 덧붙이며 경정에게 보고를 마쳤다. "하지만 가장 유력한 용의자는 어젯밤부터 행방을 감춘 조제트겠지요."

"응." 경정은 가볍게 고개를 끄덕였다. "다음은 동기야. 유언장의 내용이 밝혀질 때까지 혈육인 조제트와 앙투안, 이 두 사람한테는 금전상의 동기가 있을 수 있다고 생각하는 것이 좋겠지."

"특히 조제트지요. 그녀는 돈이 없을 뿐 아니라 오데트한테 애인 앙드레를 빼앗길 처지에 있었으니까요. 게다가 몇 해 전부터 쌓인 울분으로 언니에 대한 증오라는 감정적인 동기도 있고요. 조제트로서는 오데트 살해로 그 울분을 발산하고, 5천만이나 되는 거액의 재산을 손에 넣고, 또 엄청나게 집착했던 앙드레의 마음을 다시 한 번 돌리는 삼중의 이익을 일거에 얻을 수 있으니까요."

"맞아. 조제트는 관계자 중에서 최대의 동기를 가진 여자지. 하지만 다른 사람들한테도 전혀 동기가 없는 건 아니야. 특히 범인이 금고 안에 든 것을 훔쳐 갔다는 게 중요해. 그게 돈이었다고 한다면 앙드레나 뒤 루아한테도 동기가 생길 여지가 있어. 앙드레는 오데트한테서 자금을 끌어내는 데 성공하기 일보 직전이었다고 주장했지만 사실이 어떤지는 알 수 없지. 오데트 같은 여자가 간단히 5백만이나 되는 돈을 미덥지 못한 사업 계획에 투자하기로 했다는 말은 너무 믿지 않는 게 좋을 거야.

다시 뒤 루아인데, 그는 오랜 연인이었던 오데트가 자신을 버리고 앙드레한테 가려는 것을 눈앞에서 보고 있었어. 거기에서 심한 질투심이 생겼을지도 모르지. 게다가 잘 숨기고는 있지만 사업이 부진해서 돈을 융통하는 데 곤란을 겪고 있을 가능성도 있고. 이렇게 생각하면 앙드레한테도, 뒤 루아한테도 오데트를 죽이고 돈을 빼앗을 동기가 전혀 없다고는 할 수 없지.

바르트 부인은 그 집에서 상당히 난폭한 대우를 받아온 모양이야. 라루스 자매에 대한 감정적인 굴절이 일거에 폭발하는 일도 있을 수 있고, 아이를 가진 가난한 미망인한테 금고 안의 돈은 역시 매력적이겠지.

마틸드에게는 예의 그 광맥 문제가 있어. 라루스가도 근원을 밝히자면 마틸드 집안의 소작인이었지. 지금 오데트의 재산은 뒤 라브낭가 소유의 산을 사기와 다름없이 훔친 것이라는 식으로 생각하는지도 몰라. 물론 이 동기는 앙드레한테도 똑같이 해당되는 거야. 만약 금고 안에 거액의 돈다발이 들어 있었다면 오데트를 죽이고 그것을 빼앗아도 당연하다는 생각이 마틸드나 앙드레의 머릿속에 생겨났을 수도 있지. ……그러나 금고 안에 든 것이 꼭 돈다발이었다고는 말할 수 없어. 변호사라는 직업에서는 남한테 아무런 의미가 없는 서류나 편지, 사진, 고증 문서 등이 엄청나게 중요한 가치를 갖는 일이 많아. 혹시 금고에 들어 있던 것이 그런 귀중한 문서였다면 프로사르한테는 그것을 훔칠 필요가 있었을지도 모르지. 게다가 프로사르는 라루스 자매, 특히 오데트의 음란하고 방탕하며 패덕적인 생활에 당연히 호의를 갖지 않았을 거고. 친구였던 클레르가 자살한 원인이 오데트의 거듭되는 배신에 있었다고 생각하는 이상, 그 마음이 예리한 악의가 되었다고도 생각할수 있지. 옛 친구의 복수를 한다는 의미에서 오데트를 살해하고 금고 안의 중요 서류를 훔쳤다는 상정도 전혀 가능성 없는 이야기라고만은 할 수 없어."

"하지만 프로사르의 알리바이는 간단히 무너질 것 같지 않은데요……"바르베스가 중얼거렸다.

"프로사르가 지금까지 몇 명의 강도범이나 살인범을 기요틴 앞에서 구해냈을 것 같나? 그중에는……"

"그중에는 프로사르한테 은혜를 느끼고 그를 위해서라면 아무리 험한 일이라도 기꺼이 해줄 만한 사람이 적잖을 거고…… 그렇겠네요, 경정님."

"응."모가르 경정이 고개를 끄덕였다.

"요컨대 관계자 전원한테 동기가 있을 수 있다는 거군요. 제외해도 좋은 사람은 마르탱 부부 정도겠는데요. 그런데 이봉 뒤 라브낭 쪽은 어떨까요? 게다가 이 사건에 따라다니고 있는 그 불쾌한 붉은색의 의미는요?"

"그게 문제일세." 경정은 다소 피곤한 듯한 어조로 중얼거렸다. "어쩔 수 없지, 장 폴, 생각 좀 해보세."

"예, 저는 무슨 뜻인지 전혀 모르겠지만요."

"사건을 연극처럼 만들고 있는 다양한 붉은색 중에서 도저히 무시할 수 없는 요소가 세 가지 있어. 협박장의 붉은 I, 두 번에 걸쳐 꺼내진『주홍 글씨』, 게다가 현장의 벽에 피로 쓰인 A지. 이 세 개만은 분명히 누군가가 의도적으로 사건 안에 끌어들인 거라고 생각할 수밖에 없어. ……장 폴, 자네는『주홍 글씨』라는 소설 읽어봤나?"

"경정님, 제가 소설 같은 걸 읽지 않는다는 건 잘 알지 않습니까. 저는 역사책이나 전기밖에 읽지 않습니다. 매일 소설에 쓰인 것 같은 일을 하고 있는데 집에 돌아가서까지 그런 걸 읽을 마음은 들지 않거든요."

"나도 하도 옛날에 읽어서 어렴풋하게만 기억하고 있는데, 아마 간통해서 임신한 여자가 아무리 비난을 받아도 결코 상대 남자의 이름을 고백하지 않고 세상의 백안시를 받은 채 사생아를 낳아 기르며 말없이 죽어간다는 줄거리였을 거네. 결국 상대 남자가 자진해서 밝히고 나서는데, 사실 남자는 성직자였지. 이 이야기의 무대가 된 17세기 신대륙의 청교도 식민지에서 간통한 여자는 그 벌로 가슴에 붉은색 A 자를 수놓아 달고 다녀야 한다는 법이 있었던 모양이야."

"간통adultery의 A리. 그것이 『주홍 글씨』라는 제목의 뜻이군요."

"맞아. 주홍 글씨 A는 간통의 상징이었지. 나는 이 소설의 마지막 한 행만은 지금도 기억하고 있네. '검은색 바탕에 붉은 글자 A' 였지. 그것이 여주인공의 묘비명이었어."

"경정님, 완전히 적중한 거 아닙니까? 범인이 현장 입구에, 그것도 아무리 바보라도 놓칠 수 없는 장소에 일부러 그 책을 놔둔 것도, 현장 벽에 엄청나게 크게 피로 A 자를 써놓은 것도, 요컨대 오데트를 간통한 여자라고 고발할 의도 때문이었겠지요. 생각한 대로 치정 문제네요."

"일단 그렇게 생각해보지. 오데트를 간통한 여자라고 고발하고, 이 살인을 이를테면 간통한 여자에 대한 심판이라고 암암리에 주장하고 있는 것이 범인이라고 한다면, 대체 그 사람은 누구일까?"

"조제트지요. 자신은 짐짓 문제 삼지 않고 다른 사람만 입에 담을 수 없는 험한 말로 비난하는 중년 여성의 성격이 잘 드러나 있지 않습니까?" 바르베스 경감이 단정했다.

"이것도 멋대로 된 논리이지만, 조제트의 입장에서 보면 언니의 과거 행적에 대해서뿐만 아니라 자신의 남자를 옆에서 유혹하려는 오데트를 간통한 여자로 단정할 만한 이유는 있지. ……하지만 조제트만이 아니야. 오데트한테 버림받기 직전이었던 뒤 루아도, 그리고 클레르를 동정했던 프로사르도 오데트를 간통한 여자라고 비난할 이유를 갖고 있지."

"그러네요, 경정님. 왜 그 책의 페이지가 찢겨져 있었는지 알았습니다. 그 책 안에는 범인이 쓰고 싶었던 『주홍 글씨』 외에, 작자는 다르지만 붉은색과 관련된 또 한 편의 단편 제목이 수록되어 있었어요. 그 소설은 어떤 내용일까요?"

"작가가 상상한, 무슨 페스트 비슷한 전염병 이야기일 거네."

"그겁니다. 다시 말해 범인은 전혀 페스트를 말하려고 하는 게 아니다, 어디까지나 간통한 여자를 고발하는 것이 문제라는 뜻으로 일부러 페스트가 나오는 소설의 첫 페이지를 찢은 거지요."

"그렇게 말할 수도 있겠지."

"경정님, 이렇게 생각하면 어떨까요? 아무튼 오데트의 아파트 근처를 수상한 사내가 어슬렁거리고 있던 것은 사실이다, 주범은 조제트라고 해도 사건을 복잡하게 보이고 싶었거나 진작 죽은 이봉을 범인이라고 생각하게 만들기 위한 남자 공범자가 있었다, 그 사람은 뒤 루아이거나 프로사르다, 협박장도 조제트 일당이 조사를 혼란시키기 위해 날조한 것이다……"

"뭐, 지금은 그런 정도겠지." 모가르 경정의 어조에는 어딘가 억지스러운, 자신도 납득할 수 없다는 무거움이 있었다. "하지만 이 사건에는 아주 불쾌하고 석연치 않은 구석이 있네."

"머리 탓이겠지요. 무엇보다 그 시체에는……"

"아니, 전쟁 때부터 처참한 시체는 수도 없이 봐왔네. 그런 게 아니라 이상하게 생각이 정리되지 않네. 증거는 얼마든지 있고, 용의자도 부족함이 없어. 지금 이야기한 것에 나는 전혀 불만이 없네. 시체는 정말 오데트인지, 범행은 정말 내 추리대로 일어난 건지, 붉은색 상징의 의미는 그것으로 좋은 건지, 이봉은 진짜 이미 죽은 건지……"

"경정님, 뭐 어렵게 생각할 거 없습니다. 아무튼 뭐든지 지시해 주십시오. 제가 물속으로 머리부터 뛰어들어 휘저어보겠습니다. 그렇게 하면 밑바닥에 있는 진흙도 떠오르겠지요. 뭐 조제트를 붙잡으면 자세한 것은 다 알게 될 겁니다."

"그래, 조사 방침으로는 조제트의 행방 추적을 최우선으로 하지. 이미 파리의 출구는 봉쇄되었겠지?" 모가르 경정은 정처 없는 애매한 반성을 일단 멈췄다.

"정오가 지난 시점에 일단 손은 써두었습니다. 책임자는 마라스트니까 걱정할 거 없습니다. 슬슬 현장에 조제트의 사진이 돌고 있을 겁니다." 늘 안색이 좋지 않고 몸집이 작은 마라스트를 바르베스는 부하 형사들 중에서 가장 신뢰하고 있었다.

"좋아. 국철역, 공항, 간선도로 입구의 경계를 완벽하게 해주게. 아무튼 외국이나 지방으로 도망치는 것을 막아두고 파리에서 쫓아야지. 호텔이나 최근에 이동이 있었던 아파트처럼 조제트가 숨을 만한 장소는 철저히 조사해주게. 앞으로 신문과 텔레비전에서 조제트의 얼굴 사진을 내보낼 거네. 하지만 아직 용의자 취급은 아니야. 중요 참고인이지. 사흘간 모르는 체하며 호소할 거야. 조제트가 만약 단순히 집을 나간 거라면 놀라서 곧바로 출두하겠지.

그렇게 나오지 않으면 결국 용의선상에 오르는 거고.

　그리고 관계자를 철저하게 조사할 거네. 소용없을지도 모르지만 이봉 뒤 라브낭에 대해서도 스페인 당국에 문의해보게. 클레르의 자살에 대한 조서도 빌려 오고. 특히 뒤 루아의 회사 경영 상태, 프로사르가 만나는 암흑가 사람들, 바르트 부인의 과거, 앙드레가 계획하고 있다는 사업 내용, 앙투안이나 마틸드의 성품과 생활 같은 것도 처음부터 다 조사해주게. 그리고 미행이네.”

　“알리바이가 확실한 관계자한테도 붙여야 할까요?”

　“프로사르한테는 붙이게. 그리고 장 폴” 경정은 눈을 가늘게 뜨고 바르베스를 봤다. “머리 조사는 중요하네. 한시라도 빨리 발견할 수 있도록 대처를 엄중하게 해주게.”

　“알겠습니다. 모두 맡겨만 주십시오.” 바르베스가 대답했을 때 책상 위의 전화기가 울리기 시작했다. “경정님, 국장님 전화입니다.” 바르베스가 떨떠름한 얼굴로 수화기를 건넸다. 모가르 경정은 성격이 맞지 않는 상사에게 보고할 일을 생각하며 다소 우울한 기분으로 전화를 받았다.

1월 6일 오후 7시 30분

　“장 폴, 저녁이나 먹을까?” 모가르는 지난 30년간의 친구이자 심복인 부하에게 말했다. “코키에르 가까지 가세. 딸하고 저녁을 같이하기로 약속했네.”

　“나디아도 오늘은 무척 힘들었을 테니까요. 뭐 시체는 보지 않았으니 다행이지만요."

"아니, 아파트에서 나갈 때 덮어놓은 천을 들추고 본 모양이네. 뒤랑이 웃더라고. 어지간히 배짱이 좋더라면서 말이야."

"제법이지 않습니까?" 바르베스는 기쁜 듯이 웃었다.

추운 밤이었다. 북풍에 몸을 외투로 감싼 두 경관은 오르페브르 강변에서 퐁네프 다리를 건너고 다시 리볼리 가를 가로질러 중앙 시장터의 너른 공터가 있는 방향으로 천천히 걸어갔다.

걸으면서 모가르가 생각했던 것은 역시 사건에 대해서였다. 오데트 라루스의 머리 없는 시체 사건에는 30년에 이른 모가르의 수사 경험 깊은 데를 건드리는 불쾌한 감촉이 있었다. 일 관계로 알고 있는 것이 당연한 프로사르를 제외한다고 해도, 사건 관계자 중에 아는 사람이 세 명이나 된다는 사실이 어딘가 의심스러운 기분을 부추기는 요소 가운데 하나였다.

그는 전쟁 중에 레지스탕스 운동을 하면서 이봉 뒤 라브낭이라는 남자를 몇 차례 본 기억이 있다. 앙투안이라는 청년도 그의 딸에게 몇 번인가 전화를 한 적이 있다. 그리고 마지막으로 딸 자신이다. 모가르의 오랜 경관 인생에서 지인이나 친구가 관계된 사건을 다룬 일이 없는 건 아니었지만, 자신의 가족 한 사람을 포함하여 한꺼번에 네 명이나 되는 사람이 관계된 사건은 정말 처음 있는 일이었다.

게다가 사건의 배경에서도 어딘가 수상쩍은 구석이 느껴졌다. 이봉 뒤 라브낭, 오데트와 조제트의 아버지인 조제프 라루스, 이 두 사람은 실종된 채 사망이 확인되지 않은 상태였고, 오데트의 남편은 불성실한 아내에게 막대한 재산을 남기고 자살했다고 한다. 사건의 배경에는 아마 세 구의 시체가 묻혀 있을 것이다.

또한 이유가 확실하지 않은 참수라는 사실이 머리 한구석에 버티고 있어 모가르를 불안하게 만들었다.

조제트의 추적을 중심에 두는 방침이 잘못되었다고는 생각되지 않았다. 지휘관의 동요가 군대의 전력을 떨어뜨리는 최악의 적이라는 것을, 그는 젊었을 때의 가혹한 저항운동을 통해 충분히 배웠다. 모가르가 한곳을 가리키면 부하 형사들은 일단의 사냥개처럼 한눈팔지 않고 그 방향으로 똑바로 달려갈 것이다. 최후의 확신이 없어도, 다소 석연치 않은 점이 남아 있어도 자신감 있는 태도로 한곳을 가리키지 않으면 안 된다. 결국 그것이 틀린 방향이라고 판명되었을 때는 다시 똑같은 자신감으로 다른 방향을 가리키면 된다. 그것을 되풀이하다 보면 언젠가는 반드시 사건의 진상에 다다르게 된다. 모가르에게는 사색하는 사람이 아니라 조직의 유능한 통솔자가 되는 것이 먼저 요구되었다. 하지만 이번 사건에는 조직적인 수사의 원칙이 그다지 효과적이지 않을 것 같다는 근거 없는 의혹이 남몰래 그를 괴롭히는 것도 사실이었다.

중앙시장터의 광장은 중심부가 공사현장 같은 판자 담장으로 둘러싸였고, 파헤쳐진 대지는 음침한 흙빛을 띠며 추운 하늘 아래 펼쳐져 있었다. 판자 담장에는 바람에 조각조각 찢어진 선전포스터나 학생들의 정치전단이 덕지덕지 붙어 있었다. 겨울 찬 바람을 타고 오는 한기가 모가르의 온몸을 단단히 조였다. 3년 전부터 통증이 시작된 다리의 신경통이 올겨울 들어 한층 악화된 느낌이어서 모가르는 살짝 눈살을 찌푸렸다.

약속 장소는 '오 피에 드 코숑'*이라는 기묘한 이름의 오래된 레스토랑으로 양파 수프가 명물이었다. 2층의 구석진 자리에서 딸 나디아가 식전주를 홀짝이고 있었다. 그런 모습이 죽은 아내를 무척 닮았다는 생각이 들어 그는 다소 회고적인 기분에 빠져드는 것을 막을 수가 없었다. 그리고 그는 나디아 옆에 낯선 동양인 청년이 앉아 있다는 것을 알았다.

"아빠, 제 친구"라고 나디아가 동양인 청년을 소개했다. "가케루 야부키예요. 이쪽은 우리 아빠 그리고 경찰청의 바르베스 경감." 나디아는 마치 재미있어하는 듯한 쾌활한 어조였다. "가케루는 내 일본어 선생님이야."

"이야, 나디아, 일본어 공부도 하고 있었어?" 바르베스가 감탄했다. "작년에 일본을 여행했는데 그 나라 말을 전혀 몰라서 말이에요, 너무 어려워서 도저히 이해할 수가 있어야지. 일본인의 이름에는 다 의미가 있다던데, 가케루라고 했나요? 당신 이름은 무슨 뜻인가요?"

"……가케루[駆]라는 발음에는 여러 가지 의미가 있습니다. 제 이름의 한자는 '달리다'라는 의미입니다만, 그 외에도 같은 소리로 '내기를 걸다[賭]' '날다[翔]' '떨어지다[欠]'라는 의미가 있습니다."

동양인은 친절하게 바르베스의 흥미에 응했다.

---

* Au Pied de Cochon. 돼지 족발이라는 뜻.

"허어, 내기에 걸었다가 돈이 떨어지는 겁니까? 내기에는 그다지 맞지 않는 이름 같네요."

그사이에 모가르는 주문을 끝낸 뒤 식전주를 가볍게 홀짝이며 한숨 돌리고는 딸에게 말했다.

"뭐지, 전화로 말한 솔깃한 이야기라는 건?"

"아빠, 아까는 너무 심한 거 아니에요? 그런 식으로 내쫓다니." 나디아는 귀엽게 입술을 삐죽 내밀었다. "현장인 거실에도 못 들어가게 하고……"

"네가 볼 만한 게 아니야. 하지만 화를 내는 모습은 꼭 엄마 같더라." 모가르는 딸의 항의를 가볍게 얼버무려 넘겼다.

"됐어. 아빠도 조만간 나한테 조언이나 충고를 구하게 될 테니까. 이야기라는 건 오데트의 생일날 밤에 있었던 일이야. 이건 앙투안도 다른 누구도 모르는 일이거든."

나디아는 뒤 루아와 일 이야기를 하던 오데트가 화장실에서 보여준 기묘한 행동에 대한 새로운 사실을 보고했다. 모가르는 잠자코 딸의 이야기를 들었고, 바르베스는 왕성한 식욕을 발휘하여 접시 위의 두꺼운 고기 조각에 도전하고 있었다.

"그러면" 모가르가 딸의 이야기를 가로막고 말했다. "오데트와 뒤 루아는 서재로 들어갔고, 그 후 오데트는 화장실까지 가루치약 병을 가지러 왔다가 다시 서재로 돌아갔고, 두 사람은 한동안 거실로는 나오지 않았다는 거로군."

"경정님" 바르베스가 외쳤다. "뒤 루아 이놈은 금고 안에 뭐가 들었는지 알고 있었겠네요. 이걸로 꼬리가 잡혔군. 내일이라도 다시 한 번 추궁해보겠습니다."

"아빠, 어때, 나쁘지 않은 얘기지? 게다가 어두운 식당에서 앙드레와 조제트가 말다툼을 한 것도. ……장 폴 아저씨, 범인은 조제트예요?"

"글쎄, 이삼일 있으면 이 아저씨가 찾아내주지." 바르베스는 타르트 한 조각을 입안에 넣었다.

"찾을 수 있을까? ……아빠, 이 사건은 그렇게 단순하지 않아요. 아빠도 알고 있을걸. 조제트가 범인이라는 설로는 절대 설명할 수 없는 사실이 산더미 같다는 걸."

"뭐지, 그건?" 바르베스가 흥미로운 듯한 표정으로 물었다.

"무시하지 말아요, 장 폴 아저씨. 좋아요, 하지만 진지하게 들어야 돼요.

첫째, 조제트가 어떻게 현장에 들어갔을까. 오늘 아침 오데트는 여동생 일로 거의 미친 사람처럼 겁에 질려 있었어요. 그런 오데트가 혼자 있는 집 안에 동생을 들였을까요.

둘째, 왜 목을 잘랐을까. 셋째, 왜 머리를 가져갔을까.

범인의 주목적이 금고 안에 든 것을 훔치는 거였다면 특별히 오데트를 죽일 필요는 없었을 거예요. 범행의 목적이 금고 안의 내용물과 오데트의 생명 둘 다였다고 해도 굳이 목을 자를 필요는 없겠지요. 혹시 복수심이나 격렬한 증오 때문에 시체를 모독했다고 해도, 자른 머리를 현장에서 가져갈 필요가 있었을까요? 방금 자른 사람의 머리는 무겁고 부피가 커서 범인한테는 위험하기 그지없는 짐이었을 텐데 말이에요. 증거인 담배꽁초와 라이터도 그래요. 너무 잘 준비된 것 같지 않아요? 잔학하고 광기에 어린 이 사건의 분위기에서 그것만 그런 현장에 어울리지 않게 너무 평범하고 현실적이에요."

"나디아." 바르베스는 세 잔째 커피를 주문하고 기쁜 듯이 말했다. "하지만 시체는 오데트야. 그리고 사라진 건 조제트고. 죽이고 뭔가를 훔쳐서 도망친 거지. 아주 흔한 이야기라고."

"저녁 텔레비전에서 조제트의 사진을 내보냈어요. 하지만 장 폴 아저씨가 아무리 애를 써도 조제트는 그렇게 간단히 발견되지 않을 거예요."

나디아는 발끈하며 말했지만, 배가 부른 바르베스는 무척 기분이 좋은지 전혀 마음에 두지 않는 것 같았다.

모가르는 딸의 탐정 취미에 쓴웃음을 지었다. 어렸을 때부터 탐정소설에만 푹 빠져 아버지의 일에 터무니없이 공상적인 동경을 품었던 딸이다. 그런데 대학에 들어갈 무렵부터 갑자기 아버지의 일에 비판적이 되었다. 조금 읽은 책을 꺼내 들고 경찰은 권력을 지키는 개라는 식의 이야기를 끊임없이 해대기 시작했다. 그 정치적 의견에는 모가르도 공감하는 부분이 없지 않았지만, 그렇다고 해서 그가 어떻게 할 수 있는 일이 아니다. 물론 부패한 질서에 적극적으로 가담할 생각은 없지만, 어떤 일을 선택한다고 해도 이 사회 밖으로 나갈 수 없는 이상 소극적으로는 현실 질서에 많든 적든 편입하게 된다. 그것이 사회 안에서 살아가는 인간의 숙명이리라. 그렇다면 자신의 자리에서 권력의 악을 최소한으로 그치게 노력하는 것이 현실적이고 가능하기도 한 유일한 길이 아닐까? 이것이 모가르의 생각이었다. 그러나 아버지의 상식적인 태도가, 경우에 따라서는 이상주의의 열광에 사로잡힌 젊은 급진파에게 이해될 것 같지는 않았다. 그리고 오늘 밤에는 다시 어렸을 때의 탐정 취미가 부활한 것이다. 모가르는 그저 쓴웃음을 지으며 딸을 바라볼 수밖에 없었다.

그보다도 그는 식탁 맞은편에 앉은, 단정하고 어딘가 차가운 인상의 용모를 가진 동양인 청년에게 흥미를 느꼈다. 청년은 무표정한 얼굴로 말없이 식사를 했다. 모가르에게는 파리에 사는 중국인이나 베트남인 등 동양인 지인이 적지 않았지만, 그는 그 누구와도 닮지 않은 것 같았다. 그런데도 예전에 어딘가에서 만난 적이 있는, 혹은 알고 있는 누군가와 많이 닮았다는 생각을 지울 수가 없었다. 청년의 얼굴을 보면서 모가르는 친구나 지인들, 그저 안면만 있는 사람들, 그리고 단 한 번 만났을 뿐인 사람들에 이르기까지 무수한 이들에 대한 기억을 의식의 표면으로 끌어냈다가 지웠다.

"가케루는 어떻게 생각해?" 꿈쩍도 하지 않는 바르베스의 확신에 털끝만큼의 상처도 주지 못한 나디아가 갑자기 동양인에게 관심을 유도했다. "가케루는 말이에요, 현상학적 직관으로 사건의 범인을 맞힐 수 있다고 호언장담하고 있어요." 나디아는 약간 빈정거리는 말투로 아버지와 바르베스에게 설명했지만, 동양인은 희미하게 난처한 기색을 보였을 뿐 여전히 무표정하게 잠자코 있었다.

"가케루 군, 현상학적 직관이라는 건 대체 뭔가?" 모가르가 질문했다. 그는 이 청년의 생각이나 이야기에서 자신의 의문을 풀

단서를 찾아낼 생각이었다.

"뭔가 그건. 거 무슨 선이나 요가 같은 동양철학의 일종인가?" 바르베스가 기쁘다는 듯이 물었다. 가케루는 살짝 쓴웃음을 짓는 것 같았다.

"장 폴 아저씨, 정말 아저씨는 고등학교도 안 나왔죠?" 나디아가 비판했다. "현상학은 어엿한 서양철학의 일부예요, 동양의 신비사상 같은 게 아니란 말이에요. 하긴 가케루에 따르면 그 둘은 결국 하나가 되어버리지만요."

청년은 여전히 무뚝뚝하게 한동안 침묵을 지켰지만, 나디아뿐 아니라 모가르나 바르베스까지 그의 발언을 기다린다는 것을 알았는지, 어쩔 수 없이 나지막한 목소리로 이야기하기 시작했다.

"현상학에서 말하는 본질직관에는 어디에도 신비적이고 비합리적이며 수수께끼 같은 것, 또는 사람의 간담을 서늘하게 하는 요술 같은 건 없습니다. 그건 어떤 사람이라도 거의 자각하지 못하는 가운데 일상적으로 하고 있는, 대상을 인식하기 위한 메커니즘의 비밀을 밝힌 것일 뿐입니다."

"그래서?" 모가르가 짧게 다음 이야기를 재촉했다.

"우리는 누구라도 '원'이라는 개념을 갖고 있습니다. 세 살짜리 아이도 뭐가 둥글고 뭐가 둥글지 않은지 판명할 수 있습니다. 하지만 잘 생각해보면 이건 무척 이상한 일입니다. 원의 개념을 원주율로 정의할 수 있다고 해도 우리는 이 세계에 있는 모든 원 모양 물건의 원주율을 계측해보고 나서 원의 개념, 즉 원의 본질을 알게 되는 건 아닙니다. 아니, 정밀하게 측정할수록 진정한 원, 순수한 원 같은 것은 이 세상에 현실적으로 존재하지 않는다는 걸 통감하게 될 뿐이겠지요. 다시 말해 다양한 원 모양의 물건에 대한 경험적인 비교나 실증적인 계측을 아무리 되풀이해본들 우리는 결코 원주율에 의해 정의되는 '동그란 것'의 본질에는 도달할 수 없는 구조에 있다는 것입니다. ……하지만 우리는 분명히 '둥근 것'과 '둥글지 않은 것'을 판별할 수 있습니다. 다시 말해 누구나 이미 원의 본질을 알고 있는 것입니다. 실제 문제로서 단 하나의 원도 재볼 필요 없이 이미 원의 본질을 직관하는 겁니다.

왜 이런 기묘한 일이 벌어지는 걸까요? 이것에 대해 현상학자는 다음과 같이 생각합니다. 우리가 뭔가 둥근 것을, 예컨대 여기 이 동전 하나를 바라본다고 해보겠습니다. 본질직관이란 이 동전이라는 견본에 '동그란 것' 일반의 한 원형原型이라는 성격을 갖게 하는 일에서 시작됩니다. 그다음에는 동전 안에 있는 '동그란 것'을 무한하게 다양하고 무수한 형태로 상상 속에서 변용해보아야 합니다. 상상 속에서 이루어지는 이 변경작용에 의해 원의 본질이 직관됩니다. 예를 들어 둥근 태양, 둥근 시계의 문자판, 둥근 담배의 절단면 등을 생각해가는 겁니다. 하지만 둥근 톱니바퀴라고 생각할 때 우리는 이 상을 상상 속에서 철회하지 않으면 안 된다고 느낍니다. 톱니바퀴는 톱니가 나와 있어야 톱니바퀴이기 때문에 그 톱니의 존재가 둥근 톱니바퀴라는 상상을 불가능하게 하기 때문입니다. 이렇게 해서 우리는 상상 속에서 이루어지는 무수한 변경작용의 결과, 동전 하나에서 출발하여 '둥근 것'과 '둥글지 않은 것'을 판별할 수 있는 일반적인 기준, 즉 원의 본질에 도달하게 됩니다."

가케루는 일단 입을 다물었다. 조금 생각하고 나서 모가르가 반문했다.

"본질직관이라는 말의 의미는 나도 알겠는데, 그것을 범죄 수사에 응용하면 어떻게 될까?"

"범죄라는 사실은 실로 복잡한 요소가 분간할 수 없을 정도로 뒤얽혀 있는 하나의 혼돈입니다. 하지만 미로처럼 착종된 의미의 연쇄가 어딘가에 있는 한 점을 향해 불가피하게 수렴되어갈 때는 그곳을 향해 현상학적 직관을 구사해보는 것이 유효할지도 모릅니다."

"예를 들어 오데트 살인의 경우 자네는 그 한 점이 어디에 있다고 생각하나?"

"모가르 씨, 유감스럽지만 저는 이 사건의 자세한 사정을 전혀 알지 못합니다. 저는 나디아만큼 정력도 호기심도 갖고 있지 않은 것 같습니다. 그런 전제에서도 이런 말만큼은 할 수 있을 것 같습니다."

"뭔가?"

"……이 사건의 중심에 있는 건 머리 없는 시체라는 것입니다."

"그렇다면 머리 없는 시체를 향해 자네가 말하는 현상학적 직관을 구사해보면 어떻겠나?" 모가르가 재촉했다.

"만약 흥미가 있으시다면……" 가케루는 그다지 내키지 않는 모양이었다.

"물론 아주 많지. 어서 들어보고 싶은데."

짧은 침묵이 흐른 뒤 가케루가 다시 나직한 목소리로 이야기하기 시작했다.

"그렇다면 해보지요. 우선 목의 절단이라는 사실의 상상적인 변경부터입니다.

생각나는 대로 목의 절단이라는 실례를 들면서 생각해가겠습니다. 예를 들어 적잖은 미개인 종족이 아주 최근까지 목을 자르는 풍습을 갖고 있었습니다. 일본에서도, 서구의 여러 나라에서도 얼마든지 다른 방법이 있는데도 오랫동안 교수형을 집행해왔습니다. 이 나라에서 아직도 기요탱 박사의 발명품이 명맥을 유지하고 있는 것처럼 말입니다. 근대의 범죄 기록에도 목의 절단은 종종 기록되어 있습니다. 누구의 시체인지 판명을 곤란하게 할 목적을 지닌 자각적이고 계획적인 경우도 있고, 단순히 격렬한 감정의 표현인 경우도 있습니다.

이만큼 아주 다양하게 존재하는 목을 자르는 사실은 대체 무엇을 말해주는 걸까요? 예컨대 중세의 일본에서는 전장에서 죽인 적병의 머리를 잘라 갖고 돌아오는 것이 보통이었습니다. 이 경우에는 전장에서 몇 명의 적병을 쓰러뜨렸는지를 주군에게 증명할 증거로 머리를 가져오는 것인데, 전장에서 목을 자르는 것의 기원을 더듬어 올라가면 우리는 이런 사실에 봉착하게 됩니다.

그것은 북미대륙의 원주민들 사이에서 보인 습관입니다만, 그들은 전장에서 죽은 적의 목을 자르는 이유로 굉장히 자각적인 사고를 갖고 있었습니다. 왜 목을 자르는 걸까요? 그들의 생각은 이렇습니다. 만약 적을 죽인 채 목을 자르지 않고 두면 사자의 영혼

152

이 죽인 자를 덮친다, 죽은 영혼 즉 사령의 저주나 뒤탈을 막기 위해서는 시체의 머리를 자르고 또 그 머리를 신들에게 바칠 수밖에 없다는 겁니다. 이 발상에는 아주 합리적인 부분이 있습니다. 여기서 우리는 목을 자른다는 현상의 무한한 다양성의 배후에 있는 한 가지 보편적인 의미, 즉 그 본질을 발견할 수 있습니다."

"목을 자르는 것의 본질. 뭐지, 그건?" 모가르가 중얼거렸다.

"목을 자르는 것의 본질은……" 가케루의 목소리는 알아듣기 힘들 정도로 낮았다.

"그 본질은." 관심이 담긴 날카로운 어조로 모가르는 다음 이야기를 재촉했다.

"살인이라는 사실의 은닉입니다. 어쩌면 그 사실의 인멸이라는 것이 더 정확할지도 모르겠습니다. 살인을 범함으로써 그는 살인자가 됩니다만, 시체의 목을 자름으로써 살인이라는 사실은 은닉되고 어쩌면 인멸되고 그는 살인자라는 데서 해방됩니다.

부족사회에도 법이 있고 살인은 엄격히 금지되었습니다. 하지만 그 금지는 사법 권력의 힘에 의해서가 아니라 오히려 사람들이 갖고 있는 영혼 숭배의 힘에 의해 유지되었습니다. 여기서 법은 아직 종교에서 전면적으로 분리되지 않았습니다. 다시 말해 이 예에서 보자면 살인이 엄격히 금지된 이유는 살해당한 자는 사령이 되어 살해한 자를 습격한다는, 촌락 전체에 농밀하게 스며들어 있는 뿌리 깊은 확신입니다. 그런데 부족 간의 전쟁이 일어나게 되면 살인을 두려워하고만 있을 수는 없습니다. 이때 전쟁에서의 살인은 살인이 아니라는 논리가 전장에서 적병의 목을 자르는 새로운 사

153

실을 만들어낸 것입니다. 머리 없는 시체는 살인자를 습격하기 위한 영력을 잃습니다. 다시 말해 목을 자름으로써 살인이라는 사실이 인멸되고, 전장에서 적을 죽인 남자도 살인자로서의 영적인 처벌을 면할 수 있게 됩니다."

"그럼 사형의 경우에도 같은 말을 할 수 있겠군."

"그렇습니다. 그 사회에서 전쟁이라는 장에서 이루어지는 살인이 살인이어서는 안 되는 것처럼 사형 역시 살인이어서는 안 됩니다. 전쟁 때 목을 자름으로써 살인이라는 사실이 은닉된 것처럼 사형의 경우에도 역시 똑같은 방법이 취해지게 되는 것입니다."

"하지만 오늘날의 범죄자는 사령이 두려워 목을 자르는 건 아니지……"

"맞습니다. 현대에서 살인에 대한 보복은 미개인이 믿었던 사령의 힘에 의해서가 아니라 견딜 수 없을 만큼 산문적인 보통의 인간, 즉 양복을 입은 법률 감시자에게 맡겨지게 되었습니다. 따라서 계획적인 살인자는 목을 자름으로써 영력이 아니라 법률에 대해 살인의 은닉을 꾀하게 됩니다.

그렇다면 격정적인 발작에 사로잡혀서라든가 광기와 같은 증오 때문이라든가 하는 식으로 이야기되는 비계획적인 살인자도 때로 목을 자르는 것은 왜일까요? 정신분석학자는 유아나 신경질환자의 심성이 미개인의 심성을 재현한다고 지적합니다. 즉 그의 살인과 목을 자르는 행동이 아무리 충동적이고 무계획적인 것으로 보인다고 해도, 거기에는 역시 살인이라는 사실의 은닉 내지 인멸이라는 의지가 작동한다는 것입니다. 하지만 이때 살인자가 자신의 범죄를 감추려고 하는 것은 경찰관이나 재판관들로 체현되는 법률에 대해서가 아닙니다. 격정이나 광기 같은 감정의 고양이라는, 신경증적으로 퇴행한 의식 상태에서 노정되어온 오래된 미개의 심성이 견딜 수 없이 두려워하는 피해자의 사령에 대해서겠지요. 심하게 동요하는 정서 안에 떠오른 무시무시한 영적 힘에 대해, 그는 목을 잘라 자신의 범죄를 은닉하려는 것입니다.

왜, 그리고 언제쯤부터 목의 절단이 범행의 은닉과 결부하게 되었는지 저는 알지 못합니다. 하지만 우리가 생각할 수 있는 범위에서, 범인에 의한 목 절단이라는 현상의 본질은 어디까지나 범죄의 은닉이라는 의지에 있다고 할 수 있습니다."

"……자네의 목 절단의 현상학은 무척 흥미로웠네. 좀 더 이야기를 듣고 싶기도 하고. 그런데 그렇게 목 절단의 본질을 직관하는 것이 이 사건을 해결하는 데 어떤 도움이 될까? 나로선 그걸 잘 모르겠네. 현상학적인 추리나 현상학적인 범죄 수사라는 게 있을 수 있다면 목 절단의 본질을 아는 것만으로 끝나는 건 아니지 않을까?"

모가르는 이야기를 하면서 대화가 처음의 의도에서 크게 벗어나기 시작했다고 느꼈다. 그는 이 청년이 누구를 닮았는지 생각해내려는 이유에서만이 아니라 그의 이야기에 있는 예리한 논리성이나 청년이 지닌 묘한 인격적인 매력 자체에 깊은 관심을 갖기 시작했기 때문에 대화를 좀 더 이어가려고 생각했다.

"모가르 씨, 언젠가 나디아한테는 이야기한 적이 있습니다만" 청년은 다시 억양이 약한 무감정한 목소리로 천천히 이야기를 꺼냈다. "당신은 오늘 오후 현장에서 많은 증거를 모으고 많은 증언을 기록해두었을 겁니다. 하지만 모아진 사실들은 권리상 진실과 동등한 무수히 많은 논리적인 해석을 동시에 허락합니다. 병렬적으로 무수히 존재할 수 있는 논리적인 해석 중에서 단 하나만을 올바르게 선택할 수 있기 위해서는, 여러 사실을 논리적으로 배열하기 위한 작업에 앞서 하나의 직관이 요구됩니다. 그 직관을 이끌어내는 실마리로써 수행한 작업이 아니라면 아무리 정합적인 추리였다고 해도 전혀 의미 없는 헛된 노력에 지나지 않습니다."

"자네가 말하는 사건의 추리를 위한 실마리란?"

모가르는 다그치는 어조로 물었다.

"머리 없는 시체이고, 범인이 자신의 행위를 은닉하려고 한 것을 말합니다. 추리를 진행하는 전제로서 조사에 의해 집적된 모든 사실에서, 범인이 피해자의 목을 절단함으로써 누구한테 무엇을 숨기려고 했는가 하는 물음을 되풀이해서 제기해보는 겁니다. 이 한 가닥의 실을 단단히 쥐고 있으면 착종된 논리의 미궁에서 길을 잃지 않고 진상에 도달하기 위한 최단거리를 실수 없이 나아갈 수 있을 겁니다."

"요컨대 자네는 구체적인 자료가 없는 한 그 이상의 것은 말할 수 없다고 말하고 싶은 건가? 뭐 그것도 그럴듯한 이야기지만, 자네가 얻은 이 사건에 관한 지식의 범위에서도 좀 더 현실적인 추리가 가능하지 않을까?" 모가르는 청년이 이 사건에 대해 구체적으로 어떻게 생각하는지 무척이나 알고 싶었다.

"모가르 씨, 거기에 저와 당신의 입장 차이가 있는 것 같습니다. ……당신한테는 구체적으로 범인을 지시하지 않는 추리는 전혀 의미 없는 것이겠지만, 저한테는 범인이 누구인지는 그다지 중요한 문제가 아닙니다. 현상학적인 방법으로 범죄 현상을 다룬다고 할 때 먼저 여러 현상이 복잡하게 뒤얽힌 총체에서 그 중심에 있는 하나의 현상을 골라내고, 그것의 본질을 변경작용에 따라 직관하고, 직관된 본질을 실마리로 하여 사건을 구성하고 있는 무수한 사실들을 논리적으로 배열해보는 것, 이 일련의 사고과정의 결과로서 범인의 이름은 우연히, 마치 따라 나오듯이 판명되는 것에 지나지 않습니다. 당신한테는 범인의 확정이 99이고 나머지는 1이겠지요. 하지만 저한테는 올바른 직관이, 다시 말해 범죄의 의미 파악이 99이고 나머지는 1에 지나지 않습니다. 본질직관이 명석하고 자각적이며 올바로 수행되었다면, 나머지는 이를테면 기계적인 논리작업에 지나지 않습니다. 주어진 실마리를 놓치지 않고 그저 똑바로 나아가기만 하면 되는 거니까요. 그리고 저한테는 이 후반 작업이 대단히 산문적이고 사소한 것으로 생각됩니다.”

“하지만 가케루 군” 바르베스가 뭔가 의심스럽고 불만스러운 듯이 말했다. “범인이 누군지 모르면 아무 의미가 없을 텐데……”

“예, 물론 여러분한테는 그렇습니다.” 청년은 급히 그것만은 붙임성 있게 대답했다. “저는 그걸 조금도 부정할 생각이 없습니다. 게다가 나디아는 경찰의 방식에 대해 부정적인 견해를 갖고 있는 것 같습니다만, 저는 그렇게 생각하지 않습니다. 실제로 이루어지고 있는 방식이 늘 가장 좋은 방식입니다. 나날이 무수하게 일어나는 범죄를 처리하기 위한 거대 조직이 그저 상식만을 규준으로 하여 운영되는 데는 타당한 이유들이 있습니다. 그 이유 중의 하나는 실제로 일어나는 범죄의 대부분이 상식적인 동기나 방법에 의해 일어난다는 것이고, 또 하나는 다발하는 상식적 범죄를 일괄하여 대량으로 그리고 조직적으로 다루어야만 한다는 것입니다. 합리적인 관료 조직의 사고 법칙은 조직 자체의 유지와 원활한 운동을 위해서인 만큼 상식 이외의 것일 수가 없습니다.

그러나 그 결과 실제로 일어나는 전체 범죄 중의 아주 작은 부분은 처음부터 경찰 조직의 수비 범위 밖에 놓입니다. 물론 관료 조직이 그것을 자각하고 있지 않다고 말할 수는 없습니다. 다만 이렇게 현실적인 판단을 내리고 있을 뿐입니다. 그 정도의 예외는 대세에 영향을 주지 않는다고 말이지요.

하지만 합리적인 거대 조직이 내리는 이 냉엄하고 현실적인 판단은 동시에 기사도 정신도, 중국의 만리장성도, 강고한 종교적 계율도 무릇 그 어떤 것도 막을 수 없었던 강대한 힘, 즉 근대라는 시대가 전 세계를 향해 밀어붙인 합리화라는 이름의 폭군이 끝내 직면한 한계성을 고백하는 것이기도 합니다. 조직되고 체계화된 합리적 정신의 빛이 불손할 만큼의 자신감으로 가득 차 인간을 완벽하게 계량 가능한 여러 요소의 다발로 분해하고 정리하려는 순간, 인간 존재의 깊은 곳에서 분출하는 핏빛 어둠이 그 시도를 저지하는 것입니다. 범죄라는 너무나도 깊고 인간적인 현상은, 설사 그 대부분이 합리적인 계량 가능성에 따라 관료 조직의 방대한 서류 조작의 소용돌이 속으로 휩쓸린다고 해도, 최후의 작은 부분에서 절대로 다 계산되지 않는 인간성의 심연을 새까맣게 드러내 보이죠."

"분명히 미궁에 빠진 사건은 지겨울 정도로 많기는 하지." 바르베스가 불만스럽게 맞장구를 쳤다.

"자네의 의견으로는 앞으로 경찰 조직이 아무리 정비되고 기능화되고 확대된다고 해도, 절대 해결할 수 없는 사건은 늘 일정 정도 남는다는 거군."

"그렇습니다, 모가르 씨. 설령 최신 컴퓨터 관리체계에 의해 완벽하게 지배되는 거대한 형무소에 사회 구성원 전체를 한 사람도 남김없이 집어넣는다고 해도, 범죄 자체를 박멸하기는커녕 발생한 범죄 전부를 해결하는 것도 결코 가능하지 않을 겁니다. 여기서 특수한 비합법적 공간의 존재가 분명해집니다. 아무리 강대하고 효율적인 경찰 조직이라는 힘을 가졌다고 해도 절대로 말살할 수 없는 특수한 비합법적 공간. 그리고 충분히 훈련되고 자각적인 방법을 익힌 어떤 부류의 인간한테는 이 작은 어둠의 영역이 대양만큼의 넓이를 가질 수도 있는 겁니다." 청년은 말을 그치자 잠시 가벼운 생각에 골몰한 듯 입을 다물었다.

"마치 자네 자신이 그 특수한 재능의 소유자라는 듯한 이야기로군." 모가르는 농담 섞인 어조로 말했다. 청년은 매력적인 미소를 띠며 대답했다. 신비하고 우울해 보이는 미소에는 어딘가 침울한 관능의 색채가 배어 있었다.

"모가르 씨, 그 질문은 무의미합니다. 만약 제가 그렇지 않다면 '아니요'라고 대답하겠지요. 만약 제가 그렇다고 해도 역시 '아니요'라고 대답할 겁니다. 아무튼 당신들은 세계에서 제일 긴 전통을 가진 근대 경찰의 경찰관이니까요."

그때 모가르는 엉겁결에 중얼거렸다.

"아아, 알았다." 나디아와 바르베스가 놀라 얼굴을 들었다. 경정은 두 사람을 향해 변명하듯이 말했다. "아니야, 아무것도. 가케루 군이 내 오랜 친구를 떠올리게 했을 뿐이야. 어디가 닮았는지는 말할 수 없지만 표정이나 분위기에 닮은 점이 있는지도 모르겠어. ……아니, 오늘 밤 재미있는 이야기, 고마웠네." 모가르는 자리에서 일어났다. "만약 시간이 된다면 내일 밤에라도 우리 집에 오지 않겠나? 수사상의 비밀이 아닌 한 그때는 오데트 살인 사건에 얽힌 모든 사실을 자네한테 알려주겠네. 자네가 목 절단에 대한 본질적 관으로 어떤 추리를 해내는지, 무척 흥미를 갖고 있네."

"예, 모가르 씨. 시간이 되면요."

레스토랑을 나온 네 사람의 머리 위로 암울한 겨울 하늘이 묵직하게 드리워져 있었다. 판자 담장에 붙은 찢어지고 벗겨진 낡은 포스터가 겨울 찬 바람에 펄럭펄럭 음산한 소리를 냈다. 으스스하게 춥고 어두운 밤하늘에 '오 피에 드 코숑'이라는 가는 분홍색 네온사인이 떠올랐고, 그것이 모가르를 묘하게 회상적인 기분으로 이끌었다.

그 무렵에도, 하고 모가르는 생각했다. ……수도의 거리는 어두웠고 점령군 병사들이 모여 있는 길모퉁이의 술집이나 레스토랑, 유난히 밝고 떠들썩한 그런 곳이 오히려 보는 사람을 쓸쓸하게 했다.

"아빠, 우리는 여기서 갈게요." 하고 나디아가 말했다. 레스토랑의 점멸하는 네온사인을 올려다보며 생각에 잠겨 있던 모가르는 평범한 아버지의 목소리로 대답했다.

"너무 늦지는 마라."

바르베스와 모가르는 강 쪽을 향해 어딘가 황폐한 인상이 떠돌고 널찍하기만 한 루브르 가의 거리를 말없이 걷기 시작했다. 강변에 이르렀을 때 바르베스가 입을 열었다.

"저는 경정님이 무슨 생각을 하는지 압니다."

모가르는 오랜 친구의 거친 바위 표면 같은 옆얼굴을 힐끔 쳐다봤다. 바르베스가 말을 이었다. "루베르 소령이지요?"

"자네도 닮았다고 생각하나?" 모가르는 낮은 목소리로 말했다. "경찰이 다룰 수 없는 영역이 있다는 이야기를 듣고 떠올랐네. 루베르 소령도 분명히 그와 똑같은 말을 했었지. 그 경찰은 게슈타포를 말하지만 말이야."

"모스크바에서 공부하고 온 유능한 사람이었지요. 살아 있었다면 공산당의 국회의원쯤은 되었을 텐데. 하지만 냉혹한 성격이었어요."

바르베스가 염두에 둔 일은 모가르 등 동지 다수가 체포되었을 때 경찰서를 무장 공격 해서 동료들을 구출하자는 바르베스나 모가르의 제안을 루베르가 차갑게 거절했던 일이었을지도 모른다.

"장 폴, 그는 냉혹해도 인정이 없진 않았다고 생각하네. 그는 그저 인간의 약함을 속속들이 알았을 뿐이야. 루베르의 비밀주의는 동료들 사이에서 평가가 좋지 못했지. 그렇지만 아무리 용감하고 헌신적인 대원이라도 열에 아홉은 고문을 견디지 못한다, 그렇다면 대원들한테 말하려고 해도 말할 수 없도록 처음부터 아예 아무

161

것도 알려주지 않는 편이 낫다는 게 그의 생각이었지.

전향자나 도망자, 배신자에 대해서도 그는 결코 화내는 일이 없었네. 필요한 경우에는 배신자를 처리하라는 지시 정도는 태연하게 내렸겠지만, 그래도 배신자의 인격까지 부정하지는 않았고, 오히려 그 사람의 불운을 동정했었다고 생각하네. 루베르 소령은 배신자를, 재수 없게 체포되었고, 재수 없게 고문을 당했으며, 재수 없게 고문을 견딜 만한 의지와 체력을 갖추지 못했고, 그리고 더욱 재수 없게 살해당하지 않고 살아남은 사람이라는 식으로 봤지. 조금이라도 운이 좋았다면 그 사람도 영웅이 될 수 있었을 텐데, 하고 말이야. 루베르 소령이 진정한 의미에서 무자비하게 다뤘던 것은 자기 자신의 의지와 육체뿐이었네."

"그랬을지도 모르겠네요. 사흘 밤낮으로 고문을 받고 만신창이가 되었어도 정말 한 마디도 하지 않았다고 하니까요. 훌륭하게 죽은 거지요."

"만약 그가 고문을 견디지 못하고 조직에 대해 입을 열었다면, 자네나 나나 스무 살이 될락 말락 한 30년 전에 이미 죽었겠지. 하지만 뒤 라브낭도 그렇고, 그 일본인도 그렇고 최근에 루베르 소령이나 레지스탕스 활동을 할 때의 일을 떠올리게 하는 인물이 꽤 많군그래. 그런데 왜 그 일본인을 봤을 때 곧바로 루베르 소령이 떠올랐을까?"

"그 사람, 이야기하면서 자꾸 앞머리를 손가락으로 쥐고 있었는데, 그건 루베르 소령이 생각에 잠길 때 하는 버릇이었어요." 바르베스는 아무렇지도 않은 듯이 말했다. "게다가 그 일본인은 우리와 마찬가지로 지하생활을 한 경험이 있을 거예요. 저는 분위기를 보면 척 알거든요. 공안경찰국 쪽에 조회해볼까요?"

"아니, 그럴 필요는 없겠지. 혹시 그가 '바람직하지 않은 사람'이라고 해도 국내에서 무슨 사건이라도 저지르지 않는 한 우리 일이 되지는 않으니까."

"저한테는 괜찮습니다만 국장님 앞에서 그런 식의 말은 하지 않으시는 게 좋을 겁니다." 바르베스는 오랜 친구에게 또 쓸데없는 충고를 했다. "그건 그렇고 나디아는 거기서 나와서 어디로 갔을까요? 좋겠네요, 젊을 때는."

모가르는 말없이 어깨를 으쓱하기만 했다.

딸도 봄에는 스무 살이 된다. 스무 살이면 아내가 그와 결혼했을 때의 나이다. 이제 어린애가 아니다. 스스로 자신을 돌볼 수 있는 나이라고 생각하며, 모가르는 어느새 딸의 내부에서 차지하고 있을 자신의 장소가 점점 줄어들고 있음을 새삼 느꼈다. 얼어붙은 센 강의 수면을 스쳐 지나온 북풍이 모가르의 보잘것없는 감상에 살을 에는 듯한 차가움으로 깊이 스며들었다.

1월 6일 오후 9시

아버지가 또 쓸데없는 걱정을 한다고 나는 생각했다. 레스토랑 앞에서 헤어질 때 뭔가 하고 싶은 말이 있는 듯한 얼굴이었지만, 결국 아무 말도 하지 않고 그저 "너무 늦지는 마라"라고 평범한 주의의 말을 중얼거리듯이 입에 담았을 뿐이었다. 아버지 입장에서도 벌써 스무 살이 다 된 딸이 아직 남자를 모른다면 그게 더 이상한 거라고 생각을 해봤겠지만, 그래도 아직 걱정스럽고, 그것을 스스로도 힘겨워하고 있을 것이다. 어머니가 죽고 나서 10년이 넘는 동안 아버지에게 한 명의 연인도 없었다고는 나도 믿지 않는다. 그러나 그것을 내게 철저히 감추어온 건 사실이다. 재혼하지 않은 것까지 포함하여 이런 배려에 감사해야 할지도 모르지만, 그 때문에 우리의 생활에서 남녀 문제가 몽땅 빠져버리게 되었다. 나도 아버지도 섹스 같은 건 이 세상에 존재하지 않는 것 같은 얼굴로 대해왔다. 아버지의 연인이 내 앞에 나타났거나 아버지가 재혼했다면 아마 이렇게 되지는 않았을 것이다. 나는 그 여자에게서 아버지를 되찾으려고 싸웠을 테고, 아버지도 그 과정에서 남자라는 사실을 좀 더 몸의 중심을 울리는 충격으로 강하게 맛볼 수밖에 없었을 것이다.

이렇게 생각하면 우리 사이에 생생한 관계가 생겨나지 않았겠지만, 과연 좋은 일이었는지는 잘 모르겠다. 내 앞에서 아버지는 마치 남자가 아닌 것 같은 얼굴을 했고, 나 역시 아버지에게는 내가 여자라는 것을 되도록 보이지 않으려고 해왔다. 청결하고 온화하며 친밀하고 삶은 달걀의 표면처럼 매끄러운, 어딘가 생생한 현실의 모순이나 갈등을 결여한 관계. 하지만 나는 아버지와의 이 관계에 특별히 불만을 느끼지는 않았다. 내가 기억하는 한 아버지가 나에게 손을 댄 것은 물론이고 거친 말로 엄하게 꾸짖은 일 한 번 없었다. 그는 언제나 설득과 얼버무림과 회유로 결국은 꾸짖는 것과 마찬가지의 효과를 거두었다.

그러나 아버지가 결코 입 밖에 내지 않는 걱정도 가케루가 상대일 때는 전혀 쓸데없다. 다른 경우에는 전혀 책임을 질 수 없다고 해도, 그와는 단둘이 있어도 무슨 일이 일어날 리가 없다. 가케루는 인간을 싫어하고, 따라서 여자도 싫어하기 때문이다. 나도 이 일본인이 분명히 아름다운 용모로 묘한 매력을 가졌다는 걸 부정하지 않지만, 인간보다는 수목이 되기를 바라는 듯한 별난 사람에게 남성으로서의 매력을 느낄 만큼 색다른 취향의 소유자는 아니다.

나는 가케루가 살고 있는 곳을 탐험할 생각이었다. 수수께끼 같은 이 일본인의 정체를 밝히는 데에도, 오데트 사건 못지않은 강한 흥미를 갖고 있었다. 그러니까 가케루의 방에서 오데트 사건에 대해 이야기하는 것은 동시에 두 가지 흥미를 어느 정도까지 충족시켜준다. 가케루의 방이 있는 몽마르트르 가와 가까운 레스토랑에서 아버지를 만나기로 한 것도 오늘 밤 계획의 일환이었다고 할 수 있다.

아버지와 장 폴의 뒷모습을 보며 나는 옆의 일본인에게 말을 걸었다.

"아직 할 얘기가 남았어. 네 방에서 얘기 좀 하고 싶은데."

가케루는 지나치게 크고 검은 눈동자로 무표정하게 내 얼굴을 들여다보았다. 그러고 나서 가볍게 미간을 찌푸리고는 말없이 고개를 끄덕이며 걷기 시작했다. 보통 사람들이 '응'이라든가 '왜'라고 말할 때 말없이 무뚝뚝하게 눈살을 찌푸리는 것이 이 일본인의 버릇이었다.

몽마르트르 가가 나오자 우리는 왼쪽으로 꺾었다. 생선가게나 정육점, 채소가게가 옹색하게 늘어서 있는 중앙시장터의 어두운 거리에는 축축하고 이상한 냄새가 휘감듯이 떠돌고 있었다. 오물을 흘려보내기 위해 뿌려진 물로 포석은 지저분하게 젖어서 미끄러지기 쉬웠다. 가게는 모조리 닫혀 있었다. 차가운 겨울바람이 빠져나가는 인기척 없는 거리는 어둡고 좁고 축축하고 지저분했다.

침침한 빛을 던지는 가로등 아래에서 탄력 있는 몸집에 가무잡잡한 피부를 가진 젊은 남자 대여섯 명이 길을 막고 서서 이쪽을 지켜보고 있었다. 나는 약간 무서워서 가케루의 팔을 잡았다. 그러나 일본인은 여전히 무관심한 태도로 정확한 보조를 흐트러뜨리지 않은 채 말없이 우리를 바라보는, 지저분한 청바지와 흐트러진 장발의 무리를 향해 다가갔다. 나는 숨이 막히는 기분이었다. 이제 손을 뻗으면 닿을 정도의 거리까지 갔을 때 갑자기 기세에 눌린 듯이 청년들이 길을 텄다. 지나치자 뒤에서 그들 중 누군가가 놀리는 듯이 부는 휘파람 소리가 들려왔다. 나는 안심하고 가케루의 몸을 세게 죄고 있던 팔의 힘을 뺐다. 그사이에 가케루의 얼굴에는 희미한 표정 하나 떠오르지 않았다.

몽마르트르 가에서 왼쪽으로 난 초라하고 허름한 골목으로 들어서자 세 번째 건물이 조그마한 미용실이었다. 좁은 미용실 옆에 있는, 거무스름한 적갈색으로 칠해진 낡은 문을 열려고 하는 가케루의 머리 위를 올려다보자 거기에는 조그만 나무 간판이 있었다. 먼지로 더럽혀진 하얀 바탕에 검은 글씨로 '호텔'이라고만 쓰여 있는 간판이었다. 문을 열자 캄캄한 계단이었다. 그곳엔 먼지와 석회의 짙은 냄새가 고여 있었다. 가케루가 켠 전등은 어둑하고 음침하며 희미한 노란 불빛을 우리 머리 위로 살짝 비춰줄 뿐이었다. 불쾌한 소리를 내며 삐걱거리는 비좁은 계단의 발판은 한 세기에 걸친 흙과 먼지와 기름으로 끈적끈적 까맣게 젖어 있었다. 1층의 층계참에는 문에 유리창이 달린 관리인실이 있었다. 들여다보니 비참할 정도로 희미한 빛 아래서 낡은 숄을 걸친 뚱뚱한 노파가 불안한 손으로 뜨개질을 하는 중이었다. 가케루에게 전화를 걸면 늘 전화를 받던 이가 이 노파일 것이다.

"안녕하세요." 가케루가 문 너머로 노파에게 인사했다. 노파가 무뚝뚝한 얼굴을 들어 살짝 고개를 끄덕였다.

"신기한 일이네. 네가 누군가한테 스스로 인사를 하다니." 나는 비아냥거림을 담아 말했다. 가케루는 좁고 긴 계단을 천천히 오르면서 대답했다.

"……저 할머니는 말이야, 시간이 되어 아래쪽 입구의 자물쇠를 잠글 때까지 늘 저기서 누군가 수상한 사람이 올라오지 않나 지키고 있어. 그런데 노안이라 잘 보이지 않지. 전기료를 아끼려고 어둑어둑하게 해놓기 때문에 더욱 그래. 누군가가 저 방 앞을 지날 때마다 할머니는 자문하지. 지금 지나간 사람은 정말 여기 사는 사람일까, 혹시 수상한 사람은 아닐까 하고 말이야. 그사이에 그 사람은 계단을 올라가버려. 할머니의 마음에는 뭔가 불안하고 석연치 않은 기분이 남고. 그래서 한 마디라도 인사를 해주면 할머니는 납득하고 아주 안심을 해. 그래서 나는 저기를 지날 때마다 똑똑히 인사를 하고 있는 거야."

가케루라는 청년은 이렇게 묘한 데서 타인에게 이상한 친절을 베푸는 일이 있었다. 인간을 싫어하는 면도 있고 인간의 운명에 대해 끔찍할 만큼 냉정한, 냉혹하다고까지 할 수 있는 태도를 취하는 일조차 드물지 않은데, 반면에 이상하게 뒤틀린 상상력을 발휘해서 인간의 허약함을 잠자코 감싸주려는 점이 있었다.

우리는 어둑한 전등 불빛 아래의 좁고 가파른 계단을 올라갔다. 채광을 위한 중정은 깊고 깜깜한 우물을 떠올리게 했고, 유리도 끼워져 있지 않은 중세 성벽의 총안 같은 창으로 몸을 내밀어 손을 뻗으면 반대쪽 석벽에 손가락이 닿을 만큼 좁았다. 창이라기보다는 그저 돌조각으로 보이는 어두운 중정으로 열린 작은 구멍은 덧칠도 되지 않은 거친 돌의 표면을 차갑게 노출하고 있었다. 그곳을 통해 한겨울의 한기가 계단으로 사정없이 들이쳤다.

가까스로 다락방까지 다 오르자 일그러진 형태의 계단참 가장 구석지고 어두운 곳에 흉하고 둔중해 보이는 문이 있었다. 그곳이 가케루의 방이었다. 그런데 이건 또 무슨 문이란 말인가. 손잡이도 달려 있지 않아 열쇠를 열고는 몸으로 밀고 들어갈 수밖에 없었다. 문이라기보다는 그저 두꺼운 판자였다. 그것도 해안으로 밀려온 나무토막을 모아 닥치는 대로 못질해서 만든, 튼튼해 보이기는 하지만 덕지덕지 붙여놓아 거칠고 울퉁불퉁하며 모양 없는 두꺼운 판자였다. 표면에는 여러 번이나 덧칠을 해서 도료 여기저기에 금이 가 있었다.

좁고 긴 아주 비좁은 방이었다. 방이 아니라 침대를 들여놓은 관과 비슷했다. 폐품 같은 침대와 다리 길이가 달라 앉으면 기울어지는 볼품없는 의자, 게다가 닿기만 해도 흔들거리는 조그마한 책상, 가구는 이것뿐이었는데도 방에는 이제 어른 두 명이 서 있을 만한 공간도 남아 있지 않았다. 침대 옆에 작은 세면대가 붙어 있었다. 나는 그것을 보고 무심코 외쳤다.

"정말 편리하겠다. 침대에 누운 채 수돗물로 손을 씻을 수 있는 방이네."

놀랍게도 이 추운 날씨에 바람에 삐걱거리는 창문은 일부러 열어두었다. 그 때문에 방 안은 창밖과 같은 영하 몇 도여서 창가에 놓인 컵 안의 물은 살얼음이 얼기 시작했다. 가케루는 잠자코 창문을 닫았다.

"넌 항상 창문을 열어놓고 지내?" 내가 물었다.

"응, 이 건물의 난방이 나한테는 너무 덥거든."

"하지만 밖은 영하 몇 도일 텐데. 때로는 영하 10도가 넘을 때도 있고."

"그 정도라면 나한테는 봄이나 마찬가지야." 가케루는 아무렇지 않다는 듯이 대답했다. "나는 지금까지 체험한 가장 가혹한 것을, 그것이 더위든 추위든 빈약한 식사든 잠이든 그 밖에 뭐든 절대로 잊고 싶지 않아……"

우리는 침대에 나란히 앉았다. 관과 비슷한 방 안에는 두 사람이 마주 앉을 만한 공간도 없었다.

"정말 졸라*적인 곳이네. 20년이나 이 거리에 살았지만 처음이

---

* 프랑스의 소설가·비평가인 에밀 프랑수아 졸라(Émile François Zola, 1840~1902).

야, 이런 방에 들어와보는 건." 일부러 탐험하러 온 보람이 있었다
고 나는 재미있어하며 말했다.

"그래." 가케루는 마음에도 없는 맞장구를 칠 뿐이었다. "형무소
의 독방 비슷하다는 점이 이 방의 매력이야."

"너 형무소에 간 적이 있어?" 하고 물은 나에게 가케루는 다시
평소처럼 침묵하며 대답하려고 하지 않았다. "아빠도 말했는데,
너한텐 확실히 탐정보다는 범죄자 분위기가 있어."

세면대 아래에는 등산용 가스풍로와 조그만 프라이팬 그리고
보잘것없는 냄비 하나가 있었다.

"너 직접 밥해 먹는 거야?"

"오늘 밤처럼 어쩔 수 없이 외식을 할 때를 제외하고는. ……그
렇지만 하루에 한 끼밖에 먹지 않아. 사막에 있었을 때처럼 밀가
루 한 줌하고 채소 나부랭이 조금 그리고 때때로 양고기. 이게 매
일 먹는 식사야."

무슨 생각으로 그러는지 모르겠지만 나는 학대받고 있는 이 청
년의 위장이 불쌍해 견딜 수가 없었다. 그리고 내일 저녁에는 최
대한 맛있는 음식을 준비해야겠다고 생각했다.

간단한 자취 살림살이 외에는 책상 위의 작은 스탠드, 몇 권의
책과 노트 그리고 낡은 레코드 세 장이 있었다. 그것도 세 장 모두
레너드 번스타인, 오토 클렘페러, 브루노 발터라는 세 지휘자가
각각 지휘한 「대지의 노래」였다. 교향곡 규모의 장대한 가곡의 한
구절을 가케루가 때로 휘파람으로 불렀던 일을 떠올렸다.

침대는 깨끗이 정돈되어 있었고 아무것도 깔려 있지 않은 돌바

닥 위에도 먼지 하나 없었다. 매일 청소를 빼놓지 않는 모양이었다. 형무소라기보다는 중세의 감옥 같다고 나는 생각했다.

가케루의 방은 이야기 속의 어느 명탐정의 주거와도 비슷하지 않았다. 생제르맹데프레의 오래된 저택에서 낮에도 쇠살문을 닫아놓은 채 밤의 분위기에 빠져 살았던 탐정*, 베이커 가의 일반 하숙집 2층에서 방 벽에다 영국 여왕의 이니셜을 권총으로 뚫은 코카인 중독의 탐정**, 이스트 38번가의 고급 아파트에서 미술품과 골동품에 파묻혀 스코티시테리어와 함께 살았던 탐정***.

몽마르트르 가에 있는 이 다락방과 이야기 속의 탐정들이 사는 다양한 주거 사이에 아무런 공통점도 존재하지 않는 것처럼, 가케루와 이들 탐정들 사이에는 성격상의 어떤 공통점도 존재하지 않았다. 단 하나, 양자 사이의 가장 두드러진 차이점을 들자면 탐정들이 반드시 떠올리게 하는 달콤한 궤변, 현학 그리고 도락의 냄새가 가케루에게는 거의 완벽하게 빠져 있다는 점일 것이다.

다시 말해 그의 정신 유형은 보들레르적이기보다는 스탕달적이었다고도 할 수 있다. 그가 사랑하는 것은 살이 아니라 뼈이고, 아름다운 선線의 전원풍경이 아니라 황량한 바위산이나 사막의 광경이며 일체의 잉여를 떼어낸 궁극의 무언가였다. 그것은 명석하고 기하학적인 선의 조합으로 표현되는 최대한 간결한 것을 본질로 하는 무언가이고, 보들레르가 아니라 스탕달의 문체가 독자

---

* 에드거 앨런 포의 소설에 등장하는 탐정 오귀스트 뒤팽.
** 아서 코난 도일의 소설에 등장하는 탐정 셜록 홈즈.
*** 밴 다인의 소설에 등장하는 탐정 파일로 밴스.

에게 느끼게 하는 것이었다. 그리고 가케루의 이 방만큼 이곳에 사는 사람의 정신을 단적으로 또는 노골적으로 구현하는 것은 달리 없었다. 그는 그 후 내가 좀 더 넓고 생활하기 편한 방으로 옮기라고 자주 권했는데도 끝내 이 다락방에서 한 발짝도 움직이려고 하지 않았다.

나는 몸을 편하게 하기 위해 침대 위에서 이리저리 움직여봤다. 그래서 발견한 가장 편한 자세는, 침대 머리 쪽에서 직각으로 교차하는 돌벽에 기대고 무릎을 두 팔로 안고 있는 것이었다. 가케루는 침대 끝 쪽에서 역시 돌벽에 기대어 한 발은 세우고 한 발은 뻗었다. 나는 엉덩이 밑에 있는 딱딱한 것을 치우려고 베개 밑에 손을 집어넣었다. 검고 묵직한 대형 권총이 나왔다.

나는 놀라서 물었다. 아버지도 권총을 갖고 있지만, 코끼리라도 죽일 수 있을 것 같은 이런 대형 권총은 아니다. 더욱 작은 32구경이고, 베개 밑에 감춰두지도 않는다.

"뭐야, 이거?"

"나치의 군용 권총이야."

"왜 이런 걸 베개 밑에 숨겨두는 거야?"

"누구라도 권총을 살 수 있다는 건 나쁜 게 아니라는 거지. 너도 살 수 있어."

"이런 걸 누가 돈 주고 사는데?"

가케루는 불쌍히 여기는 표정으로 나를 보고서 대답했다.

"너, 인간한테 가장 중요한 질문이 뭐라고 생각해?"

"글쎄, 그런 걸 갑자기 물으면……"

"전혀 어렵게 생각할 것 없어. 간단한 거야. 그건 살인과 자살의 옳고 그름이지. 러시아인 작가가 만들어낸 실로 매력적인 인물은 굉장히 가난한 주제에 어울리지도 않게 근사한 권총을 몇 자루나 갖고 있었어. 그건 그에게 이 물음이 피해 갈 수 없는 중요한 것이었기 때문이지. 인간의 상상력은 빈약하니까. 그 현실적인 수단 없이 이루어지는 모든 사고는 대체로 절실한 것일 수 없어. 단순한 지적 농담이 되고 마는 거지. 나는 매일 밤 자기 전에 15분 동안 이 주제를 위한 명상을 하고 있어. 이걸" 가케루는 루거 권총을 손에 들었다. "내 관자놀이에 대고 말이야."

나는 가케루의 말이 농담인지 진담인지 도무지 알 수가 없었다. 친구나 지인 중 누군가가 그런 말을 했다면 주저하지 않고 일소에 부쳤을 것이다. 그러나 이 수수께끼 같은 동양인이 무표정하게 말하면, 전혀 의심할 수 없는 섬뜩한 사실처럼 생각되어버린다. 이상한 한기를 느끼고 나는 더 이상의 추궁을 그만두었다. 그리고 오늘 밤 가케루와 나눌 대화의 본론으로 들어갔다.

"아빠와 장 폴 아저씨가 뭐라고 하든, 나는 오데트 살인 사건이 경찰의 상식적인 방식으로는 해결될 것 같지가 않아. 작년 12월에 우리가 산책했을 때 너하고 한 얘기는 지금 생각하면 정말 암시적이었어. 그때 너는 사건이 시작되지 않은 이상 그에 대해 생각하는 건 무의미하다고 했는데, 이제 사건이 정말 일어났어. 게다가 라루스 자매는 누가 뭐래도 앙투안의 이모고, 나도 이미 사건에 휩쓸려 들었어. 이봉 같은 수수께끼의 남자를 최초로 목격한 사람이 나거든. 이건 도전이라고 생각해. 나는 이 도전에 응할 생각이야. 네가 말한 현상학의 사회문제에 대한, 특히 범죄 수사에 대한 적용이라는 주장을 이 사건에서 확인해보고 싶거든. 너도 이 도전에 함께 응해야 한다고 생각해. 가케루 철학이 시험될 기회니까. 이 기회를 날리면 앞으로 너의 쓸데없는 말은 전혀 신용하지 않게 될 거야."

가케루는 상당히 오랫동안 말없이 어둑한 천장을 바라보았다. 나는 이미 사건의 진상에 다가가기 위한 확실한 추리의 실마리를 쥐고 있었다. 일 이야기가 되면 아직도 나를 어린아이 취급을 하는 아버지를 놀라게 하는 것은 물론, 내친김에 정체를 알 수 없는 일본인의 코를 납작하게 해주겠다는 생각도 있었다. 그것은 분명히 승리의 맛을 완벽하게 만들어줄 것이다. 현상학에 대한 가케루의 장황한 말을 나는 전혀 믿지 않았다. 요령부득인 데다 어떤 것에 대해서도 초연한 인상을 주는 이 일본인이 꼬리를 내리고 허둥거리기를 기대하는, 약간 짓궂은 마음도 있었다.

"……좋아." 가케루가 드디어 입을 열었다. "이 경험은 '쓰여야 할 한 권의 책' 안의 한 장을 위해 아마 귀중한 자료를 제공해줄 테니까."

가케루가 자신의 책에 대해 말한 것은 이때가 처음이었다. 그는 말을 이었다.

"하지만 그 전에 네가 약속해줄 게 있어."

"뭔데?"

"내 주문은 세 가지뿐이야. ……먼저 나는 자진해서 이 나라의 사법 권력에 협조할 의사가 없어. 결과적으로 협조하는 일이 있다고 해도, 반대로 그들을 속이는 일도 있을지 몰라. 나는 그저 내 관심에 따라 고찰하고 판단하는 거지, 파리 경찰청의 실적 향상을 위해 봉사할 생각은 없어.

둘째로, 만약 요구가 있었을 때는 사건의 본질에 대한 생각을 말하는 것은 거절하지 않겠지만, 사건의 진행과정에서 구체적인 질문에는 일절 대답하지 않을 생각이야. 그러니까 범인이 누구인지 물어봐도 소용없어. 내 관심은 하나의 범죄가 현상으로서 어떻게 생성되어가는지 처음부터 끝까지 확실히 지켜보는 데 있으니까. 그러기 위해서는 알게 된 사실을 다 말할 수가 없어. 만약 그렇게 하면 현상의 고유한 존재방식이 외부에서 자의적으로 왜곡될 위험이 있고, 그렇게 되면 범죄의 현상학적 고찰은 불가능해질 테니까."

"그렇다면 네가 정말 진상을 파악했는지 어떻게 판단하는데?"

"네가 있잖아. 현상이 전개를 마치고 사건의 진상이 완전히 파악된 단계에 이르면, 적어도 너한테는 숨기지 않고 모든 걸 말하겠다고 약속할게. 또 거기서 얻은 사건의 진상에 관한 지식을 어떻게 이용하든 그건 네 자유야."

"아빠한테, 그러니까 경찰에 알려도 괜찮아?"

"그렇게 하고 싶다면."

"세 번째는 뭔데?"

"셋째는, 조금 미묘한 문제야. 사건이 종국에 이를 때까지 나는 하나의 추상적인 시선으로 환원될 거야. 추상적인 눈이, 가령 나라는 육체를 외투처럼 걸친 채 걷고 있다고 생각해주었으면 좋겠어. 그런 존재한테 사회적인 책임이라느니 인간적인 반응 같은 것을 기대해봤자 아무 소용이 없다는 거지."

지금도 그렇잖아, 하고 나는 생각했지만 잠자코 듣기만 했다. "옆에서 네가 혼란된 정서적 반응을 일으키면 곤란한 일이 벌어질 수도 있거든. 나디아, 이 세 가지 조건만 받아들인다면……" 가케루는 잠깐 짬을 두고 나서 확실한 어조로 말했다. "이 사건을 받아들이겠어."

"좋아. 하지만 아빠한테는 잠자코 있는 거지? 그럼 이 순간부터 추리 경쟁이 시작된 거야. 우선 우리 나름의 방식으로 관계자 심문을 시작해볼까? 내일 리비에르 교수님 댁에 앙투안이랑 다른 친구들이 모이도록 해둘게. 물론 너도 가는 거고."

가케루는 말없이 고개를 끄덕였다. 나는 자신만이 틀림없이 진상에 도달할 수 있다고 말하는 듯한 가케루의 말투가 마음에 들지 않았다. 누가 진실에 도달하는지는 오직 결과만이 말해줄 것이다. 기세 좋은 말을 할 때는 지금뿐일 거라고 나는 생각했다.

이렇게 해서 우리는 이해할 수 없이 착종된, 잔학하고 이상한 분위기가 자욱한 연쇄살인 사건의 소용돌이를 향해 출발했다. 그날부터 차디찬 돌과 암울하게 흐린 날씨와 고독한 군중이 구성하는 겨울 수도의 회색 화폭에 섬뜩할 정도로 선명하고 강렬한 진홍색 물보라가 숨 돌릴 틈도 없이 잇따라 날아 흩어지기 시작했다.

제3장

뤽상부르 공원의 안개

1월 7일 정오

　가정부의 안내로 가케루와 함께 리비에르 교수의 서재로 들어가자 마틸드, 앙투안, 질베르는 벌써 도착해서 탁자를 둘러싸고 교수와 뭔가 열심히 이야기를 나누고 있었다.

　가케루는 조그만 목소리로 리비에르 교수에게 인사를 했다. 앙투안 등은 수상해하는 표정으로 생소한 동양인 청년을 올려다보았다. 질베르나 마틸드는 물론이고 대강당에서 하는 리비에르 교수의 강의를 듣지 않는 앙투안도 아직 가케루와는 안면이 없었다. 나는 세 사람에게 야부키 가케루를 소개했다. 물론 우리의 추리 경쟁에 대해서는 말하지 않았다. 단지 리비에르 교수가 기대하는 일본인 학생이라고만 전하기로 했다.

"이야, 그래 뭘 공부하고 있어요?" 앙투안이 물었다. 그는 서슴지 않고 나와 가케루를 번갈아 보았다.

나는 앙투안의 마음속이 간단히 들여다보였다. 이 얼마나 단순한 머리를 가진 사람이란 말인가. 그는 두 가지 이유에서 초면의 가케루에게 가벼운 반감을 품고 있는 것이다. 하나는 가케루가 리비에르 교수에게 높은 평가를 받고 있는 듯하다는 점이다. 앙투안은 거기에 어린애 같은 경쟁심을 느낀 모양이었다. 또 하나는 말할 것도 없이 나 때문이다. 나디아 모가르의 비밀 남자친구에게 그는 더욱더 경쟁심이 발동한 것이다. 나는 다소 우쭐한 기분이 들어 혼자 득의의 미소를 지었다. 청년들이 자신을 둘러싸고 경쟁심이나 질투심을 불태우는 것만큼 젊은 아가씨를 흥미롭게 하고 자존심을 만족시켜주는 건 없다.

가케루가 평소의 무뚝뚝함으로 앙투안의 질문을 태연하게 무시하자 가케루에 대한 그의 악감정은 더욱 심해진 듯했다.

"가케루는 말이야, 현상학과 신비사상의 통일이 주제야"라고 내가 대신 대답했다. 앙투안을 쓸데없이 화나게 해서는 앞으로의 수사에 지장을 받기 때문이었다. 내가 앙투안에게 가볍게 윙크하자 그는 히죽 웃었다.

우리는 방 가운데에 있는 탁자를 둘러싸고 놓인 의자에 각자 적당히 앉았다.

중단된 이야기를 다시 잇는 것처럼 마틸드가 리비에르 교수에게 미칠 듯한 심정을 담은 어조로 호소했다.

"선생님, 역시 아버지는 살아 있어요. 하지만 왜 저를 만나러 오지 않는 걸까요?"

"마틸드" 교수가 대답했다. "특별히 이봉이 살아 있다고는 할 수 없어. 자네의 그런 필사적인 믿음도 참 곤란하군."

"아니요. ……저는 알고 있어요. 작년 연말의 그 편지도 아버지가 보낸 게 틀림없어요."

"마틸드, 넌 뭘 알고 있는 거야?" 질베르가 나지막한 목소리로 물었다.

"편지의 붉은색 I라는 서명은 아버지 이봉의 머리글자만 의미하는 게 아니에요. 이걸 좀 보세요." 마틸드가 가방에서 꺼낸 것은 한 권의 낡은 시집이었다.

"오늘 아침 우편으로 배달되었어요. 여기를 보세요."

마틸드는 시집의 안표지를 펼쳤다. 거기에는 독특한 글자로 소유자의 서명이 적혀 있었다. 그건 분명히 이봉 뒤 라브낭의 필체였다. 리비에르 교수는 책을 들고 자세히 들여다보고 나서 탁자 위에 놓고 우리에게 말했다. 그 목소리는 약간 잠겨 있었다.

"틀림없군. 리세 학생이었을 때 이봉이 갖고 있던 시집이네. 오래된 판본으로 상당히 귀중한 것인데, 원래는 앙드레 브르통*의 장서였다네. 그걸 보고 이봉은 어린애처럼 무척이나 갖고 싶어 했지. 그리고 어느 날 밤, 기묘한 내기를 한 끝에 결국 브르통한테서 이 책을 얻어내는 데 성공했네. 그는 이 시집을 독특한 방식으로 소중히 했고, 스페인으로 갈 때도 들고 갔지. 전장에서도 배낭 밑

---

* André Breton(1896~1966). 프랑스의 시인이자 초현실주의의 주창자.

에 숨겨두었고. 그리고 전쟁이 끝난 후에 이렇게 말했네. '이건 나의 부적 같은 거야. 스페인, 포로수용소, 레지스탕스. 내가 죽지 않은 건 이 시집 덕이야'라고.

나는 이봉이 마지막으로 스페인에 잠입했을 때도 이 책을 들고 갔다고 생각하고 있었는데……"

"랭보군요." 앙투안이 책을 들고 말했다. "상당히 파손되었는데요."

시집에는 마틸드가 서표를 끼워놓은 데가 있었다. 앙투안은 그 페이지를 펼쳤다.

"음, 「모음」이네요."

페이지의 중앙에 랭보의 초기 작품인 「모음」이 큰 활자로 인쇄되어 있었다. 여백에는 수십 년 전에 그려진 꽤 노골적인 낙서 그림이 시선을 끌었다.

색연필로 상당히 정교하게 그려진 젊은 여자의 나체 스케치였다. 마네의 「올랭피아」와 같은 포즈로 누워 있는 그림 속의 여자를 자세히 보면, 나도 작자가 장난을 친 수법을 금방 알 수 있었다. 좌우로 나뉘어 드리워진 초록색 머리카락은 알파벳 U, 유혹하는 듯이 동그랗게 뜬 파란 눈은 O, 꼭 다문 붉은 입술은 I, 하얗고 봉긋한 모양 좋은 두 유방은 E, 그리고 겹쳐진 가는 두 다리의 사타구니에는 옆으로 쓰러진 검은색 A가 있는데, 이것이 여자의 감추어진 부분을 노골적으로 드러내고 있음은 분명했다.

랭보의 시는 A, E, I, U, O라는 다섯 모음과 흑, 백, 적, 녹, 청이라는 다섯 색깔을 은유로 사용하여 시구를 만들어냈는데, 이 시집의 주인은 다섯 모음과 다섯 가지 색깔에 더해 각각에 여자의 몸

다섯 부분을 할당했다.

"이봉이 그린 거네"라고 리비에르 교수가 말했다. "그는 스케치에도 재능이 있어서 수채화를 그리던 시절도 있었다네."

그러나 그것만이 아니었다. 시 안의 두 행만이 붉은색 색연필로 난잡하게 동그라미가 그려져 있었다. 그것을 나지막하게 분명한 어조로 읽은 사람은 마틸드였다.

I는 주홍색 옷, 토한 피, 분노에 또는
회개에 취한 사람의, 아름다운 붉은 입술의 웃음

낡고 파손된 시집의 한 페이지에서 섬뜩한 것이 천천히 피어올랐다. 머릿속에서는 나체 여인의 입술에 붉은 I, 붉은 선으로 동그라미 쳐진 시구 안의 I가 사건의 발단을 알려준 협박장의 붉은 I와 겹쳐지고 뒤엉키며 회전하고 있는 것 같았다.

"주홍색 옷은 심판자의 상징이야." 질베르가 조그만 소리로 말했다.

"분노와 회개에 취해 웃는 여자…… 오데트 이모를 말하는 걸까?" 앙투안이 그 말에 무거운 어조로 대꾸했다.

"게다가 피야" 하고 마틸드가 짧게 말했다.

모두가 입을 다물고 탁자 가운데에 놓여 있는 시집을 멍하니 바라볼 뿐이었다.

"하지만 저는 아버지를 경찰 손에 넘기지 않을 거예요. 네, 절대로." 마틸드는 침묵하고 있는 일동에게 골똘히 생각에 잠긴 채 강한 어조로 말했다.

"믿을 수가 없는데." 앙투안이 약간 자신 없는 듯이 말했다.

"나는 잘 모르겠어." 질베르가 고개를 가로저었다. 리비에르 교수는 입을 닫은 채 굳은 표정으로 생각에 잠겨 있었다.

"가케루, 넌 어떻게 생각해? 마틸드의 아버지는 정말 살아 있을까?"

내 물음에 가케루는 무표정한 얼굴을 희미하게 좌우로 흔들면서 대답했다. 그 동작이 대답을 거부하는 것인지, 이봉의 생존에 대한 부정인지 나로서는 알 수가 없었다.

"오데트를 죽인 건 이봉일까?" 나는 거듭 추궁했다. 마틸드 등은 여전히 입을 다문 채 나와 가케루가 주고받는 말을 주시하고 있었다.

"누가 오데트를 죽인 범인일까?"

"루시퍼야." 드디어 대답한 가케루의 얼굴에는 놀리는 듯한, 재미있어하는 듯한 표정이 언뜻 떠올랐다.

"루시퍼라니?" 앙투안이 허를 찔린 듯 작게 외쳤다.

"루시퍼, 헬스 엔젤(지옥의 천사)이기도 하지……" 가케루가 앙투안의 얼굴을 보고 덧붙였다. 앙투안은 어깨를 으쓱하고는 딴 데를 보며 휘파람을 불기 시작했다. 롤링스톤즈의 곡이었다. 나는 앙투안이 비아냥거리는 의미를 금방 알았다. '헬스 엔젤스'*는 롤링스톤즈의 친위대였고 휘파람으로 부른 곡은 「악마에 대한 공감

---

* 미국의 오토바이 클럽. 1969년 롤링스톤즈가 주최한 콘서트에서 군중 정리를 맡은 헬스 엔젤스의 한 멤버가 공연 중 흑인 청년을 사살한 사건으로 유명하다.

Sympathy For The Devil」의 한 구절이었기 때문이다.

"……그냥 날 루시퍼라 불러."

이 부분만 작은 소리로 부르며 앙투안은 히죽 웃었다. 그러고 나서는 나에게 말을 걸었다.

"나디아, 네 친구는 진리를 말하네. 의심하기 힘든 진리. 만인이 거부하지 못하는 진리. 맞아, 오데트 이모를 죽인 건 악마야."

깔깔거리며 웃는 앙투안에게도, 아주 진지하게 바보 같은 말을 한 가케루에게도 나는 다소 화가 나는 것을 참을 수 없었다. 정말, 살인 사건이라는 엄숙한 사실을 두 사람은 대체 어떻게 생각하고 있단 말인가. 그러나 그때 내 시야 귀퉁이에 마틸드의 이상한 동작이 확실히 들어왔다. 그녀는 재빠른 손놀림으로 십자를 긋고는 눈 깜짝할 사이에 왼손 손가락을 기묘한 모양으로 만들었다. 그것은 놀랍게도 악마를 쫓는 손가락 모양이었다. 어린아이나 미신에 빠진 시골 여자가 아니라면 할 리가 없는 손가락 모양……

마틸드는 내가 본 것을 알고 부끄러운 듯 살짝 웃었다.

"미안, 미신에 빠진 의붓어머니 밑에서 자라서 그래. 가끔 무의식중에 어렸을 때 버릇이 나온다니까. 가케루 씨가 너무 놀라게 해서."

"마틸드 씨, 특별히 놀라게 할 생각은 없었는데요." 가케루가 작은 목소리로 말했다. "리비에르 교수님, 타락천사의 출전은 어떻게 되지요?"

"아마 「이사야서」와 「루가의 복음서」일 거네. 그리고 밀턴의 『실낙원』……" 리비에르 교수는 쓴웃음을 지으며 대답했다. 그는 이미 이 일본인의 기묘한 언동에 익숙했다. "그게 어쨌다는 건가?"

가케루는 가볍게 고개를 흔들며 입을 다물었고 아무 말도 하려고 하지 않았다. 그 대신 마틸드가 빠른 말투로 『신약성서』의 한 구절을 암송했다.

"일흔두 제자가 기쁨에 넘쳐 돌아와 '주님, 저희가 주님의 이름으로 마귀들까지도 복종시켰습니다' 하고 아뢰었다. 예수께서 '나는 사탄이 하늘에서 번갯불처럼 떨어지는 것을 보았다. 내가 너희에게 뱀이나 전갈을 짓밟는 능력과 원수의 모든 힘을 꺾는 권세를 주었으니 이 세상에서 너희를 해칠 자는 하나도 없다. 그러나 악령들이 복종한다고 기뻐하기보다는 너희의 이름이 하늘에 기록된 것을 기뻐하여라' 하고 말씀하셨다."[*]

"정말 넌 천재야." 앙투안이 마틸드를 놀렸다. "난 『성서』라면 한 줄도 암송하지 못하는데."

"어릴 때 억지로 외우게 했으니까 어쩔 수 없었어. 지금도 잊히지가 않는걸." 마틸드는 귀엽게 미소 짓고 앙투안에게 대답했다.

리비에르 교수의 아파트에서 나온 우리 다섯 명은 생미셸 거리로 나가 언덕길을 내려가기 시작했다. 나는 첫 증인 심문을 가케루의 바보 같은 발언으로 망친 것을 생각하니 화가 나서 참을 수가 없었다.

---

[*]「루가의 복음서」 제10장 17~20절, 공동번역 『성서』 개정판, 대한성서공회, 2001. 참고로 이 책의 원서에는 일흔두 명의 제자가 아니라 일흔 명으로 되어 있어 고쳐 옮겼다.

"앙투안" 나는 왼쪽에서 걷고 있는 청년에게 말을 걸었다. "내일 저녁, 시간 있어?"

"응, 좋아."

오늘 일을 보충하기 위해 다음 날에도 앙투안과 진지하게 사건 이야기를 하기로 했다. 물론 야부키 가케루는 이제 부르지 않을 것이다. 가케루는 자기 멋대로 하면 된다. 내 수사를 방해만 하지 않았으면 좋겠다.

앙투안과 질베르와 나는 한데 모여 있었고, 그 앞에서 가케루와 마틸드가 뭔가 열심히 이야기하면서 어깨를 나란히 한 채 걸었다. 나는 물론 탐정으로서의 의무감에서 두 사람의 대화에 귀를 기울였다.

어제와 마찬가지로 흐린 날씨였다. 오후여서 언덕길을 오가는 사람은 그리 많지 않았지만 한 사람도 빠짐없이 찬 바람에 쫓기듯이 어깨를 웅크리고 잰걸음으로 걸었다. 늘 공사 중이어서 목재 비계로 둘러싸여 있는 대학의 둥근 지붕에서 바람에 날려 온 모래 먼지가 머리 위로 차갑게 흩날렸다.

"뒤 라브낭가는 바스크의 오래된 가문이지요?" 가케루가 마틸드에게 물었다.

"네, 맞아요."

"예수회 자료에서 본 적이 있습니다. 드문 성이라 잘 기억하고 있어요."

"예수회의 창설자는 사비에르와 로욜라인데, 두 사람 다 바스크 사람이에요. 로욜라는 뒤 라브낭가와 관계가 있는 귀족 가문 출신이고요. 뒤 라브낭이라는 성의 유래에도 재미있는 이야기가 있어요. 혹시 흥미가 있다면 옛날 기록을 빌려 드릴게요."

"바스크의 마녀사냥과 무슨 관계가 있겠지요?"

"네, 알고 있었군요."

"아니, 어림짐작이었습니다."

"뒤 라브낭가는 옛날부터 당신네 나라와도 관계가 깊었어요. 바스크 사람은 우수한 항해사였거든요. 대항해시대에 포르투갈이나 스페인 배의 선원 중에는 바스크 사람이 적지 않았다고 해요. 그 시대에 사비에르가 일본까지 간 것도 그런 배경이 있어서 가능했지요. 제 조상 중에도 포르투갈 배로 일본까지 여행했다고 전하는 사람이 있어요. 16세기의 일이에요. 고향의 성관에는 지금도 그분이 일본에서 가져온 진기한 물건이 남아 있어요. 어렸을 때는 일본의 오래된 예쁜 천 조각이나 도자기, 근사하게 세공된 단검 같은 것을 질리지도 않고 바라본 적도 있어요. 그러니까 우리 집 식구들은 늘 일본에 어딘가 동경 섞인 강한 관심이 있었어요. 조부의 조부는 제정기 사람인데, 네덜란드 상인한테서 일부러 고가의 일본 도자기를 사들이기도 했다고 해요. 저는 그 커피 잔을 파리까지 가져왔어요. 언젠가 보여드릴게요."

"당신은 가톨릭인가요?"

"네, 물론이에요. 하지만 로욜라의 친척치고는 냉담자인 셈이죠. 성당에는 어렸을 때부터 벌써 오랫동안 간 적이 없으니까요." 마틸드는 이상하게 보일 정도로 밝게 웃었다. 나는 기뻐하는 듯한 그 웃음소리가 왠지 마음에 들지 않았다. 원래 내 친구인 야부키 가케루에게 마틸드가 취하는 태도는 너무나 허물없었다. 가케루는 나를 사람으로도 생각하지 않는 듯이 무뚝뚝한 얼굴로 대하는 일이 많은데, 마틸드에게는 전혀 달랐다. 어딘가 불합리하다는 생각에 다소 난폭하게 말했다.

"가케루, 오늘 저녁에는 우리 집에 밥 먹으러 오는 거야. 약속했다, 알았지?"

그 말에 뒤를 돌아보고 살짝 고개를 끄덕인 가케루의 얼굴에는 지금껏 한 번도 보여준 적이 없는 부드러운 미소까지 떠올랐다. 아, 정말, 이게 무슨 일이람. 언덕길을 다 내려온 지점에 있는 로마 시대의 목욕탕터에 세워진 조그만 박물관에는 거리에 면해 검게 칠해진 철책이 세워져 있었다. 그 철책에 손가락을 대고 나는 가볍게 혀를 찼다.

그러고 나서 나는 옆에서 멍하니 서 있는 앙투안의 팔을 세게 조이듯이 붙들고 교차로를 가로질러 생미셀 다리 쪽으로 성큼성큼 걸어갔다. 앙투안이 서둘러 보조를 맞췄다. 아버지의 직장에 들렀다가 저녁거리를 사 가야 했다.

1월 7일 오후 6시

사건이 발생한 지 30시간쯤 되었을 때 모가르 경정의 사무실에서는 바르베스 경감이 맹렬한 기세로 울화통을 터뜨리고 있었다. 바르베스의 불쌍한 희생자는 사무실 구석에 움츠러들어 있었다.

"앙드레를 놓쳤다고?" 바르베스는 시뻘게진 얼굴로 본느 형사에게 호통쳤다. "대체 경찰 밥을 몇 년이나 먹었는데 그 따위 소리야. 어, 어디 한번 말해봐."

"죄송합니다." 본느는 한심한 말을 했다. "하지만 어쩔 수 없었어요."

바르베스가 다시 고함을 지르려는 걸 제지하며 경정이 말했다.

"도망친 건 어쩔 수 없지. 그런데 어떤 상황이었지?"

"한 시간쯤 전이었습니다. 이미 하늘이 깜깜한, 완전한 밤이었습니다. 앙드레가 콩코르드 광장의 노천에서 누군가를 기다리고 있는 것 같았습니다. 그렇게 훤하게 트인 광장이라 저도 숨어 있을 장소가 없었습니다. 할 수 없이 횡단보도 이쪽의 나무 그늘에서 광장 중앙에 있는 앙드레를 감시하고 있었습니다. 그때 느닷없이 앙드레 옆에 택시가 멈췄습니다. 앙드레가 세운 게 아니라 손님이 타고 있는 택시가 먼저 멈춘 겁니다. 그놈은 택시를 타고 그대로 콩코르드 다리 쪽으로 사라졌습니다."

"넌 그걸 멍청히 보고만 있었던 거야?" 바르베스가 무시무시하게 으르렁대기 시작했다.

"물론 저도 뛰어갔습니다. 하지만 놈들은 자신들 계획에 맞춰서 신호 상황을 보고 차를 멈춘 겁니다. 저는 택시를 잡으려고 차의 행렬 속으로 미친 듯이 손을 흔들며 뛰어들었습니다. 그 탓에 치여 죽을 뻔해서 이 모양이 되고 말았고요." 본느는 흙투성이가 된 외투와 빨갛게 벗어져 피가 밴 오른손 손바닥을 보여주었다. "하지만 경감님, 저는 봤습니다."

"뭘 봤단 말이야?"

"차 안의 남자를요. 가로등 불빛이어서 확실히 확인할 수는 없었지만 차창으로 보인 남자는 외투 깃을 세우고 중절모를 깊숙이 쓰고 있었습니다. 이것만은 틀림없습니다. 저는 지금 당장 그 택시를 찾아내 앙드레 등의 행선지는 물론이고 그 남자의 인상착의를 운전수한테서 자세하게 들을 생각입니다." 자신의 실패를 벌충하기 위해 본느는 다기찬 열성을 보여주려는 듯한 어조였다.

"본느도 뛰어난 형사이긴 한데 말이지요" 본느 형사가 새로운 임무를 부여받고 방에서 뛰쳐나간 뒤 바르베스가 말했다. "앙드레라는 애송이도 본느의 눈을 속이는 걸 보니 제법인데요."

"그런데 또 그 사내야. ……장 폴, 이봉과 관련해서 뭐 알아낸 거 있나?"

"아주 냉담해요, 스페인에서 온 응답요. 아무것도 알 수 없었어요. 하지만 뒤 라브낭으로 문의했더니 우연히 마드리드에서 앙드레의 행적을 알아냈습니다. 앙드레 이놈은 뒤 루아의 대리인으로 작년에만 마드리드에 세 번, 암스테르담에도 세 번이나 출장을 갔습니다. 그런데 작년 여름에 마드리드에서 하룻밤 유치장 신세를 졌더군요. 확실히는 모르나 호텔에 창녀들을 데리고 들어가 제멋대로 야단법석을 피웠나 봅니다. 풍기문란으로 하룻밤 유치장에 있었어요."

"그 밖에는?"

"뒤 루아인데요, 그 사업상의 상대가 하루 늦은 오늘 아침에 도착해서 오늘 밤부터 오페라 광장의 호텔에 함께 묵기로 했으니 밤에 연락하려면 자택이 아니라 호텔로 하라는 전화가 오늘 아침에

왔습니다. 뒤 루아는 아침부터 밤까지 손님과 함께 움직일 생각으로 호텔의 같은 층에 방을 잡은 모양입니다. 그래서 그 뒤 루아의 손님이라는 자를 좀 조사해봤습니다." 바르베스는 두꺼운 입술을 혀로 적시고 나서 말을 이었다. "틀림없이 암스테르담의 무역회사 사람이긴 했는데, 이 회사가 좀 수상합니다. 업계에서는 악랄한 평판을 받고 있는 모양이고요. 알제리 전쟁* 때 비밀군사조직 OAS**의 무기 조달을 떠맡기도 했고, 콩고 동란*** 때에도 뒤에서 여러 가지 수상한 움직임을 했다는 소문이 있는 모양입니다. 물론 섬유 관계의 물건도 취급하고 있고 뒤 루아는 그것과 관련해 연결되어 있는 것 같긴 하지만요."

"바르트 부인, 앙투안, 마틸드에 대해서는?"

"바르트 부인은 툴루즈에서 결혼했습니다만, 10년 전에 남편과 사별하고 곧 자크라는 외아들을 데리고 파리로 올라왔습니다. 그 이후 클리시 광장 근처에 살면서 오데트의 집 가정부를 했고요. 성품이 나쁘지 않은 모양인지 근방의 평판도 좋고 일요일에는 반드시 가까운 성당에 나간다고 합니다. 가난하지만 성실하고 친절하며 신앙심이 깊은 중년 여성이지요.

앙투안은 철학과 학생입니다. 학생운동에 살짝 관계하고 있는

---

* 1954~62년 알제리가 프랑스를 상대로 벌인 독립전쟁으로, 결국 알제리는 프랑스로부터 독립을 얻어냈다.
** 알제리는 프랑스 고유의 영토라고 믿고 알제리 전쟁을 유럽 문명과 야만의 싸움이라고 생각한 우익 조직. OAS는 알제리나 프랑스 본토에서 테러 활동을 활발히 전개했으나 드골 암살 계획이 발각되면서 지지를 잃었다.
*** 1960년 벨기에령 콩고가 콩고민주공화국으로 독립한 후 벨기에가 카탕가 주의 분리 독립을 공작함으로써 발생한 내란.

것 같은데, 그다지 깊이 관여하는 것 같지는 않습니다. 뒤 루아도 한몫하고 있는 '공해 수출'에 반대하는 운동을 하는 모양인데, 특별히 과격하다고 할 정도는 아닌 것 같습니다. 대학에서도, 가까운 사람들 사이에서도 평판은 나쁘지 않습니다. 리비에르라는 교수한테는 꽤 기대를 받고 있는 모양입니다. 친한 친구는 동향의 질베르라는 청년과……" 바르베스는 갑자기 히죽히죽 웃었다. "나디아 모가르, 이렇게 두 명입니다. 앙투안과 나디아 모가르의 관계가 얼마나 깊은지도 조사해볼까요?"

경정은 바르베스의 농담에 쓴웃음을 지었다. "마틸드는 어떤가? 그리고 프로사르는?"

"마틸드는 연극과 학생으로 실기 지도선생에 따르면 상당한 재능이 있다고 합니다. 아직 학생이지만 여러 극장에서 출연 이야기도 나오기 시작한다고 하고, 내년쯤에는 무대의 신인 여배우로 주목받게 될지도 모르겠습니다. 그리고 프로사르한테 은혜를 느끼고 있는 악당들이 역시 한둘이 아닌 모양입니다. 그놈들에 대해서는 지금 조사 중입니다."

"그 낡은 외투의 사내를 잘 모르겠군. 장 폴, 자네는 어떻게 생각하나?"

"저 말인가요? ……역시 조제트가 주범인 건 틀림없는 것 같습니다. 하지만 앙드레, 뒤 루아, 프로사르 중 누가 조제트와 관련되어 있는지는 아직 잘 모르겠습니다. 오늘 앙드레가 사라진 것도 조제트와 연락을 취하기 위해서였을지도 모릅니다."

"조제트에 대한 수색은?"

"만전을 기하고 있습니다. 절대로 파리에서는 못 나가게 하겠습니다. 이제 독 안에 든 쥐나 마찬가집니다. 친구나 지인의 집, 가구가 딸린 호텔, 그 밖에 숨어 있을 만한 곳은 철저히 조사하도록 해두었습니다. 머리 없는 시체 사건이라 신문 같은 데서도 선정적으로 다루고 있는데, 그 때문에 조제트의 얼굴이 시민들 사이에 꽤 알려져서 오늘 아침부터 조제트 비슷한 사람을 봤다는 제보가 끊이지 않고 있습니다. 물론 남김없이 확인하도록 손을 써두었습니다."

모가르 경정은 수사가 궤도에 오르기 시작한 것을 알자 갑자기 어젯밤부터의 피로가 몸에 묵직하게 괴어 있다는 것을 느꼈다. 경정도 바르베스도 어젯밤에는 거의 자지 못했다. 오늘 밤은 일찍 집에 돌아가야겠다고 생각했다. 조직적인 수사의 진행이 만족할 만한 상태가 되었기 때문에 머리 한구석에 남아 있는 사건의 수수께끼를 다시 한 번 천천히 생각해볼 마음이 들었다. 그런 뒤 언뜻 어젯밤에 만난 일본 청년과의 약속이 떠올랐다.

1월 7일 오후 9시

오후에 약속한 대로 가케루는 저녁식사 전에 우리 집에 도착했다. 아버지에게는 리비에르 교수의 집에서 돌아오는 길에 가케루가 초대에 응하기로 했다는 말을 전해두었다. 아버지가 집에 돌아온 것은 8시 반이었다.

내가 오후 내내 준비한 요리에 아버지는 충분히 만족한 것 같았지만, 일본인은 여전한 무표정으로 '맛있었다'는 말 한 마디 하지 않았다. 약간 화가 치밀었으나 앞으로 중요한 이야기를 해야 하기 때문에 가케루의 태도는 문제 삼지 않기로 했다. 우리는 식탁에 마주 앉아 오데트 사건에 대해 이야기하기 시작했다.

"어젯밤 약속대로"라고 아버지가 말을 꺼냈다. "자네한테 이 사건의 자세한 상황을 이야기하도록 하지. 나도 오늘 밤에 사건을 처음부터 다시 한 번 생각해보려고 하네. 그렇지만" 아버지는 미소를 짓고 말을 이었다. "수사상의 비밀을 말할 수는 없고, 당국의 생각도 알려줄 수는 없네. 다시 말해 질문이 있으면 신문기자에게 이야기할 만한 사실에 대해서만 알려주기로 하지. 하지만 아마 그것으로 충분할 걸세."

그러고 나서 아버지는 천천히 이야기를 시작했다. 가케루는 어디까지 진지하게 듣고 있는지 알 수 없는 얼굴로 잠자코 긴 이야기를 들었다. 아버지가 이야기를 끝내도 가케루는 한동안 말이 없었다. 눈을 살짝 감고 희미하게 미간을 찌푸리며 자신만의 상념에 빠져 있는 것처럼 보였다. 그런 뒤 눈을 뜨고 낮고 퉁명스러운 목소리로 말했다.

"잠옷과 실내복은 어디에 있었습니까?"

"둘 다 오데트의 방 침대 위에 뭉쳐진 채 내팽개쳐져 있었네. 아마 침실에서 외출복으로 갈아입었겠지" 하고 아버지가 대답했다.

"외투와 핸드백은요?"

"외투는 거실 소파에 내던져져 있었네. 핸드백은 어느 것이나 침실에 있었고. 아파트 열쇠가 들어 있는 물건도 침실 안에 있었네."

"오데트의 집에 있는 가장 큰 거울은 어떤 건가요?"

"역시 화장대 거울이지. 거의 천장까지 닿고 각도를 조절할 수 있는 거였네."

"화장대 뒤에 떨어져 있던 립스틱의 지문은 틀림없이 오데트의 것이었습니까?"

"틀림없네."

"지문 A라고 해야 할 거야. 아직 오데트의 지문이라고 확인된 건 아니니까." 나는 옆에서 끼어들었다. 가케루는 중얼거리듯이 말했다.

"묘한 것은…… 립스틱의 지문이 시체의 지문과 같았다는 겁니다." 그리고 가케루는 다시 입을 다물었다. 그런 가케루에게 아버지가 물었다.

"어떤가, 자네의 의견은? 나한테는 아주 기괴한 현장이라는 인상이었는데."

"모가르 씨"라며 가케루가 드디어 입을 열었다. "확실히 기괴한 현장입니다. 그리고 이 사건의 기괴함은 언뜻 본 인상보다 훨씬 더 심오한 깊이를 가진 것 같습니다."

"예를 들면?"

"예를 들면 이 사건에 새로이 여섯 가지의 수수께끼를 지적할 수 있을 것 같습니다."

"여섯 가지 수수께끼라……" 아버지가 나지막한 목소리로 중얼거렸다. "그걸 설명해줄 수 있겠나?"

"좋습니다. 첫째로, 둘 다 젖어 있었다는 욕조와 샤워부스입니다. 왜 어제 아침 오데트는 욕조에 들어갔는데도 다시 샤워를 했을까요? 범인이 피를 씻은 게 아니라는 건 바닥에 흩어진 가루치약에 족적이 없는 것으로 알 수 있습니다. 그러나 아침부터 욕조와 샤워부스를 모두 사용하는 것은 아무리 생각해도 이상합니다. 그렇다면 왜 둘 다 젖어 있었을까요?

두 번째 수수께끼는 빈 쓰레기통입니다. 늘 가정부한테 맡겨두는데도 왜 사건이 벌어진 아침에만 오데트는 화장대 옆에 있는 쓰레기통을 일부러 비웠을까요? 화장을 하면서 티슈를 썼을 텐데그건 대체 어디로 간 걸까요? 조리실에 있는 서랍장에 버렸다고해도, 오데트는 바르트 부인한테 뭘 보이고 싶지 않았던 걸까 하는 의문이 남습니다.

세 번째 수수께끼는 립스틱입니다. 오데트는 왜 바닥에 떨어진립스틱을 줍지 않았을까요? 화장대는 아주 깨끗하게 정리되어 있었고, 오데트의 버릇대로 모든 화장품이 평소의 자리에 있었지요?그런데도 떨어진 립스틱을 줍지 않았다는 것은 부자연스럽습니다. 그녀는 떨어진 것을 몰랐던 걸까요?"

"립스틱 케이스는 금속이고 바닥은 타일이었네. 떨어졌다면 소리가 났을 텐데. 하지만 잘 보이지 않는 곳에 떨어져 있었던 것은사실이네" 하고 아버지는 대답했다. 나는 내심 득의의 미소를 짓고 있었다. 립스틱을 아침에 오데트가 사용했다는 보장은 없다. 전날 밤 조제트가 나가기 전에 쓰다가 떨어뜨렸을지도 모른다. 이점은 사건의 모든 비밀을 풀기 위한 열쇠가 될 수 있는 것인데도 두 사람은 전혀 눈치채지 못하고 있다. 바보 같은 아빠, 그리고 가케루.

"네 번째 수수께끼는 가루치약과 관련된 것입니다. 손가락 끝에는 묻어 있었는데 오데트의 옷에는 전혀 묻지 않았다는 것은 이상합니다. 손톱이 더러워진 것에서 봤을 때 오데트가 병에서 열쇠를 꺼낸 것이 사실이라면, 기세 좋게 바닥에 쏟아진 가루치약이 옷에 전혀 묻지 않았다는 것은 아무리 생각해도 자연스럽지 못합니다. 병은 오데트가 열쇠를 꺼낸 후에 범인이 떨어뜨린 걸까요? 하지만 왜 그런 짓을 할 필요가 있었을까요? 범인은 오데트를 죽이고 나서 유유히 이를 닦은 걸까요?"

"그런 말도 안 되는." 아버지가 중얼거렸다.

"너무나도 상식에서 벗어납니다. 말도 안 되지요. 하지만 수수께끼는 또 있습니다. 다섯 번째 수수께끼는 오데트가 외출복으로 갈아입고 구두까지 신은 후 거울에 전신을 비춰 보지 않았다는 점입니다. 거울은 오데트가 화장대 앞에 앉을 때의 각도로 조절되어 있었습니다. 오데트처럼 복장에 신경을 쓰는 여성이 옷을 입은 채 그 모습을 거울에 비춰 보며 확인하지 않았다는 것도 아무래도 이상한 일입니다. 그런데 거울은 전신을 비추기 좋은 각도로 조절되어 있지 않았습니다."

가케루는 잠시 침묵하고 다시 조용하고 낮은 목소리로 말을 이었다. "여섯 번째 수수께끼는…… 구두입니다."

"구두라는 건?" 아버지가 되물었다.

"오데트는 10시까지 평소처럼 잠옷과 실내복을 외출복으로 갈아입고서 마르탱 부인한테 전화를 걸었습니다. 하지만 왜 구두까지 신을 필요가 있었을까요? 아침에 외출하기 직전까지 부인은 평소처럼 슬리퍼를 신고 있는 게 보통일 겁니다. 구두를 신는 것은 외투와 핸드백을 들고 나가기 위해 현관문을 열려고 하는 순간이겠지요. 만약 먼저 구두를 신어본다면 그것은 굽 높은 구두를 신고 전신의 모습을 거울에 비춰 보려고 할 때일 텐데, 그녀가 그렇게 하지 않은 것은 이미 말한 대로입니다. 외출하려면 아직 30분이나 남아 있는데 그녀는 일부러 구두를 신고 외투까지 거실로 가져왔습니다. 그런데도 열쇠가 들어 있는 핸드백은 아직 침실에 있었습니다. 그것도 아주 부자연스러운 일입니다."

"오데트는 누군가가 10시 넘어서 찾아온다는 것을 알고 있었던 게 아닐까?" 하고 아버지가 끼어들었다. "손님이 오기 때문에 외출복에 슬리퍼는 좀 어울리지 않는 모습이라 그걸 피하려고 생각했다면…… 10시 지나 초인종이 울렸을 때 오데트는 바르트 부인일 거라고 마르탱 부인한테 말하고 전화를 끊었네. 그런데 10시 반에 도착할 예정이었던 바르트 부인이 아닌 누군가를 오데트가 기다리고 있었고, 그 누군가는 오데트가 일부러 머리에서 발끝까지 복장을 갖추고 만날 필요가 있다고 생각하는 사람이었다면……"

"누구였을까?" 나는 자문했다. 아버지가 옆에서 고개를 끄덕였다.

"고용인인 바르트 부인, 동거인인 여동생 조제트, 조카인 앙투안을 맞이하기 위해서는 지나친 차림이지. 관계자 중에서 말하자면 뒤 루아나 프로사르, 아니면 앙드레쯤 되어야겠지."

"모가르 씨, 사건이 일어난 날 아침에 있었던 일은 다음과 같습

197

니다. 오데트는 아침에 일어나 욕조와 샤워부스를 모두 사용했고, 신경질적인 성격인데도 떨어진 립스틱을 줍지 않고 그대로 두었으며, 반대로 쓰레기통의 쓰레기만은 평소와 달리 자신이 버렸고, 구두까지 신고 몸단장을 다 했는데도 거울에 전신을 비춰 보려고 하지는 않았으며, 열쇠가 들어 있는 핸드백은 침실에 놓아둔 채 외투만은 거실로 가지고 나온 겁니다. 그리고 범인은 범행을 끝낸 후 일부러 가루치약을 바닥에 쏟고 나서 도주한 듯합니다.

……아마도 증거가 우리에게 말해주고 있는 이 모순과 당착, 심하게 부자연스러운 수수께끼 전체가 오데트의 머리 없는 시체와 연결되어 있을 겁니다. 범인이 목을 절단함으로써 뭔가를 감추려고 한 것이 이 여섯 가지 수수께끼와 뒤엉킨 채 우리 앞에 던져져 있는 거지요. 이것이 해명될 때 사건의 진상은 밝혀질 거라고 생각합니다."

"확실히 이상한 이야기로군."

아버지는 깊숙이 팔짱을 끼고 생각에 잠겼다. 커피 잔을 식탁에 늘어놓은 나는, 이야기를 끝내고 말없이 앉아 있는 가케루에게 말했다.

"가케루, 뭐였어, 그 루시퍼 이야기는?"

아버지가 깜짝 놀라며 눈썹을 치켰다. 나는 간략하게 오후에 리비에르 교수 집에서 있었던 일을 이야기했다. 엷은 웃음을 띠며 듣고 있던 아버지가 커피를 한 모금 마시고 나서 재미있다는 듯이 말했다.

"범인이 악마라는 건 진지한 이야긴가?"

"그래, 가케루, 진지한 이야기인 거야?" 나도 아버지의 물음에 맞장구를 쳤다.

"예, 저는 그렇게 생각합니다." 가케루의 얼굴에서는 농담을 하고 있다는 기색이 느껴지지 않았다.

"나는 자네의 은유가 어떤 의미인지 잘 모르겠네만……"

아버지가 관심을 보이며 유도하자 가케루는 열의 없는 어조로 이야기하기 시작했다. 마치 전혀 재미있지 않다는 듯한 냉담한 말투였다.

"인간에 의한 범죄, 인간에 의한 살인은 무척 단순합니다. 인간에게는 자유의지가 있다고 여겨집니다만, 그건 말도 안 되는 얘깁니다. 대부분의 경우, 인간의 행위는 법칙의 노예에 지나지 않습니다. 범죄, 살인이라는 행위도 마찬가지입니다. '인간 만사는 색과 욕'이라는, 어딘가 천박한 냄새가 나는 속류 심리학에도 타당성이 있습니다.

현실에서 발생하는 살인의 동기 대부분이 속류 심리학의 법칙에 들어맞습니다. 아무리 복잡하다고 해도 인간은 결국 맹목적인 생명 에너지의 다발에 지나지 않고, 자기보존만이 원칙인 굶주림과 욕정을 채우려고 꿈틀거리는 비린내 나는 세포 덩어리에 지나지 않는다는 전제에서 출발해도 대부분의 범죄 원인을 발견할 수 있을 겁니다. 돈 때문에, 재산 때문에, 또는 질투 때문에, 복수 때문에, 지위 보전 때문에…… 이러한 동기들은 결국 인간이란 자기보존 본능에 규정된 존재에 지나지 않는다는 명제로 환원되고 맙니다. 이것이 인간이 범하는 살인입니다. 그러나 또 하나의 살인,

전혀 다른 종류의 살인이 존재합니다."

"또 한 가지 유형의 살인이라……" 아버지가 중얼거렸다.

"그렇습니다. 저는 두 가지 유형의 살인을 정의하기 위해 이런 예화를 생각해본 적이 있습니다."

"어떤 이야기인데?" 내가 물었다.

"외딴 섬에 두 남자가 표착했습니다. 굶주림이 그들을 괴롭힙니다. 그리고 끝내 견딜 수 없게 된 한 남자가 다른 남자를 죽여서 그 고기를 먹기 위해 덮쳤습니다. 이것이 살인의 한 가지 이념형입니다. 인간의 모든 행위는 물질적 욕망의 충족과 생명이 붙어 있는 한 피할 수 없는 개체의 죽음을 한시라도 뒤로 미루려고 하는 자기보존의 충동으로 환원된다는 인식에 대응하는 살인인 것입니다."

"다시 말해 인간에 의한 살인이로군."

"그렇습니다. 저는 이 유형의 살인을 생물적인 살인이라고 명명합니다."

"그럼 또 다른 유형은?" 내가 재촉했다.

"앞의 예에서 말하자면, 공격을 당한 남자가 자기보존을 위해서가 아니라 공격한 남자를 죽인다는 가능성을 생각해보는 겁니다. 예를 들어 굶주림에 미친 남자로 하여금 살인과 식인이라는 용서하기 힘든 악을 범하게 하지 않기 위해 또 한 남자가 굳이 범하는 살인. 신이나 정의나 윤리라는 이름으로 범해지는 살인. 이것은 생물적인 살인에 비해 이를테면 관념적인 살인이라고 할 수 있습니다. 다시 말해 살인의 또 한 가지 이념형이지요."

"그러나 정의가 단순한 이해의 그럴싸한 간판으로 사용되는 경우도 많을 텐데……" 아버지가 반문했다.

"물론입니다. 그러나 이야기 속의 남자가 정의를 위해 살인하고, 또 같은 정의를 위해 살인자가 된 자신을 죽음으로써 벌한다고 한다면……"

"자살하는 거로군."

"그렇습니다. 그때는 확실히 또 한 가지 유형의 살인이 성취되는 것입니다. 자살이라는 현상이, 인간만이 자살할 수 있다는 사실 자체가 이미 속류 심리학의 전제를 근본에서 위협하고 있다고도 할 수 있습니다만."

"자네가 말하는 인간에 의한 것이 아닌 살인, 즉 악마에 의한 살인이 그런 건가?"

"그렇습니다. 관념이라는, 결코 현실의 형태를 가질 수 없는 것. 어디에도 없는 것. 생존의 노골적인 구체성에서 보면 어이없을 정도로 존재가 희미한 추상적인 것. 눈도 입도 없는, 손도 발도 없는, 텅 빈 우주에 떠도는 망령 같은 것. ……경우에 따라서는 이것이 인간한테 씌입니다. 그때 사람은 진공 상태에서 방전하는 불꽃과 같은 상태가 됩니다. 말랑말랑한 세포 덩어리가 전혀 다른 뭔가로 변해버리는 거지요. 그것에 씌어서 행해지는 살인은, 인간을 살아 있는 도구로 사용하여 인간 이외의 것이 범하는 살인입니다. 다시 말해 범인은 그가 아닙니다. 그에게 씌어 그를 조종하고 있는 게 진정한 범인인 것입니다."

"악마인가……"

"예. 옛사람들은 그렇게 명명했습니다."

파이프 담배를 물고 깊숙이 팔짱을 끼며 다시 침묵에 빠진 아버지를 남겨두고 나는 가케루를 배웅하러 거리로 나섰다.

"상당히 마음이 잘 맞는 것 같던데, 마틸드하고."

나는 다소 빈정거리는 듯이 말했다. 가케루는 드물게도 쓴웃음을 지으면서 대꾸했다.

"그녀는, 그래, 아프로디테니까. 나도 바다의 물거품에서 태어난 사랑과 미의 여신한테는 무관심할 수 없지. 하지만 차 마시러 오라는 걸 거절했어. 다시 만나는 일은 없겠지."

그는 부끄러워하고 있다. 이렇게 생각하며 나는 기분이 좀 이상해져서 조그맣게 웃었다.

아무리 그래도 아프로디테란 너무 뻔뻔한 말이다. 까다로운 논의에서 한 발짝만 벗어나면 이 일본인의 말은 마치 어린아이의 수준으로 퇴행해버리는 것 같다. 그러나 이것으로 나는 오후에 화가 났던 일을 가까스로 잊을 수 있었다.

이 무뚝뚝한 일본인에게도 다소나마 젊은 아가씨에게 매력을 느끼는 마음이 있다면 이미 차지한 것이나 마찬가지다. 아무리 얼굴이 예쁘다고 해도 바스피레네의 시골 아가씨에게 질 내가 아니다.

기분이 좋아진 나는 가케루의 팔을 잡고 지하철역으로 걸어갔다. 추운 밤이었다. 한기가 몸 한가운데를 뚫고 지나갔고, 북풍이 단단한 봉으로 끊임없이 볼을 때리는 것 같았다. 나는 두꺼운 스웨터 위에 모피 반코트를 입고 있었지만 그래도 추위로 이가 덜덜 떨리는 걸 막을 수 없었다. 가케루는 이 추운 날씨에 셔츠와 재킷에 낡고 해진 얇은 황록색의 가죽 트렌치코트만 걸치고 있을 뿐이었다. 그는 아무리 추워도 옷을 세 겹밖에 입지 않는 게 습관이었다.

인적 없는 밤의 라마르크 가 언덕길을 몽마르트르 쪽으로 천천히 올라가자 어둠 속에서 멀리 카페의 불빛이 어슴푸레 번져 보였다. 우리 둘 다 말이 없었다. 내게는 내 생각이 있었고, 사건이 끝날 때까지 서로 핵심적인 사항에 대한 질문을 삼가기로 약속했었다.

"내일은 앙투안을 만날 생각이야."

가케루는 성의 없이 고개를 끄덕이고 지하철 계단을 잰걸음으로 내려갔다. 나는 그의 뒷모습에 대고 말했다.

"가케루, 잘 가."

그는 가볍게 돌아보며 우울한 듯한 미소로 답했다. 북풍이 나의 긴 밤색 머리를 날리고는 다시 흩뜨려놓았다.

1월 8일 오후 5시

다음 날 저녁, 나는 오데옹의 동상 앞에서 앙투안을 기다리고 있었다. 도회지의 먼지로 더러워진 비둘기들이 다소 추운 듯이 종종걸음을 쳤다. 군중의 회색 행렬이 끊임없이 보도를 채웠다. 나는 군밤 한 봉지를 샀다. 몹시 차가워진 손에 군밤이 담긴 소박한 종이봉투가 살짝 온기를 전해주었다. 나는 이제 만날 앙투안을 생각하며 외투 주머니에서 밤을 하나씩 꺼내 정성껏 껍질을 벗기고 먹었다.

내가 처음으로 앙투안을 본 건 대학에 입학한 해의 가을이었다.

그렇다, 어느 날 아침 나는 무슨 일이 있어 수업이 시작되기 전에 의대생 친구의 방을 찾아갔다. 허름한 다락방의 문을 열자 하얀 아침 햇빛 속에 한 청년이 잠들어 있었다. 낡고 허술한 침대에서 자고 있는 낯선 청년의 옆얼굴을 투명한 아침 햇살이 어렴풋이 비춰주고 있었다. 잠든 그 얼굴이 얼마나 아름답던지. 지쳐서 창백한 피부도, 야위어 홀쭉해진 볼도 평온하게 잠든 어린아이 같은 인상을 지우지는 못했다. 살짝 열린 입술 사이로 하얀 이가 희미하게 들여다보였다. 그대로 그 청년의 입술에 키스하고 싶다는 생각마저 들었다.

그때 바게트 빵을 안은 의대생이 돌아왔다. 그는 잠이 든 친구를 신경 쓰며 나지막한 목소리로 말했다.

"오늘 아침에 왔어. 잠 좀 자게 해달라면서."

"옆얼굴이 잘생겼네." 나는 중얼거렸다.

"응, 식사도 제대로 못 하니까 저렇게 말랐어. 일어나면 뭐라도 먹으라고 저기까지 나가서 사 오는 길이야."

낯선 청년의 옆얼굴에 대한 기억은 가을의 투명하고 하얀빛, 상쾌하게 젖은 아침의 보도, 밤나무 잎의 강한 향기 등과 뒤섞여 내 안에 남았다.

두 번째로 앙투안을 본 건 그해 겨울이었다. 나는 아름다운 잠든 얼굴에 대한 기억을 배반하는 그의 표정에 당황했다.

납작한 돌을 깐 대학 전면 정원이 음산한 겨울 하늘 아래에서 그대로 찬 겨울바람을 맞고 있었다. 낡은 쓰레기처럼 더러워지고 기진맥진한 언짢은 얼굴의 학생들이 집회를 여는 중이었다. 차가워진 포석 위에 몸을 움츠리고 어깨를 바싹 붙이고 앉아 있는 학생들은 비참할 정도로 적었다. 앙투안은 그 음침한 무리 앞에 단단히 팔짱을 끼고 석상과도 같이 미동도 하지 않고 서 있었다. 그는 숨이 막힐 만큼 강인한 얼굴로 광장 너머의 거리에 열을 지어 있는 청회색 경비대 차들을 그저 가만히 바라보았다.

그때 앙투안에게 말을 걸었던 건 특별히 정치적인 관심 때문이 아니었다. 그저 키스하고 싶을 만큼 아름다웠던 그날 아침의 잠든 얼굴과 뭔가를 필사적으로 견디고 있는 듯이 절박한 표정의 대비에 어딘가 깊이 흔들렸기 때문일 것이다. 앙투안과 알게 된 지도 어느새 1년이 넘었다.

그 1년 동안 나는 거의 매일 앙투안과 얼굴을 마주했다. 나도 그도 서로에게 호감이 있었다고 생각한다. 하지만 그는 나에게 늘 일정한 거리를 두고 있었다. 나도 의대생과의 깊은 관계가 끝나고 나서 그 1년 동안은 정해진 애인을 둔 적이 없었다. 나는 아직 사람을 사랑한다는 의미를 잘 모른다. 자상한 남자의 팔 안에서 새끼고양이처럼 몸을 웅크리고 잠들고 싶은 아련한 욕망만이 사랑으로 이어질지도 모르는 유일한 뭔가였다.

거리의 사람들 사이로 앙투안의 야위고 빈정거리는 듯한 얼굴이 나타났다. 나는 군밤을 먹으면서 손을 들어 보였다.

둘이서 의학부 건물 옆의 언덕길을 올라 늘 가던 조그만 술집으로 들어갔다. 어둑한 가게 안에는 시끄러운 록 음악이 흘러넘치고 있었다. 우리는 평소처럼 가장 안쪽 자리에 앉았다. 그곳은 벽 사이에 생긴 갈라진 틈 같은 곳으로 세 명이 들어가면 꽉 차는 자그마한 구멍이었다. 술집 안은 따뜻했고 록은 소란스러웠으며 인공적인 어둠과 자욱한 담배 연기가 마음을 편안하게 해주었다. 우리는 독한 분홍빛 럼주를 주문했다. 그런 뒤 나는 입을 열었다.

"앙투안, 너 오데트 이모의 유언장 읽어본 적 있어?"

"없는데. 오데트 이모가 죽은 후의 일 같은 건 생각해보지도 않았거든."

"역시 조제트 이모한테 대부분 물려주는 걸까?"

"아마 그렇겠지. 하지만 나도 하룻밤 사이에 억만장자가 될 가능성이 없는 건 아니야." 앙투안은 히죽히죽 웃었다. "하지만 뭐 그럴 리는 없겠지."

"그런데 신문은 읽었지? 대부분 조제트 이모를 범인으로 보고 있어. 만약 그게 사실이라면 그녀는 상속권을 잃고 유산은 결국 너한테 돌아가는 거잖아."

"아니, 난 조제트 이모가 범인이라고 생각하지 않아. 이모는 음험하고 심술궂은 데가 있지만 사실은 무척 겁쟁이야. 성격적으로 보면 오데트 이모가 더 강하고 완고했어. 조제트 이모는 도저히 그런 일을 할 수 없을 거야."

"그럼 왜 숨어 있는데?"

"조제트 이모는 아주 겁이 많다고 했잖아. 게다가 다른 사람을 믿지 못해. 자신이 범인 취급을 받고 있어서 경계하며 나타나지 않는 걸 거야."

"너는 누가 범인이라고 생각해?"

"몰라. 하지만 마틸드는 이봉이라고 믿고 있어."

이봉의 협박장을 앙투안이 보여준 작년 말의 그 밤이 아주 먼 옛날처럼 느껴졌다. 리비에르 교수의 집에서, 오데트의 생일날 라루스가의 아파트에서, 그리고 사건이 일어난 날 아침부터 오후까지 최근 2주일 사이에 앙투안과 함께해온 여러 경험이 확실한 반응을 보이며 내 앞에 있었다. 그 무게를 소중히 여기는 마음이 된 나 자신에게 놀랐다.

"앙투안." 나는 의미 없이 중얼거렸다.

"왜?"

"아니야, 아무것도. ……그런데 말이야, 나도 조제트 씨가 범인이라고는 생각하지 않아."

"너도 이봉이라고 생각하는 거야?"

가볍게 미소 짓고 앙투안의 질문에는 대답하지 않기로 했다. 그리고 역으로 질문을 했다.

"마틸드는 어떤 사람이야?"

"글쎄……" 앙투안은 깊이 생각하는 듯이 말했다. 그러고 나서 긴 옛날이야기를 들려주었다.

"……나는 마틸드와 같은 초등학교에 다녔어. 그녀는 예쁜 얼굴에 머리도 좋은 여자아이였는데, 가끔씩 오싹할 정도로 추한 표정을 짓는 일이 있었어. 의붓어머니, 이복 오빠와 셋이서 사는 복잡한 가정환경이 어린 소녀의 마음에 깊은 굴절을 남겼는지도 모르지. 나나 질베르를 포함해서 마을의 악동들도 마틸드한테 가혹한 짓을 했어. 아이들은 아이들 나름대로 불행한 그림자를 가진 여자아이를 동정하기보다는 혐오감을 갖게 되었는지도 모르지. 아이

207

들은 잔혹할 만큼 정직하니까 그건 곧바로 행동으로 나타났어. 우리는 마치 경합하듯이 마틸드를 괴롭혔어. 얼굴에 대고 조롱을 하거나 짓궂게 지분거리기만 한 게 아니야. 교과서 표지에 낙서를 하기도 하고, 옷에 오물을 묻히기도 하고, 교실 책상 안에 새끼 고양이 시체를 넣기까지 했어. 그건 마틸드가 길에서 주워 와 의붓어머니한테도 이복 오빠한테도 보여주지 않고 혼자 키우고 있던 새끼 고양이었어. 어떤 나쁜 자식이 그걸 강에 빠뜨려 죽이고는 책상 안에 넣어둔 거지. 마틸드는 새끼 고양이를 안고 눈물 한 방울 흘리지 않으며 어두운 얼굴로 멍하니 악동들 하나하나를 오랫동안 쳐다보았어. 그러고 나서 그녀는 학교 뒤의 언덕에 작은 묘를 만들었어. 귀엽고 예쁜 묘였지. 그런데 이튿날 그 묘도 무참하게 짓밟혀 있었어.

악동들과 공동전선을 펼치고 있던 여자아이들도 악의적인 소문이나 중상으로 마틸드를 괴롭히는 데 한몫했지. 마틸드는 외부에 굳게 닫힌 작은 마을 안의 조그만 아이들 사회에서 악의적인 집중 포화를 받으며 살아갔지. 어른들이나 교사들까지 그걸 보고도 못 본 척했어. 마틸드의 집은 오랫동안 마을을 지배하고 있던 '영주님' 집이었으니까. 수백 년에 걸쳐 뒤 라브낭가가 마을 사람들을 봉건적으로 지배해온 사실이 어린 마틸드한테 역류했는지도 몰라. 몰락한 마틸드 집안에 대한 마을 사람들의 태도는 차갑고 조소적이었으니까.

초등학교 학생들은 다들 학교에 작은 사물함을 갖고 있었고 각자 자신의 자물쇠를 달아놓았는데, 마틸드의 자물쇠를 감쪽같이 빼내고 그 대신 다른 아이 자물쇠를 달아놓는 것도 악동들이 자주 하는 놀이였어. 마틸드는 등교해도 교과서조차 꺼낼 수 없게 된 거지. ……어느 날 아침 나는 우연히 보게 됐어. 자기 사물함에 다른 아이의 자물쇠가 달려 있는 걸 본 마틸드가 말없이 학교 용구실로 가서 무겁고 큰 망치를 가져왔지. 표정은 굳어져 있었지만 울지는 않았어. 다른 학생들이 교실로 들어가고 난 휑한 그곳에서 마틸드는 새파랗게 질린 표정으로 입술을 꼭 깨물고 무거운 망치를 치켜들어 자물쇠를 부수기 시작했지. 쿵쿵하던 그때의 소리를 나는 지금도 잊을 수가 없어. 그녀는 그렇게 해서 자물쇠를 부수고 뒤늦게 교실로 들어왔지. 선생님은 마틸드한테 지각한 이유를 물었지만, 그 선생이야말로 박해자의 막후 인물이라고 믿고 있는 것처럼 그녀는 고집스럽게 입을 다물었어. 그리고 그날 마틸드는 저녁 늦게까지 남아야 하는 벌을 받았지."

"시골 사람은 정말 무서워." 어린 마틸드의 심정을 생각하자 나는 마음이 어두워졌다.

"그래. 나도 그 마을은 좋아하지 않아. 공기가 무겁게 가라앉아 있고 썩어 있지. 질베르와 내가 마틸드와 친해진 건 셋이서 마을을 떠나 우리 지역의 중심지에 있는 리세의 기숙사에 들어가고 나서였어. 그녀는 밝아졌고 아름다워졌지. 마틸드가 아버지 일이라면 그렇게 진지해지는 이유도 나는 어쩐지 알 것 같아. 마을에서 괴로운 생활을 하던 어린 시절에 마틸드를 지탱해준 것은, 언젠가 이봉이 돌아와 자신을 어딘가 먼 곳으로 데려가 줄 거라는 간절한 마음이었을 거야."

우리는 가게를 나와 뤽상부르 공원 쪽으로 언덕길을 오르기 시작했다. 드물게도 주위는 짙은 안개로 인해 온통 하얘진 몽환적인 광경을 펼치고 있었다. 나는 앙투안과 어깨를 바싹 붙이고 걸었다.

"저기 좀 봐." 앙투안이 속삭였다.

우리가 걷고 있는 뤽상부르 공원의 철책 너머 짙은 안개 사이로 한 쌍의 남녀가 나란히 걸어가는 게 보였다. 철책 너머 공원의 나무들이 빽빽하게 들어서 있고 가지들 사이에는 안개가 휘감겨 있었다.

"마틸드야. 그리고 남자는……"

"가케루야." 나는 큰 목소리를 애써 누르며 말했다. 내 눈에 두 사람은 너무나 친근하게 몸을 바싹 붙이고 있는 것처럼 보였다. 불현듯 울고 싶은 심정이 되었다. 볼이 부자연스럽게 굳어지는 것 같아 싫었다. 나는 무심코 앙투안의 팔을 잡고 힘껏 조였다.

"나디아……" 앙투안의 목소리는 묘하게 진지했다. "어제부터 좀 마음에 걸렸는데, 너 저 일본인 좋아하니?"

마틸드와 가케루의 모습은 안개 너머로 거의 사라졌다. 보도에는 달리 인적이 없었다. 짙은 안개가 우리를 두껍게 감싸 세계로부터 차단해주었다. 희미하게 떨리는 몸을 억누를 길이 없었다.

"나디아……" 앙투안의 속삭임이 다시 들려왔다. 그 목소리는 내 안의 뭔가를 간절하게 뒤흔들었다.

"그런 거 아니야." 낮은 목소리로, 하지만 분명히 대답했다. 내 목소리도 떨리고 있었다. 이렇게 대답함으로써 앙투안이 한 질문에 숨겨진 의미에 대해 한 가지 대답을 하게 된다는 것을 알았다.

그러나 도저히 다른 말을 찾을 수 없었다. 말하고 나서 내 몸이 희미하게 굳어졌다. 앙투안은 걸음을 멈추고 공원의 철책에 기대듯이 하며 내 몸을 가볍게 돌렸다. 나는 거의 무저항 상태였다. 나란히 걷고 있다가 보도 귀퉁이에서 마주 보는 자세가 되었다.

나는 앙투안의 얼굴을 올려다보았다. 그 얼굴은 처음으로 그를 보았을 때의 그 어린아이 같은 얼굴이었다. 그러나 자족한 평온함 대신에 거기에는 간절할 만큼 뭔가를 찾고 있는, 여리고 상처 받기 쉬우며 애처롭기까지 한 표정이 있었다.

"네가 필요해." 앙투안이 나지막한 목소리로 웅얼거리듯이 말했다. 그 말이 모든 것을 정해버렸다. 아직 억누르는 듯이 바라보고 있던 내 시선이 앙투안의 눈동자 앞에서 무너졌다. 그의 손이 등으로 돌았다. 그러고 나서 앙투안은 살짝 얼굴을 비스듬히 하고 조용히 내 입술에 입맞춤을 했다. 처음에는 가볍게, 두 번째는 깊숙하게. 나는 저항하지 않았다. 그저 그가 살짝 얼굴을 뗐을 때 속삭이듯이 빠르게 말했다.

"안 돼, 마틸드가 보잖아."

"이제 없어." 다시 앙투안은, 이번에는 온몸으로 나를 껴안으며 전보다 길고 깊은 키스를 했다. 팔 사이로 핸드백이 보도로 떨어져 마른 소리를 냈다.

"내 방으로 갈래?" 앙투안이 쉰 목소리로 귓가에 속삭였다. 귓불에 걸린 숨결의 온기가 반가웠다. "질베르는 없어."

나는 그 말의 의미를 잘 알고 있었다. 그러나 이제 그 이외의 답이 있을 수 없다는 심정으로 대답했다.

"응, 좋아."

내 목소리가 묘하게 드높아 아득하게 들려왔다. 말하고 나자 아주 힘든 일을 하고 난 후처럼 온몸에서 힘이 빠지고 말았다. 나는 굳이 위선적으로 생각하려고 애썼다. 아무것도 아니야, 처음도 아닌데 뭘, 하고. 안개 속에 희미하게 떠오른 팡테옹의 둥근 지붕을 아무 생각 없이 바라보면서 나는 체중의 대부분을 앙투안에게 맡기듯이 걸었다. 시간은 굼뜨고 애매하며 뭔가에 들러붙어 천천히 흐르는 것 같았다. 앙투안도 나도 몇 시간 후의 일을 생각하는 것처럼 그저 묵묵히 걸었다. 그런 우리 주위를 하얀 안개가 짙게 소용돌이치고 있었다.

1월 9일 오후 6시

앙투안과 오페라 극장 옆의 드러그스토어에서 6시에 만나기로 했다.

앙투안과 대면하기가 좀 멋쩍었다. 어젯밤의 일로 우리 관계가 지금까지와 본질적으로 달라졌다고는 생각되지 않았다. 오히려 앙투안의 태도가 갑자기 허물없어지면 곤란하다고 느끼고 있었다. 나는 남자와 여자가 정말로 남자와 여자로서만 관계하는 사람들을 보는 게 좀 불쾌했다. 설사 어떤 겉치레를 한다고 해도 두 사람의 몸짓이나 말투나 눈짓이 그저 침대 위에서의 행위를 향해서만 모아져가는 느낌을 주는 남녀의 관계는 뭔가 답답하고 꺼림칙한 인상을 강요했다. 내가 아직은 정말 성숙한 여자가 되지 않아서인지도 모르지만.

가볍게 사귀는, 그다지 중요하지 않은 예외적인 일처럼 '사랑을 나누는' 추상적인 관계를 나는 희망하고 있었다. 누군가가 '하다faire'라는 말의 구체성과 '사랑amour'이라는 말의 추상성의 조합이 무척 기묘한 느낌을 준다는 의미의 말을 썼는데, 내 실감에서는 '하다'는 것의 구체성조차 너무나도 희박하다. '사랑'이라고 하면 아버지가 말하는 신경통처럼, 다른 사람에게는 확실히 존재하는 것 같지만 나에게는 그저 기호에 지나지 않는다. 그것은 농밀한 경험의 실감을 결여한 무의미한 소리에 지나지 않는다. 혹시 앙투안에 대한 내 마음이 '사랑'이라면 그것은 너무나 가볍고 막연한 심리의 무늬에 지나지 않는 것이라 생각되었다.

이렇게 종잡을 수 없는 생각을 하고 있는데 앙투안이 나타났다.

"슬슬 시작할 시간이야."

우리는 밤하늘에 묵직하게 솟은 오페라 극장 앞을 가로질러 곧바로 올랭피아 극장에 도착했다. 자리에 앉았을 때는 6시 20분으로, 공연이 시작하기까지 약간의 시간이 남아 있었다.

막이 오르자 무대 중앙에 자신의 이름을 본뜬 거대한 문자 소품 위에서 실비가 옆을 향한 채 얼굴을 관객 쪽으로 가볍게 돌리고 엎드려 있었다. 플래티나 블론드와 실버 메탈릭의 블루종 재킷 무대 의상이 하얀 금속성 광택을 내고 있었다. 그녀는 늘 그렇듯이 관중은 전혀 안중에 없는 무표정한 몸짓으로 첫 번째 곡을 부르기 시작했다.

나는 실비 바르탕을 좋아했다. 그녀는 웃으면 얼굴선이 무너지

213

기라도 하는 것처럼 절대로 간살부리는 웃음을 보여주지 않았다. 오만한 샴고양이처럼 새침한 그 모습을 나는 무척 좋아했다. 실비와 사강과 시트로엥 메하리를 연결해보면 거기서는 이 나라 현대 감각의 정수가 떠오른다. 그것은 매혹적이고 화려하며 들뜬 경박함이라고 해야 할 것이다.

세 번의 앙코르가 박수와 환성 속에서 끝나고, 앙투안과 함께 극장을 나왔다. 인파에 등을 떠밀리며 오페라 광장까지 돌아왔을 때 나는 뭔가 어수선하고 이상한 분위기에 가슴이 조여드는 것을 느꼈다.

오페라 광장에 면한 거대한 석조 건물의 호텔 앞에 경찰차 여러 대가 늘어서 있었다. 도처에 제복을 입은 경관이 서 있고 호텔 주위는 완전히 봉쇄되어 있었다. 호텔 입구에는 다른 경관보다 머리 하나가 큰 장 폴이 인왕상처럼 버티고 있었다. 그는 벌건 얼굴로 두 팔을 난폭하게 휘두르며 좌우의 경관들에게 차례로 지시를 내리는 중이었다. 나는 경관들 사이를 빠져나가 장 폴 쪽으로 종종걸음으로 나아갔다. 그가 나를 알아보고 흥분한 어조로 빠르게 말했다.

"나디아, 어떻게 자네들도 여기 있나? 이야, 이거 이놈 저놈 할 것 없이 미리 짜기라도 한 것처럼 이 호텔로 모여들고 있네."

"뭐예요, 장 폴 아저씨?" 내가 외쳤다.

"폭탄이야, 산산조각이 났어." 장 폴이 지긋지긋하다는 듯이 말했다.

"누가요?" 나는 조급히 굴며 물었다.

"앙드레야, 이 호텔 7층의 자기 방에서."

넓은 오페라 광장이 순식간에 멀어져가는 환각이 덮쳐와 나는 무심코 앙투안의 팔에 매달렸다. 앙투안은 조그만 소리로 망연히 중얼거렸다.

"앙드레가…… 앙드레가."

1월 9일 오후 10시

모가르 경정이 현장에 도착한 것은 바르베스 경감보다 30분쯤 늦은, 사건 발생으로부터 약 한 시간 후인 저녁 10시가 지나서였다. 바르베스는 호텔 현관 앞에서 모가르 경정을 맞이했다.

"경정님, 앙드레 이놈은 그제 저녁에 미행을 따돌리고 나서 내내 이 호텔에 숨어 있었던 모양입니다. 그뿐만이 아닙니다. 뒤 루아 이놈도 그제부터 이 호텔 3층에 묵고 있는 모양이고, 제가 급보를 받고 뛰어와보니 프로사르가 마틸드와 둘이서 저기 로비의 의자에 태평하게 앉아 있지 뭡니까? 게다가 긴급 경계에 호텔 뒷골목을 어슬렁거리고 있던 바르트 부인이 걸렸습니다. 앙투안까지 나디아와 함께 근처 극장의 공연이 끝났다며 나타났고요. 정말 어떻게 된 일인지 원……" 바르베스가 흥분해서 씩씩거렸다.

"오데트 사건 관계자 전원이 이곳에 모인 거로군." 경정은 떨떠름한 표정이었다. "아무튼 현장을 볼까?"

경정도 연쇄살인 사건으로 발전한 오데트 사건이 전개되는 과정에 당혹감을 감출 수 없었다. 두 사람은 넓은 왕조풍의 로비를 가로질러 네 대의 엘리베이터 한 곳 앞에 섰다.

"몇 층인가?" 경정이 물었다.

"7층입니다. ……아무리 그래도 화가 치밉니다. 참고인은 모두 호텔의 빈방에 모아두었습니다. 사건에 관계된 종업원들도 급히 모이도록 준비해두었습니다."

엘리베이터가 7층에 멈추고 문이 양옆으로 천천히 열렸다. 그곳은 작은 홀로 몇 개의 의자와 재떨이가 놓인 작은 탁자가 있었다. 홀의 좌우로는 통로가 있고 벽에 막다르면 다시 좌우로 통로가 있으며 그 양쪽에는 객실이 늘어서 있었다. 바르베스는 경정을 안내하여 왼쪽 통로로 향했고 막다른 곳에 있는 방을 가리켰다.

"726호실입니다."

그곳은 전장 같은 광경이었다. 튼튼한 목제 문이 실내에서의 폭발 여파로 통로를 향해 떨어져 나갈 듯이 기울어져 있었다. 문의 두꺼운 판자 자체도 폭탄 파편으로 무참하게 파손되었다. 거기에는 제복 경관 두 명이 현장을 보존하고 있었는데 경정 일행을 보자 긴장으로 굳어진 채 경례를 했다.

"문은 안으로 열리는 건데 이건……" 바르베스는 통로 쪽으로 떨어져 나갈 것 같은 문을 가리켰다. "폭풍으로 파손돼서 이렇습니다. 앙드레는 문을 닫고 나서 바로 당한 것 같습니다."

"문을 닫고 바로라는 건 어떻게 알았지?"

"자, 들여다보시죠. 폭발은 문 바로 안쪽에서 일어났습니다." 바르베스는 회중전등으로 실내를 비췄다. "창의 유리도 폭풍으로 박살이 났습니다만, 방 안쪽은 비교적 원래 모습을 유지하고 있습니다. 다만 옆에 있는 화장실 문은 상당히 파손되었습니다. 양옆의 방

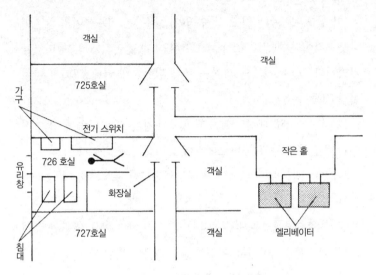

두 번째 현장. 오페라 광장의 호텔(7층)

도 구조는 같으니까 나중에 보시면 알겠지만, 문을 열면 바로 왼쪽이 화장실이고 오른쪽이 벽인데, 이 벽에 전등 스위치가 있습니다. 화장실과 벽 사이의 통로 모양의 공간을 지나면 침실입니다. 방의 파손 상태로 봐서 폭발은 확실히 좁고 긴 이 통로에서 일어난 것입니다. 다음으로는 이겁니다." 바르베스는 오른쪽 벽을 비췄다. 벽에는 붉은 살점 같은 것이 점점 붙어 있었다. 전등 스위치 옆에는 가는 전선 따위가 갈가리 찢어진 채 늘어져 있었다.

"전등 스위치를 누르면 순식간에 폭발하도록 설치되어 있었군 그래." 경정은 나지막한 목소리로 중얼거렸다.

"시체는 참혹한 상태입니다. 뒤랑이 기뻐할 만한 새로운 유형의 시체겠지요."

"이 상태로는 아무것도 할 수 없어." 경정은 피투성이의 살점이 나뭇조각이나 회반죽 조각들과 뒤섞인 채 흩어져 있는 방바닥을 가리켰다. "먼저 시체의 파편을 모아 뒤랑한테 건네. 그러고 나서 현장 검증이야."

두 사람은 엘리베이터로 아래까지 내려가 로비 안쪽에 있는 지배인 응접실로 향했다. 바르베스가 응접실 문을 열었다.

"이곳을 심문실로 쓰려고 빌려두었습니다. 목격자부터 오라고 할까요?"

목격자는 역시 7층에 숙박하고 있던, 보기 흉하게 뚱뚱한 중년의 독일인 관광객이었다. 독일인은 뭔가 신바람이 난 것처럼 이야기하기 시작했다. 중요인물이 된 것이 기뻐서 어쩔 줄 모르는 것 같았다.

"아내와 전 산책을 하고 싶어 아래로 내려가기로 했습니다. 그런데 여자는 몸단장을 하는 데 시간이 걸리는 법인지라 어쩔 수 없이 먼저 방을 나가 엘리베이터 앞에 있는 홀에서 기다리고 있었지요. 홀에는 저밖에 없었습니다. 조바심을 내며 손목시계를 보자 9시 정각이었지요. 그때 엘리베이터 문이 열리더니 젊은 남자와 중년 여성이 아주 친한 모습으로 내렸습니다. 두 사람은 폭발이 일어난 방 쪽으로 걸어갔는데, 여자가 걸음을 멈추고 남자한테 뭐라고 소곤거리고는 방 열쇠를 남자한테 건네고 자신은 종종걸음으로 돌아와 아직 열려 있던 엘리베이터를 타고 내려갔습니다. 남자는 혼자 방으로 들어간 것 같습니다. 뒷모습과 발소리, 자물쇠가 열리는 소리와 문을 여닫는 소리로 알 수 있었지요. 폭발이 일어난 건 문이 닫히고서 잠깐 뒤의 일인데……"

"그 남녀한테 무슨 수상한 점은 없었습니까?" 경정이 독일인의 말을 자르고 질문했다.

"있었지요, 있었습니다." 독일인이 흥분하여 외쳤다. "두 사람 다 얼굴을 감추려는 것처럼 시선을 돌리고 있었습니다. 게다가 둘 다 외투 깃을 올리고 큼직한 선글라스를 썼고 목도리로 턱을 가렸습니다."

"그렇다면 확실한 얼굴은 모르겠군요. 체격이나 머리 색깔, 복장은요?" 경정이 물었다.

남자가 이야기를 이어감에 따라 모가르 경정과 바르베스는 서서히 흥분하는 기색을 높여갔다. 심문이 끝난 독일인이 방에서 나간 순간 바르베스는 큰 소리로 외쳤다.

"여자는 조제트네요." 경정은 말없이 파이프를 가볍게 물고 있었다. 바르베스가 말을 이었다. "화려한 빨간 머리, 비만형의 중년 여성, 금색 반점이 있는 모피 코트…… 조제트가 집을 나설 때의 모습과 딱 들어맞잖아요. 이런 데서 둘이 숨어 있던 거로군요." 바르베스가 흥분해서 말을 이었다. "경정님, 오데트 살인은 두 사람이 공범이었어요. 그리고 사이가 틀어진 끝에 조제트가 앙드레를 날려버린 겁니다."

"다음 증언을 들어볼까?" 경정이 나지막한 목소리로 말했다. "프런트의 책임자와 종업원 두 사람이지?"

고상해 보이는 초로의 남자와 검은 제복의 상의를 입은 두 젊은이를 바르베스가 데려왔다.

"물어보신 것은 조사해봤습니다." 프런트의 책임자가 말하기 시작했다. "숙박 명부에는 조제트 뒤 라브낭, 앙드레 뒤 라브낭이라고 기록되어 있습니다. 방 예약은 1월 7일 오후 2시 15분에 부인이 전화로 했습니다. 도착은 그날 저녁 8시 40분이라고 기록되어 있습니다. 이 사람이 그때 직접 담당했습니다." 책임자는 두 경관에게 검은 제복을 입은 청년을 소개했다. "자네, 그때 상황을 경찰 분들께······"

"조제트 뒤 라브낭 씨가 도착하신 것은 1월 7일 저녁 8시 40분이었습니다." 또랑또랑하고 정중한 직업상의 어조로 청년이 말하기 시작했다. "숙박 명부에 왼손으로 서명하셨고 5일 치 숙박비를 지불하셨습니다."

"왼손으로?" 바르베스가 탄성을 질렀다. "그래서 이렇게 글씨가 엉망인 거로군."

분명히 명부의 서명은 삐뚤빼뚤 필적이 감추어져 있었다.

"오른손 손가락에 부상을 입었다고 하셨습니다. 외투 깃을 세우고 목도리와 선글라스로 얼굴을 가리고 있었고요. 남편분은 조금 늦을 거라며 먼저 방으로 올라가셨습니다. 짐은 붉은색 가죽 여행 가방이었습니다.

"그거야, 조제트가 집을 나갔을 때 갖고 있던 것." 바르베스가 다시 탄성을 질렀다.

"그러고 나서 오늘 밤까지 두 분이 외출한 적은 없는 것 같습니다. 프런트에 열쇠를 맡긴 건 오늘 밤 한 번뿐이었습니다." 초로의 책임자가 설명했다. 이번에는 두 번째 청년이 이야기를 시작했다.

첫 번째 청년과 마찬가지로 정중하고 또랑또랑한 몰개성적인 어조였다.

"오늘 저녁 7시 반에 726호실에서 부인이 전화를 걸어 외출할 테니 차를 준비해달라고 하셨습니다. 7시 40분에 조제트 씨가 열쇠를 맡기고 남편분과 정면 현관에서 차를 타고 나가셨다가 한 시간쯤 후에 돌아오셨습니다. 조제트 씨가 열쇠를 받아 함께 엘리베이터 쪽으로 향하셨습니다."

"그 밖에 눈에 띈 것은요?" 경정이 물었다.

"네, 두 분 다 얼굴을 감추고 있었다는 것과 나이 차가 너무 많이 난다는 것……" 첫 번째 청년이 망설이며 대답했다.

"도련님과 중년 여성의 불장난이라고 생각했겠지?" 바르베스가 비아냥거리듯이 대꾸했다. "두 사람 다 파리의 모든 경관이 혈안이 되어 찾고 있던 중요 용의자였는데 말이야."

"죄송합니다." 책임자가 정중하고 겸손한 어조로 말했다.

"뭐 어쩔 수 없지, 이런 사정이라면. 그 밖에는?" 바르베스가 거듭 확인했다.

"예, 운전수와 룸서비스 담당 보이, 객실 청소부와 식당 종업원을 대기시켜두었습니다."

"좋아, 자네들은 이제 됐네." 바르베스는 두 청년을 돌려보냈다. "운전수부터 들어오라고 하지."

"두 사람을 태우고 어디로 갔나요?" 운전수가 들어오자 바르베스가 물었다.

"호텔을 나가자 생도미니크 가로 가달라고 했습니다." 사람 좋아 보이는 마흔 전후의 남자가 대답했다. "번지는 말하지 않았고, 생도미니크 가에 들어서자 속도를 줄이라고 했습니다."

"앙드레의 자택이군." 경정이 중얼거렸다.

"이름은 모르겠습니다만, 남자가 창으로 뭔가를 열심히 내다봤습니다. 멈추라고 하지 않아서 반대쪽으로 빠져나갔습니다. 그러자 이번에는 적당히 한 바퀴 돌고 나서 생도미니크 가를 빠져나가라고 했습니다. 말하는 대로 했습니다만, 다시 앞의 일을 반복했습니다. 반대쪽으로 빠져나가자 두 사람은 조그만 소리로 뭔가 의논하는 것 같았는데, 여자가 시계를 보더니 호텔로 돌아가자고 했습니다. 호텔에 도착한 건 9시가 조금 못 되어서였습니다."

"명백하군, 장 폴" 하고 경정이 말했다. "두 사람은 앙드레의 집까지 뭔가를 가지러 간 거야. 그런데 본느가 지키고 있다는 것을 알고 결국 차를 세우지 않고 다시 호텔로 돌아온 거지. ……그 한 시간 동안 두 사람 다 나오지 않았나요?"

"예, 내내 차 안에만 있었습니다."

"장 폴, 일이 이상해졌군. 두 사람 사이가 틀어졌다는 자네의 말이 아무래도 의심스러워졌어." 경정이 나지막하게 중얼거렸다.

다음은 룸서비스 담당 보이였다.

"726호에서는" 보이가 이야기하기 시작했다. "어제 12시 반과 오늘 1시, 이렇게 두 번 점심식사 1인분을 주문했습니다. 두 번 다 부인이 받았습니다."

"얼굴을 봤나?" 경정의 표정이 긴장했다.

"아뇨, 두 번 다 반쯤 열린 화장실 문 안에서 카트를 안에 들여다 놓고 가라고 했습니다."

"치울 때는?"

"두 번 다 오후에 방을 정리하러 들어간 객실 담당자가 카트를 밖에 내놓았습니다. 하지만……" 보이가 말을 끊고 가볍게 입술을 혀로 적셨다. "오늘은 6시 반에 저녁식사 2인분을 주문해서 가져가니까 두 분 다 아직 침대에 있었습니다. 그러나 남편분은 벽 쪽을 향해 있고 부인은 베개에 얼굴을 파묻고 있었습니다. 남편분이 제 쪽을 보지도 않고 카트를 두고 가라고 했습니다."

"의도적으로 얼굴을 가리고 있었군그래" 하고 경정이 말했다. "그러고 나서는?"

"그런데 연락이 와서 7시 35분에 정리하러 올라가자 이번에는 두 분이서 카트를 복도에 내놓아주었습니다. 두 분 다 외출복 차림이었는데, 역시 선글라스와 목도리 때문에 얼굴은 잘 볼 수 없었습니다."

"6시 반에 갔을 때부터 방의 불은 켜져 있던가?"

"네, 요즘에는 4시 반만 되면 어두워지니까요. 하지만 7시 35분에 갔을 때는 꺼져 있었습니다. 카트와 함께 두 분은 방을 나와 있었고, 제가 엘리베이터까지 전송하는 식이 되었습니다."

보이 다음으로 나타난 객실 담당 중년 부인의 증언은 간단했다. 그녀는 경정의 질문에 답하기 시작했다.

"어제와 오늘 두 번 다 2시경에 방 정리를 끝냈어요. 침대는 둘 다 흐트러져 있었고 재떨이에는 갈색과 흰색 두 종류의 담배꽁초가 있었습니다. 상표까지는 보지 못했어요. 물론 두 번 다 손님들은 외출 중이었고요."

마지막은 호텔 식당의 종업원이었다.

"뒤 루아 씨는 1월 7일 저녁식사를 다른 손님 한 분과 둘이서, 1
월 8일의 점심식사에는 손님 한 분이 더 오셔서 셋이서 12시부터 1
시까지 했습니다. 그리고 1월 9일인 오늘 점심식사도 마찬가지로
세 분이서 12시부터 1시 반까지 했습니다. 어제와 오늘 동석하신
분이 앙드레 뒤 라브낭 씨인 것 같습니다."

"자네는 얼굴을 봤나?" 경정이 진지한 어조로 물었다.

"예. 선글라스를 끼고 있었고 우리를 외면하는 것 같았지만, 우
리도 장사를 하는 사람이라 한 번 자리에 앉은 손님의 얼굴은 두
번째에는 반드시 분간할 수 있습니다."

"좋아, 자네, 이걸 좀 봐주게." 바르베스가 오데트 사건 관계자의
사진 다발을 꺼냈다. 앙드레의 사진을 골라 종업원의 얼굴 앞으로
내밀었다.

"예, 분명히 이분입니다." 종업원은 위엄 있게 대답했다.

"앙드레 이놈, 역시 외투 깃을 올리고 목도리를 한 채로 밥을 먹
을 수는 없었겠지. 결국 꼬리를 드러냈구먼." 바르베스는 쾌활한
어조로 소리를 질렀다. "경정님, 이것으로 어제와 오늘 조제트가
왜 방에서 점심을 혼자 먹었는지, 앙드레가 그 시간에 어디 있었
는지가 밝혀졌군요."

그때였다. "모가르 씨에 바르베스까지" 하고 문을 열면서 의사
뒤랑이 빈정거리는 얼굴을 내밀었다. 근사한 대머리와 제대로 갖
춰 입은 양복이 눈에 띄었다.

"정말 친절한 어르신이라니까. 머리 없는 시체 다음은 저민 고기 인간이라니. 제대로 된 독살 시체나 교살 시체 같은 건 조달할 수 없는 건가요? ……경정님, 조수가 저민 고기를 긁어모아 왔지만 자세한 건 아무것도 말할 수 없어요. 내일 중에는 뭔가 보고할 수 있겠지만요. 다음에는 제발 제대로 된 시체 좀 넘기라고요." 이 말만 하고 뒤랑의 대머리는 쓱 사라졌다.

"여전히 말이 많은 영감이라니까." 바르베스는 흉내 낼 수 없는 소리로 으르렁거렸다.

"장 폴, 호텔 측 증언은 이 정도겠지? 오데트 사건 관계자의 심문을 시작해볼까?" 하고 경정이 말했다. "우선 뒤 루아부터."

경정은 지난 사흘간의 전화 기록을 조사하도록 명령한 뒤 호텔 측 사람들을 모두 돌려보냈다. 교대하듯이 들어온 사람이 뒤 루아였다.

"자주 만나네요." 경정은 살짝 비아냥거리는 어조로 말했다. "무슨 일이었나요?"

"내가 여기에 묵고 있다고 비서가 연락을 했을 텐데요." 뒤 루아는 조금도 동요하는 기색이 없었다.

"아아, 연락은 받았지요. 하지만 앙드레가 한몫했다는 이야기는 한 마디도 못 들었는데." 바르베스가 시비조로 고함쳤다.

"앙드레가 경찰 눈을 피하고 있었다는 걸 나는 전혀 몰랐소. 요 사흘간 내 일은 클레크와의 사업 이야기였으니까, 거기에 앙드레가 동석한 것은 전혀 이상할 게 없을 텐데요."

"자세한 얘기 좀 들어볼까요?" 경정이 차분한 목소리로 말했다.

"내가 여기에 묵는 건 당연히 앙드레도 알고 있었소. 그한테는 1월 8일 정오에 호텔 식당으로 오라고 해두었소. 셋이서 식사를 끝내고 내 방에서 5시경까지 사업 이야기를 계속했소. 이어서 오늘도 거의 전날과 마찬가지였소. 12시에 식당에서 만났고, 그 후 방에서 저녁까지 사업 이야기를 계속했소. 어제도 오늘도 나는 앙드레가 자택에서 호텔로 오는 거라고 알고 있었소. 7층에 묵고 있다고는 생각도 못 했소."

"저녁에는요?"

"5시에 앙드레가 돌아갔소. 나는 클레크 씨와 둘이서 콩코르드 광장 근처의 레스토랑으로 저녁을 먹으러 갔소. 7시경에 그와 헤어졌고, 방으로 돌아온 것은 8시가 지나서였소."

"다시 말해 7시 이후의 알리바이는 없다는 거로군." 바르베스가 짓궂게 말했다. 뒤 루아는 굳은 표정으로 돌아갔다. 그다음 클레크의 증언으로 뒤 루아의 이야기는 확인되었다.

"저 두 사람은 말을 맞췄군요." 바르베스는 아주 밉살스럽다는 표정을 지었다. "아직 뭔가 숨기고 있어요. 저 늙은 너구리 같은 놈."

다음으로 변호사 프로사르가 들어왔다.

"모가르에 바르베스까지, 뒤랑한테 어지간히 당한 모양이더군. 좀 제대로 된 시체를 넘기라고 말이야. 뭐 타당한 주문이라고 해야겠지." 프로사르는 여전히 차갑고 날카로운 눈으로 들어오면서 빈정거리는 말을 내뱉었다.

"밤의 파리는 넓은데" 바르베스가 응수했다. "하필이면 말이야,

226

앙드레가 저민 고기가 된 날 밤에 여기에 나타난 이유를 좀 말해보겠나?"

"물론이지, 이유는 간단하네. 앙드레가 불렀거든."

"프로사르, 무슨 일이었는지 말해주겠나?" 경정이 추궁했다.

"자네의 젊은 부하가 6일 이후 나를 악착스럽게 따라다녔으니 그 점은 설명할 것도 없겠지. 모가르, 자네가 모르는 것만 말하도록 하지. ……나는 오늘 아침 평소처럼 9시경에 사무실에 도착했네. 책상 위에는 내가 없을 때 걸려 온 전화 내용을 기록해두려고 비치해놓은 노트가 있는데, 그걸 보니까 어제저녁 6시에 내가 돌아간 후에 앙드레한테서 전화가 왔었고 또 오늘 아침 9시 조금 전, 그러니까 내가 사무실에 도착하기 몇 분 전에도 그에게서 전화가 왔는데, 다음에는 저녁 7시에 전화를 해달라는 전언과 이 호텔의 전화번호, 묵고 있는 방 번호가 적혀 있었네. 전화를 받은 건 두 번 다 내 여비서였지.

나는 앙드레가 왜 연락을 서두르는지 특별히 짚이는 데는 없었지만, 전혀 추측할 수 없었던 것은 아니었네. 내가 볼 때 앙드레는 오데트 살인 사건에서 뭔가 쥐고 있었을 거네. 변호사인 나한테 용무가 있다면 그것과 관련된 것이었는지도 모르지.

주문대로 7시에 호텔 프런트로 전화해서 방 번호를 알려주었네. 그런데 전화를 받은 앙드레의 태도가 좀 이상했지. 먼저 나한테 할 말이 없다며, 이 방 번호를 누구한테 들었느냐고 되레 나한테 되묻더군. 그런데 시치미를 떼는 게 너무 서툴다는 걸 스스로도 느꼈는지, 이번에는 만나자고 하는 거네. 그래서 9시 반에 호텔

로비에서 만나기로 했지.

나는 8시에 사무실을 나와 8시 반에 호텔에 도착했네. 저녁을 먹을까 식당으로 들어갔는데 만석이었어. 뒤 루아 씨가 이 호텔에 있다는 걸 떠올리고 프런트에서 방 번호를 물어봐 3층으로 올라갔네. 하지만 그는 없었지. 다시 식당으로 돌아오자 이번에는 빈자리가 있어서 식사를 했네. 그리고 약속시간인 9시 반에 로비로 나가 자리에 앉아 있다가 바르베스한테 붙잡힌 거지."

"마틸드와는 어디서 만났나?" 경정이 물었다.

"로비에서지. 그녀도 약속이 있다고 했네."

"꾸며낸 이야기도 엉성하군." 바르베스가 소리를 질렀다. "일부러 엘리베이터에 탄 건 뒤 루아의 방으로 가기 위해서가 아니라 미행을 따돌리고 앙드레의 방으로 가기 위해서였겠지."

"앙드레의 방 번호를 써놓은 노트는 사무실 책상 위에 있네. 몇 호실인지 어떻게 기억하고 있겠나? 게다가 약속한 시간은 9시 반이네. 한 시간이나 전에 만날 필요가 없지. 9시 전부터 9시 반까지는 식당에 있었는데, 붐비고 어둑어둑했네. 나는 이 호텔 식당에는 아는 사람이 없어서 그걸 증언해줄 종업원이 있는지는 잘 모르겠네."

프로사르는 스스로 자신의 알리바이가 불확실하다는 사실을 알리고는 태연하게 엷은 웃음을 띠었다.

"앙드레한테서 두 번 전화가 왔다는 건 확실하겠지?" 경정이 확인했다.

"그럼, 사무실 노트에 정확히 쓰여 있네. 내일이라도 당장 확인하러 오는 게 어떻겠나?"

심문이 끝나고 나가는 프로사르의 등짝에 대고 바르베스는 나지막한 목소리로 저주의 말을 퍼부었지만, 변호사는 전혀 개의치 않는 것 같았다.

바르트 부인의 태도는 좀 이상했다. 그녀는 방으로 뛰어들자마자 괴로운 표정으로 경정 앞에 있는 의자에 앉아 입을 다물었다.

"부인, 오늘 밤에 왜 이 호텔 주변에서 어슬렁거리고 있었는지 그 이유 좀 들려주시겠습니까?"

바르트 부인은 호소하는 듯한 얼굴을 들어 비통한 목소리로 조그맣게 외쳤다. "경정님, 앙투안 씨가 오늘 밤 나디아 씨와 내내 같이 있었다는 게 사실인가요?"

"그게 무슨 상관인데 그러시죠?" 경정이 되물었다.

"모가르 경정님, 대답을 해주실 때까지 말씀드릴 수가 없습니다." 바르트 부인은 괴로운 얼굴에 굳은 결의의 빛을 띠며 말했다.

"알았어요. 내가 조사한 바로는 앙투안이 오늘 밤 내내 나디아와 함께 있었던 것은 확실합니다. 이제 됐지요? 자, 말씀하시지요." 바르베스가 타협했다.

"사실인가요?" 바르트 부인의 얼굴에 일순 안도하는 빛이 떠올랐다. 그리고 천천히 말하기 시작했다.

"오늘 아침에 편지가 왔습니다. 여기 갖고 있는데, 짧은 편지예요. '앙투안 레타르가 오늘 밤 위험한 도박을 하려고 한다'라고 타이프로 친 것인데, 이 호텔의 이름 뒤에 서명 대신 붉은 대문자 I가 쓰여 있었어요. 저는 그 의미를 몰랐습니다만, 라루스가에서 늘 저한테 친절하게 대해준 앙투안 씨가 걱정이 돼서 저녁이 되자 이곳으로 와본 거예요."

모가르 경정은 문제의 편지를 바르트 부인에게서 받아 들었다. 그리고 6시부터 9시까지 세 시간 동안 호텔 주위에 있었을 뿐이라고 주장하는 바르트 부인을 돌려보냈다.

"저 여자, 앙투안이 범인이라고 생각한 거군요……"라고 바르베스가 말했다. "하지만 아무리 그래도 앙투안을 너무 편드는 거 아닌가요?"

"다음은 마틸드야."

마틸드는 창백한 얼굴로 방에 들어섰다. 결연한 얼굴이 긴장으로 굳어져 보였다. 잠자코 종잇조각 하나를 경정 앞으로 내밀었다.

오늘 저녁 9시 30분, 너는 아버지의 소식을 알게 될 것이다.

문장은 그뿐이었다. 그리고 호텔 이름과 붉은 대문자 I.

"또 그놈이군." 바르베스가 탄식했다.

"오늘 아침에 이 편지가 왔어요. 저는 9시 반이 좀 못 되어서 호텔 로비에 도착했습니다. 뭔가 좀 이상한 분위기였어요. 변호사인 프로사르 씨가 다가와 위층에서 폭발이 있었던 모양이라고 알려주었습니다."

"오늘 밤 6시부터 9시 반까지 어디서 뭘 했습니까?"

"집에서 저녁을 만들어 먹고 9시 조금 전에 이쪽으로 향했습니다. 내내 혼자였고요."

"알겠습니다." 경정이 씁쓸한 어조로 말했다. "당신까지 알리바이가 없는 거군요."

"정말 아버지가 한 걸까요? 끔찍한 일이네요. 부모가 자식을 죽이다니…… 하지만 저는 아버지를 믿어요. 믿습니다." 마틸드의 볼은 심하게 경련을 일으키고 있었다.

"특별히 그렇게 확인된 건 아닙니다. 하긴 '붉은 I'는 적어도 오늘 밤의 사건을 예상하고 있었던 것 같지만요."

눈을 크게 뜨고 입술을 꽉 다문 채 마틸드가 방을 나갔다. 경정이 파트너에게 말했다.

"호텔과 무관한 사람은 편지로 불러들이는 수법이군. 덕분에 다시 용의자에 부족함이 없는 사건이 되었어. 좋아, 마지막은 앙투안이네. 이 사건에서 유일하게 알리바이가 있는 사람을 불러오게. 끝나면 현장 검증이야."

1월 10일 오후 3시

모가르 경정의 책상은 산더미처럼 쌓인 난잡한 서류, 지저분한 재떨이, 몇 개의 빈 커피 잔들로 가득했다. 난방으로 불쾌할 만큼 따뜻해진 방 안의 공기는 어젯밤부터의 담배 연기로 심하게 탁해져 있었다.

어젯밤에는 결국 경정도 바르베스도 전혀 눈을 붙이지 못했다. 호텔의 현장에서 오르페브르 강변으로 돌아왔을 때는 이미 아침이었고, 그러고 나서도 필요한 준비를 마치고 나니 벌써 오후 3시가 되어 있었다. 모가르 경정의 사무실에서 두 중년 남성은 잠을 자지 못해 피곤한 눈으로 얼굴을 마주했다.

"장 폴, 시체는 앙드레였어. 장갑을 끼고 있어서 시체에서 그럭저럭 지문을 채취할 수 있었지."

"하지만 두 사람 다 사흘간 계속 장갑을 끼고 있었나 봅니다. 726호실에서는 결국 두 사람의 지문이 발견되지 않았거든요. 하기야 그런 현장이니까 처음부터 완전한 보존은 기대할 수 없었지만요."

"오데트를 살해하고 앙드레를 살해한 범인이 같다고 한다면, 범인은 시체나 시체의 얼굴을 망가뜨리는 데 어떤 병적인 관심이 있었던 것 같네. 지문을 채취할 수 없었다면 얼굴이나 몸의 상태만으로는 앙드레라는 판별도 불가능했을지 모르지."

"경정님, 새롭게 알게 된 사항을 보고하겠습니다." 바르베스가 커다란 수첩을 꺼냈다. "조제트는 현장에서 도주했습니다. 그런데 묘한 점은 폭발이 있고 난 직후에 조제트로 보이는 여성이 2층 복도에 나타났다는 것입니다. 손님 중에서 빨간 머리에 외투를 입은 여성을 본 사람이 있습니다. 조제트는 7층에서 엘리베이터를 타고 곧장 로비로 가지 않고 2층에서 내려 계단으로 나온 것 같습니다. 그런데 로비에는 프로사르를 미행하던 마라스트, 그리고 뒤루아를 미행하던 다르테스가 감시 중이었고, 프런트의 직원도 출입구는 잘 보고 있었다고 하는데, 빨간 머리의 중년 여성이 9시 지나서 호텔 현관으로 나간 일은 없었다고 합니다. 조사해보니까 뒷문이나 종업원용 출입구에도 사람들 눈이 있어서 조제트가 어디로 나갔는지 정말 불가해하다고밖에 할 수 없는 것 같습니다. 아무튼 조제트는 감쪽같이 비상선을 돌파하고 다시 행방을 감추고 말았습니다." 바르베스는 유감스럽다는 듯이 얼굴을 찌푸렸다.

"전화 조사는 했나?"

"예. 호텔에서 발신된 전화 기록이 남아 있었는데, 프로사르가 말한 대로 8일 저녁 6시 30분과 9일 아침 8시 52분에 726호실에서 프로사르 사무실로 전화를 연결했습니다. 어느 호텔이나 마찬가지입니다만, 수신 기록은 없기 때문에 프로사르가 7시에 앙드레한테 전화를 걸었는지는 확인할 수 없었습니다."

"장 폴, 그 건으로 또 묘한 일이 있었네. 조금 전에 프로사르한테서 전화가 왔는데, 그에게 온 전화 내용을 기록해둔 노트를 오늘 아침 누가 훔쳐 갔다고 하네."

"훔쳐 갔다고요." 바르베스가 탄식했다. "그놈이 또 적당히 둘러댄 거겠지요."

"책상 위에 보이지 않아서 조사해보니 오늘 아침 9시 지나 프로사르가 출근하기 불과 15분쯤 전에 사무실에 한 남자가 나타났다네. 비서가 맞이했는데 9시에 프로사르와 면회 약속이 있다고 해서 책상 앞의 의자에 앉아서 기다리도록 했다네. 그런데 비서가 손님한테 커피를 내놓으려고 불과 2, 3분 자리를 비운 사이에 남자가 사라지고 말았다는 거야. 거의 교대라도 하듯이 프로사르가 도착했고, 살펴보니 노트가 없어졌다네."

"거짓말이에요. 비서를 끌어들여 한바탕 연극을 벌였을 게 뻔하지요." 바르베스가 불만스럽게 말했다.

"게다가 비서에 따르면 남자는 해지고 낡은 외투 깃을 세우고 목도리로 입까지 가리고 짙은 선글라스를 썼으며 유행이 지난 중절모를 쓰고 있었다네."

"또 그 남자인가요? 아니, 경정님, 저는 믿을 수가 없습니다. 너무 잘 만들어진 얘기 아닙니까? 프로사르 이놈, 우리한테 그 노트를 보여주고 싶지 않은 이유가 있었겠지요."

"하지만 이것도 있네." 경정은 I 서명이 있는 세 통의 편지와 마틸드한테 보내온 시집의 포장지를 책상 위에 내던졌다. "어제 아침 바르트 부인의 집과 마틸드의 집에 배달된 두 통의 편지는 그 전날 밤 몽파르나스 관내의 우편함에 넣어진 것이네. 마드리드에서 보낸 첫 번째 편지까지 포함해서 세 통 모두에 사용된 타자기는 완전히 같은 기계였네. 시집의 수신인명도 같은 기계로 친 거고. 이것도 시내에서 발송한 거지."

"경정님, 그러고 보니 이상한 이야기를 주워들었습니다. 1월 7일 밤부터 묵고 있던 어떤 남자가 그 호텔에서 도망친 모양입니다. 그게 또 이상한 게, 7일 밤에 입실하고 나서 한 번도 외출하지 않았다고 합니다. 게다가 처음에 열쇠를 받을 때 역시 얼굴을 감추고 필적도 속인 흔적이 있습니다. 돈은 미리 지불했습니다만, 아무래도 열쇠를 가진 채 도망간 것 같습니다. 짐은 없었다고 합니다. 앙드레 살해와 관계가 있는지 어떤지도 잘 모르겠지만 일단 보고합니다.

그 밖에 호텔에서의 조사 결과인데, 7일 밤에 조제트가 들고 온 빨간 가죽 가방은 방 안에서 파편조차 발견되지 않았습니다. 그날 낮에 미리 빼돌린 것 같습니다. 그리고 폭발물을 장치하는 데 쓴 것으로 보이는 도구들이 봉지에 담긴 채 7층 계단 구석에 있는 창고에서 발견되었습니다. 지문은 나오지 않았고요."

"좋아, 이번에는 이거네." 경정은 어딘가 침울한 표정으로 말했다. "뒤랑에 따르면 앙드레는 아주 가까운 거리에서 폭사한 모양이네. 먼저 죽여놓고 시체를 폭탄으로 날려버린 게 아닌 거지. 감식반 얘기로는 폭탄은 고성능 플라스틱제 소형 폭탄이고, 알제리 전쟁 때 비밀군사조직이 자주 사용했던 것과 같은 거야. 시한장치는 전등 스위치에 접속되어 있어서 버튼을 누르면 폭발하는 장치였다네. 시한장치로는 비교적 복잡한 거라 설치하려면 전문가라도 5분이나 10분, 아마추어라면 30분은 걸리는 모양일세. 이상의 사항을 종합해보면 이런 식으로 생각할 수 있겠지." 모가르 경정은 점점 더 우울한 표정으로 파이프를 물고 있었다. 경정이 말을 이었다.

"독일인의 증언으로 보면, 9시에 7층 계단의 홀에서 조제트와 헤어진 앙드레가 그대로 방으로 들어간 후 문을 닫고 어둠 속에서 전등 스위치를 올렸네. 그리고 장치가 작동하여 그대로 폭사했다는 얘기지. 그런데 이건 이치에 맞지 않네, 장 폴."

"왜 그렇죠, 경정님? 저는 잘 모르겠는데요." 바르베스가 이상하다는 얼굴로 반문했다.

"보라고, 앙드레 살해의 최대 용의자는 조제트야. 그런데 보이가 저녁식사 카트를 받아서 둘을 엘리베이터까지 전송한 게 7시 35분, 두 사람이 프런트에 나타난 게 7시 40분이네. 그 5분간 여자가 남자 눈을 피해 방으로 돌아가 폭탄을 설치할 수 있었겠는가 그 말이야. 아니, 그런 건 불가능하지. 그렇다면 보이가 저녁식사를 배달한 6시 30분부터 7시 30분 사이에 설치한 것일까? 앙드레는 그 시간에 계속 방에 있었어. 보이가 보기도 했고, 게다가 프로사르가 7시에 전화했을 때도 받았어. 남자한테 들키지 않고 그런 걸 설치하는 게 가능했을 것 같지가 않은 거지."

"경정님" 바르베스가 한숨을 내쉬며 말했다. "그렇다면 폭탄을 설치한 것은 7시 30분부터 폭발이 일어난 9시 직전 사이였다고밖에 볼 수 없겠군요."

"그렇지. 그리고 그 시간에 조제트의 알리바이는 피해자인 앙드레 자신과 자동차 운전수 두 사람에 의해 입증되고."

"그렇군요. 관계자 중에서 절대로 폭탄을 설치할 수 없는 사람이 조제트겠군요. 그리고 앙투안도요. 공연 중에는 휴식시간에도 나디아와 함께 있었으니까요."

"나는 무슨 농간의 여지라도 없는가 하고 생각해봤네. 그런데 역시 없어. 분명히 앙드레는 9시에 방으로 들어갔고 곧바로 폭사하고 말았거든. ……또 있네. 이 호텔 객실에는 열쇠가 세 개밖에 없네. 손님용, 프런트용, 객실 담당용, 이렇게 세 개지. 그런데 7시 40분부터 9시까지 열쇠는 세 개 다 프런트의 상자 안에 들어 있었어. 726호실 열쇠를 내주고 받았던 청년이 두 번에 걸쳐 분명히 확인해주었네."

"복제한 걸지도…… 아니, 문을 부쉈는지도 모르잖아요."

"그건 불가능하네, 장 폴. 열쇠는 호텔에서 자랑하는 특별 제작품이라 거리의 열쇠수리공이 간단히 복제할 수 있는 게 아니네. 제조사에서는 호텔에서 주문받은 것 말고는 복제 열쇠를 만든 적이 없다고 했네. 그리고 문의 자물쇠는 폭풍으로 틀에서 통째로 빠져 있었네. 외부에서 파손된 흔적은 없었어. 문의 판자를 도끼로 깨부쉈을까? 아니지, 문도 폭탄 조각으로 인해 안쪽에서 파손되기는 했지만 손을 댄 흔적은 없었어."

"경정님, 창문은 어떻습니까? 7층이지만 창문으로 들어갔는지도 모르잖습니까?"

"창문은 중앙 냉온방이라서 1년 내내 밀폐되어 있네. 밖에서 여는 건 불가능하지. 게다가 자네도 봤잖나. 외벽에는 발을 디딜 곳이 전혀 없어. 옥상에서든 거리에서든 거길 오르내릴 수 있는 사람이 있을 것 같진 않네."

"그럼 범인은 어떻게 방으로 들어갔을까요? 경정님, 전혀 불가능한 거 아닙니까?" 바르베스는 당혹스러운 신음 소리를 내뱉었다. "최대 용의자인 조제트한테는 알리바이가 있고, 공범자가 있다고 해도 그놈은 방으로 들어갈 수 없지…… 대체 어떻게 된 건지 원."

모가르 경정은 불가능한 범죄라는 사실이 드러나자 입술을 굳게 다물고 철야로 핏발이 선 눈을 크게 뜬 채 꼼짝하지 않았다. 바르베스는 아연실색한 표정으로 그저 경정의 얼굴만 쳐다보고 있었다.

1월 10일 오후 6시

앙투안에게서 전화가 왔을 때는 아직 오전 중이었다.

"리비에르 교수님이 오늘 밤 마틸드를 위해서 다들 모이면 어떻겠느냐고 하시는데. 사이가 별로 좋지 않았다고 해도 역시 앙드레와는 남매고 말이야. 달리 친척도 없으니까 앙드레의 장례식은 마틸드가 치르게 될 테고, 우리가 의논 상대가 되어야 한다는 게 교수님의 의견이셔. 물론 질베르도 올 거고……"

약속한 6시에 오데옹의 카페 '아폴리네르' 앞에 도착하자 마틸드, 앙투안, 질베르가 가게 안의 탁자에 둘러앉아 있는 것이 유리창 너머로 보였다. 나는 가게에는 들어가지 않고 유리창을 손가락으로 두드려 앙투안 일행에게 신호를 보냈다.

"갈까?"

내 신호에 따라 가게를 나온 앙투안이 누구에게라 할 것도 없이 조그만 소리로 말했다. 하얀 입김이 청년의 얼굴을 휘감고 사라졌다. 오전의 전화도 그렇고 지금의 말도 그렇고 앙투안이 말하는 모습은 묘하게 울적하고 힘이 없었다. 아마 죽은 이모나 앙드레를 생각하고 있을 것이다. 앙투안의 기분을 생각하니 가여운 마음이 복받쳐 올랐다.

우리는 오데옹 지하철역 앞에서 왼쪽으로 꺾어 좁은 길로 들어섰다. 레스토랑이나 양복점, 골동품 가게가 늘어서 있는 오래된 골목이었다.

자동차 한 대가 간신히 지날 수 있는 좁은 골목이어서 어깨를 나란히 하고 걸을 수도 없었다. 앙투안을 선두로 우리는 말없이 걸었다. 작은 호텔의 불빛 아래서 그는 앞쪽을 손으로 가리켰다. 그곳이 리비에르 교수가 기다리는 레스토랑인 모양이었다. 호텔 앞을 지나자 목적지인 레스토랑까지는 이제 가게 하나 없고 오래된 석조 건물들이 어둠 속에 늘어서 있을 뿐이었다.

갑자기 앙투안이 걸음을 멈췄다. 그를 막은 것은 뭔가 알아듣기 힘든 말을 장황하게 중얼거리고 있는 키 작은 사람의 형상이었다. 앙투안은 조용히 고개를 흔들어 거절 의사를 표시했다.

아직 앳된 모습이 남아 있는 나이의 처녀였다. 그러나 그 모습은 보는 이의 얼굴을 젖은 걸레로 훔치는 듯한 인상을 주었다. 아직 어린 여자 부랑자였다. 머리도 얼굴도 옷도, 온몸이 때에 찌들어 주위에 이상한 냄새를 풍겨댔다. 내쉬는 입김에서는 강한 싸구려 술 냄새가 났다. 몸은 끊임없이 좌우로 흔들렸다. 이런 시각에 벌써 몸을 가눌 수 없을 만큼 취해 있었다. 축축이 젖은 머리는 먼지와 오물과 때가 범벅이 되어 굳어진 채 이마 위로 축 늘어져 있었다. 좁은 이마 아래에는 우리 안의 동물처럼 무기력하게 흐려진 붉고 작은 눈이 있었다. 납작한 코. 혐오감을 주는 입술은 추하게 갈라져 있어 마치 노파의 입술 같았다. 그리고 그 갈라진 곳에서는 알아듣기 힘들게 모호하고 불명료한 말이 한없이 새어 나왔다. 처녀는 이 추운 날씨에 외투도 없이 짝짝이 옷을 아무렇게나 몸에 걸치고 맨발에 여름용 샌들만 신고 있었다.

"……주세요. 5프랑, 주세요."

나는 가까스로 그녀의 중얼거림을 이해했다. 처녀가 나보다 나이가 어리고 게다가 같은 여자라는 사실에 견딜 수 없는 기분이 들었다. 불결하고 비참하고 황폐한 인상이 나를 불쾌한 기분으로 가득 채웠다. 점점 심해지는 혐오감을 견딜 수 없다는 듯이 거의 무의식적으로 외투의 호주머니를 더듬기 시작했다. 처녀에게 주기 위해서라기보다는 이 추한 것을 쫓아버리는 데 필요한 동전을 찾기 위해.

그러나 동전을 꺼내는 것보다 앙투안의 움직임이 더 빨랐다. 나는 몸이 굳어진 채 움직이지 못했다.

그 순간까지 앙투안은 말없이 조용히 거절의 몸짓을 보여주었을 뿐 무관심하고 냉담한 태도를 무너뜨리지 않았다. 취해서 다리가 뒤엉킨 아가씨가 앙투안 쪽으로 넘어지려고 했을 때였다. 앙투안은 거의 흉포하다고 할 만큼의 힘으로 처녀의 몸을 차디찬 포석 위로 넘어뜨렸다. 처녀는 보도에 둔탁한 소리를 내며 쓰러졌고, 보기 흉하게 나뒹굴었다. 나는 숨을 삼켰다. 처녀는 추악한 송충이를 연상시키는 동작으로 느릿느릿 사지를 움직였다. 가까스로 일어나자 이번에는 나에게 다가오면서 다시 똑같은 주문을 외기 시작했다.

"……주세요. 5프랑, 주세요."

술 냄새가 나는 뜨뜻미지근한 입김이 내 볼에 달라붙었다. 구역질과 혐오감으로 숨이 막힐 듯했다. 처녀는 앞뒤로 몸을 흔들면서 때가 끼어 더럽고 갈라진 손바닥을 내 쪽으로 내밀고 여전히 노래하듯이 명료하지 않은 말을 계속해서 토해냈다.

소리치고 싶은 심정이었다. 몸이 떨렸다. 파충류처럼 불쾌하고 싫은 존재와 그저 무관한 위치에서 있고 싶은 마음만 절실할 뿐이었다. 그 더러운 손에 닿는 것이 미칠 만큼 싫었다. 손이 굳어 동전을 찾을 수조차 없었다. 막다른 지경에 몰린 채 몸을 꼼짝도 하지 못하고 그저 서 있기만 했다.

"자, 여기."

질베르가 속삭이듯이 말했다. 그리고 그는 처녀의 손바닥에 동전을 쥐어 주었다.

"고맙습니다, 선생님."

처녀는 기묘한 가락으로 노래하듯이 감사의 말을 중얼거리고 불안한 걸음걸이로 사라졌다.

"앙투안, 너 무슨 짓을 한 거야?" 질베르가 돌아보고 크게 소리 질렀다. 늘 평온한 태도를 보이던 질베르가 지금은 강렬한 시선으로 앙투안의 얼굴을 매섭게 노려보았다.

"하고 싶은 말 있으면 해." 앙투안이 나지막하게 죽인 목소리로 대꾸했다. 그리고 도전하듯이 질베르 앞으로 다가섰다.

갑작스러운 전개에 나와 마틸드는 숨을 삼키고 가만히 서 있었다. 앙투안의 야위고 뾰족한 어깨와 질베르의 곰처럼 튼튼해 보이는 두꺼운 어깨가 금방이라도 닿을 것처럼 가까워졌다.

"넌, 너는……" 말수가 적고 말주변이 없는 질베르가 머뭇거리면서 낮은 목소리로 외쳤다. "왜 불행한 사람한테 폭력을 휘두르는 거야?"

"불행한 사람이라고?" 앙투안이 조롱하듯이 말했다. "넌 자선가야, 질베르? ……우리는 정의를 추구해. 우리는 부랑자도 알코올 중독자도 없는 사회를 추구하지. 그러나 그건 자선과 아무런 관계도 없는 거야."

"난 자선가가 아니야." 질베르가 얼굴을 붉히며 소리쳤다.

"그럼 왜 돈을 준 건데?"

"보고 있을 수 없었으니까."

"좋아, 질베르, 그렇다면 어디 한번 물어보자. 넌 혁명과 정의를 실현하기 위해 저 처녀를 사살하지 않으면 안 될 때는 대체 어떻게 할 거야? 저 처녀가 지저분한 욕망을 채워주는 술 한 잔을 위해 밀정 짓을 하고 그 결과 봉기한 민중 전원이 패배와 학살의 심연으로 빠지게 된다면 그때는 어떻게 할 거야?"

"저 처녀는 밀정이 아냐!"

"너는 문제를 회피하고 있을 뿐이야, 질베르. 자, 한편에는 스무 살이 될락 말락 한 나이에 술에 취한 벌레 같은 인생을 끝내게 될 무의미하고 어리석은 한 사람이 있어. 그리고 또 한편에는 목숨을 걸고 궐기한 이 도시의 전체 민중이 있지. 어느 한쪽을 선택하지 않으면 안 될 때, 자, 너는 어떻게 할 건데?"

"그런 예는 말도 안 돼."

"아니, 그렇지 않아. 언제나 우리는 이 절대적인 선택 앞에 있어. 네가 한 마리 벌레와 함께 전체 민중에게 적대하는 것을 선택하지 않는다면 너는 자선을 미워해야만 해. 자선하는 마음은 네 결의를 둔하게 하는 달콤한 유혹이기 때문이지. 모든 사랑의 실현을 추구하며 이 현실을 증오하든가 이 현실에 조그맣고 비참한 사랑을 주입함으로써 증오로 가득 찬 세계의 현실을 허용하든가, 항상 그중 어느 한쪽일 수밖에 없어."

"앙투안, 너는 세계를 증오하고 있을 뿐이야."

"증오하고 있다고?"

"그래. 너는 어머니를 용서하고 있지 않아. 어린 너를 버리고 먼저 죽은 어머니를 용서하지 않고 있다고."

"비열한 심리학자 흉내는 그만두시지. 그런 게 지금 일과 무슨 관계가 있다는 거야."

"있고말고. 넌 세상을 증오하고 있어. 이 세상이 멸망하는 게 네 바람이지. 넌 민중이니 정의니 혁명이니 하는 말을 너 좋을 대로 끌어다 쓸 뿐이야. 이용하고 있을 뿐이지. 그 처녀를 사랑할 수 없으면서 어떻게 전 인류를 사랑한다는 거야. 그 처녀를 밀쳐버린 너는 언젠가 전 인류를 밀치게 될 거야."

앙투안은 반짝반짝 빛나는 눈으로 질베르의 얼굴을 노려보았다. 그런 뒤 애써 감정을 누르고 말했다.

"내 질문에 답이나 해. 비할 데 없이 고결한 영웅들 천 명의 목숨인지 저 처녀의 목숨인지 둘 중 하나야."

질베르의 얼굴이 창백하게 굳어졌다.

"부탁이니까 두 사람 다 그만 좀 해." 마틸드가 서로 노려보는 앙투안과 질베르에게 비통한 소리를 질렀다.

"그래, 이제 그만해." 나도 마틸드를 거들고 나섰다. 이제 제발 그만했으면 싶었다.

앙투안이 갑자기 힘을 뺐다. 평소의 빈정거리는 듯한 어조로 돌아가 놀리는 듯이 중얼거렸다.

"그래, 이제 그만하자. 나도 신경이 날카로워진 것 같다."

질베르가 말없이 고개를 끄덕였다. 우리는 침침한 가로등 불빛 아래서 아직 멀리 보이는 레스토랑을 향해 느릿느릿 걷기 시작했다. 다들 입을 다물고 있었다. 하지만 우리는 알았다. 앙투안이 처녀를 밀쳐 넘어뜨린 것은 특별히 무슨 이론 때문이 아니었음을. 그는 민달팽이 같은 존재를 도저히 견딜 수 없었던 것이다. 나도 참을 수 없었던 그 입김의 냄새를.

다들 신경을 곤두세우고 살기를 띠고 있었다. 가까운 사람들이 차례로 죽임을 당하고 있으니 무리도 아니었다. 내게는 이 사건의 범인을 지목할 자신이 있었다. 하지만 아직 증거가 없었다. 앙투안, 조금만 더 기다려줘. 나는 마음속으로 중얼거리며 걸음을 옮겼다.

제4장
라마르크 가의 진상

1월 15일 오후 1시

첫 번째 살인이 일어난 지 9일째 되는 날, 빅토르 위고 거리에 있는 고급 아파트의 붉은 거실에는 오데트 라루스의 유언장이 공개될 시간을 기다리며 관계자 일동이 여기저기에 모여 있었다.

대기실로 통하는 문 앞에서 조그만 소리로 이야기에 열중하고 있는 모가르 경정과 바르베스 경감의 안색은 무척 흐렸다. 오데트 살해, 앙드레 살해의 중요 용의자로 조제트가 수배되었고, 파리의 모든 경찰력이 수사에 투입되어 있었다. 경정의 이마 주름은 더욱 깊어졌고, 바르베스의 성난 소리에 쫓긴 형사들은 사냥개처럼 수도의 거리와 교차로를 뛰어다니고 있었다. 그러나 오페라 극장의 호텔 2층에서 모습을 감춘 조제트의 행방은 빈틈없는 조사에도 불구하고 알 길이 없었다.

그뿐이 아니었다. 앙드레 사건 이후에도 계속 같은 호텔에 묵고 있던 뒤 루아가 어제인 1월 14일 오후 미행하고 있던 형사를 감쪽같이 따돌리고 행방을 감춘 일이 바르베스의 신경을 한계 상태에까지 곤두서게 만들었다.

"도망친 것을 보면 조제트의 공범은 뒤 루아가 틀림없나 봅니다. 경정님, 저는 이제 미쳐버릴 것 같습니다. 그 바보 같은 놈들이." 바르베스는 나지막한 목소리로 부하 형사들에 대한 욕을 퍼부었다.

"여러분" 시계를 보면서 프로사르 변호사가 말했다. "시간이 됐습니다. 자리에 앉아주십시오."

근친인 앙투안, 동향 사람인 마틸드, 고용인 바르트 부인, 친구 마르탱 부부가 프로사르 주위로 모여들었다. 한바탕 웅성거림이 일다가 잦아들자 프로사르가 천천히 입을 열었다.

"제가 오늘 여러분께 말씀드리는 것은, 첫째 오데트 라루스의 유산 상속에 관한 유언장과, 둘째 오데트의 현재 자산 상황에 대한 설명입니다. 자세한 것은 다시 공증인이 보고할 것이라 생각합니다만, 우선 이걸 봐주십시오." 변호사가 복사한 똑같은 종이를 모두에게 나누어 주었다. "유언장의 복사본입니다. 이것에 따르면 자산은 남김없이 현금화해서 죽은 남편 클레르의 먼 친척에 해당하는 마들렌 씨한테 물려준다고 되어 있습니다."

몇 사람의 입에서 새어 나온 탄성이 가벼운 술렁거림이 되어 거실을 채웠다.

"마들렌 씨는 어떤 사람인가요?" 마르탱 부인이 물었다.

"마들렌 씨는 괴짜 노화가로 오데트 씨한테 몇 차례 원조를 요구해왔습니다만, 그녀는 한 번도 만나보려고 하지 않았습니다. 오데트 씨가 생전에 그렇게 냉담하게 대했던, 죽은 남편의 먼 친척한테 왜 전 재산을 물려주려고 했는지 그 이유는 분명합니다. 오데트 씨의 목적은 그저 여동생 조제트 씨한테 자신의 재산을 땡전한 푼 주지 않는 데 있었습니다. 마들렌 씨는 지금까지 오데트 씨의 유언에 대해 전혀 모르고 있습니다. 사후 9일째 되는 날 개봉할 때까지 그 내용을 완벽하게 비밀로 유지해야 한다고 오데트 씨가 저에게 엄중하게 요구했습니다.

또한 마들렌 씨는 세상에서 인정받지 못한 데 대한 울적함과 경제적인 핍박 속에서 마음의 병을 얻어 지금은 정신병원에 입원해 있습니다. 이 사실을 알고 제가 오데트 씨의 유언장을 다시 써야 하지 않겠느냐고 했더니 그녀의 답은 여동생한테 주는 것보다 미치광이한테 주는 게 훨씬 재미있다는 것이었습니다……"

"오데트라는 여자도 참 무서운 사람이군요." 바르베스가 경정에게 소곤거렸다.

"오데트 씨의 유산은 전부 마들렌이라는 사람한테 넘어가나요?" 마르탱 부인은 다소 서운한 듯한 말투였다.

"아직 그게 남아 있다면요……" 변호사는 미묘한 말을 했다.

"프로사르, 그게 무슨 말인가?" 경정이 끼어들었다. 프로사르는 이미 뭔가를 알고 있는 것 같았다.

"두 번째 문제는 오데트의 자산 상황입니다." 프로사르가 다시 말하기 시작했다. 그 목소리에는 어딘가 심술궂고 비아냥거리는 듯한 느낌이 있었다. "오데트 씨가 돌아가신 후 그녀의 자산 상황을 조사해본 결과, 실로 의외의 사실이 판명되었습니다. 간단히 말하자면 오늘 현재 오데트 씨는 완전히 파산하여 무일푼이 되었다는 것……"

"파산했다고?" 바르베스가 탄성을 질렀다. "어떻게 된 거야, 그건?"

"오데트 씨는 뒤 루아 씨한테 최근 3년 동안 몇 차례에 걸쳐 거액의 자금을 원조해왔습니다. 처음에는 비교적 소액이었습니다만 작년 7월에는 반년 후에 결제하는 천오백만 프랑의 약속어음을 뒤 루아한테 건넸습니다. 이것이 악화된 경영 상태를 일거에 만회하기 위해 뒤 루아 씨가 계획하고 있던 새로운 공장 건설 계획의 자금으로 빌린 것임은 명백합니다. 오데트 씨도 오랫동안에 걸친 낭비와 투기 실패로 재산이 반으로 줄었습니다. 오데트 씨는 애인 뒤 루아 씨와 함께 남은 전 재산을 새로운 공장 건설 계획의 성공에 걸었던 것입니다.

오데트 씨는 작년 가을부터 소유하고 있는 동산, 부동산을 서서히 현금화해 거래 은행의 구좌에 예금하기 시작했습니다. 물론 1월로 예정된 어음 결제에 대한 준비를 위해서였지요. 그녀의 예금액은 작년 말에 총 천오백만 프랑에 달했습니다. ……그러나 여기서 묘한 일이 벌어졌습니다. 오데트 씨는 작년 12월 27일 예금 전액을 인출했습니다. 그녀는 1월 15일, 즉 오늘의 부도어음 발생으로 인한 파산의 위험도 돌아보지 않고 은행 예금을 인출하여 현금으로 수중에 갖고 있었습니다."

"그거로군" 바르베스가 소리쳤다. "금고 안에 든 게. 왜 진작 가르쳐주지 않았나?"

"제 이야기는 이상으로 끝입니다." 프로사르는 달려들어 물어뜯을 것 같은 바르베스의 태도에도 전혀 안색을 바꾸지 않고 말을 이어나갔다. "오데트 라루스 씨는 오늘 날짜로 파산하여 무일푼이 되었습니다. 이 아파트를 포함해서 약간의 부동산이 남아 있지만, 이것들도 조만간 천오백만 프랑에 달하는 부채 때문에 차압당할 겁니다."

일동은 생각지도 못한 사실에 흥분하여 서로들 빠른 말투로 소곤거리고 있었다.

"유언장의 개봉일과 오데트 씨의 파산일이 일치한 것이 우연이었는지 어떤지는 제가 관여할 바가 아닙니다. 그러나 오데트 씨가 천오백만 프랑에 이르는 부도를 발생시켰다는 사실은, 그것을 개인적으로 메울 수 없는 한 그대로 오데트 씨의 어음에 자금 융통을 의존하고 있던 뒤 루아의 파산으로 이어진다는 것을 의미하며, 그리고" 프로사르는 빈정거리는 듯한 미소를 띠며 경정 쪽을 보았다. "뒤 루아 씨가 어제부터 당국의 감시의 눈을 교묘하게 피해 어딘가로 도주한 사실과 합쳐 생각하면, 이것들은 우리한테 뭔가를 시사합니다……"

1월 15일 오후 3시

"뒤 루아가 도망간 이유가 드디어 확실해졌군" 하고 모가르 경정이 말했다. 두 사람은 라루스가에서 이제 막 오르페브르 강변으로 돌아온 참이었다. 경정의 방은 여전히 난방이 너무 강해 후텁지근할 정도로 더웠다. 모가르는 파이프 담배를 폐 깊숙이 빨아들이고 천천히 이야기를 시작했다.

"어제 오후 감시의 눈을 피해 도망치기 직전에 뒤 루아가 은행에서 5백만 프랑에 가까운 현금을 인출했다는 게 사실이군."

"틀림없습니다. 호텔에 묵고 있던 것도 교외에 있는 놈의 집이 이미 매각이 결정되어 넘어가기 직전이었기 때문입니다. 동산, 부동산을 남김없이 처분해서 만든 5백만 프랑이 뒤 루아의 전 재산이고, 그 이외에는 도산 직전의 회사뿐인 상태였습니다. 그리고 뒤 루아의 도피를 도와준 클레크라는 놈을 조사해보니 아무래도 무슨 내막이 있는 것 같습니다. 암스테르담의 본사에 문의해보니까 그놈은 개인적으로 계약한 판매원으로 회사에서 사원으로서의 책임은 질 수 없다는 답이 왔습니다. 그 회사에서도 마약이나 무기 밀매를 담당하고 있는 놈들은 일단 표면적인 회사 조직과는 별도의 기관에 소속되어 있다는 얘기로, 클레크라는 놈도 그 반합법 조직의 공작원으로 생각하는 편이 나을 겁니다. 뒤 루아를 데리고 우리 감시망을 피한 그 수법은 클레크가 경찰의 눈을 속이는 데 아마추어가 아니라는 걸 증명해주는 것이지요. 놈은 뒤 루아와 조제트의 공범이었습니다. 경정님, 틀림없습니다."

"좋아, 장 폴. 처음부터 생각해보기로 하지. ……뒤 루아와 조제트의 공범설로 모순 없이 사건의 수수께끼를 설명할 수 있을지 어떨지 말이야." 경정이 입을 열었다.

"예, 그렇게 하지요."

"작년 12월, 그 집에서는 두 가지 음모가 진행되고 있었어. 뒤 루아와 오데트는 둘 다 1월 15일에 파산하는 것을 피할 수 없게 되었지. 그때 한편에서 오데트는 천오백만 프랑의 예금을 전부 찾아 새로운 애인 앙드레를 데리고 새해에 급히 어딘가로 도망치려는 계획을 세우기 시작했고.

다른 한편에서는 뒤 루아가 오데트의 천오백만 프랑을 강탈해서 도주할 계획을 짜고 있었어. 오데트는 뒤 루아의 애인이었지만 그를 배신하고 앙드레한테 달려가고 있었으니까. 또 뒤 루아가 오데트한테 배신당한 것처럼 조제트도 앙드레한테 배신당한 몸이었지. 게다가 오데트는 조제트한테 땡전 한 푼 유산을 남기지 않는 철저하게 무자비한 태도를 취하고 있었어. 몇 해 전부터 언니에 대한 조제트의 증오는 심해질 뿐이었고. 게다가 오데트가 앙드레를 데리고 도망치기라도 하면 재산이 없는 조제트는 당장 그다음 날부터 생활이 곤란해지지. 뒤 루아와 마찬가지로 조제트도 완전히 막다른 지경에 몰려 있었던 거야."

"도망갈 곳이 없는 남녀의 이해가 멋지게 맞아떨어진 거로군요."

"그렇지. 오데트한테 진상을 들키지 않기 위해 또 나중의 수사에 혼란을 주기 위해 두 사람은 사건의 배후에 이봉 같은 인물을 어른거리게 하고, 그가 오데트의 간통을 비난하는 것처럼 꾸몄어."

"협박장과 생일날의 사건 말이군요."

"생일날의 사건은 이봉으로 분장한 뒤 루아가 조제트의 열쇠로 실행했을 거야. 오데트 살해는 1월 6일로 정해져 있었지. 그보다 늦어지면 시한인 1월 15일에 맞춰 도주하기 위한 시간적인 여유가 점점 줄어드니까. 뒤 루아는 1월 6일 오전 10시에 오데트를 찾아가기로 약속을 잡아놨겠지. 또 전날 밤 조제트는 계획대로 언니와 심각한 싸움을 벌이고서 모습을 감춘 거지."

"그렇군요. 6일 아침 10시에 오데트가 몸단장을 하고 기다리고 있었던 사람은 뒤 루아였군요. 그 일본인이 생각한 게 맞았네요."

"오전 10시, 현장에 나타난 뒤 루아는 범행을 끝내고서 조제트가 왔음을 암시하는 증거를 남겨놓고 사라졌어. 또 오데트 살해가 간통을 단죄하는 행위로 보이기 위해 벽에 A 자를 써놓고 문에 『주홍 글씨』를 끼워놓는 것도 잊지 않았어. 그런데 뒤 루아는 왜 오데트의 목을 자른 걸까?" 경정은 고민스럽다는 듯이 중얼거렸다.

"수사의 혼란을 노린 게 아닐까요? 뒤 루아 그놈은 머리를 잘 썼었어요. 간통 사건을 얽히게 한다거나 이봉 같은 사내를 어슬렁거리게 한다거나 그 망측한 붉은색 상징을 여기저기에 뿌려놓기도 하고요. 거기에 목을 자른 것이 겹치면 우리가 혼란스러워할 거라고 생각했겠지요. 목을 자르면 누구나 단순히 돈을 노린 범행이 아닌, 치정이나 원한 관계가 농후한 사건이라고 생각할 테니까요."

"장 폴, 지금은 그 정도로 해두지. ……어쨌든 오데트 살해는 끝났어. 나머지는 1월 15일까지 적당한 날을 골라 조제트와 함께 파리에서 모습을 감추고, 자신의 5백만 프랑과 오데트의 천오백만 프랑을 합친 2천만 프랑의 돈으로 다시 새로운 사업을 시작하려고 생각했을 거야. 그런데 거기서 뒤 루아와 조제트의 계획에 어떤 방해가 끼어들었지. 장 폴, 앙드레 살해에 대해 생각해보게. 웬일로 앙드레는 뒤 루아와 같은 호텔에 묵으면서 회의를 거듭하고 있었어. 게다가 앙드레는 뭔가 사건의 비밀을 포착하고 있는 것 같았고, 프로사르와 만날 약속까지 잡아놓고 있었지……"

"경정님, 공갈이겠지요. 앙드레 그놈은 뭔가 눈치채고 뒤 루아를 협박하기 시작했을 겁니다." 바르베스가 소리쳤다.

"아마 그랬겠지. 가진 돈을 들고 오데트와 몰래 도망가기로 했던 앙드레가 자기 코앞에서 천오백만 프랑의 돈을 갖고 도망치는 뒤 루아를 가만히 두고 볼 리가 없지. 게다가 관계자 중에서 뒤 루아의 비서를 하고 있던 앙드레만이 1월 15일 건을 냄새 맡을 수 있는 위치에 있었거든. 그것만 알고 있다면 사건의 진상을 아는 것은 시간문제였을 테고. 앙드레는 뒤 루아를 협박하기 시작했겠지. 그런데 문제는 앙드레가 왜 조제트와 함께 투숙하고 있었는가 하는 점이야."

"경정님, 인질이었겠지요. 앙드레 그놈은 그 사흘간 뒤 루아와 만나지 않을 때는 조제트와 함께 있었어요. 조제트한테서 눈을 떼고 있을 때는 뒤 루아와 함께였고요. 뒤 루아나 조제트가 5백만 프랑이나 천오백만 프랑을 늘 수중에 들고 있었을 겁니다. 뒤 루아는 앙드레의 요구를 싫어도 들어줄 수밖에 없었어요. 조제트는 나중에 타산적인 생각에서 뒤 루아와 한패가 되었지만, 앙드레는 전 애인이었습니다. 같은 방에서 침식을 같이하는 데 특별히 불만은 없었겠지요."

"앙드레가 그 요구를 들고 나왔다면 뒤 루아한테는 기다리던 바였겠지. 새로운 계획에서는 조제트와 앙드레가 동숙하는 것이 중요한 전제였을 테니까. 이틀에 걸쳐 '사업 이야기'가 진행되었는데 타협이 잘 안 되었겠지. 앙드레는 뒤 루아에 대한 시위로서 프로사르를 호텔로 불러냈을 테고. 요구대로 돈을 내지 않으면 모든 걸 변호사한테 폭로하겠다고 했을 거야. 뒤 루아는 완전히 궁지에 몰렸겠지. 그리고 계획대로 두 번째 범행으로 달려갔을 거야. 1월 8일 저녁 6시가 지나서 앙드레는 프로사르의 사무실로 전화를 했어. 내일 밤에는 프로사르한테 전부 털어놓겠다는 협박을 받은 뒤 루아는 9일 밤 9시까지 답을 하겠다고 앙드레한테 말하고, 그날 밤 마틸드와 바르트 부인한테 수수께끼의 편지를 발송했겠지. 그리고 두 번째 범행이 일어났어……"

"하지만 경정님, 그 밀실은 어떻게 된 걸까요? 뒤 루아는 어떻게 앙드레의 방으로 들어간 거죠?" 바르베스는 당혹스러운 목소리로 말했다.

"나는 일단 이렇게 해석해봤네" 하고 경정이 말했다. "장 폴, 호텔 열쇠는 어디를 보고 구별하지?"

"물론 열쇠에 달린, 방 번호를 새겨 넣은 막대로 구별하겠죠." 바르베스가 의아한 듯한 말투로 대답했다.

"맞아. 그리고 열쇠 자체는 끝에 새겨진 것이 다를 뿐 늘어놓고 자세히 들여다보지 않는 한 구별할 수 없지. 그러니까 만약 조제트가 같은 호텔 열쇠를 하나 더 입수했다면 열쇠와 번호가 새겨진 막대를 바꿔치기하는 건 간단했을 거야. 작은 펜치 하나로 열쇠와 방 번호가 새겨진 막대를 연결하는 고리를 풀고 726호실 막대에 다른 방 열쇠를 끼우는 건 충분히 가능했을 거네. 호텔 방문은 자동으로 잠기니까 방에서 나갈 때는 열쇠가 필요 없을 거고. 조제트는 오후에 726호실 열쇠를 뒤 루아한테 건넬 수 있도록 준비해두었겠지. 그리고 앙드레와 함께 방을 나와서 프런트에는 726이라는 번호가 달린 다른 열쇠를 맡겼어. 뒤 루아는 진짜 726호실 열쇠로 방에 침입해서 그 위험한 장치를 준비했고.

어려운 건 여기서부터야. 로비의 엘리베이터 옆에는 화장실이 있지. 안쪽에는 남녀로 구분된 세면대가 있지만 앞쪽은 공용 화장실로 되어 있어. ……아마 뒤 루아는 사용한 726호실 열쇠를 종이에 싸서 화장실 쓰레기통 안에라도 숨겨놓았을 거야. 앙드레와 조제트가 호텔로 돌아오기 직전에 일을 마치면 되니까 일단 다른 사람한테 들킬 가능성은 없지.

프런트에서 열쇠를 받아 든 조제트는 앙드레를 엘리베이터 앞에서 기다리게 해놓고 화장실의 숨겨진 장소에서 진짜 726호실 열쇠를 꺼낸 다음 안쪽의 여성용 화장실로 들어가 열쇠를 바꿔 끼우는 거지. 1분이면 충분할 거야. 이렇게 해서 조제트는 진짜 726호실 열쇠를 들고 앙드레와 함께 엘리베이터를 탔어.

엘리베이터 안에서 열쇠를 갈아 끼울 수도 없고 7층에 내려서 그런 일을 한 것 같지 않다는 건 독일인의 증언으로 분명해. 갈아 끼운 것은 프런트와 엘리베이터 사이, 아마 엘리베이터 옆의 화장실에서 했을 거란 말이지. 그때 조제트의 핸드백 안에는 펜치와 다른 방 열쇠가 들어 있었을 거고."

"그렇군요……" 바르베스는 멍한 표정으로 중얼거렸다. "경정님, 그래서 726호실 열쇠를 가진 앙드레가 혼자 방으로 들어갔고, 전등을 켠 순간 폭발한 거로군요."

"그러나 열쇠를 갈아 끼운 것은 어차피 아마추어가 한 일이야. 726호실 열쇠의 고리는 폭발로 미세한 손상 같은 걸 알아볼 수 없겠지만, 다른 하나에는 뭔가 흔적이 남아 있을지도 몰라."

"알겠습니다, 경정님. 곧바로 모든 호텔 열쇠를 조사해보도록 하겠습니다."

"아니, 아마 발견되지 않을 거네. 그런 물증을 남길 리가 없지. 언젠가 자네가 이 호텔에서 사건이 일어나기 전날 열쇠를 갖고 도망친 사람이 있었다고 하지 않았나?"

"네. 626호실이었습니다. 그 방 열쇠가 사용된 거로군요."

"아마 그랬겠지. 콩코르드 광장에서 앙드레를 차에 태운 것도, 626호실을 빌린 것도 뒤 루아한테는 미행이 붙어 있었을 테니까 아마 클레크라는 남자였을 거야. 뒤 루아가 클레크를 부른 것도 사업 이야기보다는 이런 하찮은 일에 쓰려는 것이 주된 목적이었을지도 모르지."

"하지만 그날 밤 앙드레는 왜 때마침 조제트와 함께 나간 걸까요?"

"뒤 루아는 앙드레의 집에 있는 뭔가와 교환하는 걸 조건으로 교섭을 성립시키겠다고 했겠지."

"그래서 두 사람은 앙드레의 집이 있는 생도미니크 가로 간 건가요? 하지만 저는 아직도 잘 모르겠는데요. 뒤 루아와 조제트가 공범이었다고 해도 뒤 루아는 왜 오데트를 살해했을 때 조제트한테 죄를 뒤집어씌우는 거짓 증거를 현장에 남겼을까요? 조제트가 의심을 사면 자신도 위험해질 텐데 말이에요."

"조제트는 미끼가 되는 걸 조건으로 뒤 루아한테 협력했겠지. 오데트를 살해한 범인이 조제트라고 보여주는 증거에 따라 뒤 루아의 범행이 은닉되었고. 앙드레 살해의 경우에는 최대 용의자인 조제트의 범행이 절대 불가능하다는 알리바이 때문에 그녀한테 향해진 의혹도 기묘한 혼란에 빠지게 되지. 결과적으로 또다시 뒤 루아의 범행은 은닉되고. 미끼가 되어 몸을 감추는 것만으로 조제트는 자신의 손을 더럽히지 않고 언니에게 복수를 하고 거액의 돈까지 손에 넣을 수 있었으니까."

"경정님, 그럼 폭탄도 그런 분야의 늙은 너구리 같은 클레크한테서 입수했겠군요. 세 사람 다 아직 파리에 있다면 다시는 놓치지 않겠지만." 바르베스는 분하다는 듯 얼굴을 일그러뜨렸다.

"조제트 한 사람뿐이라면 그래도 별 재주도 없이 파리에 잠복하고 있을 가능성이 있지만 내막을 속속들이 알고 있는 남자들이 함께라면……"

"어쩔 수 없습니다. 국가경찰에 지원을 부탁하죠 뭐. 전국 수사, 국제 수사 태세를 취하겠습니다."

창밖은 이미 깜깜한 밤이었다. 건너편 그랑오귀스탱 둑 강가에는 인적도 드물고 쓸쓸해 보이는 가로등 불빛이 차가운 센 강 수면을 어렴풋이 비출 뿐이었다. 경정은 의자에서 일어나 어두운 창가로 다가갔다. 차디찬 유리창에 얼굴을 대고 바깥 광경을 빤히 바라보던 경정에게 바르베스가 말했다.

"경정님, 수수께끼를 풀었는데도 어쩐지 우울한 얼굴이네요. ……괜찮습니다. 사람 잡는 이런 일은 우리가 솜씨를 보여줄 분야니까요. 세 사람 다 어디에 몰래 숨어 있든 반드시 찾아낼 겁니다." 바르베스가 알랑거렸다.

"장 폴, 내가 생각하는 건 그런 게 아니네. 돈 때문에 이미 두 사람을 죽인 남자야. 전리품을 나누는 게 싫어지면 제삼, 제사의 살인이 일어날 가능성도 있거든……" 모가르 경정은 낮은 목소리로 중얼거리듯이 말했다.

1월 17일 오후 8시

우리 집 거실에는 장 폴, 아버지, 앙투안, 질베르, 마틸드, 가케루 그리고 나까지 일곱 명이 있었다. 조촐한 저녁식사 자리를 마련한다는 명목으로 내가 계획적으로 모이게 한 것이다. 사실은 프로사르와 바르트 부인도 부르고 싶었지만 그건 단념할 수밖에 없었다. 사건 관계자 전원을 모으기란 상당히 어렵다. 탐정소설의 마지막 장면처럼 되지는 않는다.

그제 밤, 자지 않고 기다리던 나는 밤늦게 귀가한 아버지에게서 뒤 루아가 도망쳤다는 이야기와 오데트의 유언장과 관련된 사정을 대충 알아냈다. 새로운 사실은 내 추리와 딱 들어맞았다. 지금까지 확실치 않았던 동기도 새로 알게 된 정보로 분명해졌다.

그리고 어제 오페라 광장의 호텔에 가봤다. 호텔에서의 현장 조사는 성공적이었다. 모든 것이 생각한 대로였다. 기분이 좋아져 오페라 광장에서 에투알 광장까지 걷기로 했다. 샹젤리제 거리를 콩코르드에서 에투알까지 지나는 건 오랜만이었다. 날씨도 좋았다. 거리는 아름답고 쇼윈도 너머 상점의 진열용 선반도 아름답게 장식되어 있었다. 가뿐하게 들뜬 기분으로 쇼핑도 좀 했다. 전부터 갖고 싶었던 어린양 가죽으로 만든 초록색 장갑을 샀다.

에투알 광장에서 샛길로 들어서자 최초의 사건이 일어난 오데트 라루스의 아파트 건물이 있었다. 집 안으로 들어갈 수 없다는 건 알고 있었고, 특별히 그럴 필요도 없었다. 다만 마지막 추리에 대비하여 다시 한 번 오데트 사건의 현장에 서보고 싶었다. 날이 저물기 시작하여 몹시 추웠지만 외투 호주머니에 손을 넣고 엷은 갈색 털모자를 귀까지 눌러쓰고 모자와 한 벌인 긴 목도리를 칭칭 감고서, 비바람에 거무스름해진 위엄 있는 석조 건물을 오랫동안 올려다보았다.

에투알 광장까지 돌아가자 거기에는 거대한 석조 건축물이 어둑어둑한 가운데 멍하니 웅크리고 있었다. 둔중한 돌문 주위를 광장 가득히 원형을 그리며 무수한 자동차가 끊임없이 흘러갔다. 통풍을 앓는 노인처럼 굳어진 채 불쾌하게 우뚝 솟은 개선문은, 끊임없이 회전운동을 하고 있는 차가운 금속 띠를 내려다보았다. 점점 짙어가는 황혼의 어둑어둑함 속에서 광장은 화폭에 그려진 지옥의 광경과도 닮아 냉랭한 인상을 주었다.

내가 한나절에 걸쳐 준비한 저녁식사는 이미 끝났다. 모두가 제

각기 자리를 잡고 앉아 한가한 잡담을 나누고 있었다. 아버지와 장 폴은 종잡을 수 없는 평범한 화제를 골랐다. 사건의 관계자인 앙투안과 친구들 앞에서 일 이야기를 피하고 있는 것이다.

마음에 걸린 건 마틸드와 가케루, 이 두 사람이었다. 거리끼는 기색도 없이 두 사람은 자신들만의 세계를 만들고 있었다. 가케루는 우울해 보이는 매력적인 미소를 띠고 있고, 그것을 보고 있는 마틸드의 옆얼굴은 연애하는 여자처럼 생기에 차서 빛났다.

어제까지 필요한 마지막 조사를 끝냈다. 추리의 윤곽은 잡혔고 이미 내 앞에는 사건의 진상이 펼쳐져 있었다. 관계자 앞에서 사건의 수수께끼를 풀고 의외의 진상을 폭로할 때 명탐정의 기분이 바로 이런 것일까. 나는 흥분과 긴장으로 이상하게 들떴다.

"여러분, 아주 중요한 이야기가 있습니다." 나는 일어나서 전원의 주목을 모으기 위해 또랑또랑한 목소리로 말했다.

"뭐지, 나디아?" 장 폴이 쾌활하게 대꾸했다.

"뭔데 그래, 나디아?" 앙투안이 의아하다는 듯이 물었다.

"제 얘기는 오데트 살해와 앙드레 살해의 진상입니다"라고 말했을 때, 아버지가 뭔가 불길한 예감이 적중하기라도 한 듯이 난처한 표정으로 무슨 말을 하려고 했다. "잠깐만요, 아빠. 앙투안과 친구들 앞에서 사건에 대해 이야기하고 싶지 않겠지만, 그런 걱정은 필요 없어요. 아빠와 장 폴 아저씨의 의견을 들어보려고 하는 것도 아니고, 제 생각은 어차피 앙투안과 친구들 앞에서 말할 거니까 결국 같은 거예요." 아버지는 어쩔 수 없다는 듯이 어깨를 움츠렸다. "지금부터 하는 이야기는 전 세계에서 단 세 사람밖에 모르는 사건의 진상입니다. 범인 두 사람과 나, 이렇게 세 사람. 이건 이론적인 추리가 다다른 유일한 진상이에요."

가케루는 안락의자에 깊숙이 앉아 무표정한 얼굴로 이쪽을 보고 있었다. 마음에 없고 무관심한 표정이었지만, 그것은 가장하고 있는 표정에 지나지 않는다고 나는 확신했다. 그는 얼굴을 미세하게 왼쪽으로 기울이고 긴 앞머리 몇 가닥을 피아니스트처럼 하얗고 긴 손가락으로 천천히 훑고 있었다. 미묘하게 구부러지며 오르락내리락하는 손가락 끝의 움직임은 어딘가 에로틱한 느낌마저 주었다. 이는 뭔가 열심히 생각할 때의 버릇이었다.

"현재 사건에 관한 경찰 당국의 생각은 이렇습니다. ……두 살인 사건은 조제트와 뒤 루아의 공범. 살해는 두 건 모두 뒤 루아가 실행했고, 범인 둘은 현재 도주 중. 첫 번째 사건의 동기는 당시 오데트가 소유하고 있던 천오백만 프랑의 강탈 그리고 뒤 루아와 조제트 각자의 이유에 의한 오데트에 대한 복수. 두 번째 사건의 동기는 어떤 방법으로 사건의 진상을 알아내고 두 사람을 협박해온 앙드레에 대한 자기방어.

하지만 이런 당국의 판단이야말로 두 사건의 진범이 은밀히 기대하고 있던 거고, 경찰은 의도적으로 쳐놓은 교묘한 함정에 완전히 빠져 있는 겁니다. 뒤 루아와 조제트라는 가짜 범인을 만들어내고 그 뒤에서 현재 득의의 미소를 짓고 있는 한 쌍의 남녀, 그들은……" 여기서 일단 입을 닫았다. 나의 확신에 찬 강한 어조로 인해 좌중의 긴장은 조용히 높아졌다. 내 말의 효과를 확인하는 것처럼 천천히 말을 이었다.

"······그들은 오데트와 프로사르입니다."

"오데트 이모가?" 앙투안이 조그맣게 외쳤다. "그건 말도 안 돼."

좌중이 일순 술렁거렸다. 진정되기를 기다려 나는 다시 입을 열었다.

"오데트예요. 사람들이 오데트라고 생각한 시체는 다름 아닌 환상의 범인 조제트였습니다. 시체를 특정하기 위한 명백한 물적 증거는 결국 발견되지 않았습니다. 의도적으로 여기저기에 흩뿌려 놓은 무수한 정황 증거에 의해 사람들은 시체를 오데트라고 잘못 생각하게 된 거예요. 범인은 왜 피해자의 목을 자르고 그것을 가져가지 않으면 안 되었을까요? 이 의문에 답할 수 없는 모든 추리는 헛된 것입니다. 머리 없는 시체라는 사실이야말로 이 피비린내 나는 범죄의 본질적인 특징이니까요. 그리고 제 추리만이 이 목 절단이라는 기괴한 사실을 합리적으로 설명할 수 있는 단 하나의 해답입니다. 즉 살해된 것은 오데트가 아니라 조제트였습니다. 범인은 조제트가 아니라 오데트였습니다. 따라서 오데트는 조제트의 머리를 가져갈 수밖에 없었습니다. 사람들한테 죽은 사람이 오데트이고 범인은 조제트라고 믿게 하기 위해서지요."

좌중은 내 다음 말을 기다리며 조용해져 있었다. 청중의 주의를 끄는 데 성공한 나는 무척 만족스러웠다. 그리고 막힘없는 어조로 이야기를 계속했다.

"작년 가을 오데트는 1월 15일이 자신의 파산일이라는 걸 알게 되었습니다. 사치스러운 생활에 목까지 담그고 있던 중년의 부르주아 여자한테 다가오는 파산일은 상상조차 할 수 없는 악몽, 견디기 힘든 공포로 덮쳐왔겠지요. 돈으로 유지해온 젊음과 미모의 급속한 쇠퇴, 쪼들리고 비참한 생활, 얼마 안 되는 돈 때문에 강요되는 굴욕적인 노동……

그런 악몽 속에서 오데트는 결국 하나의 범죄를 생각해냅니다. 파산하는 날 이전에 전 재산을 갖고 도망치는 것. 그러나 그것만으로는 충분하지 않았습니다. 법의 도움을 받은 빚쟁이들이 오데트의 뒤를 악착같이 쫓아다닐 테니까요. 설사 도망치는 데 성공한다고 해도 남은 인생을 언제 발각될지 모르는 불안과 공포 속에서 살아야 합니다. 그녀는 좀 더 나은 방법을 생각해냈습니다. 오데트라는 인간을 지상에서 말살시켜버리는 것. 근친이기 때문에 울적한 감정으로 아무리 미워해도 성에 차지 않는 여동생 조제트를 죽이고 그 시체를 자신으로 보이게 하여 조제트가 자신을 죽이고 전 재산을 훔쳐 달아났다고 사람들한테 믿게 할 수만 있다면, 그후에는 오데트를 쫓는 사람도 없겠지요.

도주에 대비해서 오데트는 자산을 현금으로 바꾸기 시작했습니다. 한편 뒤 루아도 전망이 없는 사업을 단념하고 부채를 떼어먹은 뒤 전 재산을 들고 도망치는 계획을 진행하고 있었습니다. 또한 앙드레는 어디선가 오데트의 계획을 냄새 맡고 안전하게 도망치고 싶으면 자신한테 그에 상응하는 돈을 지불하라고 그녀를 협박하기 시작했습니다.

여기서 오데트에 의한 연쇄살인의 구상이 생겨났습니다. 오데트는 앙드레한테 돈을 갖고 함께 도망치자는 제안을 했을 겁니다. 자산의 현금화를 진행하고 앙드레의 정부가 되어 그를 믿게 하면서 공범자를 확보하기 위해 머리를 짜냈겠지요. 그리하여 선택된 사람이 프로사르였습니다." 나는 일단 말을 멈추고 탁자 위에 두 개의 증거품을 내놓았다. 나무 액자 틀에 넣어진 한 장의 사진과 두꺼운 책 한 권이었다.

"이 사진을 보세요. 앙투안한테 부탁해서 오데트의 아파트에 있던 사진을 가져왔어요."

라루스가의 관계자들이 정장을 입고 함께 찍은 사진이었다. 클레르와 오데트의 결혼식 기념사진이었다. 어느 교회의 낡은 석조 건물 앞에서 클레르와 오데트가 중앙에 섰고 오데트 옆에 프로사르, 뒤 루아 그리고 한 추한 소녀가 서 있었다. 조제트였다. 아직 10대로 보이는 신부 오데트는 하얀 웨딩드레스를 입었고 눈부실 만큼 아름다웠다.

"클레르, 오데트, 프로사르 순으로 섰는데, 오데트와 프로사르의 팔 모양을 잘 봐주세요. 그걸 보고 뭔가 눈치챈 거 없나요?"

모두가 낡은 사진에 주의를 했지만 특별한 반응은 없었다.

"잠깐 와봐." 나는 앙투안을 불렀다. "이 사진의 오데트와 프로사르의 팔 모양을 실험해봤으면 해서."

의아해하는 앙투안의 팔을 잡고 나란히 서서 사진 속처럼 팔을 꺾어 구부려 몸 뒤로 돌렸다. 옆에서 앙투안이 숨을 삼켰다.

"자, 앙투안. 이대로 돌아."

우리가 그대로 돌아 등을 보이자 전원이 가볍게 웅성거렸다.

"이제 이해하셨을 거예요. 오데트와 프로사르는 바로 오데트의 허리께에서 서로의 손을 단단히 잡고 있습니다. 두 사람의 팔 각도와 몸의 거리로 보아 이것은 증명되었습니다. 저는 오데트의 아파트에서 처음으로 이 사진을 봤을 때 바로 알았어요. ……결혼식 당일, 모두의 눈을 속이고 오데트는 프로사르와 손을 잡고 있었고 그 증거 사진을 당당히 아파트 거실의 장식장 위에 놓아두었습니다. 프로사르가 당국의 심문을 받을 때 오데트의 음란한 성격을 비난하듯이 말한 내용은 사실이겠지요. 그러나 그것을 단순히 받아들일 수는 없습니다. 적어도 한때 프로사르와 오데트는 연인 관계였다고 추정할 수 있으니까요. 그 관계가 어쩌면 최근까지 계속되었을지도 모른다고 생각해선 안 될 근거는 어디에도 없습니다. 자, 여기 프로사르의 경력이 있어요." 나는 두꺼운 변호사 명부를 펼쳐 프로사르가 나온 페이지를 처음부터 끝까지 소리 내서 읽었다. 내가 주의를 끌고 싶었던 것은, 그가 소속된 단체가 기재되어 있는 부분이었다.

"……변호사협회 회원. 사형폐지문제조사회 회원. 범죄과학협회 이사. 암벽등반기술협회 명예회원……"

그러나 여기서도 내 의도를 간파한 사람은 아무도 없었다. 아, 정말, 제대로 된 눈을 가졌으면서 아무것도 보지 못하는 사람이 너무 많다.

"아무튼 프로사르는 오데트의 공범이 되는 걸 승낙했습니다. 프로사르는 냉소적이고 잘 빈정대는 사람으로 사회의 상식을 초월한 사람입니다. 교묘한 변론술로 많은 범죄자를 무죄로 만들었는데, 그것은 법과 사회의 상식을 우롱하는 일이 무엇보다 그의 취향에 잘 맞았기 때문입니다. 법정에서 법을 조롱하는 대신 현실적인 행위로 그것을 해보는 게 좀 더 재미있을 거라고 생각할 수도 있는 사람입니다. 그런 프로사르의 30년에 걸친 변호사 생활 경험이 이 범죄 계획에 동원되었습니다. 조제트 살해, 앙드레 살해 계획은 그의 치밀한 두뇌로 세부까지 다듬어진 것이고, 그것이 이 범죄에 오데트 같은 여자는 결코 생각해내지 못할 완벽한 계획성을 부여했습니다. 프로사르는 재미있는 농담처럼 모든 단계에서 이 계획을 즐겼겠지요.

프로사르는 우선 이봉이 살아 있다는 허구를 만들어내기 위해 협박장을 발송했습니다. 오데트의 생일날에는 그녀의 열쇠로 아파트의 서재에서 『주홍 글씨』를 훔쳐내 건물 입구에 놓아두기도 했지요. 그리고 범행을 하기로 계획한 1월 6일이 왔습니다. 뒤 루아한테 죄를 뒤집어씌우기 위해서는 그가 안전하게 도망을 쳐야만 하고, 이를 위해서는 1월 6일이 최후이자 최적의 날이었습니다.

전날 밤 오데트는 여동생 조제트를 도발해서 히스테릭한 싸움을 연출했습니다. 예상한 대로 조제트는 막말을 남기고 집을 뛰쳐나갔습니다. 조제트가 향한 곳은 앙드레의 아파트였지만 범인들도 그걸 예상하고 있었습니다. 다음 날 아침 오데트는 앙드레의 집에 전화를 걸어 어떤 감언이설로 꼬드겼는지 아니면 기만적인 사죄의 말을 늘어놓았는지, 아무튼 그날 아침에 아파트로 돌아오도록 조제트를 설득했습니다. 제 생각엔 자신이 두 번째 사체로 예정되어 있다는 것도 모르고 앙드레가 이 계획에 어느 정도 협력했을 거예요. 오데트와 도망칠 생각이었던 앙드레로선 그녀의 계획을 묵인하거나 소극적으로 가담하는 것 정도는 아무것도 아닙

266

니다. 이렇게 해서 조제트는 범인들이 예정했던 시간에 아파트의 문 앞에 도착했어요.

이미 오데트는 범행 준비를 마쳤습니다. 조제트의 방을 비롯하여 그녀의 소지품 대부분에 지문을 묻혀놓았을 뿐만 아니라 조제트의 담배인 로열을 피우고 꽁초에 자신의 립스틱과 타액을 묻히는 것도 잊지 않았습니다. 그리고 아침 일찍 귀가한 조제트한테는 구실을 붙여 자신의 방과 소지품 대부분에 손을 대게 하고 자기 담배를 몇 개비 피우게 했습니다. 또한 생과일주스도 마시게 했겠지요. 이런 위장 작업이 굉장히 어려운 것처럼 생각되지만, 실제로는 그다지 어렵지 않습니다. 방의 벽이나 가구처럼 움직일 수 없는 것을 제외하면 나머지는 살해하고 나서 시체의 손가락에 기물을 닿게 하여 지문을 남길 수도 있어요. 담배 같은 경우도 담뱃대 같은 걸 사용해 피운 다음 그 꽁초를 시체의 입술에 물려 립스틱이나 타액을 묻히면 되니까요.

그 후 오데트는 준비한 둔기로 여동생을 일격에 쓰러뜨리고 이번에는 시체를 위장하기 시작했습니다. 손발톱에는 자신의 매니큐어를 바르고, 시체의 손가락에 자신의 반지를 끼우고, 외출복은 물론이고 속옷에서 양말, 구두까지 자신의 것을 입히고 신겼습니다. 이렇게 준비를 마치고 나서 조리실의 고기 써는 식칼로 조제트의 목을 절단했습니다. 그러고 나서 벗겨둔 조제트의 옷을 입고 서재의 금고에서 돈다발을 꺼내 머리와 함께 붉은색 가죽 여행 가방에 담고 라이터와 준비한 담배꽁초 등 가짜 증거를 현장에 남긴 뒤 아파트를 빠져나갔습니다.

현장에 남겨진 몇 가지 수수께끼도 이렇게 생각해야 비로소 설명이 됩니다. 조제트는 귀가해서 곧바로 샤워를 했습니다. 욕조는 이미 오데트가 사용했기 때문에 양쪽이 젖어 있었다는 기묘한 결과가 된 거죠. 시체의 손가락 끝에 가루치약을 묻힌 것도 오데트예요. 어떻게든 시체가 스스로 열쇠를 꺼낸 것처럼 보이게 하기 위해서지요. 그런데 실제로 가루치약 병을 떨어뜨린 것은 물론 위장 공작을 한 게 오데트였기 때문에 시체의 옷에는 가루치약이 묻지 않았던 것입니다. 화장대 뒤에 떨어져 있던 립스틱은 시체의 지문을 묻힌 다음 주의를 끌기 위해 거기에 놓아두었고요. 샤워를 하고서 화장을 한 조제트는 일단 오데트가 세워놓은 거울을 다시 비스듬하게 되돌렸고 쓰레기통에 다 쓴 화장지를 버렸습니다. 오데트는 쓰레기통을 보고 그 화장지를 치웠습니다만, 거울의 각도까지는 신경 쓰지 못했겠지요.

또한 오데트는 현장의 벽에 남긴 피로 쓴 A나 문에 끼워놓은 『주홍 글씨』를 통해 이중의 효과를 거두려고 계산했습니다. 오데트의 음란한 행위를 미워하는 자의 범행을 암시함으로써 뒤 루아에 대한 의혹을 심화시키는 효과와 더불어 살해당한 자가 음란한 여자 오데트라는 것을 한층 깊이 믿게 하는 효과를 냈지요.

범행은 10시에는 끝났을 겁니다. 모든 준비를 마치고 이제 현장에서 빠져나가기만 하면 되는 상태에서 오데트는 마르탱 부인한테 전화를 걸었습니다. 통화 중에 울린 초인종 소리는 적당히 잔꾀를 부렸겠지요. 이것으로 범인이 10시 지나 현장에 침입했고 범행은 10시 반까지 일어났다고 믿게 함으로써 공범자 프로사르의 알리바이를 확실하게 만들었습니다."

나는 첫 번째 사건의 진상을 다 말했다.

"놀라운데, 나디아." 앙투안이 탄성을 질렀다. "하지만 마르탱 부인이 목격한 수수께끼의 사내는 누구였을까? 프로사르는 그때 이미 법률사무실에 있었을 거고."

"프로사르가 누군가한테 시켰겠지. 마지막에는 뒤 루아를 범인으로 꾸며낼 계획이었는데, 수사를 혼란시키기 위해 이봉처럼 보이는 사내를 무대 근처에 어슬렁거리게 할 필요가 있었던 거야."

앙투안의 칭찬에 기분이 우쭐해졌다. 조용히 이쪽을 보고 있는 마틸드도, 실제로는 내가 더 머리가 좋다는 사실을 인정할 수밖에 없을 것이다. 아버지도 장 폴도 이제 나를 어린애로 취급할 수 없겠지. 그러나 가케루의 침묵만이 다소 마음에 걸렸다. 그 입술 주위에는 비아냥거리는 미소로도 보이는 가벼운 일그러짐이 있어 은밀히 나를 초조하게 했다. 가케루가 무슨 생각을 하든 상관없었다. 아직 두 번째 사건이 남았다. 그 이야기를 다 마쳤을 때는 이 불손한 일본인도 머리를 싸쥘 것이다.

"아직 두 번째 사건이 남아 있어요." 나는 이야기를 재개했다. "현장에서 벗어난 오데트는 이튿날 신중하게 얼굴을 감추면서도 화려한 빨간 머리 가발만은 자랑스럽게 내보이며 미리 전화로 예약해둔 호텔의 726호실에 투숙했습니다. 아마 프로사르가 준비해둔 택시로 미행을 따돌린 앙드레도 그날 밤 726호실에 도착했겠지요. 앙드레는 오데트의 범죄를 알면서도 거액의 돈에 넘어가 그녀와 둘이서 도망갈 생각이었습니다.

두 번째 살인에 대비하여 오데트는 프로사르의 사무실에 두 번 전화를 했어요. 거기에 응하는 것처럼 프로사르는 오데트와 앙드레가 있는 726호실에 전화를 걸었다고 증언했지만, 정말 앙드레와 이야기를 했는지는 의심스럽습니다. 이는 앙드레가 살해되던 날 밤 프로사르가 현장에 있어도 부자연스럽지 않은 상황을 준비하기 위한 농간이었습니다. 그래서 앙드레가 프로사르를 현장에 불렀다는 증거가 준비되면 그걸로 되었던 거예요. 프로사르가 없는 시간을 골라 726호실에서 걸려 온 두 번의 전화는, 호텔 측의 기록과 프로사르의 비서가 기록에 남김으로써 아무리 생각해도 앙드레가 프로사르를 만나고 싶어 한다는 인상을 만들어냈습니다.

그리고 앙드레가 살해되는 밤이 되었습니다. 오데트는 뭔가 적당한 구실을 대고 앙드레를 호텔에서 데리고 나갔습니다. 두 사람이 택시로 앙드레의 집 근처까지 갔다가 호텔로 돌아오는 사이에 폭탄이 설치되었을 거예요."

"누가 어떻게 설치했다는 거야? 그 방은 밀실이었다고 하잖아." 앙투안이 흥분한 목소리로 내게 물었다.

"오데트가 투숙한 것과 같은 날인 1월 7일 밤, 수수께끼의 남자가 626호실에 방을 잡았다는 사실을 떠올려주세요. 프로사르가 직접 잡았거나 아니면 부하를 시켰을 겁니다. 이렇게 626호실의 열쇠를 손에 넣은 프로사르는 사건 당일 밤 엘리베이터를 이용해서 미행을 따돌리고 예정대로 626호실로 들어갔습니다. 그가 늘 들고 다니는 서류 가방에서 폭탄과 기폭장치 등을 꺼내 준비해 간 자루에 넣고 등에 멨지요. 그러고 나서 창을 열고 한 층 위에 있는

726호실까지 수직 벽면을 올라갔습니다. 프로사르가 청년 시절에 암벽등반을 취미로 했다는 건 앞서 말씀드린 대로입니다. 그리고 그는 726호실의 유리창을 깨고 방으로 침입했지요.

그 호텔은 중앙 냉온방이라 창은 안에서도 밖에서도 간단히 열 수 없게 되어 있어요. 안쪽에서라면 프로사르가 626호실에서 실제로 그렇게 한 것처럼 도구를 사용해 어느 정도 시간이 걸리더라도 어떻게든 억지로 열 수 있었겠죠. 그렇지만 거의 발 디딜 데도 없는 수직 벽면에 달라붙은 채 바깥에서 창을 여는 건 도저히 불가능합니다. 수사 당국이 창으로 침입했을 가능성을 생각하지 않은 것도 당연합니다. 보통이라면 절대 오를 수 없는 벽면, 바깥에서는 절대 열리지 않는 창이라는 이중의 조건이 있었기 때문이죠. 그러나 여기에 앙드레 살해의 최대 트릭이 있었습니다. 왜 범인은 폭탄이라는 색다른 흉기를 사용해야만 했을까요? 그것은……"

"알았다." 앙투안이 외쳤다. "유리창을 깨고 방에 들어간 걸 숨기기 위해서."

"그렇습니다. 침입하기 위해 깬 유리창을 이번에는 다시 한 번 폭풍으로 산산조각을 내버리면 창으로 침입했다는 증거는 멋지게 사라지게 되지요. 그는 이렇게 해서 폭탄을 다 설치하고 다시 벽면을 타고 626호실로 돌아가 창을 원래대로 걸어 잠갔어요. 프로사르가 로비에 나타난 것은, 6층이 아니라 7층의 창고에 도구를 숨기고 나서입니다. 나머지는 오데트가 앙드레를 먼저 방으로 들어가게 하고 현장에서 도주하기만 하면 되었습니다. 그날 밤 프로사르는 계획적으로 마틸드와 바르트 부인까지 현장에 끌어냈습니다. 이것으로 프로사르는 용의자 무리 속에 안전하게 몸을 숨길 수 있었던 거지요."

"그렇구나." 다시 앙투안이 놀랍다는 듯이 말했다.

"그래, 논리적인 설명은 이것밖에 없을 거야. 오데트는 아직 파리에 있을 거고. 조제트를 찾기 위한 수사는 오데트한테 전혀 위협이 되지 못할걸. 그렇게까지 시간과 수고를 들여 '오데트 살해'를 연출한 동기는 빚쟁이한테서 도망쳐도 파리에서, 적어도 프랑스의 어딘가에서 살고 싶다는 강한 욕망이었을 거라고 생각해."

"이걸로 사건은 해결된 거야?"

"아니, 앙투안. 현실적인 해결은 경찰의 일이야. 하지만 프로사르의 체포는 어려울 것 같아. 이 사건의 범인은 여우처럼 교활한 남자니까. 혹시 프로사르를 체포해도 재판에서 유죄를 입증할 가능성은 없을 거야. 그 남자는 거기까지 내다보고 범행에 뛰어든 거니까. 그보다는 오데트를 찾아내는 게 문제야. 오데트를 체포해서 프로사르와의 공범 관계를 자백시키는 것, 그것밖에 없겠지. 아무튼 나머지는 아빠와 장 폴 아저씨의 일이지. 이것으로 내가 할 수 있는 일은 끝났어."

나는 만족스럽게 이야기를 마쳤다. 진상은 훌륭하게 폭로됐다.

"그런데 가케루의 의견은 어떨까? 나는 듣고 싶은데. 설마 나와 같은 생각이라고는 하지 않겠지?" 나는 약간 심술궂게 물었다. 모두들 가케루의 얼굴을 주시했지만 가케루는 무뚝뚝하게 입을 다물고 있었다.

"가케루 군, 자네의 의견도 들었으면 좋겠는데" 하고 아버지가 말했다. 나의 완벽한 추리 뒤에 가케루에게 아직 말할 만한 내용이 남아 있다는 아버지의 생각에 좀 짜증이 났다. 앙투안이 입을 다물고 있는 일본인을 보고 가볍게 흥 콧방귀를 뀌었다. 가케루가 드디어 무거운 입을 열었다.

"……현상학자가 생각하는 바로는 철학적인 진리와 평범한 일상생활자의 경험적인 지혜는 결코 대립하는 것이 아닙니다. 본질직관은 생활자의 일상 경험과 무관한 난해하기 그지없는 철학적인 방법이 아니라 평범한 생활자 누구라도 나날이 행하고 있는 인식 활동을 기초로 그것을 반성적으로 정화하여 얻을 수 있는 것에 불과하다고는 언젠가 말씀드렸을 겁니다. 지금까지의 모든 철학은 일상생활자의 지식질서에서 절대적으로 독립한 진리체계를 구축하려고 노력해왔습니다. 현상학은 이 독선적인 기도를 비판합니다. 진리는 그저 생활세계 안에만 있습니다. 철학자의 작업은 아무것도 없는 허공에서 진리체계를 생각해내는 것이 아니라 생활자가 가진 세계에 대한 지혜를 정련하여 거기에서 순수한 황금을 추려내는 데 있습니다."

나는 가케루가 무슨 말을 하고 싶은 건지 전혀 이해할 수 없었다. 사건과 무관한 엉뚱한 철학론에 화까지 치밀었다. 마치 자신의 무능과 패배를 인정하고 싶지 않아서 임시방편으로 무의미한 장광설을 늘어놓는다고 여겨지기도 했다. 그러나 가케루는 여전히 단조로운 억양으로 이야기를 계속했다.

"예를 들어 유명한 제논의 패러독스가 있습니다. 늦게 출발한 아킬레우스는 결코 거북이를 따라잡을 수 없다는 그 이야기*이지요. 공간의 무한 분할이라는 가설이 성립하지 않고 공간은 시간과 상관적으로만 존재할 수 있다는 이론에 의해 이 패러독스가 풀리기 이전부터 사람들은 제논의 논의가 속임수에 불과함을 잘 알고 있었습니다. 길을 걸을 때 서로 추월하기도 하고 뒤처지기도 하는 소박한 경험을 통해 얻은 지식이 소피스트의 궤변을 인정하지 않기 때문입니다. 그리고 이런 일상의 자명성에서 유래하는 세계에 대한 사람들의 확신은 논리의 무질서한 자기운동에 예를 표하는 이론가의 정신보다 훨씬 이성적이고 진리에 가깝습니다.

제논의 패러독스는 우리한테 또 하나의 교훈을 줍니다. 정합적인 논리는 꼭 진리를 담고 있는 것이 아니라는 교훈을요. 논리적으로 훈련받지 않은 사람들은 궤변적인 논리에 현혹되는 일도 있습니다만, 동시에 그들은 항상 논리성 일반에 비합리적이고 뿌리 깊은 불신을 품고 있는 법입니다. 논리적인 올바름의 강요는 결코 그 불신감을 해소할 수 없습니다.

또한 진리로 가는 길을 생활세계에서 찾아낼 수 없는 이론가, 논리의 무질서에 몸을 판 궤변가에 대한 처벌은 그 자신이 영혼의 깊은 곳에서 자신의 논리를 믿지 않는, 오히려 믿을 수 없게 된다는 데 있습니다. 거기서는 쓸모없는 허무주의가 발생할 뿐입니다. 그가 열심히 자기 의견을 주장하고 논리에 집착하며 그것을 극한

---

* 아킬레우스와 거북이가 경주를 할 때 거북이가 A만큼 앞서 출발한다면 아킬레우스는 영원히 거북이를 따라잡을 수 없다는 제논의 패러독스. 왜냐하면 아킬레우스가 A만큼 갔을 때 거북이는 B만큼 더 가게 되고, 아킬레우스가 B만큼 갔을 때 거북이는 다시 C만큼 더 가 있는 일이 끊임없이 반복되면, 결국 아킬레우스는 영원히 거북이를 따라잡을 수 없다는 것이다.

까지 순수화하려고 하면 할수록 살아 있는 그 자신의 경험과 영혼은 그저 무참하게 상처 받을 뿐입니다. 그 결과 그는 믿고 있는지 믿고 있는 척하고 있을 뿐인지, 그것이 현실인지 이것이 현실인지 그 자신도 알 수 없게 되고, 끝내 이성과 진리의 현존조차 의심하게 됩니다."

짜증은 이제 더 이상 견딜 수 없을 만큼 차올랐다. 나는 아주 밉살스러운 태도로 말했다.

"가케루, 듣고 싶은 건 사건의 진상이야. 네 시시한 철학론이 아니라고."

그런 말에도 가케루는 동요하는 빛을 보이지 않았다. 그는 잠시 말을 끊고 끔찍하게 새까맣고 큼직한 눈동자로 내 얼굴을 가만히 바라보았다. 나는 이유 없는 압박감에 숨이 막힐 것 같았다. 그런 만큼 이 무표정한 일본인에 대한 반감이 심해졌다. 가케루가 다시 조용히 이야기를 시작했다.

"……오데트 살해, 앙드레 살해, 조제트 살해의 배후에 있는 정신이야말로 논리의 무질서에 대한 배례, 극단으로 이성적이 되려고 하여 진리의 원천인 생활세계를 증오하고 끝내 진리의 현존 자체를 의심하기에 이른 왜곡된 이성, 부식된 이성입니다."

"조제트 씨가 죽었다는 걸 어떻게 알아요?" 마틸드가 떨리는 목소리로 물었다.

"저는 압니다. 세 번째 시체는 이 거리 어딘가에 숨겨져 있다는 것을요. ……그러나 이야기를 돌리지요. 연쇄살인 계획범의 정신은 허무주의의 병터로 추하게 문드러져 있습니다. 게다가 자신의 추악함에 무자각한 오만함까지 있습니다. 오늘 밤 나디아의 태도에도 아직 작은 싹에 지나지 않지만 그 궤변가에 대한 정신적인 숭배가 보인다는 것을 지적하지 않을 수 없습니다."

갑자기 내가 화제가 되어 일순 화가 나기보다는 아연실색했다. 그러고 나서 내 안에는 서서히 분노가 쌓여갔다. 마음속으로 뭔가 날카로운 날붙이를 닮은 말을 찾았다. 얼굴 두껍고 무례한 일본인을 잘라버리기 위해. 그러나 가케루의 시선은 무서운 힘으로 내 양어깨를 꽉 누르고 있는 것 같았다. 그 때문에 도저히 끼어들 수가 없었다.

"나디아는 많은 증거나 재료를 효과적이고 논리적인 체계로 구성해주었습니다. 그러나 저는 당장 그 각각에 그럴듯한 논리적인 해석을 열 가지쯤 제공할 수 있습니다. 사실을 해석할 수 있는 논리는 얼마든지 다원적이며 병행하여 존재할 수 있기 때문입니다. 논리만으로 사실에서 진실을 끄집어내는 것은 전적으로 불충분합니다.

사실이 다원적인 논리적 해석을 허용한다는 것은 사물에 내재하는 의미가 무한하다는 뜻이기도 합니다. 예를 들어 이 컵……" 가케루는 탁자 위의 물이 든 컵을 가리켰다. "이 안에는 무한한 의미가 숨겨져 있습니다. 그렇지만 현실의 인간에게 컵의 의미는 늘 한 가지로 고정되어 있습니다. '액체를 입술에 가져가기 위한 용기'라는 의미밖에 갖지 않는 것이 보통입니다. 하지만 대부분의 화가들이 그린 화폭 속의 컵을 보면, 분명 화가들의 눈에는 그것이 물을 담기 위한 도구라는 단순한 기능적인 의미가 아니라 무한한 의미를 가진 개성적인 사물로 비쳤습니다.

원래 무한한 의미를 숨기고 있는 사물이 그저 한 가지 의미로만 고정된 채 취급되는 사태를 현상학자들은 '의미 침전'이라는 말로 표현했습니다. 오데트 살해의 현장에 남겨진 머리 없는 시체에도 역시 이 컵과 마찬가지로 무한한 의미가 숨겨져 있을 겁니다. 그런데 나디아를 비롯한 탐정소설 애호가의 눈에는, 머리 없는 시체라는 사물이 곧 일종의 독특한 의미 침전을 일으킵니다. 무한하게 다양해야 할 머리 없는 시체의 의미를 범인이 피해자의 얼굴을 은닉하기 위한 것, 요컨대 그 시체가 누구인지 판별하기 어렵게 하기 위한 작위라는 점으로만 일의적으로 고정화한 것입니다. 이 고정관념은 거기에 반드시 범인과 피해자의 교체가 있다는 또 하나의 고정관념으로 이어집니다. 나디아가 세운, 사건을 해석하기 위한 논리의 출발점은 머리 없는 시체에 관한 탐정소설 애호가풍의 억측에 있습니다.

실제 경찰관이고 탐정소설풍의 억측에 영향 받지 않은 모가르 씨는 당연히 훨씬 타당한 해석을 내렸습니다. 모가르 씨의 논리는 항상 경찰관의 현실 감각이라는 저울추를 달고 애매하고 혼돈된 현실세계의 늪지대를 한 발 한 발 나아갑니다. 일상생활자로서의 그 지혜가 논리의 무질서한 자기운동을 끈질기게 제어하고 있는 거지요. 피해자의 목 절단이라는 사태에서 격정에 사로잡힌 범인의 광기 어린 정념의 폭발을 보는 경찰관풍의 억측은, 적어도 탐정소설풍의 억측보다는 훨씬 현실적입니다. 일상생활자의 지혜가 설사 일면적이기는 해도 생활세계의 현실에 뿌리내린 깊은 근거를 갖고 있는 데 비해 나디아가 빠져 있는 억측은 훨씬 자의적이고 박약한 것에 지나지 않습니다. 그것은 현실적이지 않기 때문에 그 표면적인 논리 정합성에도 불구하고 진정한 의미에서 이성적일 수 없습니다.

이야기 속에서 상상 속의 명탐정은 머리 없는 시체에서 인간 교체 트릭을 인식할 수 없는, 개처럼 상상력이 부족한 경찰관들을 비웃지만, 사실상 상상력이 부족한 것은 그들 명탐정입니다. 절단된 인간의 머리에는 무한한 의미가 숨어 있고 무한한 기호가 새겨져 있습니다. 확실히 얼굴이 그 개인을 특정하는 기호로 사용되고 있는 것은 보편적인 사실입니다. 지문이나 성문이 기계적인 조작 없이는 개인의 판별 수단으로 이용될 수 없는 데 비해 얼굴은 육안으로 한번 보기만 해도 충분히 판별할 수 있다는 결정적인 이점을 갖고 있으니까요. 여권에서 운전면허증에 이르기까지 얼굴 사진은 가장 보편적으로 이용되는 개인의 판별 수단입니다.

그런데 이렇게 얼굴이 개인의 판별 수단으로 너무 많이 이용된 결과 기묘한 착각이 발생하게 됩니다. 인간의 두부에 새겨진 무한하게 다양한 의미 속에서 단지 얼굴의 개인성, 인칭성만이 특권화되어 두부라고 하면 얼굴, 얼굴이라고 하면 개인을 특정하기 위한 기호라는 직접적인 의미 침전이 발생하게 되는 겁니다. 그런 발상을 고집하는 것만큼 무자각하고 상상력이 결여된 태도도 없습니다. 상상 속의 명탐정들과 나디아의 추리가 공유하고 있는 치명적인 결함도 여기에 있습니다.

저는 언젠가 목을 자른 것의 본질이 범행의 은닉에 있다고 지적했습니다. 그것은 범인이 피해자의 머리에 새겨진 어떤 의미,

어떤 기호를 감출 수밖에 없었는가를 알 때 오데트 살해의 진상은 저절로 밝혀질 거라는 예측도요. 범인은 오데트의 목을 절단함으로써 무엇을 숨기려고 했는가, 나디아도 탐정소설 애호가풍의 억측을 되돌린 상태에서 다시 한 번 생각해봐야겠지요."

"너는, 너는" 심한 분노 때문에 목이 막힐 것 같았다. "나한테 그런 식으로 말하는 네 추리는 어디 있는데? 범인은 또 누구고? 네가 하는 말은 온통 얼토당토않은 철학론뿐이잖아."

몸이 부들부들 떨리는 것 같은 나의 격분을 마치 남의 일처럼 무심하게 바라본 후 가케루는 다시 오만할 정도의 평정심을 유지한 채 이야기를 계속했다. 나는 이 밉살스러운 일본인의 목을 졸라 죽이고 싶은 생각마저 들었다.

"저는 이미 오데트 살해와 앙드레 살해의 진상을 파악했다고 확신합니다. 그러나 현상학적 직관에 의해 얻은 결론은 당연히 그것을 뒷받침할 어떤 물증도 없습니다. 설령 지금 여기서 제 생각을 말해봤자 조제트의 소재를 밝혀내는 수사의 첫 번째 방침에 뭔가 보탬이 될 것 같지도 않고, 도리어 오늘 밤 제 결론을 말해버리면 범인한테 도주의 기회를 제공하게 될 뿐입니다. 이런 까닭에 지금 바로 제 추리를 말하는 것은 삼가기로 하겠습니다. 다만 몇 가지, 어쩌면 참고가 될지도 모르는 것은 지적할 수 있겠습니다만…… 바르베스 씨." 가케루는 장 폴에게 말했다. 가케루가 쓸데없는 말을 하는 동안 장 폴은 코냑에 취해 졸고 있었다.

"예, 뭔가요?" 그는 수업 중에 졸다가 들킨 학생처럼 송구스러워하며 대답했다.

"파리 시내에서 범죄자가 시체를 은닉하기 위해 가장 자주 이용하는 장소는 어디인가요?"

"글쎄." 그는 두껍게 썬 햄 같은 단단한 살로 가득 찬 턱을 손으로 쓰다듬으며 대답했다. 영문을 알 수 없는 이야기를 실컷 들은 후 드디어 화제가 자신의 전문분야가 되어서 장 폴은 아주 만족하여 칠칠맞지 못한 엷은 웃음을 띠었다.

"내 경험으로는, 첫째 추를 달아 생마르탱 운하나 센 강에 빠뜨리는 것, 둘째 교외의 공터까지 옮겨 땅속에 파묻는 것, 셋째 불로뉴나 뱅센 숲 속에 버리는 것, 넷째 빈집에 숨기는 것 뭐 이런 정도겠지."

"차로 시체를 옮길 경우, 옮기기에 안전하고 사람들 눈에 띄지 않으며, 게다가 일정한 기간이 지난 후에는 시체가 발견되기를 바란다면 어떨까요?"

"숲이겠지. 숲 속에 숨기는 거야. 강에 가라앉히거나 땅속에 묻어버리는 건 처분하는 장면을 들킬 가능성이 있고, 또 일이 너무 잘되면 이번에는 시체가 발견되지 않을 염려가 있으니까. 빈집을 이용하면 거기서 꼬리가 잡힐 가능성이 높지. 설마 시체를 짊어지고 빈집을 찾아다닐 수도 없는 노릇이고. 죽이기 전에 알고 있는 장소에 숨길 수밖에 없을 텐데, 거기서 범인과 빈집 사이의 어떤 관계가 남지. 우리는 거기서부터 더듬어 찾는다네."

"바르베스 씨" 가케루가 묘하게 진지한 어조로 말했다. "조제트 수색에 숲 속도 포함시키는 것이 좋지 않을까요?"

"가케루 군, 실은 우리도 그런 생각을 하고 있었네. 뒤 루아 그놈이 범인이라면, 내친김에 공범자인 조제트도 처리했을 가능성이 있으니까. 이만큼 찾았는데도 발견되지 않는 건 조제트가 이미 시체가 되어 있을지도 모르는 거고. 살아 있는 조제트 수색뿐만 아니라 조제트의 시체 수색도 시작해야 한다고 생각하던 참이었네."

"그건 정말 중요한 점입니다."

가케루가 치켜세워주자 장 폴은 아주 정신없이 좋아했다. 나는 몹시 짜증이 났다.

"장 폴 아저씨, 조제트는 아무리 찾아도 나오지 않아요. 오데트예요, 오데트를 찾아야 해요."

"그러나 그건 수사의 기본 방침에 어긋나니까. 네 아빠 마음이지."

나는 아버지의 얼굴을 노려보았다. 아버지는 매정하게 파이프를 피우고 있다가 가케루에게 질문을 던졌다.

"자네는 조제트가 이미 죽었다고 확신하는 건가?"

"네. 저는 믿고 있을 뿐만 아니라 알고 있습니다. 조제트는 이미 시체가 되었습니다. 그건 확실합니다."

가케루의 단정에 앙투안이 깜짝 놀라 몸을 떨었다. 무리도 아니었다. 오데트든 조제트든 그에게는 이모다. 가케루의 냉혹한 표현이 다시 나의 분노를 불러일으켰다.

"마틸드 씨" 가케루가 마틸드에게 말했다. 놀랍게도 마틸드는 아름다운 얼굴이 어렴풋이 상기되어, 가케루가 길게 쓸데없는 이야기를 하는 동안 질리는 기색도 없이 그의 옆얼굴을 열심히 지켜보고 있었다. 가케루가 마틸드를 봤을 때 두 사람의 시선이 미묘하게 뒤엉킨 것을 나는 놓치지 않았다.

"좀 물어보고 싶은 게 있습니다. 다른 사람 목소리는 어느 정도까지 흉내 낼 수 있는 건가요?"

"글쎄요……" 마틸드는 가케루가 물어보는 말의 진의를 파악하지 못하고 당혹스러운 듯이 말했다. "연기는 흉내 내는 게 아니니까, 다른 사람의 목소리를 흉내 낸다고 해도 그걸 목적으로 하는 일은 없어요.

일반적으로 발화의 개성은, 첫째로 발성기관의 신체적 특징에 좌우돼요. 폐, 혀, 이, 성대의 상태에 따라 음성, 음량, 음의 고저 등이 결정되지요. 둘째로 발화의 속도, 가락, 억양, 악센트의 위치 등이 후천적인 문화 요소로서 영향을 주지요. 셋째로 말의 특수한 발음법, 문법상의 특별한 예외, 많이 쓰이는 어휘, 감탄사의 용법 등 보다 고차적인 문화 요소도 있어요. 방언이나 사회계층에 따른 말투의 특징은 주로 둘째와 셋째 요소에서 생겨나는 거예요. 이 두 가지 요소는 원래 후천적이고 학습적인 성격을 갖는 것이니까 훈련에 의해 상당한 정도로 흉내 낼 수 있을 거예요. 혹시 발성기관이 어느 정도 비슷하다면 그 효과는 더 높아지겠지요. 발성기관이 구조적으로 다른 경우, 예컨대 남자와 여자나 유아와 노인인 경우에는 둘째와 셋째 요소로 인해 노력해도 역시 무리가 있겠지요."

"연령이 비슷한 같은 세대 여성으로 비만 체형이거나 마른 체형의 경우는 어떻습니까?"

"그다지 장애가 되지 않을 거라고 생각해요."

"모녀나 자매가 아주 비슷한 목소리를 가진 사람들이 있는데, 무슨 이유가 있나요?"

"발성기관의 신체적 개성이 유전되는 일도 있지만, 그보다는 둘째와 셋째의 후천적인 문화 요소를 공유하는 게 더 크지 않을까요."

"혹시 동향 사람이라면 흉내 내기가 더 쉬울까요?"

"물론이에요. 특히 듣는 사람이 다른 지방 사람이라면 더욱 그렇지요."

뭔가가 가슴속을 희미하게 할퀴었다. 가케루는 우리에게 뭔가를 암시하려는 것 같았다. 거기에 숨겨진 의도가 있다는 것은 분명했지만 그것이 무엇인지는 아직 나도 알 수 없었다.

"마른 체형의 여성이 비만 체형의 여성을 가장하는 일은 가능할까요?"

"경우에 따라서는요. 한여름의 복장이나 수영복 같은 경우라면 좀 어렵겠지만 전혀 불가능한 건 아니에요. 가을이나 겨울의 경우, 특히 외투를 입고 있을 때는 아주 간단합니다."

"얼굴 모양은 어떻게 합니까?"

"솜을 넣는다거나 연극용 소도구를 이용하면 보통 사람이 생각하는 것 이상으로 인상을 바꿀 수 있어요."

"고맙습니다." 가케루가 질문을 마쳤다. 마틸드는 어딘가 걱정스럽다는 듯이 눈살을 찌푸리며 말했다.

"가케루 씨, 당신이 뭘 생각하고 있는지 저도 알았어요. 하지만 그건 잘못이에요. 그분은 그런 끔찍한 일을 할 수 있는 사람이 아니니까요."

나도 알았다. 가케루가 암시하고 있는 것은 마른 체형의 중년 여성이었다. 그런 인물은 사건 관계자 중에서 단 한 명밖에 없다. 나는 마음속으로 개가를 올렸다. 가케루의 추리란 얼마나 빈약한가. 혹시라도 그녀가 범인이라면 동기는 무엇인가. 공범자는 누구인가. 앙드레를 살해할 때 조제트로 변장했던 사람이 그녀라고 해도 폭탄을 설치할 공범이 없으면 범행은 성립할 수 없다.

"그리고 모가르 씨, 저도 조사해볼 생각입니다만, 라루스 자매의 아버지 조제프의 실종 사건을 다시 한 번 조사해야 합니다. 장녀인 자네트가 툴루즈에서 사망했을 때의 상세한 사정도요."

앙투안이 다시 얼굴을 찌푸렸다. 가케루는 이제 오래전에 죽은 앙투안의 할아버지와 어머니까지 경찰의 손으로 조사하게 하려 들었다.

"형사를 툴루즈에서 바스피레네로 출장을 보내지. 뭔가 알아낼지도 모르니까" 하고 아버지가 대답했다.

아버지가 생각하고 있는 것은 명백했다. 둔감한 경찰견 근성이 뼛속까지 스며들어 있는 이 경험주의자에게는 진실을 향한 추리 같은 건 있지도 않았다. 쫓아야 할 몇 개의 선이 있을 뿐이고, 가장 안전해 보이는 '조제트-뒤 루아' 공범설을 축에 두고 그것에 방해되지 않는 범위 내에서 내 추리도, 가케루의 시시한 생각까지도 모두 뒤죽박죽 섞어서 받아들이는 거였다. 일단 부딪쳐봐야 할 선인 셈이다. 그러나 진짜 악당은 아버지가 아니다. 나는 이 밉살스러운 일본인을 절대 용서할 수 없다고 다짐했다. 이 남자 때문에 훌륭한 내 추리 발표회를 완전히 망치고 말았다.

추운 겨울밤이었다. 어두운 라마르크 가의 언덕길을 나는 앙투 안에게 팔목이 잡힌 채 걷고 있었다. 지하철역으로 향하는 질베르 와 마틸드, 조그맣게 된 가케루의 뒷모습을 보면서 우리는 천천히 걸었다.

"나디아, 생각 많이 했더라." 앙투안이 귓가에 속삭였다. "그건 그렇고 그 일본인은 대체 뭐야!"

앙투안에게 위로를 받자 비참하고 분한 생각이 다시 치밀어 올 랐다. 울고 싶은 마음을 누르기 위해 눈을 크게 뜨고 입술을 꾹 다 문 채 잠자코 걸었다. 북풍이 차가웠다. 내가 이겼는데, 이겼는데, 하고 마음속으로 몇 번이나 되뇌었다. 그러나 효과는 없었다.

거리의 어둠 속에서 앙투안이 내게 키스했다. 그의 팔 안에서 참지 못하고 분한 눈물을 흘렸다. 앙투안의 따뜻한 입술이 내 눈 물을 닦아주었다. 앙투안에게 안긴 채 나는 그 일본인을 절대 용 서하지 않겠다고 새삼 다짐했다. 거리로 불어온 북풍에 청바지의 넓은 옷자락이 펄럭펄럭 소리를 냈다.

"오늘 밤 질베르는 없어. 우리 집에 오지 않을래?" 앙투안이 속 삭였다. 나는 어린아이 같은 안타까운 심정에 복받쳐 몇 번이고 고개를 가로저었다. 별도 달도 없는 한겨울 밤이었다.

제5장

불로뉴 숲의 시체

1월 25일 오전 4시 30분

몹시 추운 겨울의 파리에서 새벽 4시가 좀 지난 시간이면 아직 깊은 밤이다. 얼어붙은 거리, 암담하게 어두운 하늘, 인적 없는 길거리를 찢는 듯이 자동차 행렬이 파리의 거리를 서쪽으로 가로지르고 있었다. 차는 모두 열기를 띠며 반짝반짝 빛나는 거대한 눈을 가졌고, 괴물새의 외침과도 비슷한 사이렌 소리를 끊임없이 주위에 울렸다. 경관을 가득 실은 청회색의 소형 버스도, 사복형사들을 잔뜩 태운 경찰차들도 앞을 다투듯이 차체를 삐걱거리며 인적 없는 어두운 거리를 질주했다. 연일 계속되는 성과 없는 고투에 지치고 창백해지고 언짢아진 경관들은 심하게 흔들리는 차체의 진동에 말없이 몸을 내맡긴 채 왼쪽으로 오른쪽으로 동료들과

갑갑하게 서로 몸을 밀쳐댔다.

경찰차 네 대와 소형 버스 한 대는 드디어 어둠 속에 웅크린 석조로 된 수도의 시가를 가로질러 앞쪽에 가로놓인, 깊고 끝 모르는 어둠을 간직한 거대한 삼림지대로 차례차례 들어갔다. 그곳은 태고의 모습을 연상시키는 갈리아의 어두운 숲, 불로뉴의 얽히고 설킨 거목의 군집이었다.

선두를 질주하는 경찰차의 뒷좌석에는 흥분으로 벌겋게 달아오른 완강한 얼굴의 바르베스 경감과 날카로운 시선으로 말없이 전방의 어둠을 응시하는 모가르 경정이 앉아 있었다.

"경정님, 드디어 막판이네요." 바르베스는 입에 물고 있는 굵게만 담배를 물어 끊을 듯한 기세로 외쳤다. "곧 현장입니다. 그렇지, 아가씨?" 그는 조수석에서 운전수에게 길을 알려주고 있는 젊은 여성에게 말했다.

"예, 거의 다 왔어요." 젊은 여성이 난폭한 말투로 대답했다.

젊은 여성은 불로뉴 일대를 근거지로 하는 창녀로, 오늘 밤 우연히 숲 속 공터에 유기된 빨간 머리 여자의 시체를 발견한 것이다. 그것을 경찰에 통보한 건 이 발견으로 모가르 경정에게 빚을 지게 해두려는 창녀 조직 간부의 생각에서 나온 게 틀림없었다.

"첫 번째 살인이 일어난 지도 벌써 19일째네요. 아무래도 뜻대로 진척되지 않는다고 생각했더니 어제는 뒤 루아로 보이는 남자의 시체가 암스테르담행 장거리 열차의 선로 변에서 흙투성이가 된 채 발견되었다는 보고가 있었고, 오늘은 숲 속에서 조제트로 보이는 여자의 시체 아닙니까? 경정님, 분명히 조제트일 겁니다.

가케루가 불로뉴를 수색하라고 했는데 그 사람의 말과도 딱 들어 맞고요……" 바르베스는 쾌활하게 말을 계속했다. "뒤 루아의 시체를 확인하러 간 본느와 마라스트가 오늘 중에 돌아올 거고요. 경정님, 이것으로 대단원이겠네요."

"어어, 그러면 좋겠는데." 경정은 왠지 팔짱을 낀 채 입을 다물기 일쑤였다. 세 번째, 네 번째 살인을 저지할 수 없었다는 책임감이 그의 기분을 무겁게 하는지도 몰랐다.

"저기예요. 저기 소나무 있는 데." 창녀가 작은 소리로 외쳤다. 경찰차는 차체를 삐거덕거리며 급정거했다. 바르베스가 차에서 뛰어내려 회중전등을 휘두르면서 부하 형사들에게 고함을 질렀다.

"다르테스, 그리고 투광기하고 사진 담당만 먼저 따라와. 나머지는 여기서 대기하고. 그런데 뒤랑은 어디 있어?"

"여기네"라고 말하는 빈정거리는 목소리가 바르베스 옆 어둠 속에서 들려왔다. "그렇게 시끄럽게 소리치지 않아도 들리네. 이번에는 제대로 된 시체겠지? 안 그런가, 바르베스?"

젊은 여성 이외의 전원이 회중전등으로 발밑을 비추었다. 바르베스가 선두에 서고 젊은 여성, 경정, 투광기를 짊어진 경관 두 명, 사진 담당, 뒤랑 그리고 다르테스 형사의 순이었다. 일행은 겨울철의 황량한 잡초 덤불을 헤치고 수목의 줄기 사이를 돌아 묵묵히 전진했다. 도로에서 30미터쯤 들어가자 그곳은 완전한 어둠이 지배하는, 섬뜩하게 조용한 숲 속이었다. 지독한 한기가 살을 에는 것 같았다. 경관들은 가죽 외투의 깃을 올려 얼어붙은 대기로부터 조금이라도 얼굴을 감추려는 쓸데없는 노력을 하고 있었다.

"아가씨는 이렇게 추운 날 이런 무시무시한 데서 장사하려고 한 거야?" 바르베스가 젊은 여성에게 물었다. "참 고생이 많구먼."

"어쩔 수 없잖아요, 손님이 오자고 하니까." 아가씨가 무뚝뚝하게 대답했다. "이봐요, 바로 거기예요."

"좋아, 여기다!" 바르베스가 외쳤다. "앞뒤로 투광기를 세워!"

망막을 태울 듯한 강렬한 빛이 숲 속의 잡초를 비추기 시작했다. 갑자기 작열한 투광기 빛에 놀란 새들이 수목의 가지에서 날아올랐고, 기괴한 울음과 요란한 날갯짓 소리를 내며 머리 위를 어지러이 날았다.

그곳은 숲 속에 있는 사방 3미터쯤 되는 조그마한 공터였다. 밀집한 잡초로 빈틈없이 둘러싸여 있기 때문에 조금만 떨어져도 사람들 눈에서 완전히 은폐되는 장소로 마른 잎이 두껍게 쌓여 있었다. 그 중앙에 통통한 중년 여성이 엎드린 자세로 쓰러져 있었다. 금색 반점이 있는 모피 코트를 입었고 머리카락은 불타는 듯한 빨간 머리였다. 마른 잎이 달라붙은 머리가 투광기의 강렬한 빛에 떠올라 공터 한가운데서 타오르는 진홍색 불꽃처럼 보였다. 시체 옆에는 붉은색 가죽 여행 가방이 내던져져 있었다. 바르베스는 마른 잎의 상태를 흐트러뜨리지 않도록 조심스러운 발걸음으로 시체 쪽으로 다가갔다. 그가 시체의 머리 옆에 쭈그리고 앉아 얼굴 밑으로 손을 넣어 지면에서 살짝 들어 올리고는 들여다보았다.

"틀림없습니다." 바르베스가 낮은 목소리로 신음하듯이 말했다.

"조제트가 분명하군" 하고 경정이 중얼거렸다.

제자리에서 끊임없이 종종걸음을 치는 젊은 창녀는 화려한 모피 반코트를 입고 있었는데, 지나치게 짧은 미니스커트와 부츠 사이가 너무나도 추워 보였다. 그녀가 내쉬는 입김은 놀랄 만큼 하앴다.

"경정님, 열쇠는 채워져 있지 않습니다. 그럼, 열겠습니다." 바르베스가 여행 가방을 열었다. 의사 뒤랑이 시체를 살펴보기 시작했다. 다르테스는 부근의 잡초나 마른 잎 더미를 주의 깊게 휘젓고 있었다. 사진 담당이 터뜨리는 플래시가 몇 번이고 숲 속의 공터를 한층 더 밝게 해주었다.

예상하고 있었음에도 불구하고 가방 안을 들여다본 두 사람은 무심결에 낮은 신음 소리를 냈다. 피가 번진 옷들이 세면도구 등과 함께 난잡하게 채워져 있고, 그 사이에서 여자의 잘린 머리가 가만히 경정 일행을 쳐다보고 있었다. 죽은 순간의 표정을 응고시킨 그 얼굴은 아이러니하게도 입술을 일그러뜨리고 엷게 웃는 심술궂은 표정으로 두 사람을 바라보았다.

"오데트의 머리입니다." 바르베스가 음침한 목소리로 보고했다.

바르베스는 젊은 경관에게 깔개를 깔게 하고 그 위에 가방의 내용물을 늘어놓기 시작했다. 우선 소가죽 장갑을 낀 두 손으로 오데트의 묵직한 머리를 꺼냈다. 머리 밑에는 응고한 다량의 피로 굳어진 비닐주머니가 들어 있었다.

"이상하군." 경정이 중얼거렸다. "머리는 이 안에 넣어졌을 거야. 그런데 왜 일부러 비닐주머니에서 꺼낸 걸까?"

다음으로 피투성이의 옷들이 꺼내졌다. 어느 것이나 갈색으로 변색되어 뻣뻣하게 굳어 있었다. 그중에서 빈 비닐주머니가 또 하나 발견되었다. 거기에는 피가 묻어 있지 않았다. "돈다발을 넣는 데 사용한 거로군" 하고 경정이 말했다.

그 밖에는 소량의 피가 번진 듯이 묻은 속옷, 갈아입을 옷, 세면 도구 등이 있었다.

"경정님." 바르베스가 나지막한 소리로 속삭였다. 가죽 장갑을 낀 손가락 끝에는, 앞뒤 면이 마른 피로 굳어져 마치 얇은 갈색 판자 같은 종잇조각 하나가 끼워져 있었다.

"『붉은 죽음의 가면』……"

난폭하게 찢어진 그 책의 1페이지였다.

"이게 다입니다." 바르베스가 숨죽인 목소리로 말했다. 엄동설한의 한기에 휩싸여 있었으나 이마에는 살짝 땀이 뱄다.

"바르베스 경감님" 다르테스가 외쳤다. "좀 와보시겠어요?"

공터 구석의 잡초에 한 덩어리가 된 뭔가가 내던져져 있었다. 바르베스는 주의 깊게 그걸 꺼내 꾸러미를 풀고 다시 깔개 위에 늘어놓기 시작했다.

목도리, 낡은 중절모, 선글라스 그리고 낡은 담요 같은 천으로 만들어진, 개조한 군용 외투가 나왔다.

"수수께끼 사내의 의상이네요."

그리고 마지막은 적당한 크기의 납으로 된 관이었다. 바르베스는 그 관을 조사하기 시작했다.

"묵직하군요. 안에 모래를 채우고 끝을 때웠어요. 사람의 머리를 세게 때리는 데 편리한 봉인데요." 그는 그 끝 부분을 열심히 들여다보았다. "경정님, 핏자국 조금하고 빨간 머리 몇 올이 붙어 있습니다. 이게 조제트 살해에 사용된 흉기겠는데요."

그때 뒤랑이 일어섰다.

"모가르 경정님, 시체의 사인은 둔기에 의한 두부 타박입니다. 아마 두개골절로 즉사했을 겁니다. 사망한 것은 약 보름에서 20일쯤 전이고요. 이런 추위라 부패가 그다지 진행되지 않았지만 뭐 그쯤 되었을 겁니다."

"흉기는 이런 것이려나?" 바르베스가 납으로 된 관을 가리키면서 말했다.

"어어, 그거라면 상처의 모양하고도 잘 맞을 것 같은데."

"뒤랑, 이 머리 좀 조사해주게" 하고 경정이 명령했다. 뒤랑은 머리 이쪽저쪽을 자세히 살펴보기 시작했다.

"드디어 제대로 된 타살 시체를 만나나 했더니 이번에는 웬걸 머리가 두 개니 원……"이라는 뒤랑의 중얼거림에 모가르 경정과 바르베스는 얼굴을 마주 보고 쓴웃음을 지었다.

"틀림없어요. 잊을 수도 없는 1월 6일 아침에 경정님이 보여준 여자 시체의 일부네요. 몸에 남아 있는 절단면과 이 목의 절단면이 딱 일치합니다. 그리고 모가르 경정님, 누군지 모르겠지만 절단된 목을 나중에 씻은 놈이 있어요. 죽이고 별로 지나지 않아서인데, 직후는 아닙니다. 응고해서 씻어낼 수 없었던 피가 머리카락 사이에 묻어 있거든요."

"머리를 씻었다……?" 경정은 무심결에 중얼거렸다. "그걸로 알겠군. 머리는 처음에 이 비닐주머니에 넣어 현장에서 가지고 나왔을 거야. 그리고 머리를 주머니에서 꺼낸 범인이 그걸 씻고 머리와 주머니를 따로따로 다시 가방에 넣은 거지. ……그런데 왜 머리를 썻었는지 모르겠군. 정말 묘한 일이야."

"경정님, 밝아질 때까지 차에서 대기하지 않으시겠습니까? 아침이 되면 이 일대를 샅샅이 뒤져볼 생각인데요." 바르베스는 갑자기 추위에 몸서리를 쳤다.

창을 닫은 차 안은 따뜻했다. 모가르 경정은 입에 문 파이프에 불을 붙이고 천천히 대량의 연기를 내뿜었다.

"앙드레가 살해된 후로 뒤 루아한테서 눈을 떼지는 않았지?" 하고 경정이 물었다.

"예, 경정님. 틀림없습니다. 다만 클레크 그놈한테는 감시를 붙이지 않았습니다. 이 정도로 깊이 맞물려 있을 줄은 몰랐으니까요."

"뭐, 됐어. 클레크가 조제트를 살해했다면 앙드레를 살해한 후 밤늦게라도 조제트를 만났을 거야. 살해한 곳은 적당히 마련한 차 안이었겠지. 죽여서 저 공터에 버렸을 거고. 시체 외에 여행 가방이나 이봉으로 분장하기 위한 소도구 그리고 흉기인 납으로 만든 관도 같은 장소에 버렸고."

"보름 전이라면 앙드레를 살해한 날 밤이거나 늦어도 그다음 날 밤이었겠네요."

"그래, 뒤 루아는 조제트와 돈을 똑같이 나누기보다는 클레크한테 얼마쯤 주고 조제트를 처리해달라고 부탁하는 편이 낫다고 생각했겠지, 바보 같은 놈."

"조제트를 살해한 클레크가 이번에는 뒤 루아를 열차에서 밀어

떨어뜨리고 2천만 프랑이나 되는 돈을 몽땅 차지한 셈이네요. 뒤 루아의 시체에는 위조 여권이 있었던 모양인데, 국가경찰의 보고니까 뒤 루아가 틀림없을 겁니다."

"뭐, 자세한 건 본느와 마라스트의 확인을 기다려보도록 하지." 경정은 드디어 희미하게 밝아오는 차가운 불로뉴의 하늘을 차창 너머로 멍하니 올려다보았다.

1월 25일 오후 9시 30분

오데트 살해로부터 정확히 19일째 되는 날 아침이었다. 전화 소리에 잠이 깬 아버지는 허둥지둥 어둡고 추운 거리로 나섰다. 나는 아파트 앞으로 아버지를 데리러 온 차가 달려갈 때의 엔진 소리를 비몽사몽간에 들었던 것 같다.

아침에 일어나서는 오랜만에 책상에 앉아 학교 공부를 시작했다. 지난 20일간의 흥분이 거짓말처럼 진정되었다. 승리의 맛은 쓰다고 하지만, 내게도 그것은 진실이었던 것 같다. 사건은 오데트가 체포되고 프로사르에게까지 당국의 손이 미치든, 아니면 오데트의 행방이 알려지지 않은 채 미해결로 끝나든 이미 내 손을 떠나 있었다. 다시 말해 내게 사건은 해결되었고 이미 끝난 것이다. 끝나고 나니 지난 보름 동안 마치 고등학생 같았던 흥분이 내가 생각해도 견딜 수 없을 만큼 어리석게 생각되었다. 지난 보름 동안 나는 실제 사건에 직면하고, 해결했고, 탐정 취미가 어렸을 때 공상했던 것과 다름을 배웠다.

나는 책을 읽고 공부하고 어른스러워져야 한다. 야부키 가케루라는 한 친구를 잃어버렸는지도 모르지만 새로운 연인을 얻었다. 이 사건이 없었다면 앙투안과의 관계도 이토록 급격히 깊어지지는 않았을 것이다. 그러나 앙투안과의 관계가 시험당하는 것도 어차피 먼 미래의 일이다. 그때까지는 허세 부리지 않고 백지 상태의 마음만 유지하면 된다. 이모를 잃은 앙투안이나 오빠를 잃은 마틸드가 안됐다는 마음도 들었지만, 나는 조용하고 차분하고 약간 우수에 젖어 달콤한 기운이 도는 느긋한 기분에 빠져 있었다.

사건에 대한 흥미가 엷어지는 것과 그 기묘한 일본인에 대한 관심이 사라지는 건 내 안에서 미묘하게 서로 얽히면서 동시에 진행되었다. 안개가 낀 그날 밤, 가케루와 마틸드가 연인처럼 바싹 달라붙어 걷고 있는 것을 목격한 일이 그에 대한 지나친 몰두에서 벗어나는 최초의 계기였는지도 모른다. 내가 가케루를 둘러싸고 마틸드에게 질투를 느낀 건 아닐까 하는 추측은 쓸데없는 짓이다. 마틸드에 대한 마음은 그 후에도 그 전과 전혀 달라지지 않았으니까. 나는 그저 가케루에 대해 품고 있던 환상이 처참하게 파괴되어가는 것을 그때 느꼈던 거라고 생각한다. 어딘가 신비한 그늘을 가진 신기한 동양인 청년의 초상이 돌연 추하게 붕괴되기 시작한 것이다. 가케루가 내 눈을 속이면서까지 마틸드처럼 머리 좋고 아름다운 아가씨와 밀회를 하고 싶어 하는 보통의 남자였다는 사실이 견딜 수 없이 불쾌한 기분을 가져다주었다. "이제 만날 일은 없을 거야"라고 한 다음 날 곧바로 자신의 말을 배반하고 태연히 나를 속인 그 비열한 인간에 대한 강한 분노이자 용서할 수 없는 심정이었다.

일주일 전의 어느 날 밤 가케루가 내게 보여준 태도는 이런 심정을 되돌릴 수 없이 깊은 곳으로 몰고 갔다. 마틸드와 친밀한 눈빛을 주고받고 서로 시선을 뒤얽히는 것이야 좋다고 치자. 그러나 내 귀중한 작품 발표회라고 할 수 있는 그 자리의 분위기를, 설득력 있는 아무런 이유도 제시하지 않고 처음부터 망쳐버린 가케루의 태도만은 용서할 수 없었다.

그 이후 딱 한 번 가케루를 만났다. 그는 호기심에 아버지가 파견한 형사와 함께 국경 산맥의 오지까지 다녀온 모양이었다.

혹시라도 순순히 사과하기만 했어도 그를 용서했을지도 모른다. 그러나 가케루는 내 물음을 모조리 묵살하고 북풍에 외투 자락을 휘날리면서 차가운 잿빛 센 강의 수면을 가만히 바라보며, 어둡고 음울한 격정을 담은 단조로운 선율의 휘파람을 질리지도 않고 몇 번이나 계속해서 불었다.

그때 나는 있었을지도 모르는 하나의 우정을 잃었다고 확신했다. 이 냉랭한 마음만은 이미 나 자신도 어떻게 할 수 없다고 느꼈다. 그때까지 쌓인 여러 감정의 갈등이나 엇갈림이 나를 거의 완벽하게 무시하는 듯한 자폐적이고 우울한 가케루의 태도와 뒤얽혀 내 마음을 얼어붙게 했다. 가케루는 그날 내게 단 한 번도 의미 있는 말을 하려 하지도 않았고, 차갑고 무뚝뚝한 침묵의 껍데기 안에 틀어박혀 있기만 했다.

오후 내내 집중해서 공부한 뒤 간단히 저녁을 만들고 텔레비전을 켰다. 그때였다. 뉴스 앵커의 몰개성적이고 단조로운 빠른 말투가 무방비 상태의 나를 돌연 덮쳐왔다. 나는 그 앞에서 망연히 서 있기만 했다.

뉴스는 오늘 아침 불로뉴 숲에서 조제트의 시체와 오데트의 머리가 발견되었다는 걸 보도하고 있었다. 화면에는 오데트와 조제트의 사진이 비치고 같은 의미의 말이 몇 번이나 반복되었다.

혼란스러운 사고의 단편이 박살이 난 내 머리 안에서 소용돌이쳤다. 그런 말도 안 되는, 그런 말도 안 되는 일이, 하고 입안으로 몇 번이나 중얼거렸다. 오후 동안 내 것이었던 조용하고 차분한 마음은 이제 형체도 없이 사라졌다.

결국 아버지와 가케루의 너무나도 상식적이고 평범한 생각이 옳았단 말인가. 참을 수 없는 굴욕이었다. 나를 배신한 이 현실은 너무나 부조리하고 이성에 반했다.

텔레비전을 끄고 식사를 거의 하지도 못한 채 침실로 돌아갔다. 벽에 걸린 거울에 비친 얼굴은 금방이라도 울음을 터뜨릴 것처럼 추하게 일그러져 있었다.

왜, 왜, 왜…… 무수한 의문이 한꺼번에 목을 조여와 거의 질식할 지경이었다. 우쭐한 바보 같은 계집아이는 바로 나였다.

그러고 나서 오랫동안 침대에 쓰러져 베개에 얼굴을 깊숙이 파묻고, 신경의 경련과 자기혐오의 독과 해결할 수 없는 무수한 의문에 짓뭉개져 있었다. 아버지가 돌아온 모양이었으나 나는 방에서 나가려고 하지 않았다.

9시 반이었다. 아버지가 내 침실 문을 두드렸다.

"나디아, 앙투안한테서 전화 왔다."

어디로 도망치든가 아니면 숨죽인 채 웅크리고 있고 싶었다. 벽의 일부라도 되고 싶었다. 그러나 이 세계 어디에도 어리석은 계집아이를 받아들여줄 장소 같은 건 없다. 나는 힘없이 방에서 나갔다. 아버지의 자상한 눈동자에, 억지로 웃음을 지어 보이며 굳어진 내 추한 표정이 비쳤다. 손가락 끝에 힘을 모아 수화기를 집어 들고 귀에 댔다.

"여보세요" 하고 앙투안이 말했다. "나디아야?"

"응, 나야."

"네 추리, 좀 틀린 것 같더라."

"응, 앙투안, 그런 모양이야." 애써 아무렇지 않은 듯이 말하려고 했는데도 비참한 느낌에 잠긴 목소리가 나왔다.

"신경 쓸 거 없어, 연극 대사에도 있잖아. '현실은 종종 잔혹하다'고 말이야." 앙투안다운 빈정거리는 말투였는데, 나를 위로하려고 하는 말이었다. 어떻게든 밝고 침착한 목소리로 대하려고 했지만 혀는 무겁고 말은 어색하게 느릿느릿 나왔다.

"내가…… 틀렸어…… 그런데 무슨 일이야?" 언외로 내가 얼마나 바보인지 새삼 지적하든 아니면 위로해주려고 하든 오늘 밤은 이제 이만하자는 뜻을 담고 있었다. 앙투안이 대답했다.

"응, 저녁부터 몇 번이나 전화를 했는데 아무도 없는 것 같아서."

아무도 없던 게 아니라 내가 방에 틀어박혀 전화를 받지 않았던 것이다. 몇 번이고, 몇 번이고, 전화벨은 공허한 아파트를 울리며 박살 난 내 비참한 심정을 심술궂게 조롱하는 것 같았다.

"오후에 오르페브르 강변까지 가서 네 아버지를 만났어. 이모들은 고향 마을의 교회 묘지에 묻으려고 해. 질베르가 같이 가주기로 했고." 여기까지 말하고 앙투안은 잠깐 말을 끊었다. 그러고 나서 나지막하게 떨리는 목소리로, 평소와 달리 진지한 어조로 말을 이었다.

"사정을 말했더니 경찰도 파리를 떠나는 걸 허락해줬고 문제는 없을 거야. 그래서 내일 출발하기로 했어. 한동안 만나지 못할 것 같으니까 혹시 시간이 있으면 내일 역에서 잠깐 봤으면 하는데."

이모들의 비참한 죽음에 대한 소식과 함께 고향으로 향하는 앙투안을 역으로 나가 배웅하고 위로의 말을 건네야 한다고는 생각했다. 그러나 나는 염치없고 제멋대로인 계집아이였다. 한동안은 누구와도 만나고 싶지 않았다. 나는 약간 딱딱한 목소리로 말했다.

"앙투안, 지금 기분이 좋지 않아. 미안하지만 내일 못 나갈 것 같아. 파리에는 언제 돌아오는데? ……음, 대학에서 다시 보자."

짧은 침묵이 흘렀다. 그러고서 앙투안이 돌연 말했다. 그의 목소리도 딱딱하고 어딘가 부자연스러웠다.

"응, 배웅은 됐어. 그리고 나디아…… 사랑해."

내 대답을 기다리지 않고 전화는 일방적으로 끊어졌다. 그때의 내 기분은 어딘가 울적한 짜증과 비슷했던 것 같다.

그때까지 우리는 한 번도 그 말을 입에 담은 적이 없었다. 사랑의 행위는 간단하지만 사랑의 말을 입에 담는 것은, 내게는 두렵고 어려운 일로 생각되었다. 얼마 전까지만 해도 나는 남자들의 심리를 내 마음대로 조종하고 어떻게 해서든 그 말을 하도록 하는 게 무척이나 재미있었다. 남자들이 주뼛주뼛 내 눈을 힐끗거리면서 뭔가를 무서워하는 것처럼 주저하며 그 말을 입에 담을 때, 새삼 나 자신의 매력과 심리적 기교의 힘을 느끼며 흡족해했다. 그러나 앙투안은 안개 낀 그날 밤에도 "사랑해"라고는 말하지 않았다. 그 이후로 오늘까지 단 한 번도 그런 일이 없었다.

우리는 우리 둘의 관계를 엄격하게 진지한 것으로 다루고 싶었던 것 같다. 이 말에 지금까지 살아온 경험의 의미가 빈틈없이 꽉 들어차 묵직하고 보람 있는 것이 될 때까지는, 내용 없는 부호처럼 공허하고 깔끔하기만 한 그 말로 우리의 관계를 장식하지는 않겠다고 마음먹고 있었다. 물론 둘이 의논해서 말로 확인한 건 아니었다. 그러나 군이 말할 필요도 없이 앙투안 역시 분명히 그렇게 이해하고 있을 거라고 믿고 있었다. 그런데 지금 완전히 자기혐오에 빠져 무엇 하나 생각할 기력조차 없는 나에게 그는 가장 나쁜 농담으로 조롱하듯이 그 말을 했다. 그건 정말 얼마나 나쁜 농담이란 말인가.

복잡한 기분으로 수화기를 놓자마자 다시 전화벨이 울렸다. 물론 앙투안일 것이다. 그런 형태로 우리의 교신을 끝내고 싶지 않다는 바람이 강하게 나를 재촉했다.

"여보세요." 내가 말했다.

"여보세요." 평소의 목소리로 앙투안이 대꾸했다.

"앙투안, 그 마지막 말, 대체 뭐야?"

"무슨 말?" 앙투안이 태연하게 반문했다.

"……나를 사랑한다니."

"아아, 널 사랑해."

"앙투안" 나는 다소 강한 어조로 나무라는 듯이 말했다. "우리, 아직 그런 식으로 말하면 안 되잖아, 아직⋯⋯"

"왜지?"

"왜냐고? 지금 몰라서 묻는 거야?"

그러고 나서 부자연스러운 짧은 침묵이 이어졌다. 이번에는 그 일본인의 목소리였다.

"여보세요, 나디아?"

"가케루야? 앙투안이나 바꿔! 아직 이야기 끝나지 않았거든." 나는 짜증을 냈다.

"앙투안은 자기 집에 있어. 여기는 나뿐이고."

"아니, 방금 있었잖아? ⋯⋯아아." 나는 또 어린아이 같은 일본인에게 감쪽같이 속았다는 사실을 깨달았다. 일주일 전의 그날 밤, 가케루와 마틸드가 다른 사람 흉내 내는 것에 대해 열심히 이야기했던 기억이 머리 한구석에서 번뜩였다. 그러고 보니 앙투안의 목소리치고는 어딘가 미묘하게 부자연스러운 점이 있었다.

"가케루" 나는 온몸의 악의를 쥐어짜내듯이 말했다. "세계의 끝에 있는 당신 나라에서는 어떤지 모르겠지만, 당신의 지금 그 장난은 이 나라에서는 절대 용서받지 못하는 모독행위야. 전에 만났을 때부터 생각한 건데, 지금 너한테 말할게. 오늘로 우린 절교야. 이제 두 번 다시 만날 일은 없을 거야." 이렇게 말하고 나는 피가 번질 만큼 세게 입술을 깨물었다.

"절교⋯⋯, 그래도 상관없어. 하지만 나한테 24시간의 유예를 줘야 할 거야."

"잘도 그런 말을 하는구나." 나는 이를 갈면서 말했다. "무슨 사람이 그래, 너는?"

"그날 밤의 약속 때문이야. 사건이 종결되고 진상이 밝혀지면 내가 알게 된 모든 것을 너한테 알려주겠다고 약속했잖아. 내일이 그 약속을 지키는 날이야. 그것만 끝나면 두 번 다시 네 앞에 나타나지 않을게."

가케루의 말에 나는 동요했다. 그가 이렇게 말할 때 거기에는 거짓이나 허세나 속임수 같은 건 있을 수 없음을 잘 알았다. 그런데 가케루가 사건의 어떤 진상을 파악했다는 것일까?

"너는 아빠나 장 폴 아저씨와 마찬가지로 뒤 루아와 조제트가 공범이라고 했지? 그렇다면 새삼스럽게 그 자랑을 들을 것도 없잖아." 나는 한 마디씩 끊어 딱딱한 말투로 말했다.

"아니, 뒤 루아도 조제트도 이 사건에 관해서는 무죄야."

그때 뭔가 머릿속을 스쳐 지나갔다. 그래, 일주일 전 그날 밤, 가케루는 아직 누구도 진범이라고 의심하지 않았던 어떤 인물을 주의 깊게 암시하고 있었다. 최근 일주일 동안 가케루는 결국 결정적인 뭔가를 포착했는지도 모른다.

"네가 말하는 진범은……" 하고 정신없이 말하기 시작한 내 입을 가케루가 탁 닫아버렸다.

"내일이야, 내일. 오늘 밤 일은 사과할게. 혹시라도 너한테 상처를 줬다면."

"소용없어, 사과해도. 절교는 하루 연기되었을 뿐이야. 그뿐이야."

1월 26일 오후 1시

겨울의 파리에서는 보기 드물게 파랗게 뚫린 하늘에 태양이 눈부시게 빛나고 있었다. 사건이 시작되고 처음으로 올려다보는 태양이었다. 오랫동안 뤽상부르 공원의 분수대에 얼어붙어 있던 두꺼운 얼음도 오늘은 오랜만의 햇빛에 녹아내리고 있었다. 분수의 물이 나오는 곳에서는 역시 날씨 탓에 녹기 시작한 얼음이 은색으로 빛나는 무수한 물방울이 되어 끊임없이 떨어지며 햇빛에 눈부시게 반짝였다. 꽃은 없었지만 환한 햇빛 아래 초록색으로 빛나는 잔디와 하얀 궁전, 점점이 배치된 대리석의 조각상이 겹쳐 만들어내는 공원의 광경은 미묘하게 아름답고 조화로운 인상을 주었다. 궁전 앞에 있는 광장으로 내려가는 짧은 계단 위에 서자 가케루는 이미 분수대 옆에서 기다리고 있었다.

"녹고 있는 얼음을 보는 건 아주 그만이야." 가케루는 팔짱을 낀 채 나직이 중얼거렸다. "나한테는 답답한 납색 하늘과 어둡고 음울하고 차가운 도시의 풍경이 어울려. 하지만 이건……" 가케루는 눈부셔하며 하늘을 올려다보았다. "내 감각을 역이용하는데."

"너는 도깨비 같은 사람이야." 나는 일방적으로 단정했다. "파리 사람들은 누구든 태양을 좋아하는데 말이야."

"이 나라의 풍요롭고 조화로운 사람들을 위한 자연은 내 취향이 아니야. 황량한 자연, 사멸한 대지, 동결한 풍토, 게다가 인간이 없는 풍경만이 내 기분을 차분하고 아주 맑게 해주거든. 태양을 싫어하는 게 아니야. 대지와 소금을 태우는 작열하는 사막의 태양

303

이야말로 진정한 태양이지……"

"이제 어떻게 할 거야?"

"누굴 기다리고 있어."

"범인은 누구야?"

"그걸 알려면 어떤 사람을 심문해야 해. 나디아, 우리가 기다리는 사람이 올 때까지 너한테 이 범죄가 갖는 독특한 개성에 대해 말할게. 언젠가 말한 것처럼 이 범죄는 현실의 범죄가 아니야. 이를테면 관념의 범죄지."

"관념의 범죄……"내가 중얼거렸다.

"정의나 진실이나 선한 것이 바로 그 본성에 충실함으로써 불가피하게 일으키는 범죄를 말하지. ……예를 들면 자이나 교도는 쓸데없이 다른 생물을 죽이지 않아. 이 점에 관한 자이나교의 계율은 다른 어떤 종파보다 철저해서 아침에 숲 속 오솔길을 걸을 때는 커다란 빗자루로 앞을 조용히 쓸면서 지나가게 되어 있지. 물론 벌레를 밟지 않기 위해서야. 너는 이에 대해 어떻게 생각하지? 아마 그들 스스로 그 계율을 지키는 한에서는 특별히 불만을 가질 이유가 없다고 생각하겠지. 어쩌면 누구보다 마음이 고운 너니까, 너도 가능한 한 다른 생명을 불필요하게 죽이지 않으려고 애쓰고 있는지도 모르고. '죽이지 않는다는 것', 이건 분명히 선이야.

그런데 여기에 한 남자가 있어. 흔히 보는 소설 같은 설정대로 그는 핵무기의 발사 버튼 앞에 앉아 있는 남자야. 그때까지는 종교에 관심을 가진 적이 없지만, 어떤 감동적인 체험이 있어 어느 날 돌연 열성적인 자이나 교도가 되었지. 시조인 마하비라의 신성한 가르침이 그의 영혼에 깊이 자리 잡게 된 거야.

그날부터 매일 밤 집으로 돌아가면 백과사전을 펼치고 복잡하기 그지없는 계산을 시작하게 되었어. 그는 전산기 기술자이기도 했으니까 직업적인 엄밀함으로 질리지도 않고 밤낮으로 그 계산을 계속했지. 그가 계산했던 것은 인류의 존재에 의해 매일 지구상에서 사라져가는 생명의 총수였어. 그 계산은 엄청나게 엄밀한 것이어서 밀림에서 벌채되는 나무 한 그루, 잡혀서 죽는 고래 한 마리, 농약으로 죽어가는 벌레 하나에 이르기까지 다 포함되어 있었지. 다음으로 그는 인류가 존재하지 않는다는 가정 아래 단순한 자연 상태의 생존경쟁으로만 사라져가는 생명의 총수를 계산하는 데 열중하기 시작했어.

이 두 종류의 계산표가 완성되어 그의 책상에 놓였을 때 남자는 깜짝 놀라고 또 망연자실했지. 그의 수지결산표는 고작 40억 명뿐인 인류라는 존재에 의해 그 만 배, 억 배나 되는 생명이 살해되고 있는 사태를 의문의 여지없이 알려주었던 거지. 자신에게 선한 행위란 무엇일까, 이 현실에서 눈을 돌리고 사는 것이 용서될 수 있을까…… 날이면 날마다 남자는 뭔가에 씐 사람처럼 계속 그 생각만 했지. 그리고 어느 날 결국 자이나 교도로서의 숭고한 사명감이 그의 망설임을 완전히 압도해버렸어. 남자의 손가락은 책상 위의 붉은 버튼을 향해 천천히 움직이기 시작한 거야."

가케루는 말없이 잠시 뭔가를 생각하는 것 같더니 다시 천천히 이야기했다.

"물론 이 이야기는 내 망상이 만들어낸 우화에 지나지 않아. 하지만 관념의 범죄라는 주제는 잘 표현하고 있지. ……그래, '죽이지 말지어다'라는 선善은 육식을 그만두고 채식주의자가 된다거나, 기껏해야 개미 행렬을 보고 길을 우회할 때만 자못 깔끔하고 조촐한 선다운 외관을 유지할 수 있어. 하지만 어떨까? 내 우화의 주인공은 그저 미치광이인 걸까?"

"불쾌한 이야기야. 나는 잘 모르겠어."

"언젠가 너희한테 이야기한 적이 있을 거야. 자기보존을 위한 생물적인 살인과 인간보다 훨씬 높은 가치를 위해 이루어지는 관념적인 살인에 대해서 말이야. 진실도 정의도 선도 그것 자체에 의해 순수한 높이에 도달하려는 의지를 간직하고 있는 법이지. 그리고 인간이 창조해온 고귀하고 숭고한 가치는 예외 없이 모두 그저 살고 싶다, 되도록 안락하게 오래도록 살고 싶다는 원생동물의 그것과 비슷한 본능과 욕망의 혼돈을 관념의 힘으로 무자비하게 억누르는 것에 의해서만 가능해졌고. 먹고사는 데 아무런 도움도 되지 않는 것에 흠뻑 빠져 열중할 수 있는 기괴한 능력이 인간을 인간으로 만들었어. 어쩌면 생물인 인간을 인간 이상의 존재로 만들었지. 그 힘이 『신약성서』를 쓰게 했고, 「밀로의 비너스」를 만들게 했어. 혹시 네가 우화 속의 그 남자를 부정한다면, 동시에 인간이 가질 수 있었던 사랑과 아름다움을 모조리 내던져버리게 되는 거야. ……나디아, 이걸 어떻게 생각해?"

"모르겠어. 무슨 말을 하고 싶은 건지." 나는 작은 소리로 외쳤다. 가케루가 무슨 말을 하려는지 이해할 수 없는 건 아니었다. 그러나 그가 나를 추궁하고 드는 방식에는 어딘가 불가능한 양자택

일을 냉혹하게 강제하는 점이 있어 숨이 막힐 것 같았다.

"이 범죄가 관념적인 범죄라는 거야" 하고 가케루는 대답했다. "최초로 내가 찾아낸 범인은 그저 꼭두각시에 지나지 않았어. 진짜 범인은 그 배후에 숨어 있었지. 나는 그 여자를 찾아냈어. 이 사건의 표면에는 어린아이 같은 솔직함이 있었지만 그 밑에는 성숙한 여성의 악의가 숨겨져 있었지. 그 여자가 이 사건 전체를 통해 나한테 묻고 있었어. 그것이 불러일으키는 범죄까지 포함해서 정의와 선과 진실의 관념을 긍정하는가, 아니면……"

"아니면?"

"햇볕에 미적지근해진 물에서 졸고 있는 원생동물의 삶으로 퇴행할 것인가, 하고."

"그래서 넌 어떻게 정했는데?"

가케루는 무서울 정도로 진지한 눈으로 내 얼굴을 들여다보고 나서 중얼거리듯이 말했다. 그 목소리에는 뭔가 오싹할 만큼 어둡고 음울한 것이 있는 듯했다.

"내가 어떻게 정했는지 너는 너 자신의 눈으로 보게 될 거야."

"네가 말하는 표면적인 범인은 누구야?" 하고 나는 물었다. 가케루가 암시하는 진범이 누구인지는 이미 대충 알았다.

"그쪽은 어제 이미 포섭해두었어. 그리고 오늘 몰아세울 사람은 가장 유력한 여자고."

나는 좀처럼 거드름을 피우며 말하지 않는 점만이 이야기 속의 명탐정과 가케루의 유일한 공통점이라고 생각했다.

"왔다" 하고 가케루가 말했다. 열 살쯤 되는 소년이 손을 흔들며 이쪽으로 뛰어왔다.

"학교는 끝났니?" 일본인이 소년에게 말했다. 소년은 가케루를 잘 따르는 것 같았다. 이 일본인에게는 어린아이나 노인과 금방 친해지는 신기한 재능이 있었다. 그가 묵고 있는 호텔의 비뚤어지고 심술궂어 보이는 노파에게도 가케루는 깊은 신뢰를 얻는 듯 보였다.

"아저씨, 이 사람은 누구예요?" 소년이 나를 가리키며 물었다.

"나디아야."

"난 나디아 모가르라고 해. 네 이름은?"

"자크 바르트"라고 소년이 대답했다. "이 누나 참 예쁘다."

"자, 가자."

가케루는 소년의 손을 잡고 공원을 가로지르기 시작했다. 나는 종종걸음으로 두 사람의 뒤를 따라갔다.

그렇다, 바르트 부인에게는 아들이 있었다. 가케루는 언제 이 아이를 포섭한 것일까? 그러나 자크와 실없는 이야기를 하는 가케루의 표정은 평소와 달리 즐거워 보였다. 이것이 전부 연기라고 한다면 이 일본인은 정말 대단한 악당이라고 새삼 생각했다.

"아저씨가 어제 일본 사진을 준다고 했잖아요."

"그랬지. ……여기." 가케루는 예쁜 그림엽서를 꺼냈다. "진기한 일본 우표도 붙어 있어."

자크는 무척 기뻐했다. 공원을 나서자 가케루는 거리에 세워둔 초라한 소형 자동차의 문을 열었다. 앙투안과 질베르의 중고 II CV 였다.

"이거 앙투안과 질베르의 차 아냐?"

"앙투안도 질베르도 한동안 떠나 있으니까 그동안 빌리기로 했어." 가케루는 대답하면서 부드럽게 자동차를 출발시켰다.

"아저씨, 운전도 잘해?"

"응. 혼다와 경주해도 지지 않지. 일본의 경관은 혼다를 타거든."

"아저씨도 경찰을 싫어해?"

"싫어하지."

"나도야. 엄마를 기분 나쁘게 따라다니거든. 집 앞에서 항상 아파트를 감시하고 있어."

차는 클리시 광장의 좁은 뒷길로 들어가 멈췄다. 우리는 낡고 보잘것없는 건물 앞에 섰다. 바르트 부인의 아파트는 이 건물 2층이었다. 자크는 계단을 뛰어 올라갔다. 그 뒤를 따라가면서 나는 긴장으로 가볍게 몸을 떨었다. 가케루가 약속한 사건의 진상이 지금 내 앞에서 밝혀지려 하고 있었다.

그곳은 좁고 허름한, 그러나 무척 청결한 느낌을 주는 거실이었다. 구석은 조리실이고 나머지는 아마 침실 하나뿐인 작은 아파트로 보였다. 바르트 부인은 자크에게 뽀뽀를 하고 우리의 손을 잡았다. 그녀는 야위었고, 고생스러운 생활에 굳어진 피로가 온몸에 배어 있었다. 예전에는 아름다웠을 얼굴에는 흙빛 고뇌의 그늘이 드리워지고 여기저기에 깊고 비참한 주름이 새겨져 있었다. 우리는 부엌의 초라한 의자에 앉아 바르트 부인과 마주했다. 자크는 어머니의 말에 따라 밖으로 놀러 나갔다.

"당신의 편지는 봤어요." 바르트 부인이 조용히 입을 열었다. "이제 아무것도 숨길 게 없습니다. 당신은 모든 걸 알고 있으니까요."

나는 눈앞에서 일어난 신기한 변모에 압도되었다. 등을 곧추 펴고 의자에 살짝 걸터앉아 눈도 깜박이지 않고 가케루의 침울한 표정을 정면으로 응시하고 있는 바르트 부인은 이미 늙고 지친 무력한 가정부가 아니었다. 깜박이지도 않는 커다란 검은 눈에는 냉정한 이지의 빛이 깃들어 있었다. 굳게 닫힌 입술은 강한 의지와 자제력을 보여주었다. 나는 문득 생각해냈다. 처음으로 바르트 부인을 만났을 때 내가 아는 누군가와 닮았다고 생각했는데, 그동안 연기해온 비참하고 낡아빠진 모습 배후에서 떠오른 그녀의 진짜 얼굴은 확실히 내가 잘 아는 사람의 것이기도 했다. 나는 나의 오해와 너무나도 빈약한 관찰력을 저주했다. 확실히 나는 아무것도 보지 못했었다. 바르트 부인은 교활하고 흉포하며 위엄을 갖고 웅크린 채 전투태세를 갖춘 암사자처럼 보이기까지 했다.

"이제 감출 필요는 없습니다. 당신이 살해했습니까 아니면 이봉입니까?" 가케루는 억제된 어조로 무표정하게 물었다. "편지에 쓴 제 추리가 전부 맞았다면, 오늘 듣고 싶은 것은 30년 전 오데트 자매의 고향 한촌에서 일어난 조제프 라루스 실종 사건의 진상입니다. 조제프는 늙고 잔인하고 비뚤어진 성격의 소유자로 세 명의 딸이 있었다는데……"

"당신의 추리는 그 점에서도 대부분 맞았습니다. 하지만 조제프를 죽인 것은 이봉 뒤 라브낭이 아닙니다. ……처음부터 이야기하기로 하지요.

조제프는 그 지방에 아직 농후하게 남아 있는 인습적인 생활과 풍토 속에서 나고 자란 개와 같은 폭군이었습니다. 그의 불운한 아내는 잔인한 남편을 두려워하면서 비참한 생애를 보냈어요.

이봉과 함께 조제프가 스페인으로 간 것도 결코 주의나 이상 때문이 아니었습니다. 소작지인 뒷산을 사례로 받기로 하고 뒤 라브낭가의 젊은 주인인 이봉의 종졸이 되었던 겁니다. 산을 넘어본 적도 있고 스페인어도 알고 있으며 이전의 대전에서 종군한 경험도 풍부한 조제프가 이봉한테는 안내인으로 필요했겠지요.

내전 중에 어떤 경험을 해온 것인지, 귀국한 조제프의 성격은 이전보다 더 흉포하게 변했습니다. 가련한 아내는 조제프에게 심한 괴롭힘을 받아 죽은 거나 다름없었습니다. 그런 악마가 스페인에서 죽지 않았던 게 그녀의 불운이었지요.

귀국한 조제프는 독일과의 전쟁이 끝난 해에 뭔가를 계획하고 파리로 편지를 보냈어요. 그 의뢰에 응해 찾아온 사람이 젊고 매력적인 광산기사 클레르였어요. 조제프는 이봉한테서 우려낸 뒷산에 유망한 광맥이 있다고 확신했어요. 클레르라는 이름의 청년 기사는 매일 산으로 들어가 조사를 계속했습니다. 그는 조제프의 낡은 집에 머물렀는데, 그사이에 당연히 라루스의 자매들과도 친해졌지요. 장녀인 자네트는 스무 살, 차녀 오데트는 열일곱 살, 셋째 조제트는 열세 살이었습니다. 머지않아 클레르와 자네트는 서로 사랑하게 되었지만, 자네트한테는 아버지가 정해준 약혼자가 있었습니다. 게다가 딸들의 자유로운 사랑 같은 건 결코 허락하지 않았을 뿐 아니라 자신의 악의를 마음껏 즐기면서 그것을 갈기갈기 찢어놓는 게 조제프라는 남자였지요.

끔찍한 파국은 전쟁이 끝난 이듬해 겨울의 어느 날 밤에 찾아 왔습니다. 두 사람 사이를 안 조제프는 미친 사람처럼 자네트의 머리를 잡아당겨 넘어뜨리고는 집요한 징계를 내렸을 뿐만 아니 라 걸쩍지근하게 욕을 퍼부어대면서 클레르한테도 달려들었어요. 조제프의 미치광이 같은 태도에 참을 수가 없게 된 클레르는 당 연히 때리려고 덤벼드는 조제프를 역으로 때려눕혔습니다. 그리 고 방을 나가려고 문으로 향한 클레르의 뒷모습을 향해 조제프는 벽에 걸려 있는 엽총을 꺼내 쏘려고 했습니다. 하지만 잠시 후 쓰 러진 건 클레르가 아니라 조제프였지요. 조제프의 시체 옆에는 손 도끼를 든 자네트가 망연히 서 있을 뿐이었습니다. 그녀는 애인을 위기에서 구하기 위해 무심결에 바닥에 있던 손도끼를 들고 아버 지의 머리를 내리친 거예요.

그때 만약 이봉이 그 집을 방문하지 않았다면 불행한 사고는 자네트와 클레르에 의해 당국에 신고되었을 거고 자네트도 기꺼 이 법이 정한 벌을 받았겠지요. 역시 그해 파리에서 고향으로 돌 아와 있던 이봉은 조제프의 잔악한 성격을 증오하며 자네트 식구 들을 동정하고 있었습니다. 그래서 피가 괴어 있는 가운데 쓰러져 있는 조제프와 망연히 서 있는 연인을 보는 것만으로 그는 거기서 무슨 일이 일어났는지 알았습니다. 10년에 이르는 세월을 가혹한 전장에서 보낸 이봉은 거의 망설임도 없이 어떤 결단을 내렸습니 다. 당국에 이 사고를 끝까지 숨기자는 것이었어요.

그는 클레르와 자네트를 재촉해 조제프의 시체를 처리하게 했을 뿐만 아니라 참극의 현장을 깨끗이 치우게 했습니다. 그래서 조제프는 원인 불명의 실종을 하게 된 거예요. 전후의 혼란기에 일어난 일이었고 또 산속 깊은 한촌에서 생긴 일이었기 때문에 경찰의 수사 같은 것도 전혀 이루어지지 않았습니다. 마을 사람들의 의문도 조제프가 다시 스페인으로 간 것 같다는 이봉의 암시로 수습되었지요.”

　“……거의 추정한 대로네요. 이번 여행에서 조제프의 백골을 발견했습니다. 그런데 클레르는 왜 자네트가 아니라 오데트와 결혼하게 되었나요?”

　“자네트는 아버지를 죽이는 죄를 저질렀지만 그 일에 대해서는 조금도 후회하지 않았습니다. 연인의 생명을 구하기 위해서라면, 어머니를 괴롭혀 죽인 조제프를 다시 한 번 때려죽이는 것도 두려워하지 않았겠지요. 자네트의 몸속에도 라루스가의 피가 흐르고 있었는지도 모르겠네요.

　그러나 클레르는 오히려 소심하고 상식적인 사람이었어요. 그가 자네트의 격렬한 성격에서 뭔가 꺼림칙한 느낌을 받았을지도 모르겠네요. 그런 클레르의 동요에 차녀 오데트가 감쪽같이 파고들었지요. 오데트는 조숙하고 고양이 같은 교활한 지혜로 가득 찬 아름다운 아가씨였습니다. 또 언니 자네트를 미워하기도 했고요. 그녀는 언니의 연인을, 열일곱 살짜리 아가씨라고는 생각되지 않는 파렴치한 농간으로 유혹하여 완전히 그의 마음을 빼앗았어요. 그리고 막내 조제트를 데리고 클레르와 셋이서 함께 마을을 떠났지요.

 연인한테 버림받고 여동생한테까지 배신당한 자네트는 비로소 자신이 범한 죄의 무서움을 통감했어요. 그녀는 어린 조제트를 양육한다는 것만을 유일한 조건으로 내세우고 광맥의 모든 권리를 오데트와 클레르한테 넘겼습니다. 다만 사정을 안 이봉이 혹시라도 앞으로 자네트가 생활에 어려움을 겪을 때는 광맥을 판 돈의 일부를 그녀한테 변제한다는 조건을 클레르한테 부과했지요. 원래 뒤 라브낭가의 소유지였으니까 그럴 마음만 있다면 이봉이 서류가 제대로 갖추어져 있지 않다는 점을 들어 다투면 오데트와 클레르에게서 광맥의 소유권을 빼앗아 오는 것도 간단한 문제였을 겁니다. 이봉이 그렇게 하지 않은 건 욕심이 없고 정직한 성격이었기 때문이기도 하지만, 또 하나는 자네트의 범죄에 대해 클레르와 오데트의 입을 막는 비용이라는 의미도 있었어요. 자네트를 버리고 오데트한테 달려간 일로 내심 무척 괴로워했던 클레르는 원래의 토지 소유자인 이봉이 자네트를 위해 붙인 조건을 기꺼이 받아들였습니다. 클레르는 소심한 점도 있었지만 결코 나쁜 사람은 아니었으니까요.

 자매들이 수도로 떠나고 얼마 후 자네트는 원래 약혼자였던 레타르라는 청년과 결혼했습니다. 그리고 앙투안이 태어났어요. 그러나 아버지를 살해한 죄는 여전히 그녀를 따라다녔습니다. 신의 정의가 그녀에게 평온한 생활을 허락할 리가 없었지요. 앙투안이 태어나고 얼마 지나지 않아 레타르는 산에서 일하다가 사고로 죽었습니다. 자네트는 절망했지요. 그리고 아버지의 피가 아직도 비린내를 풍기며 스며들어 있는 고향 마을을 떠나기로 결심했어요.
레타르의 형 일가가 어린 앙투안을 맡아주었지요. 어딘가 바깥세
상에서 생활을 꾸려갈 전망이 서는 대로 자네트는 아이를 불러들
일 생각이었고요.

   그녀는 저주받은 과거를 버리기 위해 서류상으로도 고향 마을
과의 관계를 완전히 끊었습니다. 자네트라는 이름을 버리고 마리
라는 세례명으로 살기로 했지요. 그리고 툴루즈에서 친절한 남자
를 알게 되었고 서로 사랑하게 되어 재혼했습니다. 그렇지만 앙투
안을 부를 수 없었습니다. 마을에서 온 소식에, 아이는 어머니가
죽은 것이라 믿고 성장하고 있다, 또 양부모를 아주 잘 따르고 있
다, 그러니 불안정한 재혼생활 속에서 키우기보다 이대로 잠시 상
황을 지켜보는 게 낫지 않겠느냐고 쓰여 있어서였어요. 양부모는
앙투안의 장래 교육도 책임을 지겠다고 약속했습니다. 자네트는
가난하고 불안정한 재혼생활 때문에 앙투안을 포기할 수밖에 없
는 입장에 놓였지요.

   얼마 후 자네트에게서 두 번째 남자아이가 태어났습니다. 운명
의 공격이 세 번째로 그녀를 덮친 것은 그 직후의 일이었어요. 남
편이 교통사고로 죽은 거예요. 자네트는 자신의 무거운 죄를 새삼
통감하고 그저 신의 정의를 두려워할 뿐이었습니다. 몇 번이고 자
살을 생각했습니다. 또 자수하는 것도요. 그러나 그녀에게는 그런
구원조차 허락되지 않았지요. 자네트에게는 태어난 지 얼마 안 된
갓난아기가 있었으니까요."

   "그리고 자네트는 파리로 올라온 거군요. 그녀가 여동생들의 집

에 가정부로 들어가는 데는 어떤 사정이 있었나요?" 가케루의 목소리는 건조했다. 그랬다. 자네트 라루스가 마리 바르트였다. 그녀가 바로 툴루즈에서 죽었다고 한, 오데트와 조제트의 언니이자 앙투안의 생모였다. 내가 처음으로 바르트 부인을 보고 닮았다고 생각한 것은 다름 아닌 앙투안이었다.

"저는……" 바르트 부인은 이제 자네트라는 이름으로 말하는 것을 그만두었다. "파리로 오고 나서 클레르가 죽었다는 걸 알았어요. 젖먹이인 자크를 데리고 곤궁하게 지내던 저는 오데트한테 예전의 약속을 지키게 하자고 생각했지요. 얼마나 어리석은 일이었는지. 20년 만에 만난 오데트는 입맛을 다시며 저를 맞았어요.

오데트는 어렸을 때부터 저를 싫어했어요. 오데트의 몸속에는 조제프의 흉악하고 잔인한 미치광이의 피가 흐르고 있었어요. 아주 어렸을 때부터 꽃을 뜯어내고 벌레를 짓이기는 걸 좋아했지요. 아버지와 다른 점은 그런 비뚤어진 성격을 모르는 남에게는 보여주지 않는 교활함뿐이었어요.

오데트는 독살스러운 희열을 감추려고도 하지 않고 곧바로 덤벼들었어요. 잔인한 악의를 마음껏 만족시킬 수 있는 절호의 상대를 찾은 거지요. 오데트는 저를 협박했어요. 만약 아버지를 죽였다는 사실을 알리기 싫다면 신분을 숨기고 자신의 집에서 천한 일을 하는 걸 받아들이라고요. 제게는 자크가 있었습니다. 아이를 위해서는 오데트가 품은 악의의 희생자로서 제 몸을 바치는 길밖에 없었어요.

4년 전에 앙투안이 파리로 올라왔습니다. 앙투안도 오데트의 협박 재료가 되었지요. 친어머니가 아버지를 죽인 피로 범벅이 되었다는 사실을 아들의 귀에 속삭여줄까, 하고 오데트는 저를 협박했어요. 오데트는 저희 아버지가 어머니한테 했던 것과 같은 태도로 저를 대했어요. 증오하는 친언니를 가정부로 마구 부리는 것으로, 친언니의 자존심을 갈기갈기 찢어놓는 것으로 오데트의 일그러진 마음은 병적인 즐거움을 느꼈던 거지요.

자네트의 죄에 내린 네 번째 벌이 이것이었어요. 클레르를 빼앗겼을 때도, 두 남편을 잃었을 때도 그 가혹한 공격에 잠자코 견뎠던 것처럼 저는 지난 10년간 박해와 오욕과 비참한 인종의 생활을 견뎌왔습니다. 오히려 이 괴로움을 은총이라고 믿었어요. 조제프나 오데트 안에 있는 더러운 피는 젊고 교만한 자네트의 몸에도 흐르고 있었어요. 30년에 걸친 고뇌의 생활만이 제 안의 탁한 피를 정화할 수 있었겠지요. 지고의 신이 내린 벌은 동시에 빛으로 가는 구원의 길이기도 했을 거예요.

저에게는 두 명의 아들이 있어요. 형인 앙투안은 어머니에 대해 아무것도 모르지만, 성인이 된 아들을 보는 건 그 누구도 앗아 갈 수 없는 제 기쁨이에요. 그리고 자크도 있어요. 그 아이도 이제 어머니 없이 살아갈 수 있는 나이가 되었고요. ……모든 것을 빼앗겼을 때도 아이들만은 남았다는 것과 이 생명을 빼앗길 때도 분신이기도 한 아이들은 여전히 계속 살아간다는 것, 이것이야말로 지금의 저를 기쁨으로 채워주는 성스러운 빛이자 신의 은총이라고 진심으로 믿고 있어요."

말을 끝낸 바르트 부인의 얼굴에는 범접할 수 없는 존엄과 기품이 있었다. 나는 압도당해 입을 다물었다.

"사건의 배경은 잘 알겠습니다. 이어서 작년 12월부터의 일에 대한 이야기를 들을 생각이었습니다만, 지금은 시간이 없습니다. 곧 다시 한 번 뵙게 되겠지요. 하지만 당신의 범죄에는 동정의 여지가 있습니다. 제가 적이 아니라는 사실을 믿어주십시오." 가케루는 나지막하게 감정을 누른 목소리로 말했다.

"알고 있습니다. 오늘 아침 당신의 편지를 받았을 때부터 각오는 하고 있었어요. 언제든지 경찰에 넘겨주세요." 바르트 부인은 조용한 어조로 말했다.

가케루는 나를 재촉하듯이 바르트 부인의 아파트를 나섰다.

"시간이 없어"라고 말하고 그는 온몸이 좌석에 깊숙이 잠길 만큼의 가속력으로 차를 출발시켰다. 가케루의 운전은 무서울 정도로 난폭하여 마치 자살하려는 사람 같았다. 해 질 녘의 혼잡한 거리를 능숙한 기술로 왼쪽 오른쪽으로 조금씩 핸들을 틀었고, 때로는 신호를 무시하며 Ⅱ CV를 운전하여 어딘가의 목적지를 향해 질주했다. 나는 심한 진동에 온몸이 흔들리면서도 외치듯이 말했다.

"가케루, 어디로 가는 거야?"

"어제 조제트의 시체가 발견되면서 사건은 완전히 끝났어. 너는 이미 진상의 절반쯤 알았고. ……우리는 지금 오스테를리츠 역으로 가고 있어. 시간 안에 도착하면 좋을 텐데."

"범인은 누군데? 바르트 부인이었어?" 나는 흥분해서 띄엄띄엄 외쳤다. 가케루는 침울한 표정으로 말없이 핸들을 조작할 뿐이었다. 차는 브레이크 소리를 울리며 차체를 삐걱거리면서 황혼의 바스티유 광장을 굉장한 기세로 빠져나갔다.

1월 26일 오후 4시 20분

"간신히 시간 안에 온 것 같다."

역에서 출발하는 열차를 모조리 내려다볼 수 있는, 여러 선로를 걸치고 있는 육교 위에 차를 세우고 가케루는 중얼거렸다.

"무슨 시간 안에 왔다는 거야?"

"앙투안과 질베르의 출발 시간. 이제 2, 3분만 있으면 열차가 출발할 거야."

가케루는 붉게 녹슨 육교의 철책에 기대고 저물어가는 짙은 납색의 겨울 하늘을 올려다보았다. 나도 그를 따라 음울한 파리의 황혼을 멀리서 바라보았다.

"네 생각은 알았어. 바르트 부인이 범인인 거지? 앙드레를 살해했을 때 조제트로 분장한 사람은 바르트 부인이었어. 하지만 실제로 폭탄을 설치한 사람은 누구였던 거야? 앙투안은 아니야. 나랑 계속 같이 있었으니까."

"앙투안은 아니야."

"그럼 누구야? ……아, 잠깐." 나는 조그맣게 외쳤다. 뤽상부르 공원에서 했던 가케루의 말이 떠올랐다. '최초로 내가 찾아낸 범인은 그저 꼭두각시에 지나지 않았어. 진짜 범인은 그 배후에 숨어 있었지. 나는 그 여자를 찾아냈어. 이 사건의 표면에는 어린아이 같은 솔직함이 있었지만 그 밑에는 성숙한 여자의 악의가 숨겨져 있었지'라고 그는 말했었다.

"혹시 그 아이가, 자크가……" 나는 무심코 중얼거렸다. "가케루, 가르쳐줘. 지금 당장 사실을 말해줘."

"나디아, 저거야." 가케루는 굉음을 울리며 육교 아래를 빠져나가는 장거리 열차를 가리켰다. 거대한 곤충을 닮은, 반짝반짝 빛나는 눈동자로 기다란 몸을 구불거리면서 열차는 앞쪽을 향해 질주했다.

"앙투안한테는 어제 진상을 알렸어. 그는 저 열차로 고향으로, 그다음에는 외국으로 간다고 했어. 나는 출발을 뒤에서 배웅할 거라고 대답했고."

아아, 불쌍한 앙투안. 어머니와 동생의 일을 알게 되어 절망의 구렁텅이에 떠밀려 떨어졌음에 틀림없다. 어머니의 파멸을 보지 않으려고 그는 멀리 도망치기로 한 것이다. 외국으로 떠날 결심으로 내게 전송을 부탁한 건데.

장거리 열차의 붉은 미등이 어둠에 스며들더니 저편으로 사라져갔다. 갑자기 한기가 몸을 죄어왔다. 차에 타자 가케루는 천천히 차를 출발시켰다.

"이제 우리는 어떤 장소로 갈 거야. 거기서 너는 사건의 나머지 진상을 보게 되겠지. 하지만 오늘 밤에 알게 된 사실을 앞으로 24시간 동안은 아무한테도 말하지 않겠다고 약속해주었으면 해."

"아빠한테도?" 내가 반문했다.

"모가르 씨한테도."

"알았어, 약속할게." 나는 잠긴 목소리로 대답했다.

"이제 나는 진범과 대결할 거야. 오랜 시간에 걸쳐 주의 깊게 함정을 파놓았지. 사냥감이 걸려들었는지 보러 가는 길이야. 그런데 이건 무섭고 위험한 일이야. 너에겐 진상을 알 권리가 있지만 위험을 무릅쓰지 않고는 그걸 볼 수가 없어."

"괜찮아, 나는 아무렇지 않아" 하고 대답했지만 목소리는 긴장감으로 살짝 떨렸다.

언덕 위에 팡테옹의 하얗고 둥근 지붕이 각광을 받아 떠올랐다. 가케루가 차를 세운 곳은 생자크 가 근처의 언덕길이었다.

"앙투안의 아파트 근처잖아. 차를 돌려주러 온 거야?"

"아니, 여기가 함정을 파놓은 장소야. 어제 앙투안한테서 차와 함께 집 열쇠도 빌렸어. 그리고" 가케루는 운전석 옆에서 검고 묵직한 대형 자동권총을 꺼내 총목 밑의 탄창을 빼내고, 익숙하고 신중한 손놀림으로 실탄 세 발만 장전하고 찰카닥하는 소리를 내며 탄창을 집어넣었다. 가케루는 일련의 동작을 숙련된 전문가처럼 능숙한 손놀림으로 매끄럽게 끝냈다. "너는 이걸로 자신의 몸을 지켜야 해. 이미 세 명이나 죽인 여자야. 아마 나는 너까지 돌봐줄 수는 없을 테니까."

가볍게 웃으려고 했지만 가케루의 표정에는 긴장된 진지함 이외에 아무것도 없었기 때문에 내 웃음은 그저 얼굴만 일그러지게 했을 뿐 도중에 사라지고 말았다.

"온 것 같은데" 하고 가케루가 속삭였다. 뭔가 흐릿한 기분으로 나는 아름답게 긴장된 가케루의 옆얼굴을 바라보았다. 시선을 돌리자 전방에 있는 앙투안의 아파트 건물로 야윈 여성의 뒷모습이 사라지는 참이었다.

"혼자로군" 하고 중얼거린 가케루는 차에서 내려 잰걸음으로 건물 입구로 향했다. 음침한 건물의 조그만 엘리베이터 앞에서 우리는 그 여자를 따라잡았다.

"이야, 이거" 하고 가케루가 가볍게 아무렇지 않은 목소리로 말을 걸었다. 여자가 천천히 돌아보았다. 그 얼굴을 보고 엉겁결에 무거운 권총이 든 핸드백을 떨어뜨릴 뻔했다. 경악을 금치 못한 내 눈에는 아름다운 가면처럼 고착된 얼굴에 섬뜩하고 부자연스러운 미소를 띤 젊은 여자의 모습이 비쳤다. 갈라진 금처럼 가는 눈을 하얗게 빛내고 있는 여자, 그녀는 마틸드 뒤 라브낭이었다.

제6장
생자크 가의 악령들

1월 27일 오후 8시

"경정님, 여자의 시체는 처리해두었습니다" 하고 장 폴이 아버지에게 말했다. "그러나 저는 도저히 알 수가 없네요."

우리 집 거실에는 아버지, 장 폴, 나, 가케루 이렇게 네 명이 있었다. 앙투안의 아파트에서 마틸드를 기다렸던 때로부터 24시간이 지났다. 진범이 마틸드라는 걸 알게 된 후에도 앙투안이나 질베르가 범죄에 어떻게 관계했는지 아니면 하지 않았는지 나는 전혀 알 수가 없었다. 24시간 동안 가케루는 완전한 침묵을 지켰다.

"가케루 군, 마틸드는 자신들의 범행을 인정한 후 음독자살을 했다고? 나디아, 그렇지?"

"네, 장 폴 아저씨. 말한 대로예요" 하고 나는 대답했지만, 그 목소리는 내가 생각해도 어딘가 주저하는 것처럼 들렸다. 장 폴은 자꾸만 고개를 갸우뚱거렸다.

"우리는 뒤 루아가 죽어서 사건이 끝났다고 생각했는데."

"아무튼 가케루 군의 설명이나 들어보자고. ……이야기해주겠지?" 하고 아버지가 말했다. 우리는 가케루의 말을 기다리며 잠자코 있었다. 가케루는 한동안 무뚝뚝하게 침묵하다가 드디어 무거운 입을 열었다. 억양이 약한 단조로운 목소리였다.

"……이 범죄는 명석한 두뇌로 세부까지 엄밀하게 계획된 것이었습니다. 그리고 모든 의심이 마지막에는 뒤 루아를 향해 집중되도록 정밀하게 짜여 있었지요. 뒤 루아가 클레크의 손에 걸리는 것까지는 범인들도 예상하지 못했다 하더라도, 이 우연한 도움으로 범죄 계획은 한층 완벽하게 실현되었습니다. 설사 시체가 당국의 손에 넘어가더라도 무죄를 주장하지 못하니까요. 이 사건의 수수께끼를 복잡하게 한 것은, 단순히 계획성 때문이 아니라 뒤 루아와 그의 뜻밖의 죽음 사이에서도 보인 계획적인 요소와 우연적인 요소의 이중화, 뒤얽힘이었습니다. 목 절단의 수수께끼는 바로 계획성과 우연성의 독특한 결합의 산물이라고밖에 말할 수 없습니다."

"나는 무슨 말인지 통 모르겠는데." 장 폴이 투덜거렸다.

"이 사건의 배경에는 아직 어느 나라의 치안당국에도 알려지지 않은 새로운 비밀혁명결사가 있었습니다. 그 조직의 정식 명칭조차 결사 멤버 이외에는 아는 사람이 아무도 없을 겁니다. 다만 이 조직에는 상징적인 암호명이 있고, 그것이 국제 테러리스트들 사이에 약간 알려진 정도입니다. 〈붉은 죽음〉이 그 암호명인데, 조직을 표시하는 기호는 붉은 대문자 A입니다. A는 아마 군대armée 의 머리글자에서 딴 것이겠지요.

비밀결사 〈붉은 죽음〉의 중앙위원이 마틸드였습니다. 그녀는 앙 투안, 질베르, 앙드레 등을 조직하고 파리에 그 세포를 만들었습니 다. 마틸드 등의 세포가 띤 임무는 구성원의 출신지를 반영해 스페 인 국내에서 무장독립투쟁을 지속하고 있는 바스크해방운동의 지 원, 또는 그것에 개입하는 것이었지요. 임무의 구체적인 내용은 자 금과 무기 조달입니다. 앙드레는 일을 구실로 암스테르담에서 무 기를 구입하고 또 현지 조직과의 연락 때문에 자주 마드리드를 방 문했습니다. 범행의 최초 계획은 앙드레가 작년 마드리드에서 체 포되었다가 이튿날 바로 석방된 사소한 사건에서 시작된 것 같습 니다. 〈붉은 죽음〉은 그때 앙드레가 조직을 배신하여 당국의 스파 이가 되는 걸 받아들였다고 판단했습니다. 그 무렵 오데트가 거액 의 현금을 준비하고 있다는 사실이 아마 앙투안에 의해 탐지되었 을 겁니다. 그래서 마틸드는 조직에 잠입한 스파이의 처형과 천오 백만 프랑에 이르는 거액의 자금 조달을 동시에 실행하기 위한 계 획을 짜기 시작했습니다. 이상이 간단한 사건의 배경입니다. 저는 이런 정보를 마틸드와 앙투안의 고백을 통해 얻었습니다만, 이번 에는 역으로 제가 어떻게 해서 사건의 진상에 다다르게 되었는지 를 오데트 살해에 입각해서 구체적으로 말씀드리겠습니다."

"그래, 이야기는 구체적으로 해야지 암." 장 폴이 끼어들었다.

"예, 경감님, 맞습니다." 가케루가 희미하게 쓴웃음을 지었다. "목을 자른 데 대한 현상학적인 직관에 관해서는 이미 말씀드린

대로입니다. 목을 자른 것의 의미는 살인자의 범행을 은닉하려는 계획이었지요. 그러나 이것만으로는 목을 자름으로써 범인이 대체 무엇을 숨기려고 했는지까지는 알 수 없습니다. 구체적으로 무엇을 은닉하려고 했는지는, 언젠가 말씀드렸던 오데트 살인 현장에 남겨진 여섯 가지 수수께끼를 푸니 명백해졌습니다."

"자네가 말한 여섯 가지 수수께끼는, 첫째 시체의 손가락에 묻어 있던 가루치약, 둘째 시체의 옷에 가루치약이 묻지 않았던 점, 셋째 치워진 쓰레기통과 깨끗하게 정리된 화장대, 넷째 앉은 각도로 조정된 거울, 다섯째 둘 다 사용된 욕조와 샤워부스, 여섯째 외출 직전의 모습을 한 시체……, 이 여섯 개였지?" 아버지가 확인했다.

"그렇습니다. 저는 이것들로부터 납득할 수 있는 추론을 해봤습니다. ……침대가 흐트러져 있는 걸로 보아 오데트는 거기서 자고 일어났습니다. 욕조와 샤워부스가 젖어 있는 걸로 보아 목욕을 마친 상태였고, 세면대가 젖어 있는 걸로 보아 세면도 끝냈겠지요. 그러나 깨끗이 정리된 화장대는 무엇을 의미할까요? 그것은 화장을 완전히 끝냈거나 아니면"

"아니면, 뭐지?" 하고 아버지가 중얼거렸다.

"화장을 시작조차 하지 않았음을 말해주는 것입니다. 다시 말해 오데트는 적어도 화장하는 도중에 살해된 것이 아니라는 점만은 여기서 알 수 있습니다. 그렇다면 범행은 과연 화장하기 전에 이루어진 걸까요, 아니면 끝난 후에 이루어진 걸까요?

누구나 오데트가 화장을 끝낸 후에 살해당했다고 믿었습니다. 그러나 그것이 화장 전이었다고 가정한다면 수수께끼의 대부분이 순식간에 얼음 녹듯이 풀립니다. 치워진 쓰레기통은 특별히 의도적으로 치워진 게 아니라 화장 중에 나오는 티슈가 아직 아무것도 나오지 않았다는 것일 뿐이고, 손가락에 묻어 있던 가루치약도 단지 이를 닦은 직후에 오데트가 살해되었음을 말해줄 뿐인 것입니다. 앉았을 때의 각도로 조절된 거울과 구두까지 신은 외출복 차림의 시체라는 모순은 오데트의 옷에 가루치약이 전혀 묻지 않았다는 사실과 함께 생각한다면, 그녀의 외출복 차림은 사실 누군가에 의해 의도적으로 꾸며진 게 아니었을까 하는 의심을 품게 합니다. 이렇게 생각하면 구두를 신고 외투까지 옆에 두었던 오데트가 외출하는 데 반드시 필요한 아파트 열쇠가 든 핸드백만 침실에 남겨둔 수수께끼도 풀립니다. 그것은 의도적으로 꾸며낸 데서 나온 부자연스러움인데, 요컨대 범인은 핸드백에까지 생각이 미치지 않았던 것이겠지요.

오데트는 그날 아침 일어나 생과일주스를 마시고 욕조에 들어갔으며 이를 닦는 중에 누군가의 방문을 받았습니다. 물론 아직 잠옷이나 실내복 차림이었습니다. 현장에 남은 모든 증거가 아직 화장을 시작하지도 않았다는 것을 말해주고 있으니까요."

"가케루 군, 자네의 추정이 오데트의 일과나 마르탱 부인의 모든 증언과 모순된다는 것은 일단 차치하고, 화장대 뒤에 떨어져 있던 립스틱만은 잊으면 안 되네. 거기에는 분명히 오데트의 지문이 남아 있었으니까."

"모가르 씨, 물론 잊지 않았습니다. 바르트 부인의 증언에 따르면 여동생 조제트는 단정치 못한 성격이라 언니의 화장품을 허락

없이 쓰는 일도 자주 있었다고 합니다. 조제트는 사건이 일어나기 전날 집을 나가기 직전에 아마 분과 립스틱만으로 간단히 화장을 고쳤을 겁니다. 그때 언니의 립스틱을 쓰고 마루에 떨어뜨렸는데 도 줍지 않았다고 한다면 설명은 됩니다."

"가케루 군" 장 폴이 콧방귀를 뀌었다. "그러나 지문은 조제트 것이 아니었다네."

"경감님, 지문을 남기고 싶지 않은 사람은 보통 어떻게 합니까?" 가케루가 반문했다.

"장갑을 끼지."

"그렇습니다. 그런데 조제트의 장갑은 고급 송아지 가죽이었습니다. 그 장갑은 특히 얄팍하고 보들보들해서 낀 채로 입술 정도는 충분히 바를 수 있지요. 오데트와 히스테릭한 싸움을 벌이고 외출하기 직전의 조제트였습니다. 구두를 신고 외투를 걸치고 장갑까지 낀 상태에서 갑자기 생각나 간단히 화장을 고쳤다는 것은 그다지 무리한 추정은 아니라고 생각합니다만."

"그런가, 그래서 립스틱에는 조제트의 지문이 남아 있지 않았던 건가?" 장 폴이 감탄하며 중얼거렸다.

"중요한 건 립스틱에 남은 지문이 어떻다는 게 아니라 모가르 씨가 말씀하신 대로 제 추정이 오데트의 일과나 마르탱 부인의 증언과 완전히 모순된다는 점입니다. 혹시 오데트가 세면을 막 끝낸 시간에 살해되었다면 그녀의 일과에서 볼 때 그것은 아침 8시가 넘은 시간에 벌어진 일이어야 합니다. 오데트는 매일 8시에 일어나고 9시에는 화장을 마치는 것이 습관이었으니까요. 그런데 오

데트 살해가 8시 넘어서 일어났다는 가설은 이중의 의미로 불가
능합니다."

"뒤랑의 추정으로는 오데트가 죽은 건 빨라야 9시가 좀 지난 시
간이었네" 하고 아버지가 말했다.

"그게 한 가지입니다. 그리고 또 하나, 이것과 관련하여 알리바
이 문제가 있습니다. 8시가 좀 지난 시간에 일어난 범행을 시체에
옷을 입히는 등의 조작으로 9시 넘어 일어난 것으로 보이게 하는
데서 이익을 보는 사람은, 늦어도 9시경에는 확실한 알리바이를
가진 사람 이외에는 없습니다. 이 사건의 관계자 중에 9시 이후의
알리바이가 있었던 사람은 대체 누구였을까요?"

"프로사르 그놈뿐이지." 장 폴이 대답했다.

"그렇습니다. 제 추리에 따라 떠오른 유일한 용의자가 프로사르
였습니다만, 이 남자의 직업이 역으로 제 추리를 깨버립니다. 형
사사건 변호사인 프로사르가 늦어도 10시 반이나 11시에는 발견
될 시체에 살해가 9시가 좀 지난 시간에 일어난 것으로 보이게 하
기 위해 어떤 잔재주를 부린다고 한들, 시체 자체가 8시가 좀 지
난 시간에 살해되었다는 사실을 명백히 알려준다는 걸 모를 리가
없습니다. 게다가 범인은 바르트 부인이 10시 반에는 시체를 발견
할 수 있도록 일부러 아파트의 현관문 사이에 책을 끼워두고 도주
했습니다. 혹시 이런 작위가 이루어지지 않았다면, 오직 하나밖에
없는 열쇠는 오데트의 침실에 있는 핸드백 안에 있었으니까 사건
의 발견은 실제보다 훨씬 늦어졌을 게 틀림없습니다. 범인의 바람
은 시체가 10시 반에는 확실히 발견되게 하는 데 있었습니다. 그

럼으로써 당국이 사망 추정시각을 보다 정확하게 파악하길 원했던 것이지요. 다시 말해 범인의 이익은 당국이 정확한 사망 추정시각을 아는 것에 의해 역으로 확보되는 것이었으므로 프로사르는 이 점에서도 범인일 수 없습니다."

"프로사르 그놈이라면 사망 추정시각 같은 건 뒤랑만큼이나 잘 알 테니까." 장 폴이 찬성했다.

"추리는 벽에 부딪히고 말았습니다. 그래서 저는 생각을 바꿔보기로 했습니다. 평소에는 이미 화장을 끝냈을 시간인데도 그날 아침에만 오데트는 화장을 시작조차 하지 않았다고 하면 어떨까? 이 새로운 가설에는 현실적인 근거가 있었습니다. 오데트는 전날 밤 여동생과 심하게 싸워서 무척 흥분한 상태였습니다. 그리고 침대 옆에는 늘 복용하던 약한 수면제 외에 그때까지 복용한 적이 없던 강력한 수면제가 든 작은 병의 뚜껑이 뜯어져 있었습니다."

"그렇군." 장 폴이 탄성을 질렀다. "익숙하지 않은 약 때문에 사건이 일어난 날 아침에 오데트는 평소보다 늦게 일어났을지도 모르겠는데."

"저도 그렇게 생각했습니다. ……범인은 평소라면 화장을 끝내고 외출복 차림이었을 9시가 좀 지난 시간에 오데트를 살해했는데도 오데트는 아직 일어난 직후의 잠옷이나 실내복 차림이었던 겁니다. 그래서는 범행이 9시 이전에 일어난 것으로 생각되겠지요. 다시 말해 9시 이후에 일어난 범행임에도 불구하고 9시 이전에 일어난 범행이라고 생각되어서는 곤란한 사람이 있었던 겁니다. 이는 한 발 더 나아간 거지요."

"가케루 군, 하지만 오데트는 10시경에 마르탱 부인과 전화로 이야기까지 나눴다네."

"예, 경감님. 그러고 나서 다시 10시의 그 전화에 대해 생각했을 때 저는 범인이 왜 목을 자를 수밖에 없었는지, 그리고 범인은 대체 누구였는지를 비로소 완전히 이해할 수 있었습니다. ……범인은 오데트의 아침 일과를 잘 알고 있었습니다. 범인이 알리바이를 조작한 이유는 화장의 유무로 범행 시간을 9시 이전인지 이후인지 혼란을 주는 것이 아니라 전화의 유무로 그것을 10시 이전인지 이후인지 혼란시키는 데 있었습니다."

"다시 말해 10시 이전에 살해하고 10시 이후에는 알리바이를 만들어놓는다, 그런데 이미 죽은 오데트가 일과처럼 마르탱 부인한테 전화를 건다면 사람들은 범행이 10시 이후에 일어난 것이라 생각할 테고 범인은 안전해진다…… 이런 거로군" 하고 아버지가 말했다.

"맞습니다. 그리고 남은 문제는 10시 이전에 살해된 오데트가 어떻게 전화를 걸 수 있었느냐 하는 점뿐입니다."

"그래서, 그래서" 나는 정신없이 외쳤다. "너는 마틸드한테 목소리 흉내에 대해서 그런 식으로 물어봤던 거구나. 그제 밤에 앙투안의 목소리를 내면서 나를 시험한 것도."

"그래, 나디아. 그때 너는 앙투안한테서 온 전화라고만 믿고 있었어. 그래서 완전한 착각에 빠진 거지. 마르탱 부인도 마찬가지였어. 그녀는 10시가 되면 반드시 오데트한테서 전화가 온다고 믿고 있었지. 3분이나 이야기를 나눴다고 증언했지만 말을 한 건 아

331

마 마르탱 부인뿐이고 오데트의 목소리를 흉내 낸 여자는 간단한 맞장구만 쳤겠지. 그것만으로도 대화는 충분히 성립하니까. 그제도 내가 말한 건 '여보세요' '무슨 말?' '사랑해' '왜지?', 이 네 가지뿐이었어. 또 전화로 오데트를 연기한 사람은 나 같은 외국인이 아니라 오데트와 동향인이고 게다가 연기나 발성에 전문적인 훈련을 받은 여자였지. 마르탱 부인이 속아 넘어간 것도 당연해."

"마틸드구나."

"맞아. 이 알리바이 조작을 생각해낸 것도 그녀였을 거야. 마틸드는 오데트의 목소리 흉내에 자신이 있었으니까 그런 트릭을 쓰기로 한 거지. 여기까지 생각하니까 그날 아침의 일이 세부까지 명료하게 보이게 됐어. 범인이 현장에 도착한 것은 9시경이었어. 마르탱 부인이 최초로 수수께끼의 남자를 본 게 이 시각이었으니까 틀림없을 거야. 이봉으로 분장한 범인은 평소의 일과라면 화장을 끝냈을 오데트를 살해하고 10시에는 알리바이 지점에 도착해 있을 생각이었지. 그런데 아이러니한 우연 때문에 그날 아침에만 오데트는 9시가 다 되었는데도 아직 세면만 마친 상태였던 거지.

하지만 그렇다고 범인은 뒤로 물러설 수가 없었어. 그는 어쩔 수 없이 오데트를 살해했지. 그러나 중년 여성이 아침에 한 시간이나 걸려 정성껏 하는 화장을 불과 30분도 안 되는 시간 동안 위장하기란 도저히 불가능했어. 더구나 알리바이 조작도 있으니까. 이제 막 일어났으며 화장도 하지 않은 여자가 과연 평소대로 10시 반에 아래층으로 내려간다는 전화를 할까? 그래서는 부자연스럽지. 범인은 어떻게든 평소의 아침과 마찬가지로 오데트가 화장을 마쳤다고 생각하게 만들어야만 했어. 그래서 그는 오데트한테 외출복을 입혔어. 이렇게 하는 것이 일어난 지 오래되었다는 인상을 강하게 줄 수 있기 때문이지. 그러고 나서 옷을 벗기고 나체가 된 오데트의 목을 잘랐어. 어떻게든 화장기 없는 오데트의 얼굴을 현장에 남겨둘 수는 없었으니까. 나체로 만든 것은 입고 있는 옷을 피로 물들이지 않기 위해서야.

부엌에서 가져온 비닐주머니에 머리를 넣고서 그는 샤워를 하고 피를 씻어냈지. 오데트가 사용한 건 욕조였으니까 샤워부스와 욕조가 다 젖어 있었던 거야. 그러고 나서 옷을 입고 가루치약 병 안에서 열쇠를 꺼냈어. 이때 손에서 병이 미끄러져 가루치약이 바닥에 쏟아졌지. 그의 옷은 흩날린 가루치약으로 더러워졌을 거야. 그는 금고에서 돈다발을 꺼내고, 서가에서 『주홍 글씨』를 꺼내고, 조제트의 라이터와 담배꽁초 등 거짓 증거를 떨어뜨려놓고, 거실 벽에 피로 A 자를 크게 써놓고, 그리고 머리와 돈다발을 담은 가방을 들고 아파트를 나왔지. 나갈 때 현관문 사이에 책을 끼워놓는 걸 잊지 않았고. 알리바이 조작을 위해서는 오데트의 시체가 되도록 빨리 발견되어야 했으니까.

이렇게 해서 9시 30분경 마르탱 부인은 다시 예의 그 수수께끼의 남자가 가게 앞을 지나는 걸 목격하게 되지. 범인은 카페 화장실이나 어디 적당한 장소에서 이봉의 분장을 벗고 가방에 넣은 다음 아마 택시를 탔을 거야. 그리고 10시경에 도착한 곳이" 가케루는 일단 입을 다물었다. 그러고 나서 천천히 말했다. "이 집이었어……"

"앙투안이?" 내가 소리쳤다.

"그래, 나디아. 오데트를 살해한 범인은 앙투안이었어. 그 말곤 아무도 될 수가 없어. 그는 10시 이후의 알리바이를 확보한 유일한 관계자였어. 그리고 10시 이전에는 너나 바르트 부인과 전화로 이야기를 나눈 데 지나지 않아. 자신의 방에서 거는 것처럼 생각하게 했지만, 사실은 오데트의 아파트에서 걸었지.

마틸드한테는 8시 반부터, 프로사르한테는 9시부터 알리바이가 있었어. 이 두 사람이 9시에 오데트의 아파트에 나타나는 것은 불가능해. 또 뒤 루아나 앙드레도 문제 밖이야. 오전 중의 알리바이가 전혀 없는 사람은 그것이 역설적으로 그들의 무죄를 증명해 주고 있지. 그리고 가장 의심스러웠던 조제트는 어떨까?

실종된 그녀한테는 오데트의 화장 없는 얼굴을 감추어야 할 아무런 이유도 없었어. 또 그렇게 할 필요가 있었다면 조제트는 언니의 얼굴에 부자연스럽지 않은 정도의 화장을 하는 게 충분히 가능했을 거야. 바르트 부인도 같은 이유로 제외되지. 위장을 위해 시체에 외출복을 입히고 구두를 신기고 외투까지 거실로 가지고 나왔으면서 핸드백을 깜빡 잊어버리는 사람은 평소에 핸드백을 들고 다니는 습관이 없는 사람이야. 오데트한테 화장으로 위장할 수 있는 능력이 없는 사람, 평소에 핸드백을 들고 다니는 습관이 없는 사람, 관계자 중에서 10시 이후 확실한 알리바이를 갖고 있는 사람, 그리고 10시에 이 방에 커다란 가방을 들고 왔고, 게다가 일부러 그것을 잊고 간 사람……, 모든 것이 앙투안만을 가리키고 있었지."

"그 가방 안에"사건이 일어난 날 아침의 일을 떠올리고 나는 망연히 중얼거렸다. "오데트의 머리와 돈다발과 이봉의 분장 소품이 들어 있었단 말이지……" 그것은 무겁고 큰 가방이었고, 그날 아침 이외에는 앙투안이 갖고 있는 걸 본 적이 없었다. 그리고 오데트가 살해된 날 밤 일부러 가방을 가지러 왔다는 것도 지금 생각하면 부자연스러웠다. 평소라면 그렇게 서두를 정도의 일은 아니었을 것이다. 그러나 나는 아무것도 눈치채지 못했다.

"이렇게 해서 저는 머리 없는 시체의 모든 비밀을 알게 되었습니다. 범인이 뭘 은닉할 목적으로 목을 잘랐는지, 아니 자를 수밖에 없었는지는 의문의 여지없이 밝혀졌습니다. 범인이 목을 잘라 숨기려고 했던 것은……"

"오데트의 화장하지 않은 얼굴이었다, 그거로군. 그러니 알겠군, 범인이 왜 오데트의 머리를 일부러 씻기기까지 했는지도. 나는 머리가 씻겼기 때문에 얼굴의 화장이 지워진 거라고 생각했는데 처음부터 화장을 하지 않았던 거로군." 아버지가 나지막한 목소리로 말했다.

"그렇습니다. 범인은 화장하지 않은 얼굴을 다시 한 번 숨기기 위해 머리를 깨끗이 씻을 수밖에 없었던 겁니다."

"그러나 가케루 군, 아주 단순한 것인데, 범인은 왜 평소와 달리 늦잠을 잔 오데트를 보고 계획이 틀어졌음을 안 시점에 범행을 하루나 이틀쯤 연기하는 것을 생각하지 않은 걸까?"

"모가르 씨, 범인들한테는 그럴 여유가 없었습니다. 처음부터 말씀드리지요. 오데트 살해는 사실 일련의 연쇄살인 사건의 제2막이었습니다. 우리 앞에 등장한 세 번째 시체야말로 사실 최초의 시체였던 겁니다."

"조제트가 최초의 희생자였다는 건가?"

"그렇습니다. 작년 12월에 계획을 짠 마틸드는 조직의 손을 빌려 예의 그 협박장을 마드리드에서 오데트한테 우송했습니다. 조사를 혼란에 빠뜨리기 위해서도, 그리고 범죄 계획을 위해서도 우선 이봉 같은 수수께끼의 인물이 등장할 필요가 있었습니다.

오데트의 생일날 밤에는 질베르가 이봉으로 분장하고 빅토르 위고 거리에 나타났습니다. 앙투안이 미리 오데트의 서재에서 빼낸 책을 소도구로 사용하여, 그는 이봉의 생환이라는 허구를 연기함과 동시에 이 사건에 『주홍 글씨』라는 상징을 새롭게 끌어들였습니다. 그리고 1월 5일 밤, 오데트로부터 앙투안을 찾는 전화가 왔을 때 기회를 엿보고 있던 그들은 그날 밤을 첫 번째 살인을 결행하는 날로 정했습니다. 이튿날 아침에는 앙투안의 알리바이를 입증할 예정인 나디아가 파리로 돌아옵니다. 또 오데트의 파산 예정일 9일 전이라는 것도 뒤 루아한테 죄를 뒤집어씌우기에는 안성맞춤이었습니다.

앙투안은 눈에 띄지 않는 부근에 차를 세워놓고 오데트의 아파트로 들어갔습니다. 그리고 오데트나 바르트 부인의 눈을 피해 조제트한테 오늘 밤 앙드레가 기다리는 곳까지 데려다 줄 테니 세워둔 차 근처에서 기다리라고 속삭였습니다. 앙드레한테 빠져 있던 조제트는 금세 이 달콤한 전언을 믿고 앙투안의 말대로 아파트를 나가 앙투안의 차 옆에서 기다렸겠지요. 바르트 부인과 헤어진 앙투안은 시트로엥에 조제트를 태우고 그대로 불로뉴 숲으로 서둘러 갔습니다. 현장에 도착하자 준비해둔 흉기인 납으로 만든 관으로 조제트를 때려죽이고, 여행 가방과 외투를 차에 남긴 채 시체를 숲 속의 공터에 숨겼습니다. 다만 시체는 담요 같은 걸로 싸고, 비가 와도 젖지 않도록 했을 겁니다. 조제트는 그때부터 나흘간 살아 있는 것처럼 보일 필요가 있었으니까요.

이튿날 아침 앙투안은 이봉으로 분장하고 빅토르 위고 거리에 나타났습니다. 다만 오데트한테 아파트의 현관문을 열게 할 때에는 의심받지 않도록 분장을 벗었겠지요. 앙투안은 준비해 간 둔기로 오데트를 때려죽이고 나서 자신들의 계획이 무너질 위기에 처했음을 깨달았습니다. 시체는 화장을 하지 않은 맨얼굴이었으니까요. 앙투안은 계획 전체가 발밑에서부터 무너져 내리는 것 같았겠지요.

피가 얼어붙는 듯한 기분으로 시체 옆에 서 있는 앙투안의 귀에 시간에 맞춰 전화벨 소리가 들렸습니다. 마틸드의 전화였지요. 질베르와 둘이서 대학 근처의 카페에 있던 마틸드는 계획이 예정대로 진행되고 있는지 확인하기 위해 약속한 시간에 현장에 전화를 건 것입니다. 앙투안에게서 동요하여 서두르는 어조로 보고를 들은 마틸드는 순식간에 악마적이라고도 할 수 있는 새로운 계획을 세우고 결단하여 앙투안에게 지시했습니다. 다시 말해 오데트의 시체에서 목을 잘라 현장을 떠나라는 지시였습니다."

"끔찍한 여자군." 장 폴이 중얼거렸다.

"그다음 마틸드는 시간대로 이번에는 마르탱 부인한테 전화를 걸었습니다. 마틸드와 질베르가 있던 카페의 지하에는 주위로부터 차단된 전화실이 있습니다. 거기서 누구의 주의도 끌지 않고 3분쯤 마르탱 부인과 이야기를 나누고 마지막으로 미리 소형 카세트에 녹음해둔 라루스가의 초인종 소리를 틀었던 겁니다."

"가케루 군, 그 망측한 붉은 상징을 여기저기에 마구 뿌려놓은 데는 대체 무슨 의미가 있었던 건가?"

"붉은 거실, 빨간 머리(라루스) 자매, 조제트의 빨간 머리 등은 단순한 우연의 일치에 지나지 않습니다. 마틸드는 이러한 우연의 일치 위에 세 가지 의도를 덧칠했습니다. 첫째는 『주홍 글씨』나 현장의 벽에 피로 쓴 A 자에 의해 오데트 살해가 치정에 얽힌 범죄로 보이게 한 것입니다. 이것으로 조제트나 뒤 루아한테 혐의의 시선을 돌릴 수 있었습니다. 둘째는 이런 실재적인 주목적 뒤에서 범죄극의 진정한 작자가 누구인지를 암시하는 서명을 은밀히 새겨놓은 것입니다. 붉은 A는 그들의 조직을 상징하는 기호고, 조제트의 시체와 함께 부수적으로 발견된, 피투성이인 채 찢어진 책의 1페이지에도 역시 심오한 상징적인 의미가 담겨 있었습니다."

"〈붉은 죽음〉이겠지?" 하고 장 폴이 말했다.

"그렇습니다. 그 소설의 첫머리와 끝 부분에는 이런 구절이 있습니다." 가케루는 호주머니에서 페이퍼북 한 권을 꺼내 나지막한 목소리로 읽었다. "······붉은 죽음은 이미 오래전부터 나라를 황폐하게 만들었다. 이처럼 맹렬하고 비참한 역병은 일찍이 없었던 것으로, 그것은 피로 구현되며 붉은 빛깔의 얼룩점과 피가 그 낙인이었다.' 또는 '······그리고 붉은 죽음이 도래한 것을 이제 누구나 이해했다. 그는 도둑처럼 야간에 그곳으로 숨어들었던 것이다. ……또한 그 최후의 한 사람이 죽는 것과 동시에 흑단으로 만든 시계가 멈췄다. 그리고 얼마 후 삼각대의 불도 꺼지고 암흑과 부패와 붉은 죽음이 모든 것을 지배하기에 이르렀다.'"

가케루는 책을 놓고 나를 봤다. "비밀결사 〈붉은 죽음〉에 관한 마틸드의 생각이 이런 상징적인 문장 속에 숨어 있었습니다. 그녀는 이 연쇄살인이, 암흑과 부패와 붉은 죽음이 지배하기에 이른 도정의 출발점이라고 은밀히 선언한 것입니다."

"세 번째는 뭐였는데?" 내가 물었다.

"마틸드는 무대 여배우로 예술가였어. 세 번째는 그녀의 미의식, 또는 색채 감각의 표현이었을 거야. 납색의 흐린 하늘, 무거운 석조의 거리, 그곳을 흘러가는 회색의 군중이라는 이 도회 겨울의 심상풍경에 마틸드는 신선한 핏빛 포말을 흩뿌려보려고 한 거지. 회색 배경에 흩뿌려진 선홍색 반점은 병적으로 예민한 마틸드의 감각을 요염하게 전율시켰음에 틀림없어."

"마틸드는 파울 클레를 좋아한다고 했어." 나는 중얼거렸다. 마틸드는 「B 자가 있는 컴포지션」을 보려고 스위스까지 간 적이 있다고 했다. 그것은 클레의 작품 중에서도 특히 붉은 색채가 훌륭하다고 평가받는 그림이었다. 가케루는 이야기를 계속했다.

"모가르 씨, 조금 전의 질문입니다만, 앙투안은 화장의 유무를 생각할 여유도 없이 오데트를 죽였습니다. 그러나 고쳐 생각한다고 해도 역시 그날 아침에 죽일 수밖에 없었습니다. 마틸드는 반드시 그렇게 지시했겠지요. 이미 전날 밤에 조제트를 살해함으로써 계획은 시작되었고, 다시 앙드레를 죽이고 오데트의 파산과 뒤루아의 도주라는 일정이 꽉 짜여 있었습니다. 계획의 진행을 늦출 수는 없었던 겁니다."

"오데트 살해에 대해서는 훌륭한 추리네. 자네는 앙드레 살해 전부터 범인이 앙투안이라고 추정하고 있었나?" 아버지가 물었다.

"예, 하지만 그때는 아직 이 사건의 계획자, 진범이 누구인지는 알 수 없었습니다. 앙투안의 배후에 여자 공범이 있다는 것은 확실했지만, 그것이 누구인지는 여전히 제 눈으로부터도 계속 숨겨져 있었습니다. 오데트 사건의 진상을 파악했을 때 저는 조제트 살해가 이미 끝났음을 확신했지만, 이 악마적인 의지와 두뇌를 가진 여자가 대체 누구인지를 알기 위해서는 두 번째 사건인 앙드레 살해를 기다릴 수밖에 없었습니다.

앙드레 살해에도 부자연스러운 점이 많았습니다. 경찰에 쫓기고 있는 앙드레가 얼굴이나 겉모습을 숨기면서도 왜 일부러 뒤 라브낭이라는 본명으로 호텔에 묵었는지, 남녀가 함께 있는 모습은 왜 범행이 있던 날 저녁에만 목격되었는지, 범행 날 밤에 외출할 때만 왜 프런트의 열쇠를 주고받는 걸 남자가 아니라 여자가 했는지, 그리고 프로사르와 앙드레 사이의 기묘한 전화, 프로사르의 사무실에서 잃어버린 노트…… 저는 이런 부자연스러운 사실을 설명하기 위해 몇 가지 가설을 생각해봤습니다. 그래서 결국 포착한 것은, 앙드레 살해 사건의 중심에 있는 건 앙드레가 726호실에 머무르고 있다는 '위장'이라는 점이었습니다."

"위장이라는 건 무슨 뜻이지?" 장 폴이 물었다.

"······오데트 살해는 그들의 세포 안에서 앙드레를 제외한 채 계획되고 실행되었습니다. 앙드레는 어렴풋이 사건의 진상을 알아챈 것 같지만, 다음 시체로 예정된 게 자기 자신이라는 것까지는 미처 생각하지 못했습니다. 앙드레는 경찰의 추적을 따돌리고 무기 구매 교섭을 위해 가명으로 그 호텔의 한 방에 투숙했습니다. 교섭 상대는 물론 클레크입니다. 클레크가 파리를 방문한 표면적인 목적은 뒤 루아와의 사업이었지만, 그 외에 앙드레와의 비밀 교섭도 있었습니다.

1월 7일 밤, 앙드레가 투숙한 직후에 조제트의 모피 코트와 화려한 빨간 머리 가발을 쓰고 붉은색 가죽 여행 가방을 든 여자가 드디어 무대에 등장합니다. 그녀는 교묘하게 얼굴을 감추고 중년 여성으로 보이게 연기하면서 조제트 뒤 라브닝이라는 이름으로 같은 호텔에 방을 잡았습니다. 그러나 앙드레는 이런 사정을 전혀 몰랐습니다. 그는 조직이 준비한 호텔 방에 잠복하고 있으면서 클레크와 교섭하라는 지시만 받았으니까요."

"자네 이야기로는 앙드레와 마틸드가 전혀 다른 방에 묵고 있었던 것처럼 들리는데?" 아버지가 반문했다.

"그렇습니다, 모가르 씨. 앙드레가 묵은 것은 626호실, 마틸드가 묵은 것은 726호실이었습니다."

"가케루 군, 정말인가?" 장 폴이 큰 소리로 물었다.

"앙드레는 산산조각이 나서 흩날리는 그 순간까지도 726호실에는 한 번도 발을 들여놓은 적이 없습니다. 626호실의 수수께끼의 남자, 그는 바로 앙드레 자신이었습니다. 제가 '위장'이라고 한

게 바로 이겁니다. 마틸드의 공작은 단 한 가지, 1월 7일부터 9일까지 앙드레가 726호실에 묵었던 것처럼 위장하는 데 집중되었습니다. 이렇게 생각할 때 앙드레 사건에서 보인 여러 가지 무리한 점이나 부자연스러운 점이 모두 순식간에 풀리게 됩니다."

"위장했다는 건 어떻게 안 거야?" 내가 물었다.

"실마리는 사건이 일어난 그다음 날 아침, 프로사르의 사무실에서 증거품 노트가 도둑맞았다는 사실이었어. 나는 이 작은 절도가 범인 일당의 짓이라는 걸 의심하지 않았지. 그러나 왜 마틸드 일행은 그 노트를 필요로 한 걸까? 노트에 쓰인 뭔가가 범인들한테 위험한 것이었을 거야.

노트에는 앙드레의 전언과 호텔의 방 번호가 적혀 있었어. 정확한 방 번호를 적어놓은 것이야말로 범인이 경찰에 넘기면 안 되는 그 무언가였다면…… 내가 두 번째 사건의 진상을 밝히기 위해서는 이렇게 생각해보는 것만으로도 충분했지."

"정확한 방 번호…… 그건 726호실이 아니었단 말인가?" 장 폴이 질문했다.

"예, 범인들은 프로사르가 극단적으로 숫자를 제대로 기억하지 못한다는 걸 알고 있었습니다. 프로사르의 기억에 의해 그가 전화한 곳이 몇 호실이었는지 폭로될 염려는 없었던 거지요. 노트를 훔침으로써 범인이 숨기고자 한 것은 '626'이라는 숫자였습니다."

"실제로 무슨 일이 있었던 걸까?" 하고 아버지가 말했다.

"726호실의 방은 앙드레 뒤 라브낭이라는 이름으로 잡은 것이었습니다. 그리고 앙드레는 확실히 그 호텔에 묵고 있었습니다.

누가 726호실에 있던 남자를 앙드레가 아니라고 생각할 수 있었 겠습니까? 앙드레는 경찰에 쫓기는 몸이고, 조직의 지시도 있어서 클레크나 뒤 루아한테도 626호실에 묵고 있다는 것은 물론 같은 호텔에 있다는 사실조차 비밀로 해두고 있었기 때문에 여기서 위 장이 들킬 염려도 없었습니다. 마틸드는 전화로 앙드레의 예정을 듣고, 앙드레가 클레크 등과 함께 식당에 있는 시간에 맞춰 방으 로 점심식사를 가져오도록 했습니다. 이렇게 하면 726호실에 앙 드레가 없어도 의심받을 염려는 없지요.

그러나 마틸드가 생각해낸 최대의 트릭은 오데트 살해 때와 마 찬가지로 전화를 이용한 것이었습니다. 그녀는 1월 8일 밤과 1월 9일 아침에 일부러 프로사르가 없는 시간을 노려 그의 법률사무 실로 전화를 걸었습니다. 호텔 측 기록에는 726호실에서 프로사 르의 사무실로 두 번에 걸쳐 전화가 발신된 사실이 남아 있습니 다. 마틸드는 성별이나 연령 미상의 목소리로 전화를 걸었고, 두 번째 걸었을 때는 저녁 7시에 연락해달라는 전언을 남기며 626호 실이라고 방 번호를 말해주었습니다. 마틸드는 앙드레가 7시까지 는 방으로 돌아온다는 사실을 알았습니다. 그렇게 큰 호텔에서는 외부에서 전화를 걸 때 보통 교환원한테 숙박인의 이름이 아니라 방 번호를 말한다는 점, 그리고 호텔의 전화 교환실에 발신은 기 록되지만 수신은 기록되지 않는다는 점을 이용한 교묘한 트릭이 성립한 것입니다. 726호실에서는 프로사르의 사무실로 전화를 발 신한 기록이 남아 있고, 626호실이라고 알려서 프로사르가 걸어 온 전화는 호텔 측에 기록되지 않고 앙드레한테 연결되었습니다.

프로사르는 분명히 앙드레가 전화를 받았기 때문에 그가 어떤 가명으로 투숙하고 있는지는 생각하지 않았고요. 이렇게 해서 이 트릭의 성공을 위험하게 하는 단 한 가지를 제외하면 누가 봐도 726호실에는 앙드레와 조제트로 보이는 남녀가 사흘에 걸쳐 숙박했다는 위장이 주도면밀하게 만들어졌습니다. 앙드레는 사전에 받은 마틸드의 지시로, 전화를 건 프로사르와 9시 반에 호텔 로비에서 만나기로 약속을 했습니다.

마틸드는 이미 전날 밤에 자택과 바르트 부인에게 오데트한테 온 협박장과 같은 타자기로 친 편지를 발송해두었습니다. 자신한테는 아버지 이봉, 바르트 부인한테는 아들 앙투안이라는 미끼를 준비해서 사건이 일어난 날 밤, 뒤 루아, 프로사르뿐만 아니라 관계자 전원이 문제의 호텔에 모이도록 교묘하게 준비한 것입니다.

사건이 있던 날 오후 마틸드는 726호실에서 붉은색 가죽 여행 가방을 정리했습니다. 조제트의 시체와 함께 나중에 발견될 필요가 있었기 때문입니다. 그러고 나서 질베르를 불러 앙드레로 보이도록 분장을 시킨 뒤 6시 반과 7시 반, 이렇게 두 번에 걸쳐 룸서비스를 하는 보이한테 그의 모습을 보여주었습니다. 7시 반에는 두 사람 다 이미 외출복을 차려입고 룸서비스 카트와 함께 방에서 나왔습니다. 보이는 이때 726호실에는 불이 켜져 있지 않았다고 증언했습니다. 다시 말해 폭탄이 설치된 것은 6시 반부터 7시 반까지 그 한 시간 사이였습니다.

보이의 배웅을 받으며 두 사람은 엘리베이터를 탔습니다만 그대로 로비까지 내려간 것은 질베르뿐이었고, 마틸드는 6층에서 내렸습니다. 그녀는 앙드레에게 전화를 해서 그의 자택에 있는 뭔가를 가지러 함께 가려고 하니 7시 반경에 호텔 방으로 찾아가겠다고 미리 전해두었습니다. 마틸드는 626호실로 들어가 앙드레를 재촉하여 재빨리 열쇠를 자기가 챙겼습니다. 그리고 프런트에는 626호실이 아니라 726호실 열쇠를 맡겼습니다. 자신이 하고 있는 조제트 분장은 감시의 눈을 피하기 위해서라고 속였겠지요. 뒤 라브낭 부부가 묵고 있는 726호실 열쇠를 건네받은 프런트의 청년은 분명히 앙드레와 조제트로 보이는 빨간 머리 여자를 확인했습니다.

약 한 시간 20분 후 두 사람은 호텔로 돌아왔습니다. 열쇠는 마틸드가 받았고, 둘은 엘리베이터를 탔습니다. 마틸드의 연기력이 좁은 엘리베이터 안에서 유감없이 발휘되었을 겁니다. 그녀는 능숙하게 앙드레의 주의를 다른 곳으로 이끌면서 6층이 아니라 7층 버튼을 눌렀습니다. 그 여자니까요. 엘리베이터 안에서 오데트 살해의 진상을 알리고, 다음은 앙드레 차례라는 것을 슬쩍 내비쳤을지도 모르겠습니다.

6층이 아니라 7층에 내렸다는 것을 전혀 모른 채 앙드레는 엘리베이터에서 자신의 방이 있는 방향으로 걸어가기 시작합니다. 마틸드는 적당한 구실을 붙여 726호실 열쇠를 앙드레한테 건네 혼자 방으로 들어가도록 했습니다. 7층도 6층도 엘리베이터에서 방까지 가는 구조는 똑같습니다. 만약 방이 멀다면 앙드레도 문의 숫자에 주의했을지도 모르겠지만 복도의 조명은 어둡고 626호실도 726호실도 엘리베이터에서 내리면 바로 마주치는 곳이었지요.

앙드레는 아무런 의심도 없이 방으로 들어갔고 전등 스위치를 올 렸습니다."

"그렇구면. 그리고 펑 터졌겠군." 장 폴이 감탄했다.

"마틸드는 폭발음을 들으면서 엘리베이터를 탔고 2층에서 내 렸습니다. 엘리베이터 옆에 있는 화장실에서 조제트 분장을 벗은 다음 계단을 통해 로비로 내려가 일단 호텔을 빠져나갔지요. 그런 뒤 호텔 근처에서 질베르를 만나 조제트 분장을 넣은 가방을 건네 고 시간을 가늠하여 다시 호텔로 돌아왔습니다. 거기서 프로사르 를 발견하자 지금 막 들어온 것처럼 말을 걸었던 겁니다.

한편 질베르는 이튿날 아침 어떤 일을 마치고 차로 불로뉴의 숲으로 향했습니다. 그는 거기에서 조제트의 시체에 외투를 입히 고, 가방에 오데트의 머리를 집어넣고, 이봉 분장에 사용한 소도 구나 흉기인 납으로 된 관 등 불필요한 것을 모두 버렸습니다."

"질베르가 이튿날 아침에 끝냈단 일은 뭐였는데?" 내가 물었다.

"내가 말했을 텐데. 어떤 한 가지를 제외하면 앙드레 살해의 트 릭은 완벽했다고. ……그 한 가지는, 조금 전에 말한 대로 프로사 르의 사무실에 남겨진 전화 기록장이었어. 그 노트에는 1월 8일 저녁 6시를 좀 지난 시간과 1월 9일 아침 9시가 좀 안 된 시간에 626호실로 연락해달라는 앙드레의 전화 메시지가 기재되어 있었 지. 그것이 발견되면 그토록 고심한 트릭도 순식간에 와해되겠지. 질베르는 마지막으로 이봉 분장을 하고 프로사르의 사무실을 방 문하여 책상 위에서 노트를 훔쳐 와야 했던 거야."

"그렇군, 역시 프로사르가 말한 게 사실이었구면." 장 폴이 중얼거렸다. "노트가 도난당한 데도 다 이유가 있었군."

"그렇습니다. 법학부 학생이었던 질베르가 프로사르의 사무실에서 자주 아르바이트를 한 적이 있다는 사실을 잊으면 안 됩니다. 그는 프로사르가 없을 때 전화가 오면 그것이 어떻게 처리되는지, 문제의 노트가 어디에 있는지 사전에 잘 알고 있었지요. 그런 지식이 있었기 때문에 마틸드는 전화를 이용한 위장 공작을 구상할 수 있었습니다. 질베르한테는 책상 위의 노트를 훔치는 일쯤은 아주 간단한 일이라고 생각했을 겁니다. 그리고 실제로 그는 감쪽같이 그 일을 해낼 수 있었고요.

또한 그 수수께끼의 남자 분장이 여기서도 이용된 것은……"

"프로사르의 비서가 질베르와 안면이 있었기 때문이로군." 아버지가 끼어들었다.

"그렇습니다. 남자는 뒤가 켕기는 사람이 되도록 얼굴을 보여주지 않으려고 하는 것 이상의 이유로 얼굴을 감출 수밖에 없었습니다."

"얼굴을 보이면 금방 질베르라는 게 들통 나고 말 테니까" 하고 장 폴이 말했다.

"이 범죄 계획자의 개성을 좀 더 잘 말해주는 것은, 첫 번째 살인의 실행범인 앙투안의 알리바이를 하필이면 모가르 경정님의 자택에서 그 딸에 의해 보증한다는 독살스럽고 악의에 찬 짓궂은 정신이었습니다. 두 번째 사건에서도 나디아한테 앙투안의 알리바이를 확인시킴으로써 도착된 역설을 좋아하는 그녀의 정신은 크게 만족했을 겁니다. 물론 이 계획에는 좀 더 실질적인 유효성도 있었습니다. 1월 6일의 거짓 알리바이에 1월 9일의 진짜 알리바이를 겹침으로써 어느 쪽도 한층 더 진실하게 보이는 효과가 있었기 때문입니다."

나는 심각한 타격을 받아 분쇄되었고 누더기처럼 엉망이 되어버렸다. 이제 생각조차 할 수 없었다. 혹시라도 비할 데 없이 정확하게 진상을 파헤쳐가는 무감한 목소리를 미워할 수 있다면 그래도 구원받을지도 모른다고 생각했다. 하지만 어디에서도 그런 힘은 솟아나지 않았다. 나는 부서진 인형처럼 무력하고 망연한 표정으로 있을 뿐이었다.

"이렇게 해서 그들의 범죄는 완전히 종료되었습니다. 조제트, 오데트, 앙드레 살해와 천오백만 프랑의 강탈은 성공했지요. 나머지는 그저 뒤 루아가 궁지에 몰리는 것을 옆에서 구경하기만 하면 되었습니다. 마틸드의 계획대로 파산 직전의 뒤 루아가 나머지 재산을 누구한테도 넘기지 않으려고 도망쳤습니다. 그리하여 뒤 루아와 조제트가 공모하여 오데트를 살해하고 그 후 뒤 루아가 조제트를 죽이고 도망쳤다는 줄거리는, 클레크의 개입으로 수수께끼를 한층 심화시키면서 당국에 의해 전적으로 받아들여지게 되고 마틸드의 완전범죄는 멋지게 성공한 것입니다."

"아니, 우리도 마틸드의 줄거리에 완전히 만족했던 건 아니었네" 하고 아버지가 말했다.

"나는 요 며칠 앙드레 살해 현장을 다시 자세히 조사했네. 그 결과 두 가지 사실이 판명되었지. 우선 726호실 안에선 유리 파편이 거의 발견되지 않았네. 이것은 유리창이 역시 폭풍에 의해 밖으로 날아가버렸다는 것이고, 나디아가 생각한 것처럼 외부에서 방 안으로 침입하기 위해 일단 깬 후 다시 폭풍으로 날아간 게 아니라는 걸 말해주지. 혹시 바깥에서 안쪽으로 유리창이 깨졌다면 상당한 양의 유리 파편이 방바닥에 떨어져 있었을 테니까. 게다가 626호실의 창이 최근에 억지로 열린 흔적도 없었네. 둘째로 현장에서 채취된 열쇠의 고리를 정밀하게 조사해본 결과 펜치나 줄 같은 걸로 파손된 흔적이 없다는 것도 가까스로 확인되었지. 다시 말해 앙드레 살해에 관한 내 가설도, 나디아의 가설도 모두 성립하지 않는다는 게 실증되었다는 거지."

"모가르 씨, 주어진 소재는 무한히 다양한 논리적 해석을 허락한다고 제가 전에 말씀드렸습니다. 그 새로운 사실이 사건에 관한 지식에 더해지기 전에는 경정님의 해석도 나디아의 해석도 모두 논리적으로 가능한 것이었습니다. 그러나 어떤 사실에 관한 복수의 논리적 해석이 서로 진실을 주장할 때 거기에는 어느 쪽이 옳은지를 판단하는 기준이 존재하지 않습니다. 문제는 사건을 개개의 부분이나 요소로 분해한 다음 그 이론적인 재구성에 골몰하는 것이 아니라, 사건을 어디까지나 하나의 유기적인 전체로 바라보고 그 안에서 전체의 지렛대에 해당하는 것을 찾아내는 일입니다. 앙드레 살해의 위장 같은 사건 전체의 지렛대를 발견하고, 그 인식에 이끌려 논리가 모색되어야 하지요. 이것이 현상학적 태도로 범죄 현상을 생각하는 일의 기본입니다. 분명히 제 해석에도 풍부한 물증이라는 뒷받침은 없습니다. 그러나 저는 이 해석이 진실이라고 확신했습니다. 어젯밤 저는 앙투안과 질베르가 도주한 것을 알고 물증이 없다고 해서 범인들을 방치해서는 안 된다고 생각했습니다. 그리고 마틸드를 추궁했습니다. ……그녀는 모든 것을 자백했습니다."

가케루는 거짓말을 하고 있었다. 지금 나는 알 수 있었다. 가케루는 앙투안과 질베르의 도주를 묵인했다. 그뿐 아니라 내게는 그들이 안전한 곳에 이를 때까지 입을 다물고 있으라는 요구까지 했다. 그러나 가케루는 태연하게 경관을 상대로 자신의 형편에 맞게 거짓말을 늘어놓고 있었다.

"그러나 가케루 군, 자네는 알고 있었나? 책상 위의 찻잔 세 개 중에서 마틸드가 마신 찻잔뿐만 아니라 자네가 마실 찻잔에도 청산가리가 들어 있었네. 마틸드는 황천길에 자네까지 끌고 가려고 했다네. 마시지 않아서 정말 운이 좋았어."

장 폴은 가케루를 동정하며 말했다. 바보 같은 장 폴…… 그는 아무것도 모르고 있다.

"아무튼 마틸드의 시체가 이 사건의 마지막 시체로군." 아버지가 결론지었다.

"사건으로서는 이것이 마지막입니다." 가케루는 뭔가 의미심장하게 나지막한 목소리로 대답했다.

1월 25일 오후 5시

나디아의 집에서 야부키 가케루가 진상을 규명하기 이틀 전 저녁이었다. 하늘은 이미 완전한 어둠에 갇혀 있었다.

팡테옹 근처에 있는 낡은 건물의 7층, 다락방 문 앞의 좁은 통로에 한 동양인 청년이 가볍게 벽에 기대고 멍하니 서서, 휘파람으로 음산한 곡의 선율을 질리지도 않고 계속해서 조용히 불었다. 그는 해지고 지저분한 짙은 초록색 가죽 코트를 걸치고 있었다.

얼마나 기다렸을까. 드디어 세 명만 타도 몸을 움직일 수 없게 되는 예스럽고 조그만 엘리베이터 안에서 근심스러운 표정의 두 젊은이가 쓸쓸해 보이는 노란 전등 불빛이 희미하게 비추는 먼지투성이 통로에 내렸다. 그들은 문 앞에 웅크린 어둡고 우울한 휘파람을 불고 있는 회색의 사람 그림자를 보고 마치 유령이라도 본 것처럼 움찔하며 발을 멈췄다.

"앙투안 씨 그리고 질베르 씨. 가케루입니다." 회색 그림자는 오싹한 목소리로 속삭였다. 두 청년에게 그 소리는 축축한 묘지의 바람처럼 섬뜩하게 휘감겼다.

"자, 들어오세요. 대체 무슨 일인가요?" 그 순간 재빨리 몸을 가눈 중키에 튼튼해 보이는 체격의 청년이 억지로 붙임성 있게 대답했다.

기울어진 낡은 식탁 하나, 조그마한 책상 하나, 앉으면 기분 나쁜 소리로 삐걱거리는 낡은 의자 둘, 옆에 지푸라기가 비어져 나온 망가진 침대 둘, 이것이 이 좁은 방에 있는 가구의 전부였다. 책상 위에는 비참한 인상의 방에서 단 하나 새것으로 보이는 전화기가 매끄러운 회색 표면을 빛냈다.

"쳇" 앙투안이 지긋지긋하다는 듯이 혀를 찼다. "전구가 나갔어."

그는 문 옆에 있는 전등 스위치를 올렸다 내렸다 했지만 곧 포기하고 식탁 앞의 의자에 난폭하게 앉았다. 질베르가 초를 꺼내 와 불을 켜고 조용히 문을 닫았다.

"그쪽에 앉으세요" 하며 질베르는 책상 앞의 의자를 가리켰다. "이 방에는 의자가 둘뿐이어서." 이렇게 말하면서 자신은 눅눅한 침대의 담요 위에 앉았다.

"아, 춥다." 앙투안이 몸서리를 치며 망가진 난방 장치를 저주하기 시작했다.

의자에 등을 기대고 앉아 팔짱을 낀 일본인의 얼굴이 이따금 깜박이는 노란 불꽃에 비쳐 어쩐지 원시 주술사의 지독한 침묵을 견뎌내는 사람처럼 보였다. 일본인의 휘파람 소리가 음산하게 방 바닥을 기어 다녔다. 앙투안은 다시 몸서리를 치고는 외투 깃을 올리고 어깨를 움츠렸다. 촛불이 일본인의 얼굴을 기괴한 형태의 그림자로 바림하고 있었다. 습지를 낮게 기는 축축한 안개 같은 어두운 선율이 청년들의 마음을 휘감았고, 음산하고 언짢은 데다 어딘가 무섭고 불쾌한 기분마저 들게 했다.

"그거 좀 그만합시다." 앙투안이 더 이상 참지 못하고 소리쳤다. "뭔가요, 그 휘파람은."

"볼일이라는 건 뭡니까?" 질베르도 감정을 누른 목소리로 물었다. 그의 목소리도 희미하게 떨리고 있었다.

"……삶은 어둡고…… 죽음도 어둡다……" 일본인이 거의 알아들을 수 없는 나지막한 목소리로 음산하게 속삭였다. "저는 이 곡을 좋아합니다."

"말러 같은 건 아무래도 좋고." 앙투안의 목소리는 마치 비명처럼 들렸다. "그런데 당신은 뭐하러 온 거요?"

"문 위의 전원을 망가뜨려놨어요." 일본인이 기분 나쁘게 속삭였다.

"왜요? 대체 왜 그런 건가요?" 질베르의 목소리도 겁에 질려 있었다.

"보고 싶었거든요. ……당신들이 전등 스위치를 몇 번이고 올리는 것을요." 일본인의 목소리는 거의 알아들을 수가 없었다. 그는 입술을 거의 움직이지 않고 말하고 있었다.

"무슨 말을 하는 거야, 당신?" 앙투안이 소리쳤다. 그러나 그 외침은 어딘가 우는 소리와 비슷했다.

"알고 있는 건가요? 뭘 알고 있는 거죠, 당신은?" 질베르의 목소리는 잠겨 있었다.

"화장기 없는 얼굴의 머리, 머리는 거기 개수대에서 씻은 건가요? 당신의 검은 가방은 어디 있죠? 거, 그날 아침에 가지고 있었던 거 말이에요. 그리고 빨간 머리 가발, 626호실의 열쇠……"

"몰라, 아무것도 몰라." 앙투안은 흐느껴 우는 듯한 목소리로 말했다. "나는 아무것도 몰라요."

"당신 손에 아직도 배어 있어요. 검은 핏자국이." 일본인이 노래하듯이 기묘한 억양으로 음산하게 속삭였다. "당신 이모의 피 말이에요, 거봐요."

앙투안은 무심코 두 손을 촛불에 비추고 핏발 선 눈으로 살펴보았다.

"앙투안, 심리 전술에 걸려들지 마." 질베르가 가까스로 외쳤다.

앙투안이 퍼뜩 정신을 차렸다.

"질베르, 문 열쇠 좀 잠가." 앙투안이 열병 환자처럼 번득이는 눈으로 일본인을 노려보았다. "이놈을 밖으로 내보내면 안 돼."

"말해버려요. ……당신은 벌써 20일이나 잘 자지도 못했잖아요. 말해버리세요. 마음이 편해질 거예요. ……잠도 잘 수 있을 거고 ……어둠이 무섭지도 않게 될 테니까요. ……말해버리세요, 말해버리세요." 일본인은 기분 나쁜 목소리로 달라붙듯이 계속 속삭였다.

"그래, 내가 했어." 더 이상 견디지 못한 절규가 앙투안의 목에서 뿜어졌다. 그러고 나서 뭔가에 씐 듯한 외침이 띄엄띄엄 토해졌다. 혼신의 힘으로 탁자 끝을 잡고 있는 두 손의 손가락은 핏기도 없이 하얗게 굳어 있었다. "오데트 이모의 목은 좀처럼 잘리지 않았어. 나는 발가벗고 몇 번이고 몇 번이고 묵직한 식칼을 내리쳤지. 피가 내 얼굴에 솟구쳤어. 눈에 들어간 미지근한 피로 시야가 빨갛게 흐려졌지. 뼈를 자를 때는 둔하고 불쾌한 소리가 났어. 온몸에서 땀이 비 오듯 흘렀지. 피와 땀으로 피부가 미지근하게 젖어 있는데도 견딜 수 없는 오한으로 이가 덜덜 떨리며 맞부딪치는 걸 멈출 수가 없었어. 눈을 질끈 감고 묵직한 식칼을 두 손으로 잡고서 내리쳤어."

"앙투안." 질베르가 소리쳤다. 그리고 문으로 달려가 자물쇠를 걸고 침대 밑으로 손을 집어넣어 뭔가를 찾았다.

"앙투안, 입 다물어." 그는 떨리는 손으로 소형 자동권총을 꺼내면서 다시 외쳤다. "앙투안, 입 닥치라고, 앙투안."

"이제 좀 이야기하기 편해졌군." 일본인의 목소리에서는 주문처

럼 속삭이는 어투가 사라졌다. 그는 억양이 약하고 무감각한 평소
의 목소리로 말했다.

"자네들이 조제트, 오데트, 앙드레를 죽이고 천오백만 프랑을
강탈한 거지?"

"어떻게 그런 말을 할 수 있지?" 질베르는 딱딱한 어조로 나지
막하게 말했다. 앙투안은 멍하니 머리를 감싸 쥐고 있었다.

일본인은 그의 추리를 간략하게 이야기했다. 질베르가 땀이 밴
손으로 꽉 쥔 소형 권총을 무관심하게 바라보며 시치미를 뗐다.

"이런, 자네는 또 새로운 살인을 하겠다는 건가?"

"넌, 넌 대체 어떻게 하라는 거야? 경찰에 밀고라고 할 거야? 만
약 그렇다면 이대로 돌려보낼 수야 없지." 질베르가 흥분해서 소
리쳤다. 검은 총구는 희미하게 떨리면서 일본인의 얼굴을 향했다.

"안 되겠군. 너는 쏠 수 없어. 너는 날 죽일 수가 없어." 일본인은
질베르의 눈동자 속을 들여다보며 말했다. "너희는 인간의 끔찍함
을 전혀 모르고 있어. 너희는 단지 앞잡이일 뿐이야. 조종되는 꼭
두각시 인형이지. 기껏해야 빵을 위해 죽이는 게 너희가 할 수 있
는 일의 한도야. 살인을 정당화하는 관념은 혼자 짊어지기에 너무
무거워. 터무니없이 무겁지. 너희의 취약한 정신으로 견딜 수 있
는 게 아니라고. 나는 훨씬 더 끔찍한 광경을 봐왔어. 피가 얼어붙
을 것 같은 광경이었지. 나는 이를 악물고 그것을 계속 봤어. 그리
고 거기에 떠도는 인간의 어두운 광기의 역겨움을 마음속 깊이 간
직해두었지. 그래, 관념으로 사람을 죽일 수 있는 것은 너희를 조
종하고 있는 그 여자 같은 유형의 인간이야. 너희의 빈약한 상상

력으로는 인간이 품은 관념의 엄청난 무게를 전혀 이해할 수 없어. 너희는 자신의 행위에서 벌써 눈을 돌리기 시작했지. 거기서 도망치기 시작한 거야. 너희의 무지와 무자각이 불러일으킨 범죄라면 자신이 책임을 지는 게 좋아. 어떻게 해야 좋을지는 스스로 생각하라고."

"우리는 책임질 거야." 앙투안이 중얼거리기 시작했다. 그의 얼굴은 당장 울음을 터뜨릴 것 같은 어린아이처럼 일그러져 있었다. "나하고 질베르는 스페인으로 가기로 했어. 마틸드도 우리가 떠나는 걸 막을 수 없어. 우리는 이제 떠날 거야. 적이 확실히 보이는 곳에서 싸우기 위해서. 총을 가진 적과 싸우기 위해서. 우리는 이제 이런 게 싫어졌어. 이제 이런 것은."

"무슨 생각으로 죽인 거지?" 일본인이 나지막한 목소리로 물었다. "일단 들어나 보자고."

"그건 필요한 일이었어." 앙투안이 소리쳤다. "왜냐하면 두 사람이 죽는 걸 그냥 보고 있어야 하는지 한 사람만이라도 살려야 하는지가 문제였으니까. 도덕철학가처럼 고민하고 있을 여유는 없었어. 아무것도 하지 않으면 두 사람 다 죽고 마는데 어떻게 그럴 수 있겠어. 한 사람을 때려죽여서라도 또 한 사람을 살리는 게 의무 아니야? 두 사람 다 죽도록 내버려두고 깨끗하고 하얀 손을 가진 선인으로 있기보다, 나는 살인자의 오명을 뒤집어쓰더라도, 자신의 손을 피로 더럽히더라도 현실에 유효한 일을 해야만 했어."

"흠, 사르트르인가?" 일본인은 가볍게 콧방귀를 뀌었다.

"이번 달 안에 돈을 입수하지 못하면 스페인에서 스무 명이나 되는 동지가 죽임을 당할 예정이었어. 자네한테 구체적인 이야기를 할 수는 없지만, 우리는 그 두 중년 여성의 생명과 동지 스무 명의 생명 중에서 어느 한쪽을 선택할 수밖에 없었다고." 질베르가 어두운 목소리로 말했다. "왜 일이 이렇게 된 건지, 나도 잘 모르겠어. 하지만 정신을 차렸을 때 나랑 앙투안은 이 끔찍한 선택을 강요받는 입장에 내몰려 있었어. 앙드레의 경우는 문제가 좀 더 노골적이었지. 그의 밀고로 이미 동지 여러 명이 사살되었으니까. 그를 살려두는 것은, 앞으로 열 명이나 스무 명의 동지들이 죽는 것으로도 끝나지 않으리라는 걸 의미했어."

"그래서?" 일본인이 무감한 어조로 말을 재촉했다.

"우리는 죽였어. 어쩔 수 없었다고. 마틸드가 우리를 내몰았지. 도망칠 길은 없었어. 하지만 이것으로 끝이야. 죽인 자는 죽임을 당하겠지. 그 중년 여성들이 아무리 추악하고 잔혹한 사람이었다 해도, 앙드레가 밀고자고 배신자라 해도 역시 살인은 살인이니까. 죽인 자는 자신의 피로 속죄해야 한다고 생각해." 질베르의 어조는 고통스러웠다.

"이런, 이번에는 카뮈인가? 바보 같아서 말이 안 나오는군. 너희는 인간의 비참한 고통을 전혀 모르고 있어." 일본인은 강한 어조로 말했다. "나는 그게 화가 나. 인간한테 무슨 주체성이 있다고 그래. 아무것도 없어. 너희는 자신의 행위나 책임이나 선택으로 사태가 변할 줄 알았지? 하지만 아무것도 변하지 않아. 인간은 어둠 속에 숨어 있는 어둡고 커다란 뭔가에 조종당하는 인형일 뿐이야. 인간이 할 수 있는 건 아무것도 없다는 사태를 견디고 기꺼이 이 사태를 승인하고 긍정하는 것만이, 그리고 그런 비참한 고통만이 인간인 것의 유일한 의미인 거라고."

"문제는 여전히 목적이 수단을 정당화할 수 있는가 하는 아주 낡은 문제에 있었어." 앙투안이 느릿느릿 말하기 시작했다. "난 생각했지. 목적이 수단을 규정한다, 그렇게 규정된 한에서 그 수단은 설사 피투성이의 살인이더라도 역사에 의해 긍정될 거라고. 하지만 정의의 이름으로 무제한의 학살이나 폭행, 고문을 허락하는 것은 아니야. 정의는 절대적으로 최소한의 피밖에 원하지 않고, 그렇게 수단을 규정하기 때문이지. 우리는 역사에 의해 부과된 더러운 일에서 도망칠 생각이 없어. 역사가 요구하는 한 방울의 피를 삼키지 않는 자는 실제로 이 세계를 홍수처럼 적시고 있는 학살당한 시체에서 흘러나온 피바다에 가담하게 되는 거거든. 나는 도망칠 수 없었어. 나는……"

"너희는 피바다와 피 한 방울에 어떤 차이가 있다고 생각하는 거지?" 하고 일본인이 말했다. "살인도 고문도 오로지 실제로 존재하는 현실로부터 인정받지 않으면 안 돼. 그건 인간의 거울이기 때문이지. 한 명이 죽든 백 명이 죽든 같은 거야. 인간 범죄의 역사는 너희가 생각하는 것보다 백배는 더 깊어. 인간은 역사의 시작부터 서로 죽여왔어. 앞으로도 계속 서로 죽이겠지. 하지만 아무도 더러워진 손을 신경 쓰면서 죽이지는 않아. 선택으로 죽인다거나 그 책임을 받아들이려고 마음먹지도 않지. 인간인 한 피할 수 없는 필연성에 휩쓸려 서로 죽이는 거야. 빵 때문에 죽이고, 죽지 않으려고 죽이지. 그뿐이야.

그러나 너희, 선량하고 어리석은 애들은 다르지. 사르트르 아니면 카뮈야. 보잘것없는 철학에 사로잡혀 허세를 부리려고 말하지. 죽이는 데 의미가 있다고 믿고 있어. 죽인 자신에게 굉장한 의미가 있다고 믿고 있지. 이 얼마나 어리석은 짓이야. 너희의 살인은 유사 이래 피의 대양에 새로이 단 한 방울을 더한 데 지나지 않아. 보라고, 인간의 생존이 살인과 폭력을 낳지. 또 인간의 관념이 학살과 고문을 낳고. 너희의 살인은 인간이라는 어쩔 수 없는 사실에 강요되어 실행된 것이 아니기 때문에 실로 범죄적인 거야. 피와 대소변투성이가 된 생존과 관념의 총체를 정화하기 위한 '궁극의 환시幻視'도 없이 흔해빠지고 보잘것없는 철학에 사로잡혀 죽이고, 다음 순간에는 쏜살같이 도망치려고 하지. 너희가 어디로 도망치든 내 알 바 아니야. 그래, 48시간을 기다려주지. 그 유예를 이용해서 땅끝까지라도 도망치는 게 좋을 거야."

"하지만 마틸드는 어떻게 되는 거야?" 질베르가 궁지에 몰린 듯이 경계하며 말했다. "네가 알고 있는 이상 마틸드를 내버려두고 우리만 탈출할 수는 없어."

"……마틸드도 경찰 손에는 넘기지 않아. 내일 밤, 이 방에서 기다리겠다고 마틸드한테 전해."

이 말을 마지막으로 일본인은 입을 다물었다. 그는 지친 듯이 자리에서 일어나 두 청년을 내려다보았다. 촛불에 비친 그의 얼굴은 아프리카인이 의식을 위해 만든 가면처럼 섬뜩하게 고착되어 새까만 그늘을 새기고 있었다. 굉음을 울리며 불어오는 바람이 다락방의 작은 창을 흔들었다. 촛불이 가물가물 흔들리는 등불의 그림자 아래서 두 청년은 머리를 감싸고 꼼짝도 하지 않은 채 웅크려 앉아 있었다. 일본인이 다시 그 음산한 휘파람을 불기 시작했다. '……삶은 어둡고…… 죽음도 어둡다…… 삶은 어둡고……' 축축하고 차가운 안개처럼 어둠 속에 잠긴 방 구석구석으로 휘파람이 천천히 기어갔다. 일본인은 뭔가를 부끄러워하는 듯한 우울한 표정으로 속삭임과 비슷한, 희미하게 울리는 휘파람을 언제까지고 음산하게 불었다.

1월 26일 오후 7시

이튿날 저녁, 장소도 같은 방이었다. 궁색한 다락방의 책상 위에는 지저분한 싸구려 천이 깔려 있고, 벽돌색과 살구색의 그리스풍 무늬가 먼지와 기름때에 찌들어 새까맣게 보였다. 아마 작년 여행 때 앙투안이 아테네나 이스탄불의 시장에서 사 온 것일 듯했다. 내게 준 은세공 팔찌를 산 곳도 어쩌면 같은 가게였을지도 모른다.

전원은 여전히 고장 나 있었다. 그 때문에 책상 중앙에는 하얗게 굳은 촛농으로 두 배쯤 굵어진 빈병에 뚱뚱한 촛불이 세워져 불을 밝혔다.

엘리베이터 앞에서 마틸드를 봤을 때의 심한 충격이 내 신경을 일시적으로 혼란시켰는지도 몰랐다. 세계는 현실성을 결여한 채 납작해졌고, 그 속을 몽유병 환자처럼 멍하니 걸었다. 어째서 방까지 들어온 것일까. 가케루도 마틸드도 나 같은 건 안중에도 없는 것처럼 행동했다. 말이 없는 두 사람 사이에는 숨 막힐 듯한 무거운 긴장감이 흘렀다. 나 자신이 현실에 존재하는 이 두 사람에게 이끌려 무력하고 멍하니 그 주위를 떠도는 희미한 그림자처럼 느껴졌다.

젊은 일본인은 책상을 사이에 두고 창가 쪽 의자에 앉았고, 풍성한 금발의 아름다운 여자는 그 맞은편 의자에 앉아 있었다. 어둠 속에 잠긴 방 구석진 곳에 놓인, 망가지기 시작한 침대에 걸터앉은 나는 여전히 답답한 침묵으로 서로를 응시하고 있는 한 쌍의 남녀를 바라보았다.

가물가물 흔들리는 촛불의 희미한 빛에 비친 두 사람의 표정은 얼굴의 움직임 하나하나가 빛과 그림자의 극단적인 대조로 그로테스크하게 강조되어, 마치 묘지의 습격을 상의하고 있는 친밀한 두 뱀파이어처럼 보였다.

얼마나 추웠던지.

난방 장치마저 고장 난 실내의 공기는 시체보관소처럼 냉랭하여 피부를 아주 불쾌한 느낌으로 휘감았다. 나는 외투를 입었는데도 살을 에는 한기에 몸을 단단히 움츠렸다.

작고 비뚤어진 창문 밖은 섬뜩하게 째지는 목소리로 서로를 부르는 듯이 윙윙거리는 바람 소리로 가득 차 있었고, 이따금씩 지저분하게 흐려진 유리창을 기분 나쁜 소리를 내며 흔들어댔다.

나는 가케루의 얼굴을 쳐다보았다. 그 얼굴은 너무나도 멀고 조그맣게 보였다.

일본인은 꼼짝도 하지 않고 차가운 표정으로 여자의 얼굴을 응시하고 있었다. 가벼운 호기심과 혐오감과 음울한 기분이 입술과

볼 한쪽 구석에 간신히 응고되어, 그대로 먼지나 티끌로 변해버린 것 같은 무표정이라고 할 만한 기괴한 인상을 주는 얼굴이었다.

마찬가지로 마주 보는 여자도 단단한 나무를 깎아놓은 듯한 엷은 웃음을 띠고 있었다. 가늘고 희미하게 열린 엷은 입술은 너무나도 빨개서 젖은 듯이 번들번들한 빛을 반사했다. 입술과 창백한 볼에는 확실히 미소를 연상시키는 미묘한 선이 있었지만, 전체적으로 그것은 웃는 인상을 구성하는 것이 전혀 아니었다. 얼어붙은 엷은 미소였고, 데스마스크의 미소를 닮아 내 기분을 상하게 할 만큼 무의미하게 일그러진 표정에 지나지 않았다.

두 사람의 양손은 연인들의 손처럼 책상 위에 가볍게 놓여 있었는데, 일정한 거리를 두고 결코 그 이상은 다가가려고 하지 않았다. 여자의 부드러운 손가락은 독립된, 눈도 입도 없는 생물의 움직임으로 보이는 운동을 되풀이하고 있었다. 미세하게 구부러진 손가락은 거칠게 짠 천의 무늬를 언제까지고 복잡하게 덧그렸다. 그러나 남자의 나긋나긋한 손가락은 마치 대리석 조각의 손가락처럼 미동도 하지 않았다.

침묵을 깬 것은 일본인이었다.

"잘 와주었어요." 거의 입술을 움직이지 않은 속삭임이었다.

"기다리고 있었어요, 오늘 밤을……" 정교하지만 인공적인 달콤함을 떠돌게 하는 가성의 목소리가 대꾸했다. 일본인이 어렴풋이 얼굴을 찡그린 것 같았다.

"앙투안한테 들었군요."

"네. 어젯밤 늦게. 하지만 당신이 알고 있다는 건 훨씬 전부터 알았어요."

가늘게 뜬 여자의 눈은 흰빛을 띠고 있었다. 그 목소리는 사탕처럼 매끄럽고 전혀 억양이 없었다. 일본인이 다소 흥미로워하는 듯한 어조로 대답했다.

"으음, 그런데도 용케 저를 살려두셨군요. 경찰에 다 털어놓을지도 모르지 않습니까?"

"아니요, 당신은 그런 짓을 못 해요."

"왜죠?" 가볍게 눈살을 찌푸리며 일본인이 반문했다.

"왜냐하면 당신과 저는 같은 부류의 사람이니까요. 우리 두 사람은 마치 쌍둥이 형제처럼 아주 많이 닮았어요."

"쌍둥이 형제라. 그럼 이것은 근친 증오가 되겠네요. 저는……"

"뭔가요?"라고 말하며 여자는 입술 양 끝을 삐쭉 치켰다. 일본인은 안색도 바꾸지 않고 천천히 중얼거리듯이 대답했다.

"저는…… 당신이 파멸하기를 바라고 있습니다. 당신 같은 인간을 지옥으로 떠미는 것이, 제가 정한 일입니다."

"처음 만났을 때의 일을 잘 기억하고 있어요. 리비에르 교수님 댁에서 당신은 말했지요. 범인은 루시퍼라고. 저는 금방 그렇게 빗대어 빈정거린 의미를 알았어요.

마왕(루시퍼)은 타락천사(루시퍼). 또 새벽의 명성(루시퍼). 새벽의 명성은 금성(비너스). 그래서 당신은 저를 아프로디테라고 불렀지요. 정말 짓궂은 사람이에요. 당신은 그때 벌써 알고 있었나요?"

그렇구나. 나는 이제야 이해할 수 있었다. 아프로디테와 비너스는 그리스어와 라틴어라는 차이는 있어도 원래 같은 여신을 가리키는 말이다. '범인은 루시퍼다'라고 단정한 가케루가 동시에 마틸드를 아프로디테라고 부른 건 비밀스러운 방식으로 마틸드를 고발한 것이었다. 그러나 나는 그때 전혀 모르고 있었다.

"아니, 제가 생각하는 아프로디테의 후보자는 두 명이었어요. 당신과 바르트 부인이었지요."

"그러나 우리를 타락천사라고 단정한 당신이 이제 와서 새삼 저를 지옥에 떨어뜨린다는 것도 이상한 이야기예요. 타락천사는 2천 년 전부터 계속 지옥에 있지 않나요? 저는 이미 지옥에 있는 거 아닌가요?"

"아니, 아직입니다. 당신은 오늘 밤 안에 진짜 지옥을 보게 되겠지요."

"자기, 라고 부를게요. 안개 낀 날 밤 공원에서 당신은 제가 자기라고 부르는 걸 거부하지 않았잖아요. 아니, 알고 있어요. 그것도 책략이었겠지요. 하지만 상관없어요. ……그래요, 자기. 자기는 언제부터 이 바보 같은 아가씨를 속이는 돈 주앙 역을 그만두고 사신의 사자로 전향한 건가요?"

여자의 조롱에 일본인은 간단한 말로 대꾸했다. "당신에 대해 저는 처음부터 사신이었습니다."

짧은 침묵이 두 사람 사이에 내려앉았다. 그러고 나서 여자는 다시 상대의 얼굴을 물끄러미 바라보고 어딘가 귀에 거슬리는 새된 목소리로 침묵을 깨는 듯이 말했다.

"잡담은 이제 그만하지요. 우리는 필요한 이야기를 해야 하니까요. ……당신은 조직의 통솔자가 될 만한 사람이에요. 조직의 중앙위원이 되어야 해요."

"미끼는 〈붉은 죽음〉의 중앙위원이라는 자리인가요? 그것도 좋겠지요. 하지만 제 귀에까지 들어오는 수수께끼 같은 소문 이외에 당신의 조직에 대해 저는 아무것도 모릅니다."

"우리 조직은……, 궁극의 혁명 조직이에요. 마침내 인류사가 낳은 최후의 혁명 조직인 셈이지요."

"그 강령은?" 일본인은 간단히 묻고 입을 다물었다. 여자의 달콤한 가성의 목소리는 사라져 있었다. 하얗게 빛나는 가늘게 뜬 눈으로 응시하며 뭔가에 쒼 듯한 목소리가 하얀 목구멍에서 끊어지지 않고 뿜어져 나왔다.

"……우리는 모든 혁명이 패배한, 그 궁극적인 근거를 발견했어요.

왜 모든 혁명은 반드시 패배하는 걸까요? 역사는 패배한 혁명의 잔해로 다 메워져 있잖아요. 왜 혁명은 언제나 마치 나쁜 운명의 저주를 받은 것처럼 교살되어왔을까요?"

"왜인가요?" 일본인은 음산한 목소리로 물었다.

"이유는, 그래요, 알고 나면 정말 간단한 거지요. 그건 혁명 안에 늘 해결하기 힘든 모순과 배리가 포함되어 있기 때문이에요. 혁명은 태내에 적대자의 함정을 품고 있었어요. 그 함정이란 '혁명은 인민에 의한 인민을 위한 사업이다'라는 우매한 명제예요. 이 명제야말로 혁명이 패배하는 근거지요. 혁명 자체와 이 명제 사이에는 결코 해결할 수 없는 모순과 당착만 있어요.

그래요. 혁명과 인민은 본질적으로 무관해요. 아니, 모든 역사의 현실이 노골적으로 보여주는 것은 혁명의 최대 적이 인민 자체였다는 사실 아닐까요? 혁명의 진짜 적은 형무소나 군대나 정치경찰이나 무장한 반혁명분자가 아니라, ……인민이라는 존재였어요. 젖비린내 나는 암소처럼 어리석은 선의로 눈을 흐리게 한 혁명가들은 항상 이 노골적인 진실에 무자각했는데, 인민은 그것을 교활하고 겁쟁이인 짐승의 본능으로 숙지하고 있었지요. 인민의 열광적인 지지와 박수 아래 또는 보신을 위한 무언의 가담에 의해 무수한 혁명가가 투옥되고 고문받고 학살당해왔어요.

혁명이 끝없이 영속하는 패배의 숙명에서 해방되기 위해서는 자신의 배리를 철저하게 자각해야만 해요. 인민이라는 이름의 미망을 태내에서 끄집어내 추한 고깃덩어리가 될 때까지 혼신의 힘으로 짓밟지 않으면 안 되는 거예요. 이것만이 진실한 최후의 혁명을 가능하게 하는 유일한 길이에요."

"아, 당신도 거기까지 생각했군요." 일본인이 희미하게 웃은 것 같았지만 그 표정은 오히려 혐오로 굳어진 것으로 보였다. 여자가 말을 계속했다.

"수천 년 동안 인간들은 적대하는 집단으로 분열되고 서로 빼앗고 죽여왔어요. 그 원인은 물질적이고 세속적인 이해의 대립이지요. 그리고 대립하는 이해 충돌의 어떤 형태가 계급투쟁이라 명명되고 근대의 혁명은 그것을 계승한 것이라 생각되었어요. 하지만 여기에 혁명에 대한 사고의 최대 오인이 있었던 거지요."

"이해의 대립에서 유래하는 개인과 개인, 공동체와 공동체의 항쟁에 어떤 가치서열이 존재할 수 있을까요?" 일본인이 여자의 말을 이어받듯이 이야기하기 시작했다. "자신과 자신이 속한 공동체의 이해, 그 안전이나 연명이나 확대를 위해 이루어지는 모든 행위는 서로 등가가 아닐까, 거기에는 단지 강자와 약자가 있고 승자와 패자가 있을 뿐이지 않을까, 강자보다는 약자가 정의이고 승자보다는 패자가 선이라고는 말할 수 없다, ……당신은 이렇게 생각한 거군요."

"저는 당신이 말하는 두 가지 범죄, 두 가지 살인에 대해 생각해 본 적이 있어요. 극한의 상황에 놓인 두 사람 중 한 사람이 굶주림 때문에 그 고기를 먹기 위해 다른 한 사람을 살해하는 것. 이 살인을 당신은 생물적인 살인이라고 명명했어요. 이해 대립에 의한 항쟁은 당신이 말하는 생물적 살인의 개념으로 환원되지요. 그것은 또한 개인과 개인, 공동체와 공동체의 자기보존 본능의 충돌에 지나지 않고요. 그렇다면 항쟁의 약자와 패자, 노예, 농노, 제삼신분, 임노동자, 즉 인민이 강자와 승자들보다는 선이고 정의라는 발상은 단순히 어리석은 감상이거나 아니면 혁명가한테 놓여 있는, 손톱에 악의의 독약을 묻힌 교활한 함정 그 둘 중 하나일 뿐이에요.

혁명은 생물적인 살인에 대해 존재하는, 당신이 말하는 관념적인 살인 개념에 속하는 것이에요. 비유해서 말하자면 친구로 하여금 살인과 인육을 먹는 죄를 범하지 않게 하기 위해 먼저 그를 살해하는 남자의 행위와 본질적으로 가까운 거지요.

'인민'이란 인간이 벌레처럼 생물적으로만 존재하는 것의 별칭이에요. 매일 지저분한 입안에 가득 처넣기 위한 음식물, 음식물을 얻기 위해 마지못해 하는 노동, 싫은 노동을 서로의 감시와 강제로 보장하기 위한 공동체, 공동체의 자기목적인 그 존속에 불가결한 생식, 생식으로 남자들과 여자들을 끌어들이는 우둔하고 천박한 웃음과도 같은 욕정…… 이 원환에 갇혀, 아니 오히려 이 원환의 안락하고 미지근한 어둠 속에서 한 발짝도 나가려고 하지 않는 생존 형태야말로 '인민'이라 불리는 것이지요. 다시 말해 인민이란 인간의 자연 상태인 거예요. 그래서 지금 상황을 있는 그대로 긍정하고 포식하며 흙탕물과 똥 속에서 나태하게 엎드려 있는 돼지처럼 존재하든, 아니면 기아 속에서 그 천박한 식욕을 채우기 위해 지배집단에 빵을 요구하며 폭동화하고 질서의 틀 밖으로 나가는 식으로 존재하든 결국 단순한 자연 상태라는 데에는 변함이 없어요.

그래서 인민은 본질적으로 국가를 넘어설 수가 없는 거예요. 국가란 자연 상태에 있는 개개의 인간이 절대적으로 자기를 의식할 수 없고, 따라서 자기를 거느려 제어할 수 없을 만큼 무능한 결과, 썩은 고기에 구더기가 들끓는 것처럼 생겨난 공동의 의지이기 때문이지요. 제도화되고 고착되어 추하게 비대해진 관념, 생물적 존재와 밀통하고 타락해버린 관념, 이것이 국가이기 때문이에요."

"당신의 이론에 따르면" 일본인은 음산하게 속삭였다. "……인민과 국가는 영원한 공범자인 셈이군요. 인민이란 국가의 발밑에서 궁극적으로 생물적인 살인으로 환원되는 이해 항쟁에 몰두하며, 어떤 때는 포식하여 잠들고, 어떤 때는 굶어서 폭도화하고, 이 양극을 무의미하게 기계적으로 왕복할 뿐인 자연 상태에 있는 인간들의 별칭인 셈이네요. 그렇다면 과연 당신이 생각하는 혁명이란 어떤 건가요?"

"세계를 향해 쏘아진 관념의 작렬이지요." 여자는 이해할 수 없는 정열을 담아 단호하게 단언했다. 그러나 그것은 어딘가 광기와 같은 초조함에 시달린 끝에 나온 말처럼 들리기도 했다.

"……관념은 스스로 작렬하고 한순간에 세계에 충만한 무의미한 어둠을 환하게 밝혀주는 섬광이에요."

"하지만 작렬하는 관념은 혁명뿐만이 아니지 않나요?"

"네, 분명히 그래요. 자신을 흉기로 만들어 세계의 어둠을 가르는 관념의 작렬은, 박해에 견디기 위해 군대처럼 조직된 고대나 중세의 비밀종교결사, 광기에까지 이른 철학적 사색, 합리적 착란을 자신한테 부과한 시인의 몽상 속에서도 볼 수 있었지요.

그러나 그것들은 너무나 부분적이에요. 단순한 파편, 매우 작은 부분, 빛나는 본체에서 희미하게 반사되는 빛에 지나지 않지요. 근대에 일어난 혁명의 폭력과 그것을 체현하는 정치결사야말로 작렬하는 관념의 땅울림을 핵심에 두고 있었던 근원적이고 진정한 형태, 그리고 끊임없이 자기운동을 하는 무한한 힘의 유일하고 가능한 한 형태였지요. 예언자는 국가와 인민의 공범에 의해 살해되었어요. 철학자도 인민이라는 이름의 국가에 의해 사형에 처해졌지요. 시인은 증오와 박해 속에서 말살되었어요. 그들은 우리의 선행자였던 셈이지요. 국가와 인민에 대한 승리 없는, 그리고 무기 없는 저항자였어요. 혁명은 그들이 엿본 환상의 파편을 진실로 완성하고 실현하기 위한 기획이기는 해도 지저분하게 이해득실을 따지는 추한 이해 항쟁과는 무관한 거예요."

"그러면 당신 조직의 강령은 구체적인 것, 현실적인 것, 생활적인 것에 대한 지칠 줄 모르는 증오인 셈이군요. ……저는 전부터 알고 있었어요."

"뭘요?" 날카로운 목소리로 여자가 반문했다.

"추상적인 것만을 향해 자기연소 하고 진공방전 하는 보랏빛 불꽃과도 같은 정념. 그것은 가혹하고 파멸적인 극한에 대한 의지, 눈을 태워버릴 만큼 선명하고 강렬한 것에 대한 의지, 그리고 전 우주를 맨손으로 움켜쥐고 싶다는 광기 어린, 논리적인 것에 대한 의지지요. 무엇보다 그것은 한계까지 전신을 죄는 끊임없는 자기강박입니다." 일본인은 얼굴을 찌푸리며 중얼거렸다. 여자가 다시 이야기하기 시작했다.

"정치야말로 혁명의 본질을 노골적으로 체현하는 장소예요. 조직은 혁명이 깃드는 육체고요. 우리는 최후의 결정적인 봉기를 준비하기 위해 무장된 비밀정치결사예요. 사회를 완전한 파괴로 몰아가는 무장봉기야말로 관념의 치열한 광채가 세계를 불태우는 묵시록적인 순간의 실현이지요."

"하지만 봉기는 늘 당신이 증오하는 인민 반란의 정점에서 일정한 정치 슬로건을 내세우며 조직되는 것입니다."

"평화, 토지, 빵, 자유 말인가요? 아니요, 슬로건 따위에 진정한 문제는 없어요. 그것은 계절에 맞춰 적당히 갈아입는 옷에 지나지 않아요. 어떤 슬로건이든 상관없어요. 문제는 그저 봉기가 체현하는 관념의 격한 감정과 순수함에만 있지요. 국가의 약체화와 인민의 유동화라는 외적 조건이 주어졌을 때, 혁명적 정세라는 화폭 위에 슬로건이라는 색채를 써서 결사는 혁명이란 주제를 선명하고 강렬하게 표현하는 거지요."

"그러나 봉기의 현실적 목표는 권력이죠."

"권력…… 당신은 우리가 그 어리석은 수염투성이 유대인이나 그의 사도들처럼 국가에 몸을 팔 거라고 생각하는 거예요? 모든 혁명은 인민에게 절하여 무릎 꿇음으로써 국가에 의해 분쇄되거나 국가에 무릎 꿇음으로써 인민을 노예화하거나, 다시 말해 패배나 타락 중 어느 하나에 봉착했어요. 그러나 이것은 그저 인민과 국가가 혁명의 이중의 적이라는 것을 이해하지 못했기 때문에 일어난 결과에 지나지 않아요. 우리는 달라요."

"그러면 당신들의 궁극적인 목표는 뭔가요? 〈붉은 죽음〉의 최대 강령은……"

"우리가 개입하지 않으면 아무리 격렬한 반란이라 하더라도 언젠가는 진정될 거예요. 국가와 인민은 두 다리처럼 서로를 필요로 하니까요. 다툼은 일시적인 것일 뿐, 국가와 인민은 암묵적으로 장래의 화해를 계산하면서 싸우는 거지요.

그러나 우리는 이 예정 조화의 원환을 깨뜨릴 거예요. 남을 속이는 온갖 수단과 음모로 되돌릴 수 없는 곳까지 인민을 몰아가, 암흑과 부패와 〈붉은 죽음〉의 혼란과 폭력과 파국의 한 시대를 드러내는 거지요. 다가올 위기는 세계적인 것이겠죠. 한 국가, 혹은 몇 개 국가에서 승리한 봉기는 무장한 결사의 냉혹하고 무자비한 전제 지배로 이어져요. 그리고 혁명은 내부를 향해서는 사회의 영속적인 파괴를 추진하고, 외부를 향해서는 국제사회의 질서를 갈기갈기 찢어버리기 위한 책모를 끊임없이 실행해야만 해요. 그 최대 무기가, 그래요, 핵무기예요. 당신은 우리가 핵전쟁만은 피해야 한다는 미망에 영향을 받고 있다고 생각하세요? 아니요, 전면전쟁이야말로 세계혁명의 진정한 내용물이에요. 핵의 불꽃 속에서 세계가 불타는 것으로서만 사회와 문명은 결정적으로 파괴돼요.

몇몇 국가에서 승리한 혁명은 물론 핵무기를 손에 넣게 되겠지요. 우리의 협박과 회유에 의해 문명과 세계질서는 토대에서부터 해체될 거예요. 그리고 혼란과 파국은 전 지구를 뒤덮겠지요. 그것을 완성하는 것이 세계 핵전쟁이에요.

우리의 최대 강령은 국가와 인민의 폐지예요. 그것은 또 문명과 사회의 궁극적이고 최종적인 파괴이기도 해요. 문명, 그리고 사회란 국가와 인민의 영원한 공범체제의 별칭이니까요. ……사회라는 둔중하고 끈기 있는 타성태를 방치하는 한 인간의 인민화는 부단히 강행되지요. 그리고 거기에서 국가가 불가피하게 성장하게 되는 거예요. 아직 문명이란 인간생활의 조직화 원리예요. 먹고 성교하고 노동하고 공동체를 존속시킨다는 사실을 인간의 본질이라고 착각하는 방대한 구조체계. 우리는 이것들을 모조리 흔적 없이 분쇄해야만 해요.

전면 핵전쟁을 정점으로 하는 세계혁명전쟁은 세계 인구를 적어도 현재의 4분의 1 이하, 잘하면 10분의 1 이하로까지 줄이겠지요. 그리고 한 세기에 걸친 혼란의 시대에 새로운 집단이 성장해 나갈 거예요.

폐허가 된 도시와 방사능으로 오염된 초토 위에 성장하는 것은 병들어 쇠약하고 누더기를 걸친 생존자 집단이겠지요. 그러나 이 집단은 인류를 완전히 새로운 단계로 끌어올리기 위한 훌륭한 용수철이 되어야 할 거예요. 그것은 인류의 미래예요. 그때 파국에서 살아남은 한 줌의 사람들은 성에 의해서도, 노동에 의해서도 강제되는 일이 없는, 그저 관념과 의지에만 의존한 자유로운 집단을 구축하게 되겠지요. 필연의 함정은 결국 영원히 추방되는 거죠. 그 집단은 결정처럼 단단하고 투명하며 순수한 빛으로 가득차 있을 거예요. 그때 전 인류는 단일한 결사의 성원이 돼요. 전체 인류는 그저 엄격한 논리와 이성에 의해서만 결합될 거고요.

우리는 국가에 의한 사회의 지배와 관리를 주장하는 국가주의와 사회에 의한 국가의 흡수와 사멸을 주장하는 사회주의 쌍방을 동시에 넘어섰어요. 우리의 사상은 이를테면 결사주의라고도 명명할 만한 거예요. 우리는 전 인류를 단일한 이성적 단결체로, 즉 단일한 결사로 통합하는 것을 목적으로 하고 있어요."

"아무튼 당신 조직의 강령은 알겠습니다. 그렇다면 그 규약은 어떻게 되어 있나요?"

"맹약의 원칙은 두 가지예요. 첫째로 혼인 금지, 따라서 가정을 갖는 것은 금지. 둘째로 노동 금지, 따라서 일정한 직업을 갖는 것은 금지.

우리는 인간이 성에 의해서만 종족적으로 존속할 수 있다는 사실을, 먹기 위한 노동에 의해서만 개인으로 존재할 수 있다는 사실을, 그것이 피할 수 없는 부조리한 사실이기 때문에 한없는 경멸로 대하고 오직 관념의 엄격한 지배 아래 두어야 한다고 믿어요. 성교도, 생활비의 입수도, 모든 것은 결사 전체의 의지에 따라 행해져야 하는 것이죠. 그래요. 자신의 몸 같은 건 우리의 관념을 위해 제공되어야 할 단순한 도구에 지나지 않아요.

당신, 제가 뒤 루아를 유혹해서 그 하얀 돼지와 잔 사실을 알고 있어요? 그 남자의 기름기 도는 손가락이 내 머리카락과 가슴을 더듬었어요. 전 그걸 허락했고요. 웃으면서 두 다리를 벌렸지요. 그것도 작전이 요구했기 때문이에요."

"당신이 소녀 시절부터 오빠 앙드레를 파렴치한 농간으로 유혹했다고 해도 저는 전혀 놀라지 않습니다. 그렇지 않았습니까?" 일본인은 악의를 담아 조롱했다. 여자는 입술을 꼭 깨물고 나서 대답했다.

"앙드레와 잔 건 단 한 번뿐이에요. 오데트를 죽인 후 불안을 느끼기 시작한 앙드레한테 그 남자가 천한 짐승처럼 어렸을 때부터 강한 집념으로 노리던 것, 그래요, 내 몸을 던져 주었어요. 그 벌로 그놈은 죽었어요. 앙드레는 흐트러진 침대 위에서 내 손을 잡고 외국으로 가자, 이름을 바꾸고 결혼하자, 하고 졸라대기까지 했어요. 교활한 남자였지만 그 후로는 서커스의 곰처럼 다루기 쉬워졌어요. 좋아, 하고 대담한 내 채찍에 저항할 수 없게 되고 말았지요. 죽는 순간까지 그 남자는 한 번이라도 더 내 다리를 벌리는 것밖에 생각할 수 없게 되었어요. 실컷 약을 올렸죠. 자기……" 일본인을 부르는 마틸드의 얼굴에는 이제 일부러 꾸며낸 티가 전혀 없었다. 그 얼굴은 긍지에 넘치고 의기양양하게 빛나고 있었다. "가장 큰 희생을 치른 건 누구일까요? 오데트일까요, 조제트일까요, 앙드레일까요? 아니, 아니요, 그건 저예요. 당신도 그걸 부정할 수는 없을 거예요. 솔선해서 육체도 생명도 다 비참한 누더기처럼 취급해온 저예요. 어제 혹시 당신이 모든 것을 경찰에 신고했다면 투옥되어 기요틴 신세를 지게 되었을지도 몰라요. 그러나 그게 대수겠어요? 저는 손톱만큼도 죽음을 두려워하지 않아요. 당신이 동포라는 걸 믿고 오늘 밤 이곳으로 왔어요. 저의 판단에 제 생명을 건 거지요. 그걸로 됐어요. 판단이 틀려서 기요틴에 목이 날아가게 된다고 해도 그게 대수겠어요? 제일 먼저 가장 잔혹한 방법으로 저 자신을 죽였어요. 한 번 죽은 인간한테 어떻게 두 번째 죽음이 두려울 수 있겠어요? 그래서 저한테는 오데트, 조제트, 앙드레를 죽일 권리 역시 주어진 거예요."

마틸드의 얼굴은 보는 이를 두려워하게 할 정도로 아름다웠다. 그 얼굴에는 인생의 절정인 순간에만 불타올라 다 타버리는 순수한 광채가 있었다. 떠오른 것은, 어렸을 적 교회에서 들었던 전설의 성녀 이야기였다. 황제가 기독교도 처녀를 화형에 처하려고 하자 비가 내려 불이 꺼졌다. 그리고 맹수의 희생물로 삼으려고 하자 사자는 코를 바짝 들이대며 그 처녀를 따랐다. 황제가 어떤 방법을 강구해서 그 처녀를 죽였는지는 잊어버렸다. 그러나 순교자였으니 결국 살해당했을 것이다. 그림책에 있던 성녀의 얼굴과도 닮은 마틸드에게는 보는 이를 압도하는 뭔가가 있었다. 성녀의 후광처럼 마틸드의 얼굴은 깜박이는 불빛에 반짝반짝 빛나는 근사한 금발로 테를 두르고 있었다.

일본인은 잠시 입을 다물었다. 그런 뒤 나직이 중얼거렸다.

"앙투안과 질베르는 정규 당원이었습니까?"

"아니요, 그들은 동조자였어요. 어리석은 한 지방 주민의 이해를 위해 일하기를 희망했던 데 지나지 않아요. 〈붉은 죽음〉은 그런 이해집단에 잠입해서 그 피와 살을 뜯어먹으며 증식하도록 설계되어 있어요."

"앙드레는 정말 밀고자였습니까?"

"아니요." 여자는 무서운 미소를 띠었다. "앙투안과 질베르한테는 그렇게 믿도록 해두었지요."

"……꼭 계획대로군." 일본인이 중얼거렸다. 그리고 천천히 혀 사이로 단어를 밀어내듯이 여자에게 말했다. "앙투안과 질베르를 돌이킬 수 없는 곳으로 끌어내는 게 목적이었겠군. 아니, 두 번째 사건만이 아니지. 첫 번째 사건에서도 앙투안과 질베르를 고민하게 한 그 선택, 돈이냐 동지의 생명이냐, 벌레 같은 부르주아 여자의 목숨이냐 용감한 청년 스무 명의 목숨이냐 하는 선택도 당신의 계획적인 기만에서 나온 거겠지?"

여자는 질문에 대답하지 않고 창부보다 매혹적인 미소를 띨 뿐이었다. 잠시 후 다시 입을 열었다.

"자기, 이제 당신은 모든 것을 알았어요. 지금은 제 제안에 답할 수 있을 것 같은데요. 자, 예스인가요 노인가요?"

여자는 잠자코 있는 일본인의 대답을 재촉하듯이 가늘고 아름다운 손가락을 뻗어 남자의 손에 가볍게 댔다. 일본인은 잽싸게 손을 움직여 여자의 손가락에서 벗어났다.

"저를 마치 독벌레나 되는 것처럼 보고 있군요." 여자가 다시 달콤하게 속삭였다. "그만두세요, 무서워하는 건."

"독벌레야, 당신은."

"제가 그렇다면 당신도⋯⋯"

"당신이 생각한 건 그다지 새로운 것도 아니야. 당신은 그저 마르크스의 이론을, 수염 난 유대인의 이론을 완성시켰을 뿐이야.

정의를 그 핵심에 두고 그저 사람들을 해방하기 위해서만 싸운다는 헌신과 자기희생으로 가득 찬 운동이 역설적이게도 온몸에서 죄와 범죄와 오류를 뚝뚝 떨어뜨리는 것을 봤을 때, 사람은 많건 적건 간에 절망적인 기분이 되는 법이지. 당연한 일이야. 하지만 그 절망을 당신처럼 편집적인 수준까지 체계화해서 보여준 예는 거의 없었어. 아마 19세기 러시아에서 태어난 혁명가 몇 명만이 당신의 선행자라고 주장할 수 있겠지. 당신은 혁명이라는 늙은 거인의 병터에서 피고름과 기생충, 썩은 고기 조각을 하나하나 정성껏 끌어모았어. 암살, 숙청, 밀고, 배신, 전향, 고문, 폭력, 학살, 강제수용소⋯⋯ 이것들을 봐야만 할 때 사람들의 입술은 '왜?'라는 피하기 힘든 신음으로 추하게 일그러지겠지. 그러나 이 물음에 주어진 해답은 존재하지 않아. 아니, 존재하지 않았어. 이런 것들의 무수히 많은 부정항否定項을, 크론시타트 탄압*이나 모스크바 재판에서 수용소 군도까지 그 전부를 합리적으로 설명할 수 있는 이론을 창조하기까지는.

---

* 1921년 독재화하는 볼셰비키 정권에 대항하여 크론시타트의 수병들이 일으킨 반란 사건에 대한 볼셰비키 정권의 탄압.

당신은 스스로를 사심 없는 혁명가라고 믿고 있겠지. 확실히 당신은 순교한 성녀를 연상시켜. 그러나 당치도 않은 얘기야. 당신의 영혼은 상처 받은 자존심에서 흘러내리는 피와 고름으로 넘쳐흐르고 있어. 왜 당신은 인민을, 생활자를, 보통 사람들을 증오하지? 진리를 위해 그들의 존재가 부정당해야 한다고 당신은 말하지. 하지만 거짓말이야. 당신은 그저 평범하게 살아갈 수 없는 자신을 주체하지 못해서 진리의 이름을 빌려 보통 이하, 인간 이하의 자신을 정당화하기 시작했을 뿐이야. 아니, 당신만이 아니야. 모든 순교자가 그렇게 했지. 심각하게 정당한 길에서 벗어난 당신의 자존심이 자기정당화를 광기 어린 극점으로까지 몰아간 거야. 그렇게 되면 기요틴의 칼날도 무서워할 필요가 없지.

마틸드. 당신은 왜 반란의 한복판에서 사람들이 신들의 높이까지 도달할 수 있다는 진리를 보려고 하지 않지? 왜 고학생과 부랑자와 창부의 군대가 그저 죽기만을 바라고 최후의 한 사람까지 계속 싸웠다는 이 도시의 포석 하나하나에 새겨진 진리를 보려고 하지 않지?ᐟ 인간은 변할 수 있는 존재야. 물론 지금은 아직 어려워. 인간은 너무나 힘없고 비루한 존재니까, 신들의 진실을 오랫동안 견지할 수는 없어.

당신은 바리케이드가 사흘밖에 버티지 못한 것을 가지고 국가와 인민의 공범 관계를 고발하지. 그러나 그게 아니야. 그렇지 않지. 바리케이드가 사흘밖에 버티지 못한 것은, 봉기한 군중이 자기 몸만 생각해서 질서로 도망쳤기 때문이 아니야. 거기서 약한 눈으로는 견딜 수 없는 진실의 광채에 눈이 멀었기 때문이지.

이집트, 그리스, 페르시아 그리고 일본에도 태양이야말로 지고의 신과 진실의 상징이라고 믿는 사람들이 존재했지. 하지만 누가 햇빛을 한없이 응시할 수 있겠어. 작열하는 태양을 똑바로 쳐다보는 자는 결국 눈이 멀어 졸도할 수밖에 없어. 진실을 계속 보기에는 인간의 눈이 너무 약하거든. 바리케이드의 경험은 불타오르는 진실이기 때문에 사흘밖에 버티지 못한 거야.

그러나 그 사흘 동안 초라한 누더기를 걸친 부랑자는 의심할 여지없이 신들과 영웅들의 높이로 비상했지. 그 고결함, 긍지, 용감함, 아낌없는 자기희생을 당신은 믿지 못하는 건가? 바리케이드에 부족한 탄약을 모으기 위해 쓰러진 적병 사이를 기어 다녔던 소년을, 쾌활하게 콧노래를 부르면서 일제사격을 받고 너무도 가볍게 날아가버린 작은 몸의 그 소년*을 당신은 믿지 못하겠다는 건가?

부랑아는 당신 같은 순교자가 아니야. 순교자야말로 고리대금업자보다 타산적으로 자신의 소유물에 매달리지. 고리대금업자가 쌓아 올린 금화를 천한 웃음을 띠고 어루만지는 것처럼 순교자는 자신의 정의, 자신의 신을 두루 혀로 핥아. 고리대금업자가 자신의 재산을 빼앗을 거면 차라리 화형을 시키라고 떠드는 것처럼 순교자에겐 생명보다 자신의 재산, 자신의 소유물인 지고의 정의가 훨씬 중요하지. 기꺼이 불에 뛰어들 거야. 기요틴에도 달려들겠지. 수전노가 금화 하나에 매달리듯이 당신은 정의로운 자신, 용감한 자신, 어떤 자기희생도 두려워하지 않는 자신이라는 자기상에 매

---

* 1793년 프랑스 혁명 당시 국민군에 입대해 왕당파와 맞서 싸운, 아비뇽의 열두 살 소년 영웅 비알라(Joseph Agricol Viala, 1780~93)로 보인다.

달려 있을 뿐이라고.

마틸드, 당신은 왜 무서워하지? 정말 용기가 있다면 인정해버려. 당신이, 아니 우리가 그들 이하라는 사실을. 그들이 돼지라면 우리는 돼지보다 못해. 그들이 벌레라면 우리는 벌레보다 못하고. 돼지보다 못하고 벌레보다 못하기 때문에 어쩔 수 없이 관념으로 자신을 정당화하는 거야. 그것을 인정해버리라고. 그때야말로 어렴풋한 희망, 구원의 희미한 빛이 당신을 비춰줄 거야. 그래, 희망은 있어. 몸을 버리고, 긍지도 자존심도 다 버리고 진실을, 작열하는 태양을, 바리케이드의 나날을 졸도할 때까지 살아야 하는 거지. 우리는 실명하고 죽을 거야. 그러나 두려움을 모르는 노동자들이 우리 뒤를 잇는 것만은 믿어도 돼.

반란은 패배해. 질서는 회복되고. 그러나 반란은 항상 있어. 질서는 반란으로 인해 언젠가 다시 와해되지. 영속하는 패배 자체가 승리야. 사흘간의 진실을 끝까지 살아내는 백 세대의 시험 뒤에 언젠가, 그렇지, 언젠가 강한 눈을 가진 아이들이 태어나는 거지. 그리하여 그들은 질리지 않고 태양을 응시하고, 우리가 모르는 영원한 빛의 세계로 걸어 들어가겠지.

마틸드, 당신은 이걸 믿지 않나? 눈과 입을 닫고 우주로 영혼을 여는 거야. 쓸데없는 자존심을 버리고, 내가 무無라는 것을 깊이 인정하는 거지."

야부키 가케루가 이처럼 열렬한 말을 입에 담은 건 내가 아는 한 여태껏 한 번도 없었다. 그는 마틸드의 눈을 깊숙이 들여다보았다. 그것은 필사적으로 기도하는 자의 시선과도 닮아 있었다.

이야기를 끝내고 어쩐지 부끄러운 것처럼 입을 닫은 가케루에게 마틸드가 대답했다. 그 말에는 어딘가 재미있어하는 듯한, 놀리는 듯한 분위기마저 느껴졌다. 그러나 그녀가 숨기듯이 몇 번인가 부자연스럽게 눈을 깜박거린 것을 나는 놓치지 않았다.

"히말라야의 사원에서 겨울 한철을 보냈다는 당신이 나한테도 수녀원으로 가라는 거군요. 아니면 태양신전의 신성한 창부라도 되라는 건가요? 자기. 하지만 너무 늦었어요. 그러니까 당신이 할 수 있는 일은 제 물음에 대답하는 것뿐이에요."

"마틸드, 대답이라면 처음부터 분명해. ……당신을 분쇄하고, 앞니와 등뼈를 부러뜨리고, 대지가 당신의 몸에 닿아 오염되는 일이 없도록 백만 도의 고열로 태워버리고, 그 재조차 해구의 바닥 깊숙이 가라앉히는 것이 내게 부여된 의무야. 당신이 이걸 몰랐을 리 없겠지."

"그건…… 음…… 어쩔 수 없네요. 안타깝지만, 내 탓이 아닌걸요." 마틸드는 머뭇거리면서 중얼거렸다. 그 후의 침묵이 내게는 끔찍할 정도로 길게 느껴져 견디기 힘들었다. 뭔가 결정적인 일이 일어나려 하고 있었다. 그러나 침묵을 깬 것은 가케루의 평범한 어조였다.

"미안하지만 커피 좀 끓여줄래?"

여자는 잠자코 일어나 방구석에 있는 허름하고 조그만 조리대로 향했다. 가케루는 여느 때의 음산한 휘파람을 불기 시작했다. 그는 긴 수염 몇 가닥을 손가락으로 만지작거리며 살짝 훑듯이 하면서, 질리지도 않고 혀와 입술을 사용해 오로지 어두운 선율만 뽑아내고 있었다.

마틸드가 내놓은 것은 이 방의 보잘것없는 탁자와 너무나도 어울리지 않는, 거의 호사스럽다고 해야 할 만큼 아름다운 커피 잔 세트였다.

"예쁘죠? 이건 말이에요……" 마틸드는 어딘가 굴절된 자랑을 감추려고 애쓰면서 말했다. "제 할아버지의 할아버지가 네덜란드 상인한테서 구한 거예요. 언젠가 당신한테도 이야기했죠. 일본의 도기라고. 그 무렵 일본은 네덜란드하고만 무역을 했으니까 굉장한 귀중품이었을 거예요. 루이 나폴레옹의 쿠데타보다 이전의 일이에요. 저희 집에서는 정말 귀한 손님한테만 이 찻잔으로 대접했어요. 고향 마을에서 파리까지 가져온 건 아버지의 유품이 된 그 시집과 이 도기뿐이에요."

"이마리야키*지. 아마 네덜란드 상인의 주문으로 구워진 걸 거야." 가케루가 쌀쌀맞게 말했다.

하얀 바탕에 세부까지 정교하게 그려진 파란 색채의 호수 위 궁전이 받침 접시 위에 선명하게 떠올라 있었다. 찻잔에는 날개를 펼친 꼬리가 긴 새, 그 새와 놀고 있는 머리를 길게 묶은 유녀가 접시와 같은 신비한 파란색으로 그려져 있었다. 그 색은 브르타뉴의 바다만큼 깊이를 가진 묵직한 존재감을 드러내고 있는데도 지중해의 바닷물처럼 밝고 맑기도 했다.

조잡한 탁자 위에 놓인 찻잔 세 개에는 불빛 때문에 새까맣게

---

* 에도 초기부터 사가 현 아리타 지방에서 나는 도기의 총칭. 주로 아리타야키有田焼라고 한다. 이마리 항에서 실어 보내 붙은 이름으로, 17세기 이후에는 유럽으로도 수출되었다.

보이는 커피가 가득 담겨 있었다. 마틸드와 가케루는 여전히 마주 앉아 있고, 나는 찻잔을 무릎 위로 가져오기 위해 일어나서 탁자로 몇 걸음 다가갔다. 그때였다. 촛불의 불꽃이 크게 흔들리더니 금방이라도 꺼질 것처럼 불빛이 어두워졌다. 일순 어둠이 밀도를 더하며 방을 덮쳤다. 내게는 재빠른 뭔가가 눈앞을 스쳐 지나간 것 같았다.

촛불의 작은 불꽃을 흔든 외풍이 빠져나가고, 다시 환하게 불타오른 불빛 아래서 우리는 말없이 찻잔을 입으로 가져갔다.

마틸드는 뜨거운 커피를 우아하게 오므린 입술로 정성껏 불어 식히고는 거의 단숨에 다 마셔버렸다. 양손으로 탁자를 짚고 의기양양한 듯 의자를 뒤로 빼며 일어난 마틸드는, 세계에 그것밖에 존재하지 않는 것을 응시하는 듯 눈도 깜박이지 않고 강렬한 시선으로 가케루의 얼굴을 응시했다. 그 후 그녀가 천천히 뒤로 쓰러지는 것을, 나는 마치 다른 세계의 먼 사건처럼 느끼면서 그저 멍하니 바라보았다.

가케루가 느릿느릿 몸을 움직여, 쓰러진 마틸드 옆에 웅크리고 앉았다. 그 뒷모습이 마치 죽어가는 자에게 최후의 키스를 하는 것처럼 보였다.

피레네에서 온 편지

조잡한 갈색 봉투에 든 편지를 받은 건 1월 말에 가까운 어느 날이었다. 주소의 글자를 보지 않아도 알았다. 앙투안의 편지였다. 마틸드가 죽기 전날 가케루가 앙투안과 질베르의 도주를 묵인한 일을 나는 가케루에게 들어 이미 알고 있었다.

봉투를 외투 호주머니에 넣고 지하철역을 향해 걸었다. 사건이 의외의 결말을 맞이하고 나서 나는 영혼을 어딘가에 잊어먹고 온 사람처럼 그저 멍하니 무의미한 나날을 보내고 있었다. 내 마음은 병독처럼 구석구석 퍼진 충격의 여파로 굳어버리고 마비되어 타인의 것처럼 기계적으로 움직일 뿐이었다.

카페에서 편지를 펼쳐 볼 마음이 들지 않았다. 비참한 감상이 몽마르트르의 계단을 오르게 했다. 가능하다면 이 도회의 가장 높은 곳에서 앙투안의 편지를 읽고 싶어서였다. 긴 계단과 낡은 포석의

급한 언덕길을 천천히 올라 둥근 지붕이 있는 커다랗고 하얀 비잔
틴풍의 성당 앞으로 나아갔다. 거기에서는 납색의 하늘 아래 웅크
리고 있는 음산한 수도의 전경이 끝까지 내려다보였다. 하얀 성당
앞에 있는 길고 긴 돌계단에 앉아 조잡한 봉투를 뜯었다. 얼어붙은
손가락이 희미하게 떨렸고 북풍이 내 머리를 흩뜨려놓았다.

나디아, 이미 야부키 가케루에게 모든 것을 들었겠지. 너는 이모들
의 피로 물든 내 손에서 눈을 돌려버릴까, 아니면 너까지 이용한 내 행
위를 증오하고 있을까. 아무튼 너에게 마지막 편지를 보내. 이제 다시
만날 일도 없겠지.

그래, 나는 내일 국경의 산맥을 넘을 거야. 버려진 산촌의 황폐한
빈집의 한 방에서 책상 위의 알코올램프에 의지하여 지금 이 편지를
쓰고 있어.

끔찍하게 추운 밤이야. 그 때문에 쌓인 눈이 단단해져 내일 넘어갈
산은 무척 좋은 상태가 되겠지. 빈집 창으로 보이는 빙설에 얼어붙은
바위 봉우리들은 창백하게 빛나는 엄청나게 큰 둥근 달에 비쳐 역시
창백하게 빛나고 있고 쥐 죽은 듯 조용해. 이 얼마나 고요하고, 이 얼
마나 끔찍하게 아름다운 광경인지. 한기와 침묵과 밤에 휩싸여 영혼이
한없이 정화되는 것 같아.

나디아, 내가 한 일에 대해서는 아무런 변명도 하지 않을게. 네가
품을 나에 대한 공포나 증오나 경멸에는 침묵으로 답할 수밖에 없어.
다만 독충처럼 추악한 그 두 중년 여성을 죽였을 때조차 내 마음이 전
혀 아프지 않았다고는 말할 수 없을 것 같아. 아무튼 나는 내가 생각했

던 것만큼 가열하지도 완강하지도 않았던 듯해. 너와 처음으로 맞이한 밤, 나는 긴장해서 거의 견딜 수 없는 상태였어. 그리고 어린아이가 어머니를 찾는 것처럼 너를 찾았지. 그것만이 마음에 걸려. 너에게는 어린아이로서가 아니라 남자로서 마주하고 싶었어.

그 여자들은 나에게도 어머니에게도 가혹한 짓을 했어. 그래, 마리 바르트가 친어머니라는 걸 나는 알고 있었어. 오데트 이모가 귀띔해줬지. 그리고 이봉과 약속한 일을 화가 치민다는 듯이 이야기하고 역으로 어머니가 예전에 저질렀던 과실을 폭로하겠다며 나에게 협박까지 했어. 그때의 기분을 너는 이해할 수 있을까. 나는 마지막까지 어머니를 라루스가의 가정부로 대했어. 오데트 이모가 그렇게 하도록 요구했지. 거기에는 갓난아기였던 나를 버리고 떠난 그녀를 도저히 용서할 수 없다는 마음도 있었어. 하지만 내가 그 '살인'을 후회하지 않는다는 것도 전해두어야겠어. 생을 마감하는 그날까지 그 모든 책임을 온몸으로 끝까지 짊어지겠다고 맹세해. 결코 나 자신의 과거에서 도망칠 생각은 없어. 나디아, 네가 이해해줄 거라고는 생각하지 않아. 다만 누군가에게 써두고 싶었을 뿐이야.

고지의 아침, 몸속까지 스미는 추위는 혹독해. 이 편지를 마을 우체통에 넣고 나면 질베르와 둘이서 이 국경 마을을 출발할 거야. 40년 전 파시스트에게 쫓긴 코뮤니스트나 아나키스트가 넘어온 산길을 우리의 전장을 향해 거꾸로 더듬어 가게 되지. 눈을 밟으며 걸어 얼어붙은 봉우리들 사이를 빠져나가야 해. 내일 밤에는 이미 국경선을 넘었겠지.

안녕, 나디아. ……확실히 너를 사랑하고 있었던 것 같아.

내게 사랑을 고백한 청년은 폭력과 위험으로 가득 찬 이웃 나라로 잠입했다. 사건의 진상을 밝히는 유일한 물증이 되었을지도 모르는 앙투안의 편지를 나는 가케루에게도 아버지에게도 보여주지 않았다. 도망친 클레크는 행방을 감추었고, 사회적으로 사건은 마틸드가 계획한 형태로 끝나 있었다. 혹시 사람들이 사건의 진상을 안다고 한들 그것이 대체 무슨 도움이 되겠는가. 스페인 당국에서조차 소재를 파악할 수 없는 밀입국자를 우리 정부가 인도를 요구한다 해도 사태는 조금도 변하지 않을 것이다. 혹시라도 앙투안과 질베르가 체포된다면 이봉 뒤 라브낭의 예가 보여주는 것처럼 그 운명은 재판 없는 투옥이나 즉결 처형일 것이다. 이 나라의 법이 굳이 힘을 행사할 것까지도 없이.

마틸드의 계획은 완전히 성공했기 때문에, 만약 내가 경솔한 호기심에 그 일본인을 사건에 끌어들이지만 않았다면 앙투안과 질베르는 아직 이 도시에서 생활하고 있을지도 모른다. 나와 앙투안의 관계는 더욱 깊어졌을지도 모른다. 그러나 그때 그는 테러리스트로서의 자신과 나를 사랑하는 자신을 어떻게 조화시킬 수 있을까? 앙투안의 이 모순은 우리의 관계, 그리고 나 자신의 견디기 힘든 모순이 되었을 것이다.

이렇게 생각하자 내 마음은 혼란스럽고 복잡해졌다. 그리고 서서히, 결국 이렇게 되어 다행인지도 모른다고 생각하게 되었다. 사건에 대해서도, 앙투안에 대해서도 숨이 막힐 정도로 진지하게 생각하고 고민하는 일은 점점 드물어졌다. 무책임하고 잔혹한 태도일지도 모른다. 그러나 인간의 마음은 무척 편리하게 되어 있어

견뎌낼 수 없을 만큼 힘들게 고민하지 않으며, 괴롭고 슬픈 추억일수록 깊고 조용한 망각이 찾아오는 법이다. 물론 경험으로 인해 뒤틀린 마음이 원래대로 돌아오지도 않고, 깊이 받은 상처가 흔적 없이 사라지지도 않는다. 상처는 남아도 고통의 기억은 점점 엷어져갈 뿐이다. 나는 전보다 약간 쾌활하지 않게 되었고, 마음속에 약간 사려 깊게 굴절된 그림자를 갖게 된 듯하다.

아버지는 이런 내게 "역시 스무 살이 되면 달라지는구나"라고 말했고, 나는 "물론이죠, 이제 어린애가 아닌걸요"라고 대답했다. 우리 둘 다 그 사건에 대해 말하는 일은 별로 없다. 아버지가 내 마음을 조심스럽게 배려해주는 듯 보였다. 가케루에게는 내 무지와 오산을 솔직하게 인정하고 용서를 구했다. 그리고 가능하다면 앞으로도 친구로 있어달라고 부탁했다. 가케루는 평소처럼 쌀쌀맞게 고개를 끄덕였을 뿐이었다.

이렇게 해서 사건으로부터 4개월이 지났다. 스무 살이 된 나에게 5월의 파리, 아름다운 5월의 파리가 다시 찾아왔다. 나는 성실한 학교생활로 돌아갔고, 가케루와의 일본어 수업도 계속하고 있다. 그에게는 그 사건이 전혀 존재하지도 않았던 것 같다. 늘 표정을 읽을 수 없는 무뚝뚝한 태도로 일관했고, 내 앞에서도 말없이 있을 때가 많아졌다. 전부터 해온 간단한 생활로 복귀하여 사색과 산책뿐인 수도승 같은 금욕적인 나날을 보내고 있었다. 아름다운, 너무나도 아름다운 파리의 봄이었지만 가케루는 이 계절을 그다지 좋아하는 것 같지 않다. 음산하고 음울한 겨울을 사랑하고, 햇빛과 미풍, 생명과 소생의 봄에 눈살을 찌푸리는 게 과연 가케루다운 취향이라고 생각했다.

평소처럼 리비에르 교수의 강의가 끝나고 우리는 오데옹 뒤쪽의 카페에서 일본어 공부를 했다. 끝나니 7시가 지났지만 하늘은 아직 오후처럼 환했다. 평소와 달리 가케루는 일본어의 기괴한 문법 구조에 골머리를 썩이던 나를 산책으로 이끌었다. 우리는 카페를 나와 오데옹 극장 쪽으로 완만한 경사를 이루는 언덕길을 천천히 걸었다. 올려다보니 환한 청회색의 맑은 하늘이 기분 좋게 펼쳐져 있었다. 미풍이 머리카락을 부드럽게 어루만졌다.

나는 문득 생각나서 가케루에게 물어볼 마음이 들었다. 사건을 화제로 삼은 건 1월 이후 처음 있는 일인 듯했다.

"가케루, 저기 말이야, 마틸드한테 독이 든 커피를 마시게 한 건 너였지?"

그때 가케루는 낡은 수법을 썼던 것이다. 이야기 속의 명탐정들, 즉 파일로 밴스나 드루리 레인*이 증거가 없는 범죄를 처리하기 위해 사용한 낡은 수법…… 마틸드에게는 자살할 생각 같은 건 눈곱만큼도 없었다. 오히려 마틸드는 전 세계에서 사건의 진상을 안 단 두 사람을 없애기 위해 최후의 범행을 계획했다. 나는 가케루의 마술사 같은 손놀림을 잘 알았다. 독이 들지 않은 찻잔을 내게 보낸 건 마틸드의 의지가 아니었다. 그렇지 않다. 가케루가 마틸드를 죽인 것이다. 그러나 나는 아무한테도 그것을 말할 수 없었다.

---

* 엘러리 퀸의 소설에 등장하는 명탐정.

청년은 단정한 옆얼굴에 우울해 보이는 미소를 띠고 천천히 이쪽을 향하고서 내 얼굴을 들여다보았다. 나는 내심 평소처럼 무뚝뚝한 침묵만 돌아올 것이라 생각하고 있었다. 그러나 뜻밖에도 가케루는 복잡하고 미묘한 매력을 숨긴 우울한 미소를 얼굴에 새긴 채 천천히 이야기하기 시작했다.

"나디아, 네 질문에 대답하는 건 어려운 일이야. 특별히 숨기는 건 아니야. 얼버무릴 생각도 없어. ……분명히 너와 내 앞에 청산가리가 든 커피를 놓은 사람은 마틸드였어. 마틸드의 눈을 속여 네 잔과 마틸드의 잔을 바꿔치기한 건 나였고. 셋이서 커피를 마셨을 때 마시는 척하고 마시지 않았던 것도 나였어. 그리고 마틸드는 죽었지. 이건 살인이었을까?"

"나는 널 비난하려는 게 아니야. 그냥 진실을 알고 싶었을 뿐이야."

"의도에서 보면 그건 분명히 살인이었어. 나는 마틸드를 죽이려 마음먹고 있었으니까. 뤽상부르 공원에서 너한테 말했을 거야. 마틸드에 대한 태도는 정해져 있다고. 너는 내가 어떻게 할지 그 눈으로 직접 보게 될 거라고 말이야."

"그게 사실이었다면 나는 네가 좀 무서워."

"사실이야. 의도에서 보면 그건 살인이었어. 마틸드 역시 나를 죽일 의도를 갖고 있었다고 해도 말이야. 그러나 사실상 그건 역시 자살이었어. 마틸드는 내 손의 움직임을 봤을 거야. 나는 의도적으로 마틸드가 눈치챌 수 있도록 찻잔을 움직였어. 그런데도 그녀는 기꺼이 그 커피를 마셨어. 이건 타살일까 자살일까?"

"혹시 마틸드가 알고서 마셨다면 역시 자살이지. 하지만 나는 잘 모르겠어. 너와 나를 죽이려 했던 마틸드가 왜 갑자기 자살하기로 했는지."

"간단해. 내가 마틸드를 죽이려고 했기 때문이지. ……오히려 그녀는 나도 독을 함께 마실 거라고 생각했는지도 몰라. 그렇다면 이건 실패한 동반자살이라고 해야 할지도 모르지."

"실패한 게 아니잖아. 너는 처음부터 함께 마실 생각 같은 건 없었는걸. 함께 죽자는 말을 꺼내놓고 계획적으로 자기만 살아남으려고 했다면 모를까."

"그렇다고 하면 그건 자살일까 타살일까? 그러나 너의 단정은 좀 난폭해. 내가 처음부터 마실 생각이 없었다고 어떻게 말할 수 있지? 아니, 나는 마셨을지도 몰라. 마틸드한테 마시게 하기 위해서 나 스스로 기꺼이 마셨을지도 모르거든. 지금 와서 보면 사실 어땠었는지 나도 잘 모르겠어."

"나도 잘 모르겠어."

"마틸드는 내가 마시지 못하도록 나한테서 마실 필요를 빼앗기 위해 자신이 먼저 마셨는지도 모르지. ……나디아, 내가 일부러 문제를 복잡하게 해서 기뻐하고 있다고는 생각하지 말아주었으면 좋겠어. 나는 아주 진지하니까. 내가 죽인 건지, 그녀가 자살한 건지 사실 아무도 알 수 없어. 마틸드는 완전히 나 자신이었어. 나 이상으로 마틸드의 관념을, 그리고 그렇게 기괴하게 도착된 적극적인 의지가 어떤 삶의 비참한 고통에서 분비되었는지를 이해하고 실감할 수 있는 사람이 있을까? 나만큼 마틸드를 높이 평가

할 수 있는 사람이 또 있을까? 마틸드는 쌍둥이 여동생이었어. 내 반쪽이었지. ……그러니까"라고 말하고 가케루는 무서운 표정으로 나를 보았다. "나는 마틸드를 죽이려고 생각했어. 죽일 수 있을 거라고 생각했지. 마틸드는 내 반쪽이었지만 용서할 수 없는 반쪽이었어. 의도적으로 자신의 팔을 절단하는 사람을 누가 비난할 수 있겠어. 내가 마틸드를 죽이는 건 자신의 살 일부를 죽이는 거였어. 다시 말해 그것은 자살이었지. 내가 나한테 기도한 자살이었던 거야."

"아마 마틸드는 너를 정말로 좋아했을 거야. 분명히 그럴 거야." 나는 중얼거렸다. 그러고 나서 가케루에게 물었다. "바르트 부인과는 그때 이후로 만났어?"

"응." 가케루가 대답했다. "그녀는 앙투안이 범인이었다는 걸 몰라. 가르쳐줄 필요가 있다고는 생각하지 않거든. 옛날 사건에 대해서는 영원히 입을 닫고 있으라고 충고했지."

우리는 팡테옹 앞의 광장을 걸었다. 광장 구석에는 작고 오래된 검소한 호텔이 있었다. 앙투안이 예전에 나에게 가르쳐주었다. 앙드레 브르통이 『나자』를 쓴 곳이 이 호텔이었다고. 우리는 또 언덕을 내려와 뤽상부르 공원 방향으로 걷기 시작했다.

"리비에르 교수님을 만났어. 국경 경비를 서는 헌병대에서 교수님에게 통보를 해 왔다고 해."

"뭐였는데?"

"국경 산속에서 오래된 백골 사체가 발견됐대. 썩어가는 가죽 가방 안에서 신원을 보여주는 물품 몇 개가 나왔고, 백골은 분명히 이봉 뒤 라브낭이었다나 봐."

"왜 죽은 걸까?" 몇 개월 전에 같은 산길을 갔던 앙투안을 떠올린 내 목소리는 조금 떨렸는지도 모른다.

"백골의 머리 앞쪽에 분명히 총상으로 보이는 작은 구멍이 남아 있었대. 아마 이봉이 잠입한다는 정보를 알고 잠복해 있던 스페인 측 경관이 사살한 거겠지."

그랬던 것일까. 이봉의 생환이라는 이야기에서 시작된 그 사건은 어쩌면 처음부터 있을 수 없는 허구 위에 구축된 신기루, 그래, '스페인의 성(공중누각)'이었는지도 모른다.

"앙투안한테서 편지가 왔어"라고 나는 말했다. "자신의 행위가 잘못되었다고는 생각하지 않는대."

"그는 죽었어." 가케루가 불쑥 한 마디를 중얼거렸다. 감정이 실리지 않은 어조였다. 나는 그에게 추궁했다. 충격은 받지 않았지만 마음이 찢어지는 것처럼 상처 입은 자리가 벌어졌다.

"어제 일이야. 마드리드에서 두 청년이 총격전 끝에 사살되었어."

그 기사라면 나도 오늘 아침 신문 귀퉁이에서 힐끗 보았다. 그러나 스페인에서는 흔히 있는 일이다. 스페인만이 아니라 세계 도처에서 매일 무수한 정치청년들이 죽임을 당하고 있다……

"두 사람은 비교적 새로운 얼굴로, 경찰 조사로는 경력도 본명도 판명되지 않았어. 다만 동료들한테서 칼리아예프와 위고*라는

---

* 각각 카뮈의 희곡 「정의의 사람들Les Justes」의 주인공과 사르트르의 희곡 「더러운 손Les Mains Sales」의 주인공 이름.

이름으로 불렸다는 것만 알려졌을 뿐이야. 이런 호칭 때문에 당국은 그들의 운동에 소비에트의 영향이 강해지고 있는 게 아닌가 의심한다고 해. 정말 쓸데없는 걱정이지. 둘 다 프랑스 희곡의 주인공 이름인데 말이야."

엉겁결에 작은 목소리로 외쳤다. 나도 알고 있었다.

"나는 마지막 날 밤, 앙투안의 실존주의도 질베르의 인도주의도 모두 살인을 견딜 수 있을 만큼의 관념이 아니라고 지적했어. 아무도 그런 보잘것없는 관념으로 죽이지는 않지. 내 우화의 주인공인 자이나 교도처럼 그리고 마틸드처럼 이상하고 기괴한 광기 어린 관념에 사로잡혀 죽이거나, '적을 죽여'라는 간단하기 그지없는 기능주의의 논리로 죽이거나 둘 중 하나겠지. 그리고 그 두 사람은 죽일 수 없어도 죽임을 당할 수 있음을 보여주었어. 그 이름은 아마 그들의 자기변명을 담은, 세계에 보내는 메시지였을 거야. 누구 한 사람 그 암호를 풀지 못해도 내가 그것을 읽어내리라는 것만은 확신했겠지."

그랬을까. 망연히 서 있는 내게 가케루는 계속해서 말했다.

"타락천사…… 유리 천사지. 분명히 천사이긴 해도 유리처럼 딱딱하고 차갑고 깨지기 쉬웠거든. 이 세계에서는 천사니까 지옥에 떨어지게 되겠지. 뭔가에 씐 거야."

내 머릿속에서 롤링스톤즈의 노래 한 구절이 희미하게 들려왔다. 리비에르 교수의 서재에서 앙투안이 가케루를 냉소하듯이 휘파람으로 불렀던 노래였다.

상트페테르부르크에 있었을 때

난 혁명을 보았어

난 황제와 성직자들을 죽였고

아나스타샤는 공허한 비명을 질렀지.*

앙투안에게 씐 것은 혁명이라는 악마였다. 도스토옙스키가 그토록 미워할 수밖에 없던 악령…… 그러나 앙투안은 그 홀림에서 벗어난 후에도 행위의 정당성을 입증하기 위해 자신의 생명을 바쳤다. 단 하나밖에 없는 자신의 생명으로 빚을 갚은 것이다.

내 안에 불현듯 격렬한 것이 치밀어 올랐다. 그것은 가슴 가득 부풀어 오르더니 입으로 흘러넘쳤다.

"네가, 네가 죽인 거야. 마틸드뿐 아니라 앙투안도 질베르도 네가 죽였어. 그 두 사람을 마지막 장소까지 몰아붙인 것은 너였어. 바르트 부인처럼 두 사람도 구석진 곳에서 괴로워하면서 살아갈 수 있었을 거야. 그런데 네가 앙투안하고 질베르를 무자비하고 냉혹하게 몰아붙였어. 두 사람은 어디에 있든 늘 네 눈이 등에 붙어 있다고 느꼈어. 심판하는 듯한 너의 차가운 시선에 쫓겨 파국을 향해 머리부터 돌진할 수밖에 없었던 거야. 나는 범죄자가 아니야, 나는 부정한 인간이 아니야, 이렇게 외치면서 그저 앞으로만 무서운 기세로 나아갈 수밖에 없었던 거라고. 게다가 너는 냉정하게 증거를 요구했어. 범죄자가 아니라면 그걸 증명해보라고, 그

---

* 믹 재거가 작사한 롤링스톤즈의 노래 「악마에 대한 공감Sympathy For The Devil」의 일부.

증거를 보이라고 넌 그렇게 말했지. 그들은 더 이상 어떻게 할 수가 없었어. 그리고, 그리고……"

나는 외쳤다. 그러나 격정은 무언가 공허한 것 속으로 빨려 들어갔다. 말은 조각조각 사라졌고 뚝 그쳤다. 나는 어깨를 들썩이며 숨을 헐떡거렸다. 가케루는 아무 대답도 하지 않았다.

우리는 얼마 후 저물기 시작한 환한 회색 하늘에 떠오른 엷은 제비꽃 색깔의 조각구름을 바라보며 뤽상부르 공원 옆의 보도를 걸었다. 내가 앙투안과 처음 키스한 곳이었다. 눈물을 머금은 눈을 보이지 않으려고 완강하게 얼굴을 돌리고 나는 공원 철책 너머로 나무들의 신선한 녹음을 바라보았다.

그날 오후, 우리는 약속이나 한 듯이 서로 입을 다물고 헤어질 때까지 말 한 마디 나누지 않았다.

국내에서 가사이 기요시는 문학평론가로 꽤 알려져 있지만 지금까지 그의 소설은 한 편도 소개된 적이 없다. 나는 그의 추리소설 『철학자의 밀실』이 좋았고, 그래서 시작된 관심이 데뷔작 『바이바이, 엔젤』의 번역으로 이어졌다. 아직은 '야부키 가케루 시리즈'의 두 번째 작품 『서머 아포칼립스』(2014년 가을 출간예정)와 네 번째 작품 『철학자의 밀실』밖에 읽지 못했지만, 뒤로 갈수록 추리의 밀도나 소설적 완성도가 나아진다는 것만은 분명해 보인다. 사실 예전부터 평론집 『테러의 현상학』의 저자로서 가사이 기요시라는 이름은 알고 있었다. 추리소설 작가로서의 가사이 기요시를 모르고 있었을 뿐이다.

우선 야부키 가케루 시리즈의 첫 번째 작품 『바이바이, 엔젤』을 좀 더 풍부하게 이해하기 위해서는 가사이 기요시가 왜 이 작품을 쓰게 되었는지를 알아둘 필요가 있을 것 같다.

가사이 기요시는 1948년 도쿄에서 태어났다. 와코 대학 재학 중에는 좌익 학생운동에 적극적으로 참여했는데, 1972년 일본 전역을 술렁이게 한 연합적군사건에 큰 충격을 받아 정치활동을 그만두고 사상적으로 전향한다. 연합적군파로 불린 급진적 운동권 단체의 젊은이들이 지도부를 중심으로 투철한 혁명정신을 강조하며 자아비판의 과정에서 동지 12명을 집단 구타를 해 죽인 이 비극적인 사건은 이후 그의 작품세계에 지대한 영향을 준다.

연합적군사건에 의해 혁명의 이상이 무궤도한 살육으로 변모하는 사실에 봉착한 가사이 기요시는 상심을 안고 1974년 파리로 건너가 2년을 지내면서 '혁명을 꿈꾸던 인간이 왜 학살을 저질렀는가' 하는 문제를 추적하며 관념이 낳는 폭력을 정화하기 위한 시도로『테러의 현상학』이라는 책을 집필하기 시작한다. 그리고 같은 시기에 첫 장편소설『바이바이, 엔젤』을 구상하고 완성한다. 말하자면『바이바이, 엔젤』은 이야기라는 형태를 빌려 동일한 주제에 맞선 일종의 변주곡이라 할 수 있을 것이다. 이러한 사실은 이 작품 속의 명탐정 야부키 가케루가 "이 경험은 '쓰여야 할 한 권의 책' 안의 한 장을 위해 아마 귀중한 자료를 제공해줄 테니까"라고 말하는, 소설의 앞뒤 문맥에서는 도무지 뜻을 짐작할 수 없는 대사로도 뒷받침된다.

야부키 가케루가 처음으로 등장하는『바이바이, 엔젤』은 새로운 본격 추리소설의 장을 열었다는 평가를 받으며 1979년 제6회 〈가도카와 소설상〉을 수상한다. 이 데뷔작에서 그는 도스토옙스키 소설에서 보이는 인물 간의 사상적인 대화처럼 추리하는 탐정, 실제 사상가를 모델로 한 인물을 그 탐정의 목소리를 빌려 비판하는 방식, 진범과의 대결에 사상을 포함시키는 등 이 시리즈만의 형식적인 기법을 구축한다. 이후 전작보다 소설적인 재미를 더한 두 번째 작품 『서머 아포칼립스』(1981)는 규모 면에서나 내용 면에서 그의 최고 걸작 중 하나로 꼽힌다. 야부키 가케루 시리즈는 이후 더욱 순수한 미스터리로 이행하는데, 10년 이상의 침묵을 거쳐 나치의 강제수용소와 현대의 파리를 무대로 두 건의 밀실 살인을 다룬 대작 『철학자의 밀실』(1992)로 결실을 맺는다. 야부키 가케루 시리즈는 현재 아홉 번째 이야기가 《미스터리》지에 연재 중이며, 외전을 포함해 이제까지 여덟 권이 단행본으로 출간되었다.

『바이바이, 엔젤』에서 라루스가 살인 사건은 오데트 라루스에게 보내온 협박장이 공개되며 시작된다. 그리고 오데트의 생일 모임에 참석하게 된 나디아 모가르가 탐정 역할을 하는 야부키 가케루를 사건에 끌어들이면서 본격적인 이야기가 전개된다. 가케루는 현상학의 본질직관을 이용하여 실로 복잡한 요소가 분간하기 힘들 정도로 뒤얽혀 있는 하나의 혼돈인 범죄의 숨은 의미를 해명해나간다. 야부키 가케루라는 명탐정이 등장하여 범인의 트릭에 도전한다는 점에서는 본격적인 추리소설이라고 할 수 있는데, 주목해야 하는 점은 현상학의 '본질직관'이라는 야부키의 탐정 수법일 것이다. 원圓의 정의 같은 걸 모르는 어린아이도 그게 원이라는 걸 직감적으로 이해할 수 있는 것과 마찬가지로 흔해빠진 생활인의 일상 경험 안에 숨어 있는 진리를 체계화하는 것이 그가 지향하는 사고다.

다만 야부키 가케루 시리즈는 본격 추리소설이지만 범죄를 그린다기보다는 사상을 그리기 위해 쓰였다는 느낌이 드는 것도 사실이다. 가케루는 현상학을 이용하여 사건을 추리하고 때로 등장인물들과 철학적인 대결을 벌이기도 한다. 여기에 단순한 미스터리와는 다른 점이 있는데, 아마도 이 부분이 독자의 호불호가 갈리는 지점일 것이다. 평범한 미스터리의 경우, 범인을 체포하고 범행 동기를 알면 독자는 그것으로 납득한다. 수수께끼가 풀리면 거기서 끝이기 때문이다. 그러나 가사이 기요시의 소설은 그 뒤에 다시 생각거리를 남겨둔다. 트릭에 놀랄 뿐 아니라 사상적으로 이런저런 생각을 하게 하는 미스터리인 셈이다. 하지만 야부키 가케루의 현상학적 논의나 작중에 그려지는 사상적인 진술에 다소 무거움을 느낀다고 해도 머리 없는 시체의 수수께끼와 이어지는 밀실 상태에서의 폭사와 관련된 트릭을 푸는 것, 그리고 매력적인 캐릭터 야부키 가케루를 만나는 것만으로도 충분히 흥미롭게 읽을 수 있다.

가사이 기요시는 이 시리즈를 통해 실로 매력적인 캐릭터인 야부키 가케루를 창조했다. 나디아 모가르는 그의 외모를 다음과 같이 묘사한다.

가늘고 부드러운 검은 머리는 길게 자라 어깻죽지에서 기분 좋게 물결치며 굽이치고 있다. 눈은 놀랄 만큼 커서 관자놀이까지 째진 것처럼 보인다. 파랗고 맑은 흰자위 중앙에 있는 검은 눈동자는 해구보다 깊어 깊이를 알 수 없다. 귀여운 작은 새의 머리를 닮은, 오똑하게 뻗어 나온 코 아래에는 예쁜 모양의 입술이 있다. 그러나 얇고 좌우로 벌어진 윗입술에 비해 약간 두터운 아랫입술이 어딘지 모르게 열대식물의 호사스런 꽃잎을 닮아 관능적인 분위기를 띤다. 야부키 가케루의 얼굴은 전체적으로 투탕카멘의 황금 마스크와 비슷한 인상을 주었다.

이러한 외모의 가케루는 과거에 신비한 경험을 한 듯하고 어딘가 그늘이 있는 인물이다. 그의 내력은 베일에 싸여 있는데, 적어도 1960년대 일본에서 일련의 학원 분쟁과 관련하여 투옥된 적이 있는 것은 확실해 보인다. 이 시리즈의 두 번째 작품『서머 아포칼립스』에서 밝혀지듯이, 그 후 티베트에서 생활하며 마음의 평안을 얻지만 스승에게 '지상으로 돌아가 악과 싸워라'라는 말을 듣고 다시 대륙을 방랑하다 프랑스에 다다른다.『바이바이, 엔젤』에서는 수도사와 같은 간소한 생활을 하며 파리 대학의 철학 강좌에 청강생으로 출석하고 있고, 여기서 소설의 화자이자 왓슨과도 같은 인물인 나디아 모가르와 알게 된다.

야부키 가케루의 매력은『서머 아포칼립스』에서 더욱 빛을 발한다. 중세의 이단 카타리파와 관련된 역사와「요한 묵시록」을 본뜬 네 건의 살인, 원전 건설과 나치의 유적 발굴 작업, 시체로 발견되는 발굴 당사자, 시몬 베유를 모방한 인물인 시몬 뤼미에르와 야부키 가케루의 사상 대결, 나디아 모가르와 줄리앙의 추리, 그리고 그 모든 것을 멋지게 꿰뚫어 보는 야부키 가케루의 직관이

치밀하게 이어지는 이 작품에서는 『바이바이, 엔젤』에서 살짝 엿보이기만 했던 가케루의 신체적 능력도 본격적으로 발휘되기 시작한다. 한편 미묘하기만 한 가케루와 나디아의 관계가 어떻게 발전하게 되는가는 어느 작품에서나 흥미로운 부분이다.

『바이바이, 엔젤』에서 가사이 기요시는 연쇄살인의 배후에 숨어 있는 '관념의 악'을 문제 삼는다. 선의로 가득 찬 관념이라도 사람을 살인과 고문으로 몰아가는 암담한 결과를 초래할 수 있다는 것이다. 이 문제는 야부키 가케루 시리즈를 통해 연합적군사건이라는 경험을 넘어 종교, 혁명, 테러 등으로 확대되어나간다.

관념 앞에서 사람이 얼굴도 이름도 없는 숫자로만 헤아려지는 광경은 얼마든지 볼 수 있다. 나 아닌 사람, 내가 좋아하지 않는 사람들에 대해서라면 더더욱. 그의 죽음을 숫자가 아닌 이름을 가진 얼굴로 기억하고 슬퍼하는 사람들이 존재한다는 사실, 살아 있었을 때의 시간은 온전히 그의 것이었다는 사실, 그 시간 속에서의 기억은 대체 불가능하다는 사실, 곧 그도 나와 같은 인간이었다는 사실은 흔히 이데올로기 앞에서 편의적으로 잊히고 만다. 연합적군사건에서도, 이 작품 속의 〈붉은 죽음〉이라는 단체가 저지르는 사건에서도, 그리고 지금 우리 주변에서도.

2014년 7월

송태욱

바이바이, 엔젤

지은이 가사이 기요시
옮긴이 송태욱
펴낸이 양숙진

초판 1쇄 펴낸날 2014년 7월 31일

펴낸곳 (주)현대문학
등록번호 제1-452호
주소 137-905 서울시 서초구 신반포로 321 (잠원동)
전화 02-2017-0280
팩스 02-516-5433
홈페이지 www.hdmh.co.kr

ISBN 978-89-7275-706-1 04830
ISBN 978-89-7275-705-4(세트)

• 책값은 뒤표지에 있습니다.
• 파본은 구입처에서 교환해 드립니다.